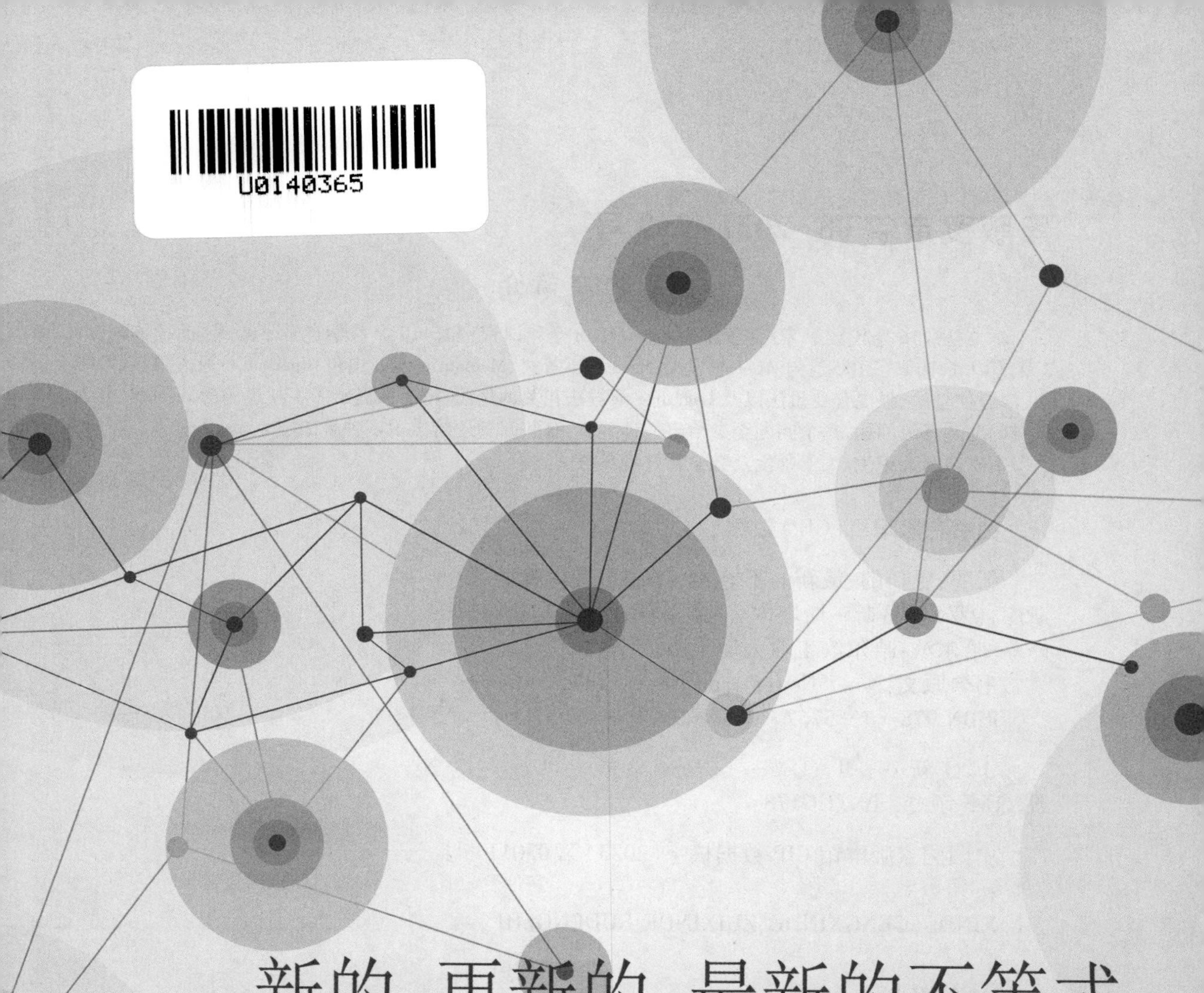

新的、更新的、最新的不等式

NEW, NEWER, AND NEWEST INEQUALITIES

[美] 蒂图·安德雷斯库(Titu Andreescu)
[罗] 马吕斯·斯塔内(Marius Stănean) 著
彭道意 曾 熊 李永涛 译

哈爾濱工業大學出版社
HARBIN INSTITUTE OF TECHNOLOGY PRESS

黑版贸审字 08-2021-059 号

内容简介

本书是《116 个代数不等式:来自 AwesomeMath 全年课程》和《118 个数学竞赛不等式》的续作,共分2章.第1章选取了100道与 Abel 不等式、Newton 不等式、Maclaurin 不等式和 Blundon 不等式、数学归纳法、混合变量法、强混合变量法以及 Lagrange 乘数法相关的例题.第2章提出了130道不等式问题,分为初级问题和高级问题,每个问题至少给出一种解法,有些问题还给出了多种解法.

本书适合高中生、大学师生及数学爱好者参考阅读.

图书在版编目(CIP)数据

新的、更新的、最新的不等式/(美)蒂图·安德雷斯库,(罗)马吕斯·斯塔内著;彭道意,曾熊,李永涛译.—哈尔滨:哈尔滨工业大学出版社,2023.7

书名原文:New, Newer, and Newest Inequalities

ISBN 978-7-5767-0630-7

Ⅰ.①新… Ⅱ.①蒂… ②马… ③彭… ④曾… ⑤李… Ⅲ.①不等式 Ⅳ.①O178

中国国家版本馆 CIP 数据核字(2023)第 030114 号

XINDE, GENGXINDE, ZUIXINDE BUDENGSHI

策划编辑　刘培杰　张永芹
责任编辑　刘家琳　李　烨
封面设计　孙茵艾
出版发行　哈尔滨工业大学出版社
社　　址　哈尔滨市南岗区复华四道街 10 号　邮编 150006
传　　真　0451-86414749
网　　址　http://hitpress.hit.edu.cn
印　　刷　哈尔滨市石桥印务有限公司
开　　本　787 mm×1 092 mm　1/16　印张 16.75　字数 304 千字
版　　次　2023 年 7 月第 1 版　2023 年 7 月第 1 次印刷
书　　号　ISBN 978-7-5767-0630-7
定　　价　58.00 元

(如因印装质量问题影响阅读,我社负责调换)

美国著名奥数教练蒂图·安德雷斯库

序　言

本书是《116 个代数不等式: 来自 AwesomeMath 全年课程》[1]和《118 个数学竞赛不等式》[2]的续作, 不仅深入研究了其他基本技巧, 还介绍了在不等式理论中有关约束优化的强大方法和推广. 为此, 我们从《数学反思》、在线数学论坛和各种数学竞赛中选取了最具启发性的例子, 其中大量的问题由本书的作者创造.

在第 1 章中, 读者将遇到 Abel 不等式、Newton 不等式、Maclaurin 不等式和 Blundon 不等式、数学归纳法、混合变量法、强混合变量法以及 Lagrange 乘数法. 我们相信, 选取的这 100 道例题可以全面、深入地阐述这些概念和方法, 适合高中学生、大学学生、教师以及对数学充满热情的人阅读.

第 2 章将专门讨论所提出的问题, 分为初级问题和高级问题, 每个问题至少给出一种完整的解法, 许多问题有多种解法, 这有助于发展在数学竞赛中所需的必要和广泛的数学策略和技巧.

我们要感谢 Richard Stong 为我们提出中肯的建议和意见. 此外, 感谢所有《数学反思》的撰稿人和所有在 AoPS 网站发布问题的数学爱好者.

让我们享受阅读这本书吧!

---

[1]Titu Andreescu, Marius Stănean. *116 Algebraic Inequalities from the AwesomeMath Year-round Program*. XYZ Press, 2018. 中译本: 蒂图 · 安德雷斯库, 马吕斯 · 斯塔内. 116 个代数不等式: 来自 AwesomeMath 全年课程. 余应龙译. 哈尔滨: 哈尔滨工业大学出版社, 2019.

[2]Titu Andreescu. *118 Inequalities for Mathematics Competitions*. XYZ Press, 2019. 中译本: 蒂图 · 安德雷斯库. 118 个数学竞赛不等式. 向禹译. 哈尔滨: 哈尔滨工业大学出版社, 2022.

目　录

第 1 章　一些经典的和新的不等式

1.1　证明不等式的简单技巧

在本节中, 我们将通过一些具有启发性的例子, 介绍一些证明不等式的技巧. 让我们从使用 Cauchy-Schwarz 不等式的几道例题开始.

例 1 (罗马尼亚 NMO 2008)　设 $a, b \in [0,1]$. 证明

$$\frac{1}{1+a+b} \leqslant 1-\frac{a+b}{2}+\frac{ab}{3}.$$

证明　如果 $b=0$, 那么不等式退化为 $a(1-a) \geqslant 0$, 这是显然成立的. 假设 $a, b>0$, 通过变量代换 $a=\frac{1}{x+1}, b=\frac{1}{y+1}, x, y \geqslant 0$, 不等式变为

$$\frac{(x+1)(y+1)}{xy+2x+2y+3} \leqslant 1-\frac{x+y+2}{2(x+1)(y+1)}+\frac{1}{3(x+1)(y+1)},$$

这等价于

$$6(x+1)^2(y+1)^2 \leqslant (xy+2x+2y+3)(6xy+3x+3y+2),$$

也等价于

$$(xy+2x+2y+3)\left(xy+\frac{x}{2}+\frac{y}{2}+\frac{1}{3}\right) \geqslant (xy+x+y+1)^2$$

根据 Cauchy-Schwarz 不等式, 不等式成立. 当 $x=y=0$ 时, 等号成立, 即 $a=b=1$. □

注记　使用该例题, 我们可以得到如下三元不等式.

(USAMO 1980) 证明: 对任意实数 $a, b, c \in [0,1]$, 如下不等式成立

$$\frac{a}{b+c+1}+\frac{b}{c+a+1}+\frac{c}{a+b+1}+(1-a)(1-b)(1-c) \leqslant 1.$$

证明　根据例 1, 我们有

$$\frac{a}{1+b+c} \leqslant a-\frac{ab+ac}{2}+\frac{abc}{3},$$
$$\frac{b}{1+c+a} \leqslant b-\frac{bc+ab}{2}+\frac{abc}{3},$$
$$\frac{c}{1+a+b} \leqslant c-\frac{ca+bc}{2}+\frac{abc}{3}.$$

将上述三个不等式相加, 我们得到

$$\sum_{\text{cyc}} \frac{a}{b+c+1} \leqslant a+b+c-ab-bc-ca+abc=1-(1-a)(1-b)(1-c).$$ □

例 2 (Nguyen Phi Hung)　设 a, b, c 为非负实数, 且满足 $a^2+b^2+c^2=8$. 证明

$$4(a+b+c-4) \leqslant abc.$$

证明　不等式可以被改写为

$$4(a+b)+c(4-ab) \leqslant 16.$$

根据 Cauchy-Schwarz 不等式, 我们得到

$$\begin{aligned}[4(a+b)+c(4-ab)]^2 &\leqslant \left[(a+b)^2+c^2\right]\left[16+(4-ab)^2\right] \\ &= (8+2ab)(32-8ab+a^2b^2).\end{aligned}$$

记 $x=ab$, 我们只需要证明

$$(x+4)(x^2-8x+32) \leqslant 128$$

这等价于

$$x^2(x-4) \leqslant 0.$$

这个不等式成立, 因为

$$x \leqslant \frac{a^2+b^2}{2} \leqslant \frac{a^2+b^2+c^2}{2} = 4.$$

当 $a=b=2, c=0$ 及其轮换时, 不等式的等号成立. □

例 3　设 a, b, c 为正实数, 且满足 $abc=1$. 证明

$$\frac{1}{2a^3+3a+2}+\frac{1}{2b^3+3b+2}+\frac{1}{2c^3+3c+2} \geqslant \frac{3}{7}.$$

证明　为了能够应用 Cauchy-Schwarz 不等式, 我们首先将该不等式转化为能允许其应用的等价形式. 我们用如下代换将不等式齐次化

$$a=\frac{yz}{x^2},\ b=\frac{zx}{y^2},\ c=\frac{xy}{z^2},$$

不等式变为

$$\frac{x^6}{2x^6+3x^4yz+2y^3z^3}+\frac{y^6}{2y^6+3y^4zx+2z^3x^3}+\frac{z^6}{2z^6+3z^4xy+2x^3y^3} \geqslant \frac{3}{7}.$$

使用 Cauchy-Schwarz 不等式, 可得到

$$\text{LHS} \geqslant \frac{(x^3+y^3+z^3)^2}{2(x^6+y^6+z^6)+3xyz(x^3+y^3+z^3)+2(y^3z^3+z^3x^3+x^3y^3)}.$$

因此, 只需要证明

$$x^6+y^6+z^6+8(x^3y^3+y^3z^3+z^3x^3) \geqslant 9xyz(x^3+y^3+z^3).$$

这个不等式来自于《116 个代数不等式: 来自 AwesomeMath 全年课程》一书中的例题 18. 我们得到

$$x^6+y^6+16x^3y^3 \geqslant 9x^2y^2(x^2+y^2) \Longleftrightarrow (x-y)^4(x^2+4xy+y^2) \geqslant 0,$$

同理可得, 对 y, z 和 z, x 有类似不等式, 将三式相加可得

$$\begin{aligned} 2\sum_{\text{cyc}} x^6 + 16\sum_{\text{cyc}} x^3y^3 &\geqslant 9x^4(y^2+z^2) + 9y^4(z^2+x^2) + 9z^4(x^2+y^2) \\ &\geqslant 18x^4yz + 18y^4zx + 18z^4xy \\ &= 18xyz(x^3+y^3+z^3), \end{aligned}$$

证明完毕. □

接下来, 是一种将不等式齐次化的技术.

例 4 设 a, b, c 为正实数. 证明

$$\frac{a^3}{1+ab^2} + \frac{b^3}{1+bc^2} + \frac{c^3}{1+ca^2} \geqslant \frac{3abc}{1+abc}.$$

证明 设 $k > 0$, 且满足 $1 = kabc$, 于是我们只需要证明

$$\frac{a^3}{kabc+ab^2} + \frac{b^3}{kabc+bc^2} + \frac{c^3}{kabc+ca^2} \geqslant \frac{3abc}{kabc+abc} = \frac{3}{k+1},$$

这等价于

$$\frac{a^2}{kbc+b^2} + \frac{b^2}{kac+c^2} + \frac{c^2}{kab+a^2} \geqslant \frac{3}{k+1}.$$

根据 Cauchy-Schwarz 不等式, 我们得到

$$\begin{aligned} \text{LHS} &= \frac{a^4}{ka^2bc+a^2b^2} + \frac{b^4}{kab^2c+b^2c^2} + \frac{c^4}{kabc^2+c^2a^2} \\ &\geqslant \frac{(a^2+b^2+c^2)^2}{kabc(a+b+c)+a^2b^2+b^2c^2+c^2a^2}. \end{aligned}$$

因此, 我们需要证明

$$(k+1)(a^2+b^2+c^2)^2 \geqslant 3kabc(a+b+c) + 3(a^2b^2+b^2c^2+c^2a^2),$$

这等价于

$$(k+1)(a^4+b^4+c^4) + (2k-1)(a^2b^2+b^2c^2+c^2a^2) \geqslant 3kabc(a+b+c).$$

通过将下面两个不等式相加, 可知上述不等式成立

$$(k+1)(a^4+b^4+c^4) \geqslant (k+1)(a^2b^2+b^2c^2+c^2a^2)$$

以及

$$3k(a^2b^2+b^2c^2+c^2a^2) \geqslant 3kabc(a+b+c),$$

这两个不等式都是 $x^2+y^2+z^2 \geqslant xy+yz+zx$ 的特殊情形. 当 $a=b=c$ 时, 等号成立. □

另一类常见的不等式是那些涉及乘积形式的不等式, 如

$$(a+b)(a+c) = a^2+ab+bc+ca = a(a+b+c)+bc,$$

同样地, 有

$$(b+c)(b+a)=b^2+ab+bc+ca=b(a+b+c)+ca,$$
$$(c+a)(c+b)=c^2+ab+bc+ca=c(a+b+c)+ab,$$

式中的变量 a,b,c 满足条件 $a+b+c=k$ 或者 $ab+bc+ca=k$, 其中 k 是一个常数.

下面是一些有启发性的例子.

例 5 (Dan Moldovan, 罗马尼亚 NMO 2018) 设 $a,b,c\geqslant 0$, 且满足 $ab+bc+ca=3$. 证明

$$\frac{a}{a^2+7}+\frac{b}{b^2+7}+\frac{c}{c^2+7}\leqslant\frac{3}{8}.$$

证明 不等式改写为

$$\frac{a}{a^2+ab+bc+ca+4}+\frac{b}{b^2+ab+bc+ca+4}+\frac{c}{c^2+ab+bc+ca+4}\leqslant\frac{3}{8},$$

这等价于

$$\frac{a}{(a+b)(a+c)+4}+\frac{b}{(b+c)(b+a)+4}+\frac{c}{(c+a)(c+b)+4}\leqslant\frac{3}{8}.$$

根据 AM-GM 不等式, 我们得到

$$(a+b)(a+c)+4\geqslant 4\sqrt{(a+b)(a+c)}$$

同理可得对 b,c 和 c,a 的两个不等式. 因此, 只需要证明

$$\frac{a}{\sqrt{(a+b)(a+c)}}+\frac{b}{\sqrt{(b+c)(b+a)}}+\frac{c}{\sqrt{(c+a)(c+b)}}\leqslant\frac{3}{2}.$$

根据 AM-GM 不等式, 我们可得

$$\frac{a}{\sqrt{(a+b)(a+c)}}=\sqrt{\frac{a}{a+b}\cdot\frac{a}{a+c}}\leqslant\frac{1}{2}\left(\frac{a}{a+b}+\frac{a}{a+c}\right),$$

同理可得

$$\frac{b}{\sqrt{(b+a)(b+c)}}\leqslant\frac{1}{2}\left(\frac{b}{a+b}+\frac{b}{b+c}\right),$$
$$\frac{c}{\sqrt{(c+a)(c+b)}}\leqslant\frac{1}{2}\left(\frac{c}{c+a}+\frac{c}{b+c}\right).$$

将上述不等式相加, 我们便得到待证不等式. □

例 6 设 a,b,c 为正实数, 且满足 $a+b+c=3$. 证明

$$\frac{bc}{a^2+3}+\frac{ca}{b^2+3}+\frac{ab}{c^2+3}\leqslant\frac{9}{4(ab+bc+ca)}.$$

证明 我们有

$$3=\frac{(a+b+c)^2}{3}\geqslant ab+ac+bc.$$

所以

$$\text{LHS} \leqslant \sum \frac{bc}{a^2+ab+ac+bc} = \sum \frac{bc}{(a+b)(a+c)} = 1 - \frac{2abc}{(a+b)(a+c)(b+c)}.$$

因此，只需要证明

$$1 - \frac{2abc}{(a+b)(a+c)(b+c)} \leqslant \frac{(a+b+c)^2}{4(ab+bc+ca)},$$

这等价于

$$\frac{a^2+b^2+c^2}{ab+bc+ca} + \frac{8abc}{(a+b)(a+c)(b+c)} \geqslant 2.$$

不失一般性，我们不妨设 $a \geqslant b \geqslant c$，所以

$$\begin{aligned}\frac{a^2+b^2+c^2}{ab+bc+ca} + \frac{8abc}{(a+b)(a+c)(b+c)} &\geqslant \frac{a^2+b^2+2c^2}{(c+a)(c+b)} + \frac{8abc}{(a+b)(a+c)(b+c)} \\ &= \frac{(a+b-2c)(a-b)^2}{(a+b)(b+c)(c+a)} + 2 \geqslant 2.\end{aligned}$$

□

例 7 (Dan Moldovan, 罗马尼亚 NMO 2019) 如果 $a, b, c \in (0, \infty)$ 满足 $a+b+c=3$，那么

$$\frac{a}{3a+bc+12} + \frac{b}{3b+ca+12} + \frac{c}{3c+ab+12} \leqslant \frac{3}{16}.$$

证明 根据 Cauchy-Schwarz 不等式，我们有

$$\frac{16}{3a+bc+12} \leqslant \frac{1}{3a+bc} + \frac{9}{12} = \frac{1}{3a+bc} + \frac{3}{4}$$

所以

$$\sum_{\text{cyc}} \frac{a}{3a+bc+12} \leqslant \frac{1}{16}\left(\sum_{\text{cyc}} \frac{a}{3a+bc} + \frac{9}{4}\right).$$

注意到

$$\begin{aligned}\sum_{\text{cyc}} \frac{a}{3a+bc} = \sum_{\text{cyc}} \frac{a}{(a+b)(a+c)} &= \frac{2(ab+bc+ca)}{(a+b)(b+c)(c+a)} \\ &= \frac{2(a+b+c)(ab+bc+ca)}{3(a+b)(b+c)(c+a)} \leqslant \frac{3}{4}\end{aligned}$$

最后一个不等式成立是因为

$$9(a+b)(b+c)(c+a) \geqslant 8(a+b+c)(ab+bc+ca) \iff \sum_{\text{cyc}} a(b-c)^2 \geqslant 0,$$

证明完毕. □

例 8 (Marius Stănean) 设 $a, b, c > 0$，且满足 $a+b+c=1$. 证明

$$\frac{20a}{a+bc} + \frac{15b}{b+ca} + \frac{12c}{c+ab} \leqslant 36.$$

证明　将不等式改写为

$$\frac{20a}{a(a+b+c)+bc}+\frac{15b}{b(a+b+c)+ca}+\frac{12c}{c(a+b+c)+ab}\leqslant 36,$$

这等价于

$$\frac{20a}{(a+b)(a+c)}+\frac{15b}{(a+b)(b+c)}+\frac{12c}{(b+c)(c+a)}\leqslant 36,$$

等价于

$$20a(b+c)+15b(c+a)+12c(a+b)\leqslant 36(a+b)(b+c)(c+a),$$

等价于

$$20a(b+c)+15b(c+a)+12c(a+b)\leqslant 36(a+b+c)(ab+bc+ca)-36abc,$$

等价于

$$ab+9bc+4ac\geqslant 36abc,$$

等价于

$$\frac{9}{a}+\frac{4}{b}+\frac{1}{c}\geqslant 36.$$

此不等式是成立的, 因为由 Cauchy-Schwarz 不等式, 我们可得

$$\frac{9}{a}+\frac{4}{b}+\frac{1}{c}\geqslant\frac{(3+2+1)^2}{a+b+c}=36.$$

当 $a=\frac{1}{2}, b=\frac{1}{3}, c=\frac{1}{6}$ 时, 等号成立. □

例 9　设 a, b, c 为正数, 且满足 $a+b+c=1$. 试求如下表达式的最大值.

$$E=\frac{a}{a+bc}+\frac{b}{b+ca}+\frac{\sqrt{abc}}{c+ab}.$$

解法一　考虑表达式 E 的前两项, 我们得到

$$\begin{aligned}\frac{a}{a+bc}+\frac{b}{b+ca}&=\frac{a}{(a+b)(a+c)}+\frac{b}{(a+b)(b+c)}=\frac{2ab+bc+ca}{(a+b)(b+c)(c+a)}\\&=\frac{(2ab+bc+ca)(a+b+c)}{(a+b)(b+c)(c+a)}\\&=\frac{(a+b)(b+c)(c+a)+abc+ab(a+b+c)}{(a+b)(b+c)(c+a)}\\&=1+\frac{ab(a+b+2c)}{(a+b)(b+c)(c+a)}.\end{aligned}$$

注意到

$$\frac{(a+b+2c)^2}{(c+a)(b+c)}-4=\frac{(a-b)^2}{(c+a)(b+c)}\leqslant\frac{(a-b)^2}{ab}=\frac{(a+b)^2}{ab}-4$$

所以

$$\frac{ab(a+b+2c)}{(a+b)(b+c)(c+a)} \leqslant \sqrt{\frac{ab}{(c+a)(b+c)}}.$$

因此

$$\begin{aligned}E &\leqslant 1+\sqrt{\frac{ab}{(c+a)(b+c)}}+\frac{\sqrt{abc}}{(c+a)(b+c)}\\ &=1+\sqrt{\frac{ab}{(c+a)(b+c)}}\left(1+\sqrt{\frac{c(a+b+c)}{(c+a)(b+c)}}\right)\\ &=1+\sqrt{\frac{ab}{(c+a)(b+c)}}\left(1+\sqrt{\frac{(c+a)(b+c)-ab}{(c+a)(b+c)}}\right)\\ &=1+\sqrt{\frac{ab}{(c+a)(b+c)}}\left(1+\sqrt{1-\frac{ab}{(c+a)(b+c)}}\right).\end{aligned}$$

我们记 $t=\sqrt{1-\dfrac{ab}{(c+a)(b+c)}}$, 使用 AM-GM 不等式, 可以得到

$$\begin{aligned}E &\leqslant 1+(1+t)\sqrt{1-t^2}=1+\sqrt{(1-t)(1+t)^3}=1+\sqrt{\frac{(3-3t)(1+t)^3}{3}}\\ &\leqslant 1+\sqrt{\frac{1}{3}\left(\frac{3-3t+1+t+1+t+1+t}{4}\right)^4}=1+\frac{3\sqrt{3}}{4}.\end{aligned}$$

当 $a=b=2\sqrt{3}-3$, $c=7-4\sqrt{3}$ 时, 等号成立. □

解法二 记 $x^2=\dfrac{bc}{a}$, $y^2=\dfrac{ca}{b}$, $z^2=\dfrac{ab}{c}$, $x,y,z>0$, 从而 $a=yz$, $b=zx$, $c=xy$ 以及 $xy+yz+zx=1$. 表达式 E 可以用 x,y,z 改写为

$$E=\frac{1}{1+x^2}+\frac{1}{1+y^2}+\frac{z}{1+z^2}.$$

注意到, 条件 $xy+yz+zx=1$ 等价于存在一个 $\triangle ABC$ 满足 $x=\tan\dfrac{A}{2}$, $y=\tan\dfrac{B}{2}$, $z=\tan\dfrac{C}{2}$. 因此, 问题转化为求如下表达式的最大值

$$\begin{aligned}E &=\cos^2\frac{A}{2}+\cos^2\frac{B}{2}+\sin\frac{C}{2}\cos\frac{C}{2}\\ &=1+\frac{1}{2}(\cos A+\cos B)+\sin\frac{C}{2}\cos\frac{C}{2}\\ &=1+\cos\frac{A+B}{2}\cos\frac{A-B}{2}+\sin\frac{C}{2}\cos\frac{C}{2}\\ &=1+2\sin\frac{C}{2}\cos\left(\frac{\pi}{4}-\frac{B}{2}\right)\cos\left(\frac{\pi}{4}-\frac{A}{2}\right)\\ &=1+2\sin(\alpha+\beta)\cos\alpha\cos\beta,\end{aligned}$$

其中 $\alpha,\beta\in\left(-\frac{\pi}{4},\frac{\pi}{4}\right)$, 且满足 $\alpha+\beta\geqslant 0$.

使用 Cauchy-Schwarz 不等式和 AM-GM 不等式, 我们得到

$$\begin{aligned}[\sin(\alpha+\beta)\cos\alpha\cos\beta]^2&=(\sin\alpha\cos\beta+\cos\alpha\sin\beta)^2\cos^2\alpha\cos^2\beta\\&\leqslant(\sin^2\alpha+\sin^2\beta)(\cos^2\beta+\cos^2\alpha)\cos^2\alpha\cos^2\beta\\&=\frac{4}{3}\cos^2\alpha\cos^2\beta\left(\frac{3\sin^2\alpha+3\sin^2\beta}{2}\right)\left(\frac{\cos^2\alpha+\cos^2\beta}{2}\right)\\&\leqslant\frac{4}{3}\left(\frac{\cos^2\alpha+\cos^2\beta+\frac{3\sin^2\alpha+3\sin^2\beta}{2}+\frac{\cos^2\alpha+\cos^2\beta}{2}}{4}\right)^4\\&=\frac{27}{64}.\end{aligned}$$

因此

$$E\leqslant 1+\frac{3\sqrt{3}}{4}.$$

我们得到取得等号的情形为

$$\alpha=\beta=\frac{\pi}{6}\Longleftrightarrow A=B=\frac{\pi}{6},C=\frac{2\pi}{3},$$

所以 $x=y=2-\sqrt{3}$, $z=\sqrt{3}$, 这意味着 $a=b=2\sqrt{3}-3$, $c=7-4\sqrt{3}$.

从这个证明中, 我们可以看到: 当 $C\to 0$, $A=B\to\frac{\pi}{2}$ 时, 有 $\inf(E)=1$, 即 $x=y\to 1$, $z\to 0$. □

一种能够成功证明对称不等式的方法是确定一个变量的顺序, 正如例题 6 的证明所示. 在其他情况下, 不等式可以简化为只有一个变量的不等式.

例 10 (IMO 1984)　设 a,b,c 是非负实数, 且满足 $a+b+c=1$. 证明

$$0\leqslant ab+bc+ca-2abc\leqslant\frac{7}{27}.$$

证明　不妨设 $c=\min\{a,b,c\}$, 所以 $c\leqslant\frac{1}{3}$. 记 $I=ab+ac+bc-2abc$, 我们有

$$I=ab(1-2c)+c-c^2\geqslant 0.$$

当 $c=0$ 且 $ab=0$ 时, 等号成立.

对于待证的右端不等式, 应用 AM-GM 不等式, 我们得到

$$\begin{aligned}I&\leqslant(1-2c)\frac{(a+b)^2}{4}+c-c^2\\&=(1-2c)\frac{(1-c)^2}{4}+c-c^2\\&=\frac{1+c^2-2c^3}{4}=\frac{1}{4}+\frac{c^2(1-2c)}{4}\end{aligned}$$

$$\leqslant \frac{1}{4}+\frac{1}{4}\left(\frac{c+c+1-2c}{3}\right)^3=\frac{7}{27}.$$

当 $a=b=c=\frac{1}{3}$ 时, 等号成立. □

例 11 设 a, b, c 为实数, 且满足

$$a+b+c=6 \quad 和 \quad a^2+b^2+c^2=14.$$

证明

$$(a-b)(b-c)(c-a) \leqslant 2.$$

证明 注意到待证不等式是轮换对称的, 所以我们分如下两种情形来证明.

情形 1 $a \geqslant b \geqslant c$, 不等式显然成立.

情形 2 $a \leqslant b \leqslant c$, 我们得到

$$(a-b)^2+(b-c)^2+(c-a)^2=3(a^2+b^2+c^2)-(a+b+c)^2=42-36=6.$$

应用 Cauchy-Schwarz 不等式, 有

$$12-2(c-a)^2=2(a-b)^2+2(b-c)^2 \geqslant (a-b+b-c)^2=(c-a)^2 \Longrightarrow (c-a)^2 \leqslant 4.$$

使用 AM-GM 不等式, 有

$$(a-b)(b-c)(c-a) \leqslant (c-a)\frac{(a-b+b-c)^2}{4}=\frac{(c-a)^3}{4} \leqslant 2.$$

当且仅当 $(a,b,c)=(1,2,3)$ 或其轮换时, 等号成立. □

例 12 (2020 高加索数学奥林匹克) 设 a, b, c 为实数, 且满足

$$abc+a+b+c=ab+bc+ca+5.$$

求表达式 $a^2+b^2+c^2$ 的最小值.

解 题设条件可以改写为

$$(a-1)(b-1)(c-1)=4.$$

不失一般性, 我们假设 $a \geqslant b \geqslant c$. 于是 $a-1>0$, 否则 $(a-1)(b-1)(c-1)<0$. 使用 Cauchy-Schwarz 不等式和 AM-GM 不等式, 我们得到

$$\begin{aligned}
a^2+b^2+c^2 &= a^2-2+(b^2+c^2+1+1)\\
&\geqslant a^2-2+\frac{(b+c-1-1)^2}{4}\\
&\geqslant a^2-2+(b-1)(c-1)=a^2-2+\frac{4}{a-1}\\
&=(a-1)^2+2(a-1)+\frac{4}{a-1}-1
\end{aligned}$$

$$\geqslant 7\sqrt[7]{(a-1)^2(a-1)(a-1)\cdot\frac{1}{a-1}\cdot\frac{1}{a-1}\cdot\frac{1}{a-1}\cdot\frac{1}{a-1}}-1=6.$$

当且仅当 $a=2, b=c=-1$ 及其轮换时, 等号成立. □

例 13 设 a, b, c 为非负实数, 且满足 $a+b+c=1$. 证明

$$6(a^3+b^3+c^3)+1 \geqslant 5(a^2+b^2+c^2).$$

证明 设 $a=\min\{a,b,c\}$, 这意味着 $a \leqslant \frac{1}{3}$. 令

$$t=bc \leqslant \frac{(b+c)^2}{4}=\frac{(1-a)^2}{4}.$$

不等式转换为

$$5a^2-6a^3-1+5(b+c)^2-10bc-6(b+c)((b+c)^2-3bc) \leqslant 0,$$

这等价于

$$2(4-9a)bc+5a^2-6a^3-1+5(1-a)^2-6(1-a)^3 \leqslant 0,$$

又等价于

$$(4-9a)t \leqslant (2a-1)^2.$$

因为 $4-9a \geqslant 0$, 所以只需要证明

$$(1-a)^2(4-9a) \leqslant 4(2a-1)^2 \Longleftrightarrow a(3a-1)^2 \geqslant 0,$$

上式显然成立. 当 $a=b=c=\frac{1}{3}$ 或者 $a=0, b=c=\frac{1}{2}$ 时, 不等式取得等号. □

例 14 设 a, b, c 为非负实数, 且满足 $a+b+c=1$. 证明

$$3(a^3+b^3+c^3)+1 \leqslant 4(a^2+b^2+c^2).$$

证明 设 $a=\max\{a,b,c\}$, 这意味着 $a \geqslant \frac{1}{3}$. 令

$$t=bc \leqslant \frac{(b+c)^2}{4}=\frac{(1-a)^2}{4},$$

不等式转换为

$$3a^3-4a^2+1+3(b+c)((b+c)^2-3bc)-4(b+c)^2+8bc \leqslant 0,$$

这等价于

$$(9a-1)bc+3a^3-4a^2+1+3(1-a)^3-4(1-a)^2 \leqslant 0,$$

又等价于

$$(9a-1)t \leqslant a-a^2.$$

因为 $9a-1\geqslant 0$, 所以我们只需要证明

$$(9a-1)(1-a)^2\leqslant 4a-4a^2 \Longleftrightarrow (a-1)(3a-1)^2\leqslant 0,$$

上式显然成立. 当 $a=b=c=\dfrac{1}{3}$ 或者 $a=1, b=c=0$ 时, 不等式取得等号. □

例 15 (乌克兰数学奥林匹克 2019) 设 x, y, z 为正实数, 且满足 $\dfrac{1}{x}+\dfrac{1}{y}+\dfrac{1}{z}=3$. 证明

$$(x-1)(y-1)(z-1)\leqslant \frac{1}{4}(xyz-1).$$

证明 记 $a=\dfrac{1}{x}, b=\dfrac{1}{y}, c=\dfrac{1}{z}$, 从而 $a+b+c=3$. 待证不等式等价为

$$4(1-a)(1-b)(1-c)\leqslant (1-abc),$$

等价于

$$-9+4(ab+bc+ca)-3abc\leqslant 0,$$

等价于

$$-3+\frac{4}{3}(ab+bc+ca)-abc\leqslant 0,$$

又等价于

$$\left(\frac{4}{3}-a\right)\left(\frac{4}{3}-b\right)\left(\frac{4}{3}-c\right)\leqslant \frac{1}{27}.$$

不妨设 $c\leqslant b\leqslant a$, 如果不等式的左边是负数, 那么上述不等式是显然成立的. 其他的两种情形, 我们应用 AM-GM 不等式即可.

情形 1 如果 $a\leqslant \dfrac{4}{3}$, 那么

$$\text{LHS}\leqslant \left(\frac{\frac{4}{3}-a+\frac{4}{3}-b+\frac{4}{3}-c}{3}\right)^3=\frac{1}{27}.$$

情形 2 如果 $\dfrac{4}{3}\leqslant b$, 那么有 $c\leqslant \dfrac{1}{3}$ 和

$$\text{LHS}\leqslant \left(\frac{4}{3}-c\right)\left(\frac{a-\frac{4}{3}+b-\frac{4}{3}}{2}\right)^2=\frac{(4-3c)(1-3c)^2}{4\times 27}<\frac{1}{27}.$$

当 $a=b=c=1$ 时, 即 $x=y=z=1$, 不等式取得等号. □

例 16 设 a, b, c 为非负实数, 且满足 $a+b+c=3$. 证明

$$(a^2-a+1)(b^2-b+1)(c^2-c+1)\geqslant 1.$$

证明 设 $c=\min\{a,b,c\}$, 这意味着 $c\leqslant 1$. 根据 AM-GM 不等式, 对 $x\geqslant 0$, 我们有

$$x^2-x+1\geqslant x^2-\frac{x^2+1}{2}+1=\frac{x^2+1}{2}.$$

因此, 使用 Cauchy-Schwarz 不等式, 我们得到

$$\begin{aligned}(a^2-a+1)(b^2-b+1)(c^2-c+1) &\geqslant \left(\frac{a^2+1}{2}\right)\left(\frac{b^2+1}{2}\right)(c^2-c+1)\\ &\geqslant \left(\frac{a+b}{2}\right)^2(c^2-c+1)\\ &= \left(\frac{3-c}{2}\right)^2(c^2-c+1).\end{aligned}$$

故只需要证明

$$(3-c)^2(c^2-c+1) \geqslant 4,$$

通过因式分解, 这等价于

$$(c-1)^2(c^2-5c+5) \geqslant 0,$$

上式对于 $c \leqslant 1$ 是显然成立的. 当 $a=b=c=1$ 时, 不等式取得等号. □

例 17　设 $1 \leqslant a, b, c, d \leqslant 9$ 为实数. 证明

$$abcd \geqslant \left(\frac{a+b+c+d}{4}\right)^2.$$

证明　注意到, 待证不等式是完全对称的, 所以不失一般性, 我们假设 $1 \leqslant a \leqslant b \leqslant c \leqslant d \leqslant 9$. 令

$$f(a,b,c,d) = 4\sqrt{abcd} - a - b - c - d,$$

我们有

$$f(a,b,c,d) \geqslant f(1,b,c,d) \geqslant f(1,1,c,d) \geqslant f(1,1,1,d) \geqslant 0.$$

理由如下

$$\begin{aligned}f(a,b,c,d) - f(1,b,c,d) &= 4\sqrt{bcd}(\sqrt{a}-1) - a + 1\\ &= (\sqrt{a}-1)(4\sqrt{bcd} - \sqrt{a} - 1) \geqslant 0.\\ f(1,b,c,d) - f(1,1,c,d) &= 4\sqrt{cd}(\sqrt{b}-1) - b + 1\\ &= (\sqrt{b}-1)(4\sqrt{cd} - \sqrt{b} - 1) \geqslant 0.\\ f(1,1,c,d) - f(1,1,1,d) &= 4\sqrt{d}(\sqrt{c}-1) - c + 1\\ &= (\sqrt{c}-1)(4\sqrt{d} - \sqrt{c} - 1) \geqslant 0.\end{aligned}$$

$$f(1,1,1,d) = 4\sqrt{d} - 3 - d = (\sqrt{d}-1)(3-\sqrt{d}) \geqslant 0.$$

当 $(a,b,c,d) = (1,1,1,1)$ 或 $(1,1,1,9)$ 及其轮换时, 不等式取得等号. □

在分离出最小 (或最大) 变量后, 我们可以应用许多其他的技术. 例如, 如果不等式是齐次的, 我们可以通过将其他变量的和设置为 1 来规范化. 这可以简化计算, 如以下示例的解所示.

例 18 设 x, y, z 为正实数. 证明

$$\frac{x^2}{y+z}+\frac{y^2}{z+x}+\frac{z^2}{x+y} \geqslant \frac{(x+y+z)\left(x^2+y^2+z^2\right)}{2(xy+xz+yz)}.$$

证明 因为不等式是轮换对称的和齐次的, 我们不妨设 $z \leqslant y \leqslant x$ 和 $x+y=1$. 记 $t=xy$, 根据 AM-GM 不等式, 我们得到 $t \leqslant \frac{1}{4}$. 显然, 我们有 $z \leqslant \frac{1}{2}$. 因此, 只需要证明

$$\frac{x^3+y^3+z(x^2+y^2)}{z^2+z(x+y)+xy}+\frac{z^2}{x+y} \geqslant \frac{[(x+y)+z][(x+y)^2-2xy+z^2]}{2((x+y)z+xy)},$$

等价于

$$\frac{1-3t+z-2zt}{z^2+z+t}+z^2 \geqslant \frac{(1+z)(1-2t+z^2)}{2(z+t)}.$$

通过化简, 待证不等式等价于

$$-2(2-z)t^2+(2z^3+3z^2-4z+1)t+z(z-1)^2(z+1) \geqslant 0.$$

记不等式的左边为 $f(t)$. 因为 $f(t)$ 是关于 t 的二次函数, 注意到, 二次项的系数是负数, 所以函数 $f(t)$ 在 $\left[0, \frac{1}{4}\right]$ 上的最小值在其中的一个端点处取得. 因为

$$f(0)=z(z-1)^2(z+1) \geqslant 0,$$
$$f\left(\frac{1}{4}\right)=\frac{z(2z-1)^2(2z+1)}{8} \geqslant 0,$$

于是 $f(t) \geqslant 0$ 对所有 $t \in \left[0, \frac{1}{4}\right]$ 成立.

当 $z=0, x=y=\frac{1}{2}$ 或者 $x=y=z=\frac{1}{2}$ 时, 不等式取得等号. □

例 19 设 x, y, z 是正实数. 证明

$$\frac{x^2}{y+z}+\frac{y^2}{z+x}+\frac{z^2}{x+y} \leqslant \frac{(x+y+z)\left(2x^2+2y^2+2z^2-xy-yz-zx\right)}{2(xy+xz+yz)}.$$

证明 因为不等式是对称的齐次不等式. 我们不妨设 $z \leqslant y \leqslant x$ 和 $x+y=1$. 令 $t=xy$, 利用 AM-GM 不等式, 可得 $t \leqslant \frac{1}{4}$. 显然, 我们有 $z \leqslant \frac{1}{2}$. 因此, 只需要证明

$$\frac{x^3+y^3+z(x^2+y^2)}{z^2+z(x+y)+xy}+\frac{z^2}{x+y} \leqslant \frac{((x+y)+z)(2(x+y)^2-5xy+2z^2-(x+y)z)}{2((x+y)z+xy)},$$

等价于

$$\frac{1-3t+z-2zt}{z^2+z+t}+z^2 \leqslant \frac{(1+z)(2-5t+2z^2-z)}{2(z+t)}.$$

通过化简, 上式变成

$$(1-2z)t^2-z^2(2z+5)t+z^2(1+z) \geqslant 0.$$

记上式的左边为 $f(t)$. 注意到, $f(t)$ 是关于 t 的二次函数, 且二次项的系数非负. 如果 $0 < z \leqslant \frac{1}{4}$, 通过二次函数的判别式可得

$$-z^2(1+2z)(4-12z-9z^2-2z^3) \leqslant -z^2(1+2z)\left(4-3-\frac{9}{16}-\frac{1}{32}\right) < 0.$$

因为判别式是负数, 且二次项的系数非负, 所以 $f(t) \geqslant 0$ 对所有 t 成立. 如果 $\frac{1}{4} \leqslant z \leqslant \frac{1}{2}$, 那么记 $t = \frac{1}{4} - s$, 我们得到

$$f\left(\frac{1}{4}-s\right) = (1-2z)s^2 + \frac{1}{2}(2z+1)(2z^2+4z-1)s + \frac{1}{16}(2z-1)^2(2z+1),$$

对所有 $s \geqslant 0$, 上式是非负的, 这是因为所有的系数非负.

当 $x = y = z = \frac{1}{2}$ 时, 不等式取得等号. □

我们可以将此技术与其他技术结合使用.

例 20 (Peter Scholze, Darij Grinberg, QEDMO 1)　设 a, b, c 是非负实数. 证明

$$\frac{(b+c)^2}{a^2+bc} + \frac{(c+a)^2}{b^2+ca} + \frac{(a+b)^2}{c^2+ab} \geqslant 6.$$

证明　根据 Cauchy-Schwarz 不等式, 我们得到

$$\begin{aligned}
\text{LHS} &= \frac{(b+c)^4}{(a^2+bc)(b+c)^2} + \frac{(c+a)^4}{(b^2+ca)(c+a)^2} + \frac{(a+b)^4}{(c^2+ab)(a+b)^2} \\
&\geqslant \frac{\left[(b+c)^2+(c+a)^2+(a+b)^2\right]^2}{(a^2+bc)(b+c)^2+(b^2+ca)(c+a)^2+(c^2+ab)(a+b)^2} \\
&= \frac{4(a^2+b^2+c^2+ab+bc+ca)^2}{\sum\limits_{\text{cyc}}(a^3b+ab^3)+4\sum\limits_{\text{cyc}}a^2b^2+2abc(a+b+c)} \\
&= \frac{4(a^2+b^2+c^2+ab+bc+ca)^2}{(ab+bc+ca)(a^2+b^2+c^2)+4(ab+bc+ca)^2-7abc(a+b+c)}.
\end{aligned}$$

因为不等式是对称的齐次不等式, 我们不妨设 $c \leqslant b \leqslant a$ 和 $a + b = 1$. 记 $t = ab$, 根据 AM-GM 不等式, 我们得到 $t \leqslant \frac{1}{4}$. 显然, 我们有 $c \leqslant \frac{1}{2}$. 只需要证明

$$2(c^2+c+1-t)^2 \geqslant 3\left[(t+c)(1-2t+c^2)+4(t+c)^2-7tc(1+c)\right],$$

通过化简, 等价于

$$-4t^2+(14c^2-c-7)t+2c^4+c^3-6c^2+c+2 \geqslant 0.$$

记上式的左边为 $f(t)$. 因为 $f(t)$ 是关于 t 的二次函数, 且二次项系数是负数, 所以 $f(t)$ 在区间 $\left[0, \frac{1}{4}\right]$ 的端点处取得最小值. 因为

$$f(0) = (c-1)^2(c+2)(2c+1) \geqslant 0$$

以及

$$f\left(\frac{1}{4}\right)=-\frac{1}{4}+\frac{14c^2-c-7}{4}+2c^4+c^3-6c^2+c+2$$
$$=\frac{c(2c+3)(2c-1)^2}{4}\geqslant 0,$$

所以, 对任意 $t\in\left[0,\frac{1}{4}\right]$, 都有 $f(t)\geqslant 0$.

当 $a=b=c=\frac{1}{2}$, 或 $c=0, a=b=\frac{1}{2}$ 及其轮换时, 不等式的等号成立. □

例 21 (Pham Kim Hung) 设 a, b, c 为非负实数. 证明

$$\sqrt{a^2+b^2+c^2+5(ab+bc+ca)}\leqslant\sqrt{a^2+bc}+\sqrt{b^2+ca}+\sqrt{c^2+ab}$$
$$\leqslant\frac{3}{2}(a+b+c).$$

证明 不妨设 $a\geqslant b\geqslant c$. 对于不等式的右边, 注意到

$$\sqrt{a^2+bc}\leqslant a+\frac{c}{2}.$$

根据 Cauchy-Schwarz 不等式可得

$$\sqrt{b^2+ca}+\sqrt{c^2+ab}\leqslant\sqrt{2(b^2+c^2+ca+ab)}$$

所以只需要证明

$$2\sqrt{2(b^2+c^2+ca+ab)}\leqslant a+3b+2c,$$

这等价于

$$(-a+b+2c)^2+8c(b-c)\geqslant 0,$$

上式显然成立. 当 $a=b, c=0$ 时, 等号成立.

对于不等式的左边, 因为不等式是对称的齐次不等式, 我们不妨设 $a+b=1$. 令 $t=ab$, 根据 AM-GM 不等式, 可得 $t\leqslant\frac{1}{4}$. 我们有

$$(a-c)(b-c)\geqslant 0\Longrightarrow t\geqslant c(1-c),$$

容易得到 $c\leqslant\frac{1}{2}$.

我们将会证明

$$\sqrt{a^2+bc}+\sqrt{b^2+ca}\geqslant\sqrt{(a+b)^2+2c(a+b)}.$$

通过化简, 上式变成

$$2\sqrt{(a^2+bc)(b^2+ca)}\geqslant 2ab+c(a+b),$$

这等价于

$$c(a-b)^2\left[4(a+b)-c\right]\geqslant 0.$$

因此, 这等价于证明
$$\sqrt{(a+b)^2+2c(a+b)}+\sqrt{c^2+ab}\geqslant\sqrt{a^2+b^2+c^2+5(ab+bc+ca)}.$$
通过化简, 上式转化为
$$2\sqrt{(a+b)(a+b+2c)(c^2+ab)}\geqslant 2ab+3c(a+b),$$
等价于
$$4(1+2c)(c^2+t)\geqslant 4t^2+12ct+9c^2,$$
即不等式
$$4t^2-4(1-c)t+5c^2-8c^3\leqslant 0.$$
记上式左端为 $f(t)$, 这是关于 t 的二次函数. 因为
$$c(1-c)\leqslant t\leqslant\frac{1}{4}\leqslant\frac{1-c}{2}$$
且
$$f(c(1-c))=4c^2(1-c)^2-4c(1-c)^2+5c^2-8c^3=-c(4-c)(2c-1)^2\leqslant 0,$$
所以对任意 $t\in\left[c(1-c),\frac{1}{4}\right]$, 都有 $f(t)\leqslant 0$.

当 $c=b=0, a=1$ 或者 $a=b=c=\frac{1}{2}$ 时, 不等式取得等号. □

注记　我们可以得到如下不等式:

设 a,b,c 是非负实数, 且 $k>1$. 证明
$$\sqrt{k^2a^2+bc}+\sqrt{k^2b^2+ca}+\sqrt{k^2c^2+ab}\leqslant\left(k+\frac{1}{2}\right)(a+b+c).$$

证明　通过化简, 我们可以证得
$$\sqrt{k^2a^2+bc}\leqslant\sqrt{a^2+bc}+(k-1)a,$$
$$\sqrt{k^2b^2+ca}\leqslant\sqrt{b^2+ca}+(k-1)b,$$
$$\sqrt{k^2c^2+ab}\leqslant\sqrt{c^2+ab}+(k-1)c.$$
将以上三式相加, 再结合已经证明的不等式, 易知待证不等式成立. □

我们可以将这种技术扩展到四个变量.

例 22 (Vasile Cîrtoaje)　设 a,b,c,d 是非负实数且满足 $a+b+c+d=4$. 证明
$$3(a^2+b^2+c^2+d^2)+4abcd\geqslant 16.$$

证明　通过齐次化, 不等式等价于
$$3(a+b+c+d)^2(a^2+b^2+c^2+d^2)+64abcd\geqslant(a+b+c+d)^4.$$

不妨设 $a \geqslant b \geqslant c \geqslant d$ 以及 $a+b+c=1$. 记 $t=abc$, 利用 AM-GM 不等式, 可得 $t \leqslant \frac{1}{27}$. 显然, 我们有 $d \leqslant \frac{1}{3}$.

我们只需要证明

$$3(d+1)^2(a^2+b^2+c^2+d^2)+64td \geqslant (d+1)^4.$$

根据 Schur 不等式, 也即

$$a^2+b^2+c^2+\frac{9abc}{a+b+c} \geqslant 2(ab+bc+ca),$$

我们可以得到

$$2(a^2+b^2+c^2) \geqslant 1-9t.$$

所以只需要证明

$$3(d+1)^2(1-9t+2d^2)+128td \geqslant 2(d+1)^4,$$

这等价于

$$t\left[27(d+1)^2-128d\right] \leqslant 3(d+1)^2(2d^2+1)-2(d+1)^4.$$

因为 $27(d+1)^2-128d>0$, 其中 $d \in \left[0, \frac{1}{3}\right]$ 以及 $t \leqslant \frac{1}{27}$, 所以只需要证明

$$27\left[3(d+1)^2(2d^2+1)-2(d+1)^4\right]-27(d+1)^2+128d \geqslant 0,$$

通过计算可得 $4d(3d+5)(3d-1)^2 \geqslant 0$, 该式显然成立. 当 $a=b=c=d$ 或者 $a=b=c=\frac{4}{3}$, $d=0$ 及其轮换时, 不等式取得等号. □

注记 这个不等式的一个等价形式如下:

若 a, b, c, d 是非负实数, 则有

$$a^3+b^3+c^3+d^3+\frac{32abcd}{a+b+c+d} \geqslant 3(abc+bcd+cda+dab).$$

实际上, 我们有如下恒等式

$$\begin{aligned}
&a^3+b^3+c^3+d^3-3(abc+bcd+cda+dab)\\
&=(a+b+c+d)(a^2+b^2+c^2+d^2-ab-bc-cd-da-ac-bd)\\
&=2\left[3(a^2+b^2+c^2+d^2)-(a+b+c+d)^2\right]\\
&=6(a^2+b^2+c^2+d^2)-32.
\end{aligned}$$

Cauchy 求反技术是一种方法: 当我们遇到无法应用 AM-GM 不等式的情况时, 使用某些技巧和计算方法, 可以将不等式转化为一种等价形式, 我们便能够应用它. 举一个简单的例子, 如果我们想要寻找 $\frac{x}{a^2+b^2}$ 的下界, 其中 $x \geqslant 0$, 很显然利用 AM-GM 不等式, 也即 $a^2+b^2 \geqslant 2ab$, 不能起到作用. 如果我们能用等价的形式改写这个表达式为 $y-\frac{z}{a^2+b^2}$, 其中 $z \geqslant 0$, 很明显, 情况发生了变化.

下面的例子, 我们认为会很有说服力.

例 23 (Konstantinos Metaxas, 数学反思)　设 a, b, c 是正实数. 证明

$$\frac{a^3}{c(a^2+bc)}+\frac{b^3}{a(b^2+ca)}+\frac{c^3}{b(c^2+ab)}\geqslant\frac{3}{2}.$$

证明　将上述不等式改写为

$$\frac{a^4b}{a^2+bc}+\frac{b^4c}{b^2+ca}+\frac{c^4a}{c^2+ab}\geqslant\frac{3abc}{2}.$$

利用 Cauchy 求反技术, 我们得到

$$\begin{aligned}\text{LHS}&=\frac{a^2b(a^2+bc-bc)}{a^2+bc}+\frac{b^2c(b^2+ca-ca)}{b^2+ca}+\frac{c^2a(c^2+ab-ab)}{c^2+ab}\\&=a^2b+b^2c+c^2a-\frac{a^2b^2c}{a^2+bc}-\frac{b^2c^2a}{b^2+ca}-\frac{c^2a^2b}{c^2+ab}\\&\geqslant a^2b+b^2c+c^2a-\frac{a^2b^2c}{2a\sqrt{bc}}-\frac{b^2c^2a}{2b\sqrt{ca}}-\frac{c^2a^2b}{2c\sqrt{ab}}\\&=abc\left(\frac{a}{c}+\frac{b}{a}+\frac{c}{b}\right)-\frac{abc}{2}\left(\sqrt{\frac{b}{c}}+\sqrt{\frac{c}{a}}+\sqrt{\frac{a}{b}}\right).\end{aligned}$$

使用如下著名不等式

$$x+y+z\geqslant\sqrt{xy}+\sqrt{yz}+\sqrt{zx}$$

以及 AM-GM 不等式, 我们可得

$$\begin{aligned}&\frac{a}{c}+\frac{b}{a}+\frac{c}{b}-\frac{1}{2}\left(\sqrt{\frac{b}{c}}+\sqrt{\frac{c}{a}}+\sqrt{\frac{a}{b}}\right)\\&\geqslant\sqrt{\frac{a}{c}}\sqrt{\frac{b}{a}}+\sqrt{\frac{b}{a}}\sqrt{\frac{c}{b}}+\sqrt{\frac{c}{b}}\sqrt{\frac{a}{c}}-\frac{1}{2}\left(\sqrt{\frac{b}{c}}+\sqrt{\frac{c}{a}}+\sqrt{\frac{a}{b}}\right)\\&=\frac{1}{2}\left(\sqrt{\frac{b}{c}}+\sqrt{\frac{c}{a}}+\sqrt{\frac{a}{b}}\right)\geqslant\frac{3}{2}\sqrt[6]{\frac{b}{c}\cdot\frac{c}{a}\cdot\frac{a}{b}}=\frac{3}{2}.\end{aligned}$$

因此, 待证不等式成立. 当 $a=b=c$ 时, 不等式取得等号. □

例 24　设 a, b, c, d 是非负实数, 且满足

$$a+b+c+d=4.$$

证明

$$\frac{1+ab}{1+b^2c^2}+\frac{1+bc}{1+c^2d^2}+\frac{1+cd}{1+d^2a^2}+\frac{1+da}{1+a^2b^2}\geqslant 4.$$

证明　应用 AM-GM 不等式, 我们得到

$$\frac{1+ab}{1+b^2c^2}=1+ab-\frac{(1+ab)b^2c^2}{1+b^2c^2}$$

$$\geqslant 1+ab-\frac{(1+ab)b^2c^2}{2bc}$$
$$=1+ab-\frac{(1+ab)bc}{2}.$$

同理可得其余几个不等式, 将它们相加可得

$$\sum_{\text{cyc}}\frac{1+ab}{1+b^2c^2}\geqslant 4+\frac{1}{2}\left(ab+bc+cd+da-ab^2c-bc^2d-cd^2a-da^2b\right).$$

因此, 只需要证明

$$ab+bc+cd+da\geqslant ab^2c+bc^2d+cd^2a+da^2b,$$

根据 AM-GM 不等式, 我们可以得到

$$\begin{aligned}ab^2c+bc^2d+cd^2a+da^2b&=(ab+cd)(bc+ad)\\&\leqslant\frac{(ab+bc+cd+da)^2}{4}\\&=(ab+bc+cd+da)\frac{(a+c)(b+d)}{4}\\&\leqslant(ab+bc+cd+da)\frac{(a+b+c+d)^2}{16}\\&=ab+bc+cd+da.\end{aligned}$$

当 $a=b=c=d=1$ 时, 不等式取得等号. □

这种求反技术也可用于 Cauchy-Schwarz 不等式.

例 25 设 $a, b, c\geqslant 0$, 且满足 $a+b+c=1$. 证明

$$\frac{a}{1+a}+\frac{2b}{2+b}+\frac{3c}{3+c}\leqslant\frac{6}{7}.$$

证明 使用 Cauchy-Schwarz 不等式的求反技术, 我们得到

$$\begin{aligned}\text{LHS}&=\left(1-\frac{1}{1+a}\right)+\left(2-\frac{4}{2+b}\right)+\left(3-\frac{9}{3+c}\right)\\&=6-\left(\frac{1}{1+a}+\frac{2^2}{2+b}+\frac{3^2}{3+c}\right)\\&\leqslant 6-\frac{(1+2+3)^2}{1+2+3+a+b+c}=\frac{6}{7}.\end{aligned}$$

当 $a=\frac{1}{6}, b=\frac{1}{3}, c=\frac{1}{2}$ 时, 不等式取得等号. □

例 26 设 $a, b, c\geqslant 0$, 且满足 $ab+bc+ca=1$. 证明

$$\frac{1}{a^2-bc+3}+\frac{1}{b^2-ca+3}+\frac{1}{c^2-ab+3}\leqslant 1.$$

证明 使用 Cauchy-Schwarz 不等式的求反技术, 我们可得

$$\begin{aligned}
\text{LHS} &= \frac{1}{a^2+ca+ab+2}+\frac{1}{b^2+ab+bc+2}+\frac{1}{c^2+ca+bc+2}\\
&= \frac{1}{a(a+b+c)+2}+\frac{1}{b(a+b+c)+2}+\frac{1}{c(a+b+c)+2}\\
&= \frac{1}{2}\left(\frac{2}{a(a+b+c)+2}+\frac{2}{b(a+b+c)+2}+\frac{2}{c(a+b+c)+2}\right)\\
&= \frac{1}{2}\left(3-(a+b+c)\sum_{\text{cyc}}\frac{a}{a(a+b+c)+2}\right)\\
&= \frac{1}{2}\left(3-(a+b+c)\sum_{\text{cyc}}\frac{a^2}{a^2(a+b+c)+2a}\right)\\
&\leqslant \frac{1}{2}\left(3-(a+b+c)\frac{(a+b+c)^2}{(a+b+c)(a^2+b^2+c^2)+2(a+b+c)}\right)\\
&= \frac{1}{2}\left(3-\frac{(a+b+c)^3}{(a+b+c)(a^2+b^2+c^2+2ab+2bc+2ca)}\right)=1.
\end{aligned}$$

当 $a=b=c=1$ 或者 $a=b=1, c=0$ 及其轮换时, 不等式取得等号. □

例 27 (Vasile Cîrtoaje) 设 a, b, c 均为非负实数, 且满足 $ab+bc+ca=3$. 证明

$$\frac{1}{a^2+1}+\frac{1}{b^2+1}+\frac{1}{c^2+1}\geqslant\frac{3}{2}.$$

证明 这个不等式可以改写为

$$\frac{1+a^2-a^2}{a^2+1}+\frac{1+b^2-b^2}{b^2+1}+\frac{1+c^2-c^2}{c^2+1}\geqslant\frac{3}{2},$$

这等价于

$$\frac{a^2}{a^2+1}+\frac{b^2}{b^2+1}+\frac{c^2}{c^2+1}\leqslant\frac{3}{2}.$$

应用 Cauchy-Schwarz 不等式的求反技术, 我们得到

$$\begin{aligned}
\frac{a^2}{a^2+1}=\frac{3a^2}{3a^2+ab+bc+ca} &= \frac{3a^2}{a(a+b+c)+2a^2+bc}\\
&\leqslant \frac{3a^2}{4a(a+b+c)}+\frac{3a^2}{4(2a^2+bc)}\\
&= \frac{3a}{4(a+b+c)}+\frac{3a^2}{4(2a^2+bc)}.
\end{aligned}$$

同理, 可得其余类似的不等式, 将它们联立相加, 只需要证明

$$\frac{a^2}{2a^2+bc}+\frac{b^2}{2b^2+ca}+\frac{c^2}{2c^2+ab}\leqslant 1,$$

等价于

$$\frac{2a^2+bc-bc}{2a^2+bc}+\frac{2b^2+ca-ca}{2b^2+ca}+\frac{2c^2+ab-ab}{2c^2+ab}\leqslant 2,$$

等价于

$$\frac{bc}{2a^2+bc}+\frac{ca}{2b^2+ca}+\frac{ab}{2c^2+ab}\geqslant 1.$$

使用 Cauchy-Schwarz 不等式, 可得

$$\begin{aligned}\frac{bc}{2a^2+bc}+\frac{ca}{2b^2+ca}+\frac{ab}{2c^2+ab}&=\frac{b^2c^2}{2a^2bc+b^2c^2}+\frac{c^2a^2}{2b^2ca+c^2a^2}+\frac{a^2b^2}{2c^2ab+a^2b^2}\\&\geqslant\frac{(ab+bc+ca)^2}{a^2b^2+b^2c^2+c^2a^2+2abc(a+b+c)}=1.\end{aligned}$$

当 $a=b=c=1$ 或者 $a=b=\sqrt{3}, c=0$ 及其轮换时, 不等式取得等号. □

1.2 Abel 不等式

当我们想要证明一个不等式时, 通常的第一步是对表达式进行一些变换. 对于转换和式, 下面的引理给出了一个有用的恒等式, 这是由 Abel 给出的.

引理 1 (Abel 求和公式) 给定两个实数序列 $(a_1,a_2,\ldots,a_n)$ 和 $(b_1,b_2,\ldots,b_n)$, 定义 $A_k=a_1+a_2+\cdots+a_k$, $1\leqslant k\leqslant n$. 于是有

$$a_1b_1+a_2b_2+\cdots+a_nb_n=A_1(b_1-b_2)+A_2(b_2-b_3)+\cdots+A_{n-1}(b_{n-1}-b_n)+A_nb_n.$$

证明 根据定义可得 $a_k=A_k-A_{k-1}$, 其中我们约定 $A_0=0$. 通过重新排列和式中的各项, 可得

$$\begin{aligned}\sum_{k=1}^{n}a_kb_k&=\sum_{k=1}^{n}(A_k-A_{k-1})\,b_k=\sum_{k=1}^{n}A_kb_k-\sum_{k=1}^{n}A_{k-1}b_k\\&=\sum_{k=1}^{n}A_kb_k-\sum_{k=1}^{n-1}A_kb_{k+1}=\sum_{k=1}^{n-1}A_k(b_k-b_{k+1})+A_nb_n.\end{aligned}$$

证明完毕. □

现在我们有了这个实用的分部求和公式, 我们可以用它来证明一些结果.

定理 1 (Abel 不等式) 设 $a_1, a_2, \ldots, a_n$ 和 $b_1\geqslant b_2\geqslant\cdots\geqslant b_n\geqslant 0$ 为实数. 定义 $A_k=a_1+a_2+\cdots+a_k$, $1\leqslant k\leqslant n$, 假设对每个 $k\in\{1,2,\ldots,n\}$ 有 $m\leqslant A_k\leqslant M$, 则

$$mb_1\leqslant a_1b_1+a_2b_2+\cdots+a_nb_n\leqslant Mb_1.$$

证明 对于不等式左边, 利用 Abel 求和公式可得

$$\begin{aligned}a_1b_1+a_2b_2+\cdots+a_nb_n&=A_1(b_1-b_2)+A_2(b_2-b_3)+\cdots+A_{n-1}(b_{n-1}-b_n)+A_nb_n\\&\geqslant m(b_1-b_2)+m(b_2-b_3)+\cdots+m(b_{n-1}-b_n)+mb_n=mb_1.\end{aligned}$$

右边的不等式也可以类似地证明. □

我们将给出一些例子, 使用 Abel 求和公式, 可以快速地得到解决方案.

例 28　设 $S_n = 1 + \frac{1}{2} + \frac{1}{3} + \cdots + \frac{1}{n}, n \in \mathbb{N}$. 证明

$$\frac{1}{S_1^2} + \frac{1}{2S_2^2} + \frac{1}{3S_3^2} + \cdots + \frac{1}{nS_n^2} < 2.$$

证明　注意到

$$\begin{aligned}\sum_{k=1}^{n} \frac{1}{kS_k^2} &= \sum_{k=1}^{n} \frac{\frac{1}{k}}{S_k^2} = 1 + \sum_{k=2}^{n} \frac{S_k - S_{k-1}}{S_k^2} \\ &< 1 + \sum_{k=2}^{n} \frac{S_k - S_{k-1}}{S_k \cdot S_{k-1}} \\ &= 1 + \sum_{k=2}^{n} \left(\frac{1}{S_{k-1}} - \frac{1}{S_k} \right) = 2 - \frac{1}{S_n} < 2.\end{aligned}$$

□

例 29 (Bogdan Enescu, 罗马尼亚数学奥林匹克)　设 $x_1, x_2, \ldots, x_n$ 为正实数. 证明

$$\frac{1}{1+x_1} + \frac{1}{1+x_1+x_2} + \cdots + \frac{1}{1+x_1+\cdots+x_n} < \sqrt{\frac{1}{x_1} + \frac{1}{x_2} + \cdots + \frac{1}{x_n}}.$$

证明　令

$$S_k = x_1 + x_2 + \cdots + x_k,\ 1 \leqslant k \leqslant n,$$

显然有 $S_1 < S_2 < \cdots < S_n$ 和 $x_k = S_k - S_{k-1}$. 根据 Cauchy-Schwarz 不等式可得

$$\left(\sum_{k=1}^{n} \frac{1}{x_k} \right) \left(\sum_{k=1}^{n} \frac{x_k}{(1+S_k)^2} \right) \geqslant \left(\sum_{k=1}^{n} \frac{1}{1+S_k} \right)^2.$$

因此, 只需要证明

$$\sum_{k=1}^{n} \frac{x_k}{(1+S_k)^2} \leqslant 1.$$

注意到 $S_0 = 0$, 所以

$$\begin{aligned}\sum_{k=1}^{n} \frac{x_k}{(1+S_k)^2} &\leqslant \sum_{k=1}^{n} \frac{x_k}{(1+S_k)(1+S_{k-1})} = \sum_{k=1}^{n} \frac{(1+S_k)-(1+S_{k-1})}{(1+S_k)(1+S_{k-1})} \\ &= \sum_{k=1}^{n} \left(\frac{1}{1+S_{k-1}} - \frac{1}{1+S_k} \right) = \frac{1}{1+S_0} - \frac{1}{1+S_n} < 1.\end{aligned}$$

□

例 30　设 $x_1 \leqslant x_2 \leqslant \cdots \leqslant x_n$ 为正实数, 且满足

$$x_1 + x_2 + \cdots + x_k \geqslant 2^k - 1$$

对每个 $1 \leqslant k \leqslant n$ 成立. 证明

$$\frac{1}{x_1}+\frac{1}{x_2}+\cdots+\frac{1}{x_n}<2.$$

证明 对每个 k, $1 \leqslant k \leqslant n$, 记 $S_k = x_1+x_2+\cdots+x_k$. 令 $a_i = x_i$, $b_i = \frac{1}{x_i^2}$, $i \in \{1,2,\ldots,n\}$, 使用 Abel 求和公式, 我们得到

$$\begin{aligned}\frac{1}{x_1}+\frac{1}{x_2}+\cdots+\frac{1}{x_n} &= \frac{x_1}{x_1^2}+\frac{x_2}{x_2^2}+\cdots+\frac{x_n}{x_n^2}\\ &= \sum_{k=1}^{n-1} S_k\left(\frac{1}{x_k^2}-\frac{1}{x_{k+1}^2}\right)+\frac{S_n}{x_n^2}\\ &\geqslant \sum_{k=1}^{n-1}\left(2^k-1\right)\left(\frac{1}{x_k^2}-\frac{1}{x_{k+1}^2}\right)+\frac{2^n-1}{x_n^2}\\ &= \sum_{k=1}^{n}\frac{2^{k-1}}{x_k^2}.\end{aligned}$$

根据 Cauchy-Schwarz 不等式可得

$$\left(\sum_{k=1}^{n}\frac{2^{k-1}}{x_k^2}\right)\left(\sum_{k=1}^{n}\frac{1}{2^{k-1}}\right) \geqslant \left(\sum_{k=1}^{n}\frac{1}{x_k}\right)^2.$$

因此

$$\sum_{k=1}^{n}\frac{1}{x_k} \leqslant \sum_{k=1}^{n}\frac{1}{2^{k-1}} = 2-\left(\frac{1}{2}\right)^{n-1} < 2.$$ □

例 31 (伊朗数学奥林匹克) 设 a_i, b_i, $1 \leqslant i \leqslant n$ 为实数, 且满足 $a_1 \geqslant a_2 \geqslant \cdots \geqslant a_n \geqslant 0$, 以及对每个 $1 \leqslant k \leqslant n$ 有

$$\sum_{j=1}^{k} a_j \leqslant \sum_{j=1}^{k} b_j.$$

证明

$$\sum_{i=1}^{n} a_i^2 \leqslant \sum_{i=1}^{n} b_i^2.$$

证明 应用 Abel 求和公式, 我们得到

$$\begin{aligned}\sum_{i=1}^{n} a_i^2 = \sum_{i=1}^{n} a_i \cdot a_i &= \sum_{i=1}^{n-1}\left(\sum_{j=1}^{i} a_j\right)(a_i - a_{i+1}) + (a_1+a_2+\cdots+a_n)a_n\\ &\leqslant \sum_{i=1}^{n-1}\left(\sum_{j=1}^{i} b_j\right)(a_i - a_{i+1}) + (b_1+b_2+\cdots+b_n)a_n\end{aligned}$$

$$= \sum_{i=1}^{n} a_i b_i.$$

根据 Cauchy-Schwarz 不等式可得

$$\left(\sum_{i=1}^{n} a_i^2\right)\left(\sum_{i=1}^{n} b_i^2\right) \geqslant \left(\sum_{i=1}^{n} a_i b_i\right)^2,$$

因此, 待证不等式显然成立. □

例 32 设 x, y, z 为正实数. 证明

$$\frac{x^2}{y^2+z^2} + \frac{y^2}{z^2+x^2} + \frac{z^2}{x^2+y^2} \geqslant \frac{x}{y+z} + \frac{y}{z+x} + \frac{z}{x+y}.$$

证明 不失一般性, 我们假设 $x \geqslant y \geqslant z$. 这个不等式可以改写为

$$\frac{x^2(y+z) - x(y^2+z^2)}{(y^2+z^2)(y+z)} + \frac{y^2(z+x) - y(z^2+x^2)}{(z^2+x^2)(z+x)} + \frac{z^2(x+y) - z(x^2+y^2)}{(x^2+y^2)(x+y)} \geqslant 0.$$

我们令

$$(a_1, a_2, a_3) = (x^2(y+z) - x(y^2+z^2), y^2(z+x) - y(z^2+x^2), z^2(x+y) - z(x^2+y^2))$$

以及

$$(b_1, b_2, b_3) = \left(\frac{1}{(y^2+z^2)(y+z)}, \frac{1}{(z^2+x^2)(z+x)}, \frac{1}{(x^2+y^2)(x+y)}\right),$$

那么有 $b_1 \geqslant b_2 \geqslant b_3$ 和

$$a_1 = xy(x-y) + xz(x-z) \geqslant 0,$$

$$a_1 + a_2 = xz(x-z) + yz(y-z) \geqslant 0, \ a_1 + a_2 + a_3 = 0,$$

因此, 根据 Abel 求和公式可得

$$a_1b_1 + a_2b_2 + a_3b_3 \geqslant 0.$$

当 $x = y = z$ 时, 不等式取得等号. □

例 33 设 x, y, z 为正实数, 且满足 $x + y + z = 1$. 证明

$$\frac{z^3 - xy}{x^2+xy+y^2} + \frac{y^3 - zx}{z^2+xz+x^2} + \frac{x^3 - yz}{y^2+yz+z^2} \geqslant -\frac{2}{3}.$$

证明 不失一般性, 我们不妨设 $x \leqslant y \leqslant z$. 这个不等式可以改写为

$$\frac{z^3 - xy(x+y+z)}{x^2+xy+y^2} + \frac{2z}{3} + \frac{y^3 - zx(x+y+z)}{z^2+xz+x^2} + \frac{2y}{3} + \frac{x^3 - yz(x+y+z)}{y^2+yz+z^2} + \frac{2x}{3} \geqslant 0,$$

这等价于

$$\sum_{\text{cyc}} \frac{z^3 - xyz + 2z(x^2+y^2+z^2) - 3xy(x+y)}{x^2+xy+y^2} \geqslant 0.$$

我们令

$$a_1 = z^3 - xyz + 2z(x^2+y^2+z^2) - 3xy(x+y),$$
$$a_2 = y^3 - xyz + 2y(x^2+y^2+z^2) - 3zx(z+x),$$
$$a_3 = x^3 - xyz + 2x(x^2+y^2+z^2) - 3yz(y+z)$$

以及

$$(b_1, b_2, b_3) = \left(\frac{1}{x^2+xy+y^2}, \frac{1}{z^2+xz+x^2}, \frac{1}{y^2+yz+z^2}\right),$$

那么有 $b_1 \geqslant b_2 \geqslant b_3$ 和

$$\begin{aligned} a_1 &\geqslant (x+y)(x^2+y^2+z^2) - 3xy(x+y) \\ &\geqslant (x+y)(2xy+xy) - 3xy(x+y) = 0; \\ a_1 + a_2 &= y^3 + z^3 - x^2(y+z) - 2xyz + 2(y+z)(y^2+z^2) - 3x(y^2+z^2) \\ &\geqslant -2xyz + 4x(y^2+z^2) - 3x(y^2+z^2) = x(y-z)^2 \geqslant 0; \\ a_1 + a_2 + a_3 &= 3(x^3+y^3+z^3) - 3xyz - xy(x+y) - yz(y+z) - zx(z+x) \\ &\geqslant x^3 + y^3 - xy(x+y) + y^3 + z^2 - yx(y+z) + z^3 + x^3 - zx(z+x) \\ &= \sum_{\text{cyc}} (x+y)(x-y)^2 \geqslant 0. \end{aligned}$$

根据 Abel 求和公式, 我们得到

$$a_1b_1 + a_2b_2 + a_3b_3 \geqslant 0.$$

当 $x = y = z$ 时, 不等式取得等号. □

例 34 设 x, y, z 为正实数, 且满足 $x + y + z = 1$. 证明

$$\frac{z^2 - x - y}{x^2+xy+y^2} + \frac{y^2 - z - x}{z^2+xz+x^2} + \frac{x^2 - y - z}{y^2+yz+z^2} \geqslant -5.$$

证明 不失一般性, 我们假设 $x \leqslant y \leqslant z$. 这个不等式可以改写为

$$\sum_{\text{cyc}} \left(\frac{z^2 - (x+y)(x+y+z)}{x^2+xy+y^2} + \frac{5}{3}\right) \geqslant 0,$$

这等价于

$$\sum_{\text{cyc}} \frac{2(x^2+y^2+z^2-xy-yz-zx) + (z-x)(z-y)}{x^2+xy+y^2} \geqslant 0.$$

因为 $x^2+y^2+z^2-xy-yz-zx \geqslant 0$, 所以只需要证明

$$\sum_{\text{cyc}} \frac{(z-x)(z-y)}{x^2+xy+y^2} \geqslant 0.$$

我们令

$$a_1 = (z-x)(z-y),$$

$$a_2 = (y-z)(y-x),$$

$$a_3 = (x-y)(x-z)$$

以及

$$(b_1, b_2, b_3) = \left(\frac{1}{x^2+xy+y^2}, \frac{1}{z^2+xz+x^2}, \frac{1}{y^2+yz+z^2}\right)$$

那么有 $b_1 \geqslant b_2 \geqslant b_3$, $a_1 \geqslant 0$ 和

$$a_1 + a_2 = (z-y)^2 \geqslant 0,$$

$$a_1 + a_2 + a_3 = x^2 + y^2 + z^2 - xy - yz - zx \geqslant 0.$$

根据 Abel 求和公式, 我们得到

$$a_1b_1 + a_2b_2 + a_3b_3 \geqslant 0,$$

当 $x = y = z$ 时, 不等式取得等号. □

例 35 (俄罗斯数学奥林匹克) 设 $x_1, x_2, \ldots, x_n \in \mathbb{R}$, 且满足 $-1 < x_1 < x_2 < \cdots < x_n < 1$ 和

$$x_1^{13} + x_2^{13} + \cdots + x_n^{13} = x_1 + x_2 + \cdots + x_n.$$

如果 $y_1 < y_2 < \cdots < y_n$, 那么试证明

$$x_1^{13}y_1 + \cdots + x_n^{13}y_n < x_1y_1 + x_2y_2 + \cdots + x_ny_n.$$

证明 对每个 $k \in \{1, 2, \ldots, n\}$, 记 $S_k = \sum\limits_{i=1}^{k}(x_i^{13} - x_i)$. 使用 Abel 求和公式, 我们得到

$$\sum_{i=1}^{n}(x_i^{13} - x_i)y_i = \sum_{k=1}^{n-1}S_k(y_k - y_{k+1}) + S_ny_n.$$

因为对每个 $1 \leqslant k \leqslant n-1$, 有 $y_k - y_{k+1} < 0$, 所以只需要证明 $S_k \geqslant 0$. 因为 $x^{13} - x = x(x^{12} - 1)$, 所以 $x^{13} - x > 0$, 其中 $-1 < x < 0$, 此外有 $x^{13} - x < 0$, 其中 $0 < x < 1$.

根据上述讨论, 我们不妨设

$$-1 < x_1 < x_2 < \cdots < x_p < 0 \leqslant x_{p+1} < \cdots < x_n < 1,$$

我们得到

$$0 < S_1 < S_2 < \cdots < S_p \geqslant S_{p+1} > \cdots > S_{n-1} > S_n = 0.$$

因此待证不等式成立. □

1.3 数学归纳法

数学归纳法有几种变体. 最基本的和最常用的是:

定理 2 (第一数学归纳法) 设 $P(n)$ 是关于正整数 n 的一个命题. 如果:

(1) $P(1)$ 是正确的;

(2) 对任意的正整数 k, 若 $P(k)$ 成立, 则有 $P(k+1)$ 也成立.

那么 $P(n)$ 对所有的正整数 n 都成立.

定理 3 (第二数学归纳法) 设 $P(n)$ 是关于正整数 n 的一个命题. 如果:

(1) $P(1)$ 是正确的;

(2) 对任意的正整数 k, 若 $P(m)$ 对所有的 $m\,(1 \leqslant m \leqslant k)$ 成立, 则有 $P(k+1)$ 也成立.

那么 $P(n)$ 对所有的正整数 n 都成立.

我们必须先证明使用归纳法的初始语句 $P(1)$, 这通常称为基础情形. 证明第二点 (2) 称为归纳步骤. 归纳证明的好处是, 我们有一个额外的假设 (对于所有 $1 \leqslant m \leqslant k$, 可以是 $P(k)$ 或 $P(m)$), 这个额外的假设称为归纳假设.

下面是一些使用归纳法证明的例子.

例 36 (阿尔巴尼亚数学奥林匹克 2000) 设 n 为正整数, 对每个 $i = 1, 2, \ldots, n$ 有 $x_i \geqslant 1$. 证明

$$\frac{(1+x_1)(1+x_2)\cdots(1+x_n)}{1+x_1x_2\cdots x_n} \leqslant 2^{n-1}.$$

证明 我们采用数学归纳法. 当 $n = 1$ 时, 不等式变为 $1 \leqslant 1$, 显然成立. 现在假设不等式对 n 成立, 也就是

$$\frac{(1+x_1)(1+x_2)\cdots(1+x_n)}{1+x_1x_2\cdots x_n} \leqslant 2^{n-1}.$$

下面考虑不等式对于 $n+1$ 的情形

$$\frac{(1+x_1)(1+x_2)\cdots(1+x_n)(1+x_{n+1})}{1+x_1x_2\cdots x_nx_{n+1}} \leqslant 2^{n}.$$

因此, 只需要证明

$$(1+x_{n+1})(1+x_1x_2\cdots x_n) \leqslant 2(1+x_1x_2\cdots x_{n+1}),$$

上式化简为

$$(x_{n+1}-1)(x_1x_2\cdots x_n-1) \geqslant 0,$$

这显然成立. □

例 37 设 n 为正整数, 且对所有 $i = 1, 2, \ldots, n$ 有 $a_i \geqslant 1$. 证明

$$(1+a_1)(1+a_2)\cdots(1+a_n) \geqslant \frac{2^n}{n+1}(1+a_1+\cdots+a_n).$$

证明 当 $n=1$ 时, 不等式变为 $1+a_1 \geqslant 1+a_1$, 显然成立. 现在假设不等式对 n 成立, 我们接下来考虑 $n+1$ 的情形. 因此, 只需要证明

$$\frac{2^n}{n+1}(1+a_1+\cdots+a_n)(1+a_{n+1}) \geqslant \frac{2^{n+1}}{n+2}(1+a_1+\cdots+a_n+a_{n+1}),$$

我们记 $S_n=a_1+a_2+\cdots+a_n$, 那么

$$(n+2)(1+S_n)(1+a_{n+1}) \geqslant (2n+2)(1+S_n+a_{n+1}),$$

这等价于

$$S_n\left[(n+2)a_{n+1}-n\right] \geqslant n(a_{n+1}+1).$$

因为 $a_i \geqslant 1, S_n \geqslant n$, 所以只需要证明

$$(n+2)a_{n+1}-n \geqslant a_{n+1}+1 \Longleftrightarrow a_{n+1} \geqslant 1,$$

这显然成立. 当 $a_1=a_2=\cdots=a_n=1$ 时, 不等式取得等号. □

例 38 (IMC 2010) 设 $a_0, a_1, \ldots, a_n$ 为正实数, 且对每个 $k=0,1,\ldots,n-1$, 满足 $a_{k+1}-a_k \geqslant 1$. 证明

$$1+\frac{1}{a_0}\left(1+\frac{1}{a_1-a_0}\right)\cdots\left(1+\frac{1}{a_n-a_0}\right) \leqslant \left(1+\frac{1}{a_0}\right)\left(1+\frac{1}{a_1}\right)\cdots\left(1+\frac{1}{a_n}\right).$$

证明 对于 $n=1$, 我们只需要验证

$$1+\frac{1}{a_0}\left(1+\frac{1}{a_1-a_0}\right) \leqslant \left(1+\frac{1}{a_0}\right)\left(1+\frac{1}{a_1}\right),$$

这等价于 $a_0(a_1-a_0-1) \geqslant 0$, 显然成立.

现在假设不等式对 n 成立, 接下来考虑 $n+1$ 的情形. 所以

$$1+\frac{1}{a_0}\left(1+\frac{1}{a_1-a_0}\right)\cdots\left(1+\frac{1}{a_n-a_0}\right) \leqslant \left(1+\frac{1}{a_0}\right)\left(1+\frac{1}{a_1}\right)\cdots\left(1+\frac{1}{a_n}\right).$$

只需要证明

$$1+\frac{1}{a_0}\left(1+\frac{1}{a_1-a_0}\right)\cdots\left(1+\frac{1}{a_{n+1}-a_0}\right) \leqslant \left(1+\frac{1}{a_0}\right)\left(1+\frac{1}{a_1}\right)\cdots\left(1+\frac{1}{a_{n+1}}\right).$$

应用归纳假设, 我们得到

$$\begin{aligned}&\left(1+\frac{1}{a_0}\right)\left(1+\frac{1}{a_1}\right)\cdots\left(1+\frac{1}{a_{n+1}}\right)\\ \geqslant&\left(1+\frac{1}{a_{n+1}}\right)\left(1+\frac{1}{a_0}\left(1+\frac{1}{a_1-a_0}\right)\cdots\left(1+\frac{1}{a_n-a_0}\right)\right).\end{aligned}$$

因此, 只需要证明

$$\left(1+\frac{1}{a_{n+1}}\right)\left(1+\frac{1}{a_0}\left(1+\frac{1}{a_1-a_0}\right)\cdots\left(1+\frac{1}{a_n-a_0}\right)\right)$$

$$\geqslant 1+\frac{1}{a_0}\left(1+\frac{1}{a_1-a_0}\right)\cdots\left(1+\frac{1}{a_{n+1}-a_0}\right).$$

记

$$A_n=\left(1+\frac{1}{a_1-a_0}\right)\cdots\left(1+\frac{1}{a_n-a_0}\right)\leqslant\left(1+\frac{1}{1}\right)\left(1+\frac{1}{2}\right)\cdots\left(1+\frac{1}{n}\right)=n+1,$$

这等价于证明

$$\left(1+\frac{1}{a_{n+1}}\right)\left(1+\frac{A_n}{a_0}\right)\geqslant 1+\frac{A_n}{a_0}\left(1+\frac{1}{a_{n+1}-a_0}\right),$$

等价于

$$\frac{1}{a_{n+1}}+\frac{A_n}{a_0a_{n+1}}\geqslant\frac{A_n}{a_0(a_{n+1}-a_0)},$$

等价于

$$\frac{A_n}{a_{n+1}-a_0}\leqslant 1,$$

因为 $a_{n+1}-a_0\geqslant n+1$ 和 $A_n\leqslant n+1$, 上式显然成立. □

例 39 设 $0<a_1\leqslant a_2\leqslant\cdots\leqslant a_n$, $n\geqslant 3$ 为实数. 证明

$$\frac{a_1a_2}{a_3}+\frac{a_2a_3}{a_4}+\cdots+\frac{a_{n-1}a_n}{a_1}+\frac{a_na_1}{a_2}\geqslant a_1+a_2+\cdots+a_n.$$

证明 对于 $n=3$, 我们需要验证

$$a_1^2a_2^2+a_2^2a_3^2+a_3^2a_1^2\geqslant a_1a_2a_3(a_1+a_2+a_3)$$

这是如下著名不等式的一个直接推论

$$x^2+y^2+z^2\geqslant xy+yz+zx.$$

我们接下来证明不等式对 $n=4$ 成立, 不等式变为

$$\frac{a_1a_2}{a_3}+\frac{a_2a_3}{a_4}+\frac{a_3a_4}{a_1}+\frac{a_4a_1}{a_2}\geqslant a_1+a_2+a_3+a_4.$$

这个不等式可以用下列形式写出

$$\frac{a_1(a_2-a_3)}{a_3}+\frac{a_2(a_3-a_4)}{a_4}+\frac{a_3(a_4-a_1)}{a_1}+\frac{a_4(a_1-a_2)}{a_2}\geqslant 0.$$

因为 $a_4-a_1=(a_4-a_3)+(a_3-a_2)+(a_2-a_1)$, 所以

$$(a_4-a_3)\left(\frac{a_3}{a_1}-\frac{a_2}{a_4}\right)+(a_3-a_2)\left(\frac{a_3}{a_1}-\frac{a_1}{a_3}\right)+(a_2-a_1)\left(\frac{a_3}{a_1}-\frac{a_4}{a_2}\right)\geqslant 0,$$

$$(a_4-a_3)\left(\frac{a_3}{a_1}-\frac{a_2}{a_4}\right)+(a_3-a_2)\left(\frac{a_3}{a_1}-\frac{a_1}{a_3}\right)+(a_2-a_1)\left(\frac{a_3}{a_1}-\frac{a_4}{a_1}+\frac{a_4}{a_1}-\frac{a_4}{a_2}\right)\geqslant 0,$$

$$(a_4-a_3)\left(\frac{a_3-a_2}{a_1}+\frac{a_4-a_2}{a_4}\right)+(a_3-a_2)\left(\frac{a_3}{a_1}-\frac{a_1}{a_3}\right)+(a_2-a_1)^2\frac{a_4}{a_1a_2}\geqslant 0.$$

最后一个不等式很容易被看出是正确的, 因为每一项的每个因子都是非负的.

假设待证不等式对 n 成立, 接下来证明对 $n+1$ 也成立.

应用归纳假设对于 $n \geqslant 4$ 成立, 也就是

$$\frac{a_1a_2}{a_3}+\frac{a_2a_3}{a_4}+\cdots+\frac{a_{n-1}a_n}{a_1}+\frac{a_na_1}{a_2} \geqslant a_1+a_2+\cdots+a_n.$$

因为

$$\begin{aligned}&\frac{a_1a_2}{a_3}+\frac{a_2a_3}{a_4}+\cdots+\frac{a_{n-1}a_n}{a_{n+1}}+\frac{a_na_{n+1}}{a_1}+\frac{a_{n+1}a_1}{a_2}\\ =&\frac{a_1a_2}{a_3}+\frac{a_2a_3}{a_4}+\cdots+\frac{a_{n-1}a_n}{a_1}+\frac{a_na_1}{a_2}+\frac{a_{n-1}a_n}{a_{n+1}}+\frac{a_na_{n+1}}{a_1}+\frac{a_{n+1}a_1}{a_2}-\frac{a_{n-1}a_n}{a_1}-\frac{a_na_1}{a_2}\\ \geqslant& a_1+a_2+\cdots+a_n+\frac{a_{n-1}a_n}{a_{n+1}}+\frac{a_na_{n+1}}{a_1}+\frac{a_{n+1}a_1}{a_2}-\frac{a_{n-1}a_n}{a_1}-\frac{a_na_1}{a_2},\end{aligned}$$

所以只需要证明

$$\frac{a_{n-1}a_n}{a_{n+1}}+\frac{a_na_{n+1}}{a_1}+\frac{a_{n+1}a_1}{a_2}-\frac{a_{n-1}a_n}{a_1}-\frac{a_na_1}{a_2} \geqslant a_{n+1}.$$

通过计算, 令 $a_1=a$, $a_2=b$, $a_{n-1}=c$, $a_n=d$ 和 $a_{n+1}=e$. 所以, $0<a\leqslant b\leqslant c\leqslant d\leqslant e$. 我们只需要证明

$$\frac{cd}{e}+\frac{de}{a}+\frac{ea}{b}-\frac{cd}{a}-\frac{da}{b} \geqslant e,$$

这等价于

$$\frac{a(e-d)}{b}-e+d-d+\frac{cd}{e}+\frac{d(e-c)}{a} \geqslant 0,$$

等价于

$$bd(e-c)(e-a) \geqslant ae(b-a)(e-d)$$

上式成立, 这是因为通过相乘 $b \geqslant a$, $e-c \geqslant e-d$ 和

$$d(e-a) \geqslant e(b-a) \Longleftrightarrow e(a+d-b) \geqslant da. \qquad \square$$

在应用数学归纳法时, 通常可以方便地让 n 出现在不等式中较少的地方. 如果不等式是齐次的, 那么可以通过规范化变量来实现. 通过下面的示例, 可以更好地理解这种方法.

例 40　设 $x_1, x_2, \ldots, x_n$, $n \geqslant 4$ 为非负实数. 证明

$$(x_1+x_2+\cdots+x_n)^2 \geqslant 4(x_1x_2+x_2x_3+\cdots+x_{n-1}x_n+x_nx_1).$$

证明　注意到, 不等式是齐次的, 我们不妨设 $x_1+x_2+\cdots+x_n=1$. 下面采用数学归纳法证明

$$x_1x_2+x_2x_3+\cdots+x_nx_1 \leqslant \frac{1}{4}.$$

对于 $n=4$, 根据 AM-GM 不等式可得

$$4(x_1x_2+x_2x_3+x_3x_4+x_4x_1)=4(x_1+x_3)(x_2+x_4)$$

$$\leqslant (x_1+x_2+x_3+x_4)^2=1.$$

当 $x_1+x_3=x_2+x_4=\frac{1}{2}$ 时, 不等式取得等号.

现在假设不等式对 n 成立, 我们接下来考虑 $n+1$ 的情形. 设 $x_1, x_2, \ldots, x_{n+1}>0$, 且满足 $x_1+x_2+\cdots+x_{n+1}=1$, 那么需要证明

$$x_1x_2+x_2x_3+\cdots+x_nx_{n+1}+x_{n+1}x_1\leqslant\frac{1}{4}.$$

这个不等式是轮换对称的, 我们不妨设 $x_1=\max\{x_1,x_2,\ldots,x_{n+1}\}$, 所以 $x_1+x_2+\cdots+x_{n-1}+(x_n+x_{n+1})=1$, 根据归纳假设可得

$$x_1x_2+x_2x_3+\cdots+x_{n-1}(x_n+x_{n+1})+(x_n+x_{n+1})x_1\leqslant\frac{1}{4}.$$

因此

$$\begin{aligned}x_1x_2+x_2x_3+\cdots+x_nx_{n+1}+x_{n+1}x_1&\leqslant\frac{1}{4}+x_nx_{n+1}-x_{n-1}x_{n+1}-x_nx_1\\&=\frac{1}{4}-x_{n-1}x_{n+1}-x_n(x_1-x_{n+1})\\&\leqslant\frac{1}{4},\end{aligned}$$

待证不等式成立. 对于 $n\geqslant 5$, 当 $x_1=\frac{1}{2}=x_2, x_3=\cdots=x_{n-1}=x_n=0$ 或者它们的轮换时, 不等式取得等号. □

例 41 设 $x_1, x_2, \ldots, x_n, n\geqslant 3$ 为非负实数. 证明

$$x_1^2x_2+x_2^2x_3+\cdots+x_{n-1}^2x_n+x_n^2x_1\leqslant\frac{4}{27}(x_1+x_2+\cdots+x_n)^3.$$

证明 注意到, 不等式是齐次的, 不妨设 $x_1+x_2+\cdots+x_n=1$. 我们采用数学归纳法证明

$$x_1^2x_2+x_2^2x_3+\cdots+x_{n-1}^2x_n+x_n^2x_1\leqslant\frac{4}{27}.$$

对于 $n=3$, 我们需要验证

$$x_1^2x_2+x_2^2x_3+x_3^2x_1\leqslant\frac{4}{27}.$$

这个不等式是循环对称的, 我们假设 x_2 介于 x_1 与 x_3 之间, 所以

$$(x_2-x_1)(x_2-x_3)\leqslant 0\Longleftrightarrow x_2^2+x_1x_3\leqslant x_2x_3+x_1x_2.$$

根据 AM-GM 不等式可得

$$\begin{aligned}x_1^2x_2+x_2^2x_3+x_3^2x_1&\leqslant x_2(x_1^2+x_1x_3+x_3^2)\leqslant x_2(x_1+x_3)^2\\&=4x_2\left(\frac{x_1+x_3}{2}\right)\left(\frac{x_1+x_3}{2}\right)\\&\leqslant 4\left(\frac{x_2+\frac{x_1+x_3}{2}+\frac{x_1+x_3}{2}}{3}\right)^3=\frac{4}{27}.\end{aligned}$$

当 $x_1=\frac{2}{3},x_2=\frac{1}{3},x_3=0$ 及其轮换时, 不等式取得等号.

假设不等式对于 n 成立, 接下来考虑 $n+1$ 的情形. 设 $x_1,x_2,\ldots,x_{n+1}>0$, 且满足 $x_1+x_2+\cdots+x_{n+1}=1$, 那么我们需要证明

$$x_1^2x_2+x_2^2x_3+\cdots+x_n^2x_{n+1}+x_{n+1}^2x_1\leqslant\frac{4}{27}.$$

不等式是轮换对称的, 我们不妨设 $x_1=\max\{x_1,x_2,\ldots,x_{n+1}\}$, 所以 $x_1+x_2+\cdots+x_{n-1}+(x_n+x_{n+1})=1$, 根据归纳假设可得

$$x_1^2x_2+\cdots+x_{n-1}^2(x_n+x_{n+1})+(x_n+x_{n+1})^2x_1\leqslant\frac{4}{27},$$

这等价于

$$x_1^2x_2+\cdots+x_{n-1}^2x_n+x_{n-1}^2x_{n+1}+x_n^2x_1+2x_nx_{n+1}x_1+x_{n+1}^2x_1\leqslant\frac{4}{27}.$$

因此

$$\begin{aligned}x_1^2x_2+x_2^2x_3+\cdots+x_{n+1}^2x_1&\leqslant\frac{4}{27}-x_{n-1}^2x_{n+1}-x_n^2x_1-2x_nx_{n+1}x_1+x_n^2x_{n+1}\\&=\frac{4}{27}-x_{n-1}^2x_{n+1}-2x_nx_{n+1}x_1-x_n^2(x_1-x_{n+1})\\&\leqslant\frac{4}{27}.\end{aligned}$$

当 $x_1=\frac{2}{3},x_2=\frac{1}{3},x_3=\cdots=x_n=0$ 及其轮换时, 不等式取得等号. □

例 42　设 $a_1,a_2,\ldots,a_n$ 为正实数, 且满足

$$a_1+a_2+\cdots+a_n=n.$$

证明

$$a_1a_2\cdots a_n(a_1^2+a_2^2+\cdots+a_n^2)\leqslant n.$$

证明　我们采用数学归纳法. 对于 $n=2$, 需要验证

$$a_1a_2(a_1^2+a_2^2)\leqslant 2,$$

其中 $a_1+a_2=2$. 该不等式等价于

$$(a_1+a_2)^4\geqslant 8a_1a_2(a_1^2+a_2^2)\Longleftrightarrow(a_1-a_2)^4\geqslant 0,$$

上式显然成立.

假设不等式对于 $n-1$ 成立, 下面考虑 n 的情形. 因为不等式是对称的, 我们不妨设 $a_1=\min\{a_1,a_2,\ldots,a_n\}$ 和 $a_2=\max\{a_1,a_2,\ldots,a_n\}$, 所以有 $a_1\leqslant 1\leqslant a_2$, 以及

$$(a_2+a_1-1)+a_3+\cdots+a_n=n-1.$$

我们记

$$f(a_1,a_2,\ldots,a_n)=a_1a_2\cdots a_n(a_1^2+a_2^2+\cdots+a_n^2)$$

$$= a_1a_2\cdots a_n\left((a_1+a_2)^2+a_3^2+\cdots+a_n^2\right)-2(a_1a_2)^2a_3\cdots a_n$$

那么, 我们得到

$$\begin{aligned}&f(a_1,a_2,\ldots,a_n)-f(1,a_1+a_2-1,a_2,\ldots,a_n)\\&=(a_1-1)(a_2-1)a_3\cdots a_n\left((a_1+a_2)^2+\sum_{i=3}^n a_i^2+4-2(a_1+1)(a_2+1)\right)\\&=(a_1-1)(a_2-1)a_3\cdots a_n\left((a_1-1)^2+(a_2-1)^2+\sum_{i=3}^n a_i^2\right)\leqslant 0.\end{aligned}$$

注意到

$$\begin{aligned}&f(1,a_1+a_2-1,a_3,\ldots,a_n)\\&=(a_1+a_2-1)a_3\cdots a_n\left((a_1+a_2-1)^2+a_3^2+\cdots+a_n^2\right)+(a_1+a_2-1)a_3\cdots a_n.\end{aligned}$$

根据归纳假设可得

$$(a_1+a_2-1)a_3\cdots a_n\left((a_1+a_2-1)^2+a_3^2+\cdots+a_n^2\right)\leqslant n-1$$

应用 AM-GM 不等式可知

$$(a_1+a_2-1)a_3\cdots a_n\leqslant\left(\frac{a_1+a_2-1+a_3+\cdots+a_n}{n-1}\right)^{n-1}=1,$$

所以

$$f(a_1,a_2,\ldots,a_n)\leqslant f(1,a_1+a_2-1,a_2,\ldots,a_n)\leqslant n,$$

待证不等式成立. □

例 43 (Huygens) 设 $x_1,x_2,\ldots,x_n,y_1,y_2,\ldots,y_n,n\geqslant 2$ 为正实数. 证明

$$\sqrt[n]{(x_1+y_1)(x_2+y_2)\cdots(x_n+y_n)}\geqslant\sqrt[n]{x_1x_2\cdots x_n}+\sqrt[n]{y_1y_2\cdots y_n}.$$

证明 我们记 $a_i=\dfrac{x_i}{y_i}$, 其中 $i\in\{1,2,\ldots,n\}$, 不等式转换为

$$(1+a_1)(1+a_2)\cdots(1+a_n)\geqslant\left(1+\sqrt[n]{a_1a_2\cdots a_n}\right)^n.$$

我们将采用数学归纳法证明. 令 k 为正数, 使得 $a_1a_2\cdots a_n=k^n$, 那么

$$(1+a_1)(1+a_2)\cdots(1+a_n)\geqslant(1+k)^n.$$

对于 $n=2$, 待证不等式即为 Cauchy-Schwarz 不等式

$$(1+a_1)(1+a_2)\geqslant\left(1+\sqrt{a_1a_2}\right)^2.$$

当 $a_1=a_2$ 时, 不等式取得等号.

假设不等式对 n 成立, 我们接下来考虑 $n+1$ 的情形. 令 $k>0$ 且 $a_1, a_2, \ldots, a_{n+1}$ 满足 $a_1a_2\cdots a_{n+1}=k^{n+1}$. 根据对称性, 我们不妨设 $a_n=\max\{a_1,\ldots,a_{n+1}\}\geqslant k\geqslant \min\{a_1,\ldots,a_{n+1}\}=a_{n+1}$, 那么

$$a_1a_2\cdots a_{k-1}\left(\frac{a_na_{n+1}}{k}\right)=k^n.$$

根据归纳假设, 我们得到

$$(1+a_1)(1+a_2)\cdots(1+a_{n-1})\left(1+\frac{a_na_{n+1}}{k}\right)\geqslant(1+k)^n.$$

为了证明

$$(1+a_1)(1+a_2)\cdots(1+a_{n+1})\geqslant(1+k)^{n+1},$$

只需要证明

$$(1+a_n)(1+a_{n+1})\geqslant\left(1+\frac{a_na_{n+1}}{k}\right)(1+k),$$

等价于

$$(a_n-k)(k-a_{n+1})\geqslant 0,$$

这是显然成立的. 当 $a_1=a_2=\cdots=a_n$ 时, 不等式取得等号. □

例 44 (INMO 2020)　设 $n\geqslant 2$ 为正整数, $1<a_1\leqslant a_2\leqslant\cdots\leqslant a_n$, 且满足 $a_1+a_2+\cdots+a_n=2n$. 证明

$$2+a_1+a_1a_2+\cdots+a_1a_2\cdots a_{n-2}+a_1a_2\cdots a_{n-1}\leqslant a_1a_2\cdots a_n.$$

证明　对于 $n=2$, 设 $1<a_1\leqslant a_2$ 且 $a_1+a_2=4$, 我们有

$$a_1+2\leqslant a_1a_2.$$

这等价于证明 $1<a_1\leqslant 2$, 我们有 $(a_1-1)(a_1-2)\leqslant 0$, 这是显然的.

假设待证不等式对于 $n=k$ 成立, 其中 $k\geqslant 2$. 现在考虑 $n=k+1$ 的情形, 且满足 $1<a_1\leqslant a_2\leqslant\cdots\leqslant a_k\leqslant a_{k+1}$, 它们的和为 $2k+2$, 那么

$$(k+1)a_{k+1}\geqslant a_1+a_2+\cdots+a_k+a_{k+1}=2(k+1)\Longrightarrow a_{k+1}\geqslant 2.$$

因此

$$1<a_1\leqslant a_2\leqslant\cdots\leqslant a_{k-1}\leqslant a_k+a_{k+1}-2$$

且

$$a_1+a_2+\cdots+a_{k-1}+(a_k+a_{k+1}-2)=2k,$$

于是根据归纳假设可得

$$2+\sum_{i=1}^{k-1}a_1a_2\cdots a_i\leqslant a_1a_2\cdots a_{k-1}(a_k+a_{k+1}-2).$$

这意味着

$$2+\sum_{i=1}^{k}a_1a_2\cdots a_i \leqslant a_1a_2\cdots a_{k-1}(2a_k+a_{k+1}-2)$$
$$= a_1a_2\cdots a_{k-1}\left(a_ka_{k+1}-(a_k-1)(a_{k+1}-2)\right)$$
$$\leqslant a_1a_2\cdots a_{k-1}a_ka_{k+1},$$

待证不等式成立. 当 $a_1=a_2=\cdots=a_n=2$ 时, 不等式取得等号. □

例 45 设 $a_1,a_2,\ldots,a_n$ 为非负实数, 且满足

$$a_1+a_2+\cdots+a_n=1.$$

证明

$$\sqrt{8a_1+1}+\sqrt{8a_2+1}+\cdots+\sqrt{8a_n+1}\geqslant n+2.$$

证明 对于 $n=1$, 有 $\sqrt{8a_1+1}=3=1+2$. 假设不等式对于 n 成立, 我们接下来证明 $n+1$ 的情形. 设 $a_1,a_2,\ldots,a_{n+1}$ 为非负实数, 且满足 $a_1+a_2+\cdots+a_{n+1}=1$, 那么需要证明

$$\sqrt{8a_1+1}+\sqrt{8a_2+1}+\cdots+\sqrt{8a_{n+1}+1}\geqslant n+3.$$

根据 $a_1+a_2+\cdots+a_{n-1}+(a_n+a_{n+1})=1$, 应用归纳假设可得

$$\sqrt{8a_1+1}+\sqrt{8a_2+1}+\cdots+\sqrt{8a_{n-1}+1}+\sqrt{8(a_n+a_{n+1})+1}\geqslant n+2.$$

因此, 只需证明

$$\sqrt{8a_n+1}+\sqrt{8a_{n+1}+1}\geqslant\sqrt{8(a_n+a_{n+1})+1}+1,$$

通过化简, 我们得到

$$\sqrt{(8a_n+1)(8a_{n+1}+1)}\geqslant\sqrt{8(a_n+a_{n+1})+1},$$

上式显然成立. 当 $a_1,\ldots,a_n$ 中有一个为 1, 其余等于 0 时, 不等式取得等号. □

例 46 (Vasile Cîrtoaje) 如果 $a_1,a_2,\ldots,a_n$ 为正实数, 且满足 $a_1\geqslant 1\geqslant a_2\geqslant\cdots\geqslant a_n$ 和 $a_1a_2\cdots a_n=1$, 那么

$$\frac{1}{(a_1+1)^2}+\frac{1}{(a_2+1)^2}+\cdots+\frac{1}{(a_n+1)^2}\geqslant\frac{n}{4}.$$

证明 对于 $n=1$, 我们有

$$\frac{1}{(a_1+1)^2}=\frac{1}{4}.$$

假设不等式对于 n 成立, 我们接下来考虑 $n+1$ 的情形. 设 $a_1\geqslant 1\geqslant a_2\geqslant\cdots\geqslant a_n\geqslant a_{n+1}$, $a_1a_2\cdots a_na_{n+1}=1$, 那么需要证明

$$\frac{1}{(a_1+1)^2}+\frac{1}{(a_2+1)^2}+\cdots+\frac{1}{(a_{n+1}+1)^2}\geqslant\frac{n+1}{4}.$$

注意到

$$a_1a_2 = \frac{1}{a_3a_4\cdots a_{n+1}} \geqslant 1 \geqslant a_2 \geqslant \cdots \geqslant a_{n+1}$$

且 $(a_1a_2)a_3\cdots a_{n+1} = 1$, 根据归纳假设可得

$$\frac{1}{(a_1a_2+1)^2} + \frac{1}{(a_3+1)^2} + \cdots + \frac{1}{(a_{n+1}+1)^2} \geqslant \frac{n}{4}.$$

因此, 只需要证明

$$\frac{1}{(a_1+1)^2} + \frac{1}{(a_2+1)^2} \geqslant \frac{1}{(a_1a_2+1)^2} + \frac{1}{4},$$

这等价于

$$\frac{(1-a_2)(a_2+3)}{4(a_2+1)^2} \geqslant \frac{a_1(1-a_2)(a_1a_2+a_1+2)}{(a_1+1)^2(a_1a_2+1)^2},$$

又等价于

$$\frac{(a_2+3)}{4(a_2+1)^2} \geqslant \frac{a_1(a_1a_2+a_1+2)}{(a_1+1)^2(a_1a_2+1)^2}.$$

我们可以将这个不等式写成

$$\frac{(a_1a_2+1)^2}{4a_1a_2} \cdot \frac{a_2+3}{2a_2+2} \cdot \frac{a_2+a_1a_2}{a_2+1} \cdot \frac{2a_1+2}{a_1+a_1a_2+2} \geqslant 1.$$

当 $a_1 = a_2 = \cdots = a_n = 1$ 时, 不等式取得等号. □

Cauchy 归纳法提供了一种特殊类型的数学归纳法.

定理 4 (Cauchy 数学归纳法) 设 $P(n)$ 是关于正整数 n 的一个命题. 如果:

(1) $P(2)$ 是正确的;

(2) 对任意的正整数 $k \geqslant 2$, 若 $P(k)$ 成立, 则有 $P(2k)$ 成立;

(3) 对每个正整数 $k \geqslant 3$, 若 $P(k)$ 成立, 则有 $P(k-1)$ 成立.

那么 $P(n)$ 对每个正整数 $n \geqslant 2$ 都是成立的.

下面这个例子是该归纳法的一个很好的应用.

例 47 (AM-GM 不等式) 设 $a_1, a_2, \ldots, a_n$ 为正实数. 证明

$$\frac{a_1+a_2+\cdots+a_n}{n} \geqslant \sqrt[n]{a_1a_2\cdots a_n}.$$

证明 对于 $n=2$, 不等式可以改写为 $(\sqrt{a_1}-\sqrt{a_2})^2 \geqslant 0$, 这是显然成立的. 假设不等式对于 $n \geqslant 2$ 成立, 接下来考虑 $2n$ 的情形. 我们有

$$\begin{aligned}\frac{a_1+a_2+\cdots+a_{2n}}{2n} &= \frac{\frac{a_1+a_2+\cdots+a_n}{n} + \frac{a_{n+1}+a_{n+2}+\cdots+a_{2n}}{n}}{2} \\ &\geqslant \frac{\sqrt[n]{a_1a_2\cdots a_n} + \sqrt[n]{a_{n+1}a_{n+2}\cdots a_{2n}}}{2}\end{aligned}$$

$$\geqslant \sqrt{\sqrt[n]{a_1a_2\cdots a_n}\cdot\sqrt[n]{a_{n+1}a_{n+2}\cdots a_{2n}}}$$
$$= \sqrt[2n]{a_1a_2\cdots a_{2n}}.$$

注意到, 最后一个不等号是因为我们已经证明了 $n=2$ 的情形, 因此待证不等式是成立的. 最后, 我们证明 AM-GM 不等式对于 n 成立, 那么该不等式对于 $n-1$ 也成立. 根据归纳假设, 我们有

$$\frac{a_1+a_2+\cdots+a_n}{n}\geqslant\sqrt[n]{a_1a_2\cdots a_n}$$

对每个正实数 $a_1,a_2,\ldots,a_n$ 成立.

我们记 $a_n=\dfrac{a_1+a_2+\cdots+a_{n-1}}{n-1}$, 那么

$$\frac{a_1+a_2+\cdots+a_{n-1}+\frac{a_1+a_2+\cdots+a_{n-1}}{n-1}}{n}\geqslant\sqrt[n]{a_1a_2\cdots a_{n-1}\cdot\frac{a_1+a_2+\cdots+a_{n-1}}{n-1}}$$

这意味着

$$\left(\frac{a_1+a_2+\cdots+a_{n-1}}{n-1}\right)^n\geqslant a_1a_2\cdots a_{n-1}\left(\frac{a_1+a_2+\cdots+a_{n-1}}{n-1}\right),$$

等价于

$$\frac{a_1+a_2+\cdots+a_{n-1}}{n-1}\geqslant\sqrt[n-1]{a_1a_2\cdots a_{n-1}}.$$

根据 Cauchy 数学归纳法, 我们证明了 AM-GM 不等式对所有的 n 成立. □

例 48 (Titu Zvonaru) 设 $n\geqslant 2$ 为正整数, 且 $a_1,a_2,\ldots,a_n\geqslant 1$. 证明

$$a_1+a_2+\cdots+a_n-\frac{1}{a_1}-\frac{1}{a_2}-\cdots-\frac{1}{a_n}\geqslant n\left(\sqrt[n]{a_1a_2\cdots a_n}-\frac{1}{\sqrt[n]{a_1a_2\cdots a_n}}\right).$$

证明 对于 $n=2$, 不等式转换为

$$a_1+a_2-\frac{1}{a_1}-\frac{1}{a_2}\geqslant 2\left(\sqrt{a_1a_2}-\frac{1}{\sqrt{a_1a_2}}\right),$$

该不等式等价于

$$(a_1a_2-1)\left(\sqrt{a_1}-\sqrt{a_2}\right)^2\geqslant 0.$$

假设不等式对于 $n\geqslant 2$ 成立, 接下来考虑 $2n$ 的情形. 使用数学归纳法, 我们得到

$$a_1+a_2+\cdots+a_{2n}-\frac{1}{a_1}-\frac{1}{a_2}-\cdots-\frac{1}{a_{2n}}$$
$$=\sum_{i=1}^{n}\left(a_i-\frac{1}{a_i}\right)+\sum_{i=n+1}^{2n}\left(a_i-\frac{1}{a_i}\right)\geqslant n\left(\sqrt[n]{a_1a_2\cdots a_n}-\frac{1}{\sqrt[n]{a_1a_2\cdots a_n}}\right)+$$
$$n\left(\sqrt[n]{a_{n+1}a_{n+2}\cdots a_{2n}}-\frac{1}{\sqrt[n]{a_{n+1}a_{n+2}\cdots a_{2n}}}\right)$$
$$=n\left(\sqrt[n]{a_1a_2\cdots a_n}+\sqrt[n]{a_{n+1}a_{n+2}\cdots a_{2n}}-\frac{1}{\sqrt[n]{a_1a_2\cdots a_n}}-\frac{1}{\sqrt[n]{a_{n+1}a_{n+2}\cdots a_{2n}}}\right)$$

$$\geqslant 2n\left(\sqrt{\sqrt[n]{a_1a_2\cdots a_n}\cdot\sqrt[n]{a_{n+1}a_{n+2}\cdots a_{2n}}}-\frac{1}{\sqrt{\sqrt[n]{a_1a_2\cdots a_n}\cdot\sqrt[n]{a_{n+1}a_{n+2}\cdots a_{2n}}}}\right)$$

$$=2n\left(\sqrt[2n]{a_1a_2\cdots a_{2n}}-\frac{1}{\sqrt[2n]{a_1a_2\cdots a_{2n}}}\right).$$

注意到, 最后一个不等式使用了 $n=2$ 的情形, 该情形我们先前已经证明了. 假设待证不等式对于 n 成立, 接下来证明对于 $n-1$ 也成立. 我们记

$$a_n=\sqrt[n-1]{a_1a_2\cdots a_{n-1}}$$

那么得到

$$a_1+a_2+\cdots+a_{n-1}-\frac{1}{a_1}-\frac{1}{a_2}-\cdots-\frac{1}{a_{n-1}}+\sqrt[n-1]{a_1a_2\cdots a_{n-1}}-\frac{1}{\sqrt[n-1]{a_1a_2\cdots a_{n-1}}}$$

$$\geqslant n\left(\sqrt{a_1a_2\cdots a_{n-1}}-\frac{1}{\sqrt[n-1]{a_1a_2\ldots a_{n-1}}}\right),$$

这等价于

$$a_1+\cdots+a_{n-1}-\frac{1}{a_1}-\cdots-\frac{1}{a_{n-1}}\geqslant(n-1)\left(\sqrt[n-1]{a_1a_2\cdots a_{n-1}}-\frac{1}{\sqrt[n-1]{a_1a_2\cdots a_{n-1}}}\right),$$

所以待证不等式成立. □

1.4　Newton 不等式和 Maclaurin 不等式

首先, 我们介绍一些概念, 然后, 证明一些不等式.

给定 $a_1,a_2,\ldots,a_n$, 对每个 $k\in\{1,2,\ldots,n\}$, 我们定义对称和 σ_k 为单项式 x^{n-k} 在如下多项式中的系数

$$P(x)=(x+a_1)(x+a_2)\cdots(x+a_n).$$

应用 Vieta 公式, 即有

$$\sigma_k=\sum_{1\leqslant i_1\leqslant i_2\leqslant\cdots\leqslant i_k\leqslant n}a_{i_1}a_{i_2}\cdots a_{i_k}.$$

最后, 我们定义对称平均 s_k 为

$$s_k=\frac{\sigma_k}{\binom{n}{k}}.$$

我们约定 $\sigma_0=1$ 和 $s_0=1$.

定理 5 (Newton 不等式)　设 $a_1,a_2,\ldots,a_n$ 为任意实数, 对每个 $k\in\{1,2,\ldots,n-1\}$, 我们有

$$s_k^2\geqslant s_{k-1}s_{k+1}.$$

证明 如果多项式 $P(x)$ 的根都是实数, 那么根据 Rolle 定理, $P(x)$ 的导函数的所有根也是实数. 此外, 倒数多项式 $R(x)$ 定义为

$$R(x) = x^n P\left(\frac{1}{x}\right) = \sigma_n x^n + \sigma_{n-1}x^{n-1} + \cdots + \sigma_1 x + \sigma_0,$$

该多项式也只有实数根.

因为多项式 $P(x)$ 只有实数根, 所以

$$P^{(k-1)}(x) = \frac{n!}{(n-k+1)!}\sigma_n x^{n-k+1} + \cdots + \frac{(k+1)!}{2}\sigma_{k+1}x^2 + k!\sigma_k x + (k-1)!\sigma_{k-1}$$

只有实数根. 因此, 多项式 $P^{(k-1)}(x)$ 对应的倒数函数 $R_{k-1}(x)$, 即

$$\begin{aligned} R_{k-1}(x) &= x^{n-k+1}P^{(k-1)}\left(\frac{1}{x}\right) \\ &= (k-1)!\sigma_{k-1}x^{n-k+1} + k!\sigma_k x^{n-k} + \frac{(k+1)!}{2}\sigma_{k+1}x^{n-k-1} + \cdots + \frac{n!}{(n-k+1)!}\sigma_n \end{aligned}$$

也只有实数根, 同理有如下多项式

$$\begin{aligned} R_{k-1}^{(n-k-1)}(x) &= \frac{(k-1)!(n-k+1)!}{2}\sigma_{k-1}x^2 + k!(n-k)!\sigma_k x + \frac{(k+1)!(n-k-1)!}{2}\sigma_{k+1} \\ &= \frac{n!}{2}\left(s_{k-1}x^2 + 2s_k x + s_{k+1}\right). \end{aligned}$$

如果 $\sigma_{k-1} = 0$, 不等式显然成立. 否则, $R_{k-1}^{(n-k-1)}(x)$ 是一个具有实数根的二次函数, 根据判别式可知待证不等式成立. □

应用 Newton 不等式, 我们可以得到如下不等式.

定理 6 (Maclaurin 不等式) 设 $a_1, a_2, \ldots, a_n$ 为正实数, 我们有

$$s_1 \geqslant \sqrt{s_2} \geqslant \sqrt[3]{s_3} \geqslant \cdots \geqslant \sqrt[n]{s_n}.$$

等号成立当且仅当 $a_1 = a_2 = \cdots = a_n$.

证明 根据 Newton 不等式, 对每个 $1 \leqslant k \leqslant n-1$, 我们有

$$\frac{s_k^{k+1}}{s_{k+1}^k} \geqslant \frac{s_{k-1}^k}{s_k^{k-1}} \geqslant \frac{s_{k-2}^{k-1}}{s_{k-1}^{k-2}} \geqslant \cdots \geqslant \frac{s_1^2}{s_2} \geqslant \frac{s_0^1}{s_1^0} = 1,$$

因此

$$s_k^{k+1} \geqslant s_{k+1}^k \iff \sqrt[k]{s_k} \geqslant \sqrt[k+1]{s_{k+1}},$$

待证不等式成立. □

如下是 Newton 不等式和 Maclaurin 不等式的一些应用.

例 49 设 a, b, c, d 为正实数, 且 $abcd = 1$. 证明

$$1 + \frac{6}{ab+ac+ad+bc+bd+cd} \geqslant \frac{8}{abc+bcd+cda+dab}.$$

证明　不等式可以改写为

$$\frac{1}{abcd}+\frac{6}{ab+ac+ad+bc+bd+cd} \geqslant \frac{8}{abc+bcd+cda+dab},$$

这等价于

$$\frac{1}{s_4}+\frac{1}{s_2} \geqslant \frac{2}{s_3}.$$

使用 AM-GM 不等式和 Newton 不等式, 我们得到

$$\frac{1}{s_4}+\frac{1}{s_2} \geqslant \frac{2}{\sqrt{s_2 s_4}} \geqslant \frac{2}{s_3}.$$

□

例 50　设 a, b, c, d 为正实数. 证明

$$\left(\frac{1}{a^2}+\frac{1}{b^2}+\frac{1}{c^2}+\frac{1}{d^2}\right)(abc+bcd+cda+dab) \geqslant 4(a+b+c+d).$$

证明　我们记 $a=\frac{1}{x}, b=\frac{1}{y}, c=\frac{1}{z}, d=\frac{1}{t}$. 待证不等式转换为

$$(x^2+y^2+z^2+t^2)(x+y+z+t) \geqslant 4(xyz+yzt+ztx+txy).$$

根据 Cauchy-Schwarz 不等式, 我们得到

$$4(x^2+y^2+z^2+t^2) \geqslant (x+y+z+t)^2,$$

所以, 只需要证明

$$(x+y+z+t)^3 \geqslant 16(xyz+yzt+ztx+txy),$$

这等价于

$$\frac{x+y+z+t}{4} \geqslant \sqrt[3]{\frac{xyz+yzt+ztx+txy}{4}}$$

根据 Maclaurin 不等式, 上式成立.

□

例 51　设 a, b, c, d 为正实数, 且满足

$$2(a+b+c+d) \geqslant abcd.$$

证明

$$a^2+b^2+c^2+d^2 \geqslant abcd.$$

证明　令 $a=\frac{2}{x}, b=\frac{2}{y}, c=\frac{2}{z}, d=\frac{2}{t}$, 于是

$$xyz+yzt+ztx+txy \geqslant 4.$$

不等式变为

$$\frac{1}{x^2}+\frac{1}{y^2}+\frac{1}{z^2}+\frac{1}{t^2} \geqslant \frac{4}{xyzt}.$$

根据 Maclaurin 不等式, 我们有

$$\frac{\frac{1}{x}+\frac{1}{y}+\frac{1}{z}+\frac{1}{t}}{4} \geqslant \sqrt{\frac{\frac{1}{xy}+\frac{1}{yz}+\frac{1}{zt}+\frac{1}{xz}+\frac{1}{xt}+\frac{1}{yt}}{6}},$$

所以

$$\begin{aligned}\frac{1}{x^2}+\frac{1}{y^2}+\frac{1}{z^2}+\frac{1}{t^2} &= \left(\sum \frac{1}{x}\right)^2 - 2\left(\frac{1}{xy}+\frac{1}{yz}+\frac{1}{zt}+\frac{1}{xz}+\frac{1}{xt}+\frac{1}{yt}\right) \\ &\geqslant \frac{2}{3}\left(\frac{1}{xy}+\frac{1}{yz}+\frac{1}{zt}+\frac{1}{xz}+\frac{1}{xt}+\frac{1}{yt}\right).\end{aligned}$$

因此, 只需要证明

$$\frac{2}{3}\left(\frac{1}{xy}+\frac{1}{yz}+\frac{1}{zt}+\frac{1}{xz}+\frac{1}{xt}+\frac{1}{yt}\right) \geqslant \frac{4}{xyzt},$$

等价于

$$xy+yz+zt+xz+xt+yt \geqslant 6.$$

根据 Maclaurin 不等式和题设条件可知上式成立, 因此

$$\sqrt{\frac{xy+yz+zt+xz+xt+yt}{6}} \geqslant \sqrt[3]{\frac{xyz+yzt+ztx+txy}{4}} \geqslant 1.$$ □

例 52 设 a, b, c, d 为正实数, 且满足

$$a^4+b^4+c^4+d^4=4.$$

证明

$$\frac{a^3}{bc}+\frac{b^3}{cd}+\frac{c^3}{da}+\frac{d^3}{ab} \geqslant 4.$$

证明 根据 Maclaurin 不等式和 Cauchy-Schwarz 不等式, 我们得到

$$\begin{aligned}\sqrt[4]{\frac{a^2b^2+a^2c^2+a^2d^2+b^2c^2+b^2d^2+c^2d^2}{6}} &\geqslant \sqrt[6]{\frac{a^2b^2c^2+b^2c^2d^2+c^2d^2a^2+d^2a^2b^2}{4}} \\ &\geqslant \sqrt[3]{\frac{abc+bcd+cda+dab}{4}}. \qquad (1)\end{aligned}$$

根据 Cauchy-Schwarz 不等式, 我们得到

$$\frac{a^3}{bc}+\frac{b^3}{cd}+\frac{c^3}{da}+\frac{d^3}{ab} \geqslant \frac{(a^2+b^2+c^2+d^2)^2}{abc+bcd+cda+dab}.$$

因此, 只需要证明

$$\left(a^2+b^2+c^2+d^2\right)^2 \geqslant 4(abc+bcd+cda+dab).$$

根据 AM-GM 不等式和不等式 (1), 我们得到

$$\left(a^2+b^2+c^2+d^2\right)^2 = a^4+b^4+c^4+d^4+2\sum_{\text{sym}} a^2b^2$$

$$\geqslant 4\sqrt[4]{(a^4+b^4+c^4+d^4)\left(\frac{2\sum a^2b^2}{3}\right)^3}$$
$$\geqslant 4(abc+bcd+cda+dab).$$

等号成立当且仅当 $a=b=c=d=1$. □

例 53 设 a, b, c, d 为正实数. 证明

$$[(a+b)(b+c)(c+d)(d+a)]^3 \geqslant 16(abcd)^2(a+b+c+d)^4.$$

证明 注意到, $S=a+b+c+d$, 我们有

$$(a+b)(a+d)=aS+bd-ac$$

和

$$(c+b)(c+d)=cS+bd-ac.$$

因此

$$\begin{aligned}(a+b)(b+c)(c+d)(d+a)&=(aS+bd-ac)(cS+bd-ac)\\&=acS^2+(a+c)S(bd-ac)+(bd-ac)^2\\&=S(acS+(a+c)(bd-ac))+(bd-ac)^2\\&=(a+b+c+d)(abc+bcd+cda+dab)+(bd-ac)^2.\end{aligned}$$

所以

$$(a+b)(b+c)(c+d)(d+a)\geqslant(a+b+c+d)(abc+bcd+cda+dab).$$

根据 Maclaurin 不等式, 可得

$$\frac{\frac{1}{a}+\frac{1}{b}+\frac{1}{c}+\frac{1}{d}}{4}\geqslant\sqrt[3]{\frac{\frac{1}{abc}+\frac{1}{bcd}+\frac{1}{cda}+\frac{1}{dab}}{4}}, \tag{1}$$

所以

$$\begin{aligned}[(a+b)(b+c)(c+d)(d+a)]^3&\geqslant(abcd)^3(a+b+c+d)^3\left(\frac{1}{a}+\frac{1}{b}+\frac{1}{c}+\frac{1}{d}\right)^3\\&\geqslant16(abcd)^3(a+b+c+d)^3\left(\frac{1}{abc}+\frac{1}{bcd}+\frac{1}{cda}+\frac{1}{dab}\right)\\&=16(abcd)^2(a+b+c+d)^4.\end{aligned}$$

当 $a=b=c=d=1$ 时, 不等式取得等号. □

例 54 设 a, b, c, d 为正实数. 证明

$$(a+b)(a+c)(a+d)(b+c)(b+d)(c+d)\geqslant 4abcd(a+b+c+d)^2.$$

证明 与上一道例题一样, 注意到

$$(a+b)(b+c)(c+d)(d+a)\geqslant(a+b+c+d)(abc+bcd+cda+dab)\iff(ac-bd)^2\geqslant0,$$

$$(a+c)(c+b)(b+d)(d+a) \geqslant (a+b+c+d)(abc+bcd+cda+dab) \Longleftrightarrow (ab-cd)^2 \geqslant 0,$$

$$(c+a)(a+b)(b+d)(d+c) \geqslant (a+b+c+d)(abc+bcd+cda+dab) \Longleftrightarrow (ad-bc)^2 \geqslant 0.$$

将上述不等式相乘, 我们得到

$$\begin{aligned}&[(a+b)(a+c)(a+d)(b+c)(b+d)(c+d)]^2\\ \geqslant\ &(a+b+c+d)^3(abc+bcd+cda+dab)^3.\end{aligned}$$

根据 Newton 不等式, 我们得到

$$s_3^2 \geqslant s_2s_4 \geqslant \sqrt{s_1s_3}s_4 \Longrightarrow s_3^3 \geqslant s_1s_4^2, \tag{1}$$

不等式可以改写为

$$(abc+bcd+cda+dab)^3 \geqslant 16(abcd)^2(a+b+c+d).$$

所以

$$\begin{aligned}&(a+b)(a+c)(a+d)(b+c)(b+d)(c+d)\\ \geqslant\ &\sqrt{(a+b+c+d)^3(abc+bcd+cda+dab)^3}\\ \geqslant\ &\sqrt{16(abcd)^2(a+b+c+d)^4} = 4abcd(a+b+c+d)^2,\end{aligned}$$

因此待证不等式成立. □

注记 (1) 请注意, 如果我们将例 53 中不等式的三种可能的不等式的排列相乘, 则立即得到例 54 中的不等式.

(2) 另外, 请注意, 两个例子中的不等式 (1) 是等价的. 第一种情况中, 我们对 $\frac{1}{a}, \frac{1}{b}, \frac{1}{c}, \frac{1}{d}$ 应用了 Maclaurin 不等式, 在另外一种情况中, 我们对 a, b, c, d 应用了 Newton 不等式.

例 55 (Marius Stănean) 设 a, b, c, d 为正实数, 且满足 $a+b+c+d=1$. 证明

$$5(a^2+b^2+c^2+d^2)+2(a^2+b^2+c^2+d^2)^2 \geqslant 1+6(a^3+b^3+c^3+d^3).$$

证明 设 $t^4-\sigma_1t^3+\sigma_2t^2-\sigma_3t+\sigma_4=0$, $\sigma_1=1$, 这个方程的根为 a, b, c, d. 我们有

$$\begin{aligned}a^2+b^2+c^2+d^2 &= 1-2\sigma_2,\\ a^3+b^3+c^3+d^3 &= \sigma_1\sum_{\text{cyc}}a^2-\sigma_2\sum_{\text{cyc}}a+4\sigma_3-\sigma_4\sum_{\text{cyc}}\frac{1}{a}\\ &= 1-3\sigma_2+3\sigma_3,\end{aligned}$$

所以不等式转换为

$$5-10\sigma_2+2-8\sigma_2+8\sigma_2^2 \geqslant 1+6-18\sigma_2+18\sigma_3,$$

这等价于

$$4\sigma_2^2 \geqslant 9\sigma_3,$$

又等价于

$$4\sigma_2^2 \geqslant 9\sigma_1\sigma_3 \Longleftrightarrow s_2^2 \geqslant s_1s_3,$$

上式即为 Newton 不等式. □

例 56 (Marius Stănean) 设 a, b, c, d 为正实数, 且满足 $a+b+c+d=4$. 证明

$$\frac{1}{a}+\frac{1}{b}+\frac{1}{c}+\frac{1}{d} \geqslant \frac{32}{4+abc+bcd+cda+dab}.$$

证明 不等式可以改写为

$$\frac{4s_3}{s_4} \geqslant \frac{8}{1+s_3}.$$

根据 AM-GM 不等式, 我们得到

$$\frac{4}{\sqrt{s_3}} \geqslant \frac{8}{1+s_3},$$

所以只需要证明

$$\frac{4s_3}{s_4} \geqslant \frac{4}{\sqrt{s_3}},$$

等价于

$$s_3^3 \geqslant s_4^2,$$

又等价于

$$s_3^3 \geqslant s_1s_4^2,$$

这便是例题 53、54 中的不等式 (1). 当 $a=b=c=d=1$ 时, 不等式取得等号. □

例 57 (Gheorghe Eckstein, 罗马尼亚 TST 1999) 设 $x_1, x_2, \ldots, x_n$ 为正实数, 且满足 $x_1x_2\cdots x_n=1$, 证明

$$\frac{1}{n-1+x_1}+\frac{1}{n-1+x_2}+\cdots+\frac{1}{n-1+x_n} \leqslant 1.$$

证明 我们记 $x_1=a_1^2, x_2=a_2^2, \ldots, x_n=a_n^2$, 于是 $a_1a_2\cdots a_n=1$. 不等式可以改写为

$$\frac{n-1+a_1^2-a_1^2}{n-1+a_1^2}+\frac{n-1+a_2^2-a_2^2}{n-1+a_2^2}+\cdots+\frac{n-1+a_n^2-a_n^2}{n-1+a_n^2} \leqslant n-1,$$

这等价于

$$\frac{a_1^2}{n-1+a_1^2}+\frac{a_2^2}{n-1+a_2^2}+\cdots+\frac{a_n^2}{n-1+a_n^2} \geqslant 1.$$

根据 Cauchy-Schwarz 不等式, 我们得到

$$\sum_{\text{cyc}} \frac{a_i^2}{n-1+a_i^2} \geqslant \frac{(a_1+a_2+\cdots+a_n)^2}{n(n-1)+a_1^2+a_2^2+\cdots+a_n^2},$$

所以, 只需要证明

$$\sum_{1\leqslant i<j\leqslant n} a_ia_j \geqslant \frac{n(n-1)}{2} \Longleftrightarrow s_2 \geqslant 1.$$

根据 Maclaurin 不等式, 我们得到

$$\sqrt{s_2} \geqslant \cdots \geqslant \sqrt[n]{s_n} = 1.$$

当 $x_1 = x_2 = \cdots = x_n = 1$ 时, 不等式取得等号. □

例 58 设 $a_1, a_2, \ldots, a_n$ 为正实数, 且满足

$$a_1a_2\cdots a_n = 1.$$

证明

$$\frac{1}{a_1} + \cdots + \frac{1}{a_n} - n + 1 \geqslant \sqrt[n-1]{a_1 + \cdots + a_n - n + 1}.$$

证明 根据 Maclaurin 不等式, 我们得到

$$\frac{\frac{1}{a_1} + \frac{1}{a_2} + \cdots + \frac{1}{a_n}}{n} \geqslant \sqrt[n-1]{\frac{\frac{1}{a_1a_2\cdots a_{n-1}} + \cdots + \frac{1}{a_2a_3\ldots a_n}}{n}} = \sqrt[n-1]{\frac{a_1 + a_2 + \cdots + a_n}{n}}.$$

因为

$$\frac{a_1 + a_2 + \cdots + a_n}{n} \geqslant \sqrt[n]{a_1a_2\cdots a_n} = 1,$$

我们记

$$\frac{a_1 + a_2 + \cdots + a_n}{n} = (1+t)^{n-1}, t \geqslant 0.$$

所以, 只需要证明

$$n(1+t) - n + 1 \geqslant \sqrt[n-1]{n(1+t)^{n-1} - n + 1},$$

这等价于

$$(nt+1)^{n-1} \geqslant n(1+t)^{n-1} - n + 1,$$

又等价于

$$\sum_{k=1}^{n-1}\binom{n-1}{k}(nt)^k \geqslant n\left(\sum_{k=1}^{n-1}\binom{n-1}{k}t^k\right),$$

上式显然成立. 当 $a_1 = a_2 = \cdots = a_n = 1$ 时, 不等式取得等号. □

例 59 (Marius Stănean, 数学反思) 设 a, b, c, d 为正实数, 且满足

$$a+b+c+d = \frac{1}{a} + \frac{1}{b} + \frac{1}{c} + \frac{1}{d}.$$

证明

$$a^4 + b^4 + c^4 + d^4 + 12abcd \geqslant 16.$$

证明 通过齐次化, 待证不等式可以改写为

$$\left(\frac{1}{a}+\frac{1}{b}+\frac{1}{c}+\frac{1}{d}\right)^2(a^4+b^4+c^4+d^4+12abcd)\geqslant 16(a+b+c+d)^2.$$

根据例 92 中的不等式, 我们得到

$$a^4+b^4+c^4+d^4+12abcd\geqslant (a+b+c+d)(abc+bcd+cda+dab),$$

所以, 只需要证明

$$\left(\frac{1}{a}+\frac{1}{b}+\frac{1}{c}+\frac{1}{d}\right)^2(abc+bcd+cda+dab)\geqslant 16(a+b+c+d),$$

这等价于

$$\left(\frac{1}{a}+\frac{1}{b}+\frac{1}{c}+\frac{1}{d}\right)^3\geqslant 4^2\left(\frac{1}{abc}+\frac{1}{bcd}+\frac{1}{cda}+\frac{1}{dab}\right),$$

又等价于

$$\frac{\frac{1}{a}+\frac{1}{b}+\frac{1}{c}+\frac{1}{d}}{4}\geqslant\sqrt[3]{\frac{\frac{1}{abc}+\frac{1}{bcd}+\frac{1}{cda}+\frac{1}{dab}}{4}},$$

上式即为 Maclaurin 不等式. 当 $a=b=c=d=1$ 时, 不等式取得等号. □

例 60 (Marius Stănean, 数学反思) 设 a, b, c, d 为正实数, 且满足

$$a+b+c+d=\frac{1}{a}+\frac{1}{b}+\frac{1}{c}+\frac{1}{d}.$$

证明

$$\frac{3(a^2+b^2+c^2+d^2)}{a+b+c+d}+1\geqslant a+b+c+d.$$

证明 注意到如下恒等式

$$\begin{aligned}&a^3+b^3+c^3+d^3\\=&(a+b+c+d)^3-3(a+b+c+d)\sum_{\text{cyc}}ab+3(abc+bcd+cda+dab)\\=&\frac{a+b+c+d}{2}\left[3(a^2+b^2+c^2+d^2)-(a+b+c+d)^2\right]+\\&3(abc+bcd+cda+dab).\end{aligned}$$

所以待证不等式可以改写为

$$a^3+b^3+c^3+d^3+\frac{(a+b+c+d)^2}{2}\geqslant 3(abc+bcd+cda+dab),$$

通过齐次化, 得到

$$a^3+b^3+c^3+d^3+\sqrt{\frac{abcd(a+b+c+d)^5}{4(abc+bcd+cda+dab)}}\geqslant 3(abc+bcd+cda+dab).$$

根据 AM-GM 不等式和 Maclaurin 不等式, 我们得到

$$(a+b+c+d)^4 \geqslant 4^4 abcd,$$

$$\frac{a+b+c+d}{4} \geqslant \sqrt[3]{\frac{abc+bcd+cda+dab}{4}},$$

所以

$$\begin{aligned}\sqrt{\frac{abcd(a+b+c+d)^5}{4(abc+bcd+cda+dab)}} &= \sqrt{\frac{abcd(a+b+c+d)^7}{4(abc+bcd+cda+dab)(a+b+c+d)^2}}\\ &\geqslant \sqrt{\frac{4^4a^2b^2c^2d^2\cdot 4^2(abc+bcd+cda+dab)}{4(abc+bcd+cda+dab)(a+b+c+d)^2}}\\ &= \frac{32abcd}{a+b+c+d}.\end{aligned}$$

所以只需要证明

$$a^3+b^3+c^3+d^3+\frac{32abcd}{a+b+c+d} \geqslant 3(abc+bcd+cda+dab),$$

上述不等式在例 22 的注记中已经被证明. □

1.5 Blundon 不等式

Blundon 不等式是由 E. Rouché 在 1851 年首次得到的, 但在数学文献中它常被称为 Blundon 不等式. 在许多参考文献中, 此不等式也称为基本三角不等式.

定理 7 (Blundon 不等式) 对外接圆半径为 R、内切圆半径为 r、半周长为 s 的任意三角形, 我们有

$$2R^2+10Rr-r^2-2\sqrt{R(R-2r)^3} \leqslant s^2 \leqslant 2R^2+10Rr-r^2+2\sqrt{R(R-2r)^3},$$

仅当三角形为等腰三角形时等号成立.

证明 若令 $p=a+b+c$, $q=ab+bc+ca$, $t=abc$, 其中 a, b, c 为三角形的三边, 由此得 $p=a+b+c=2s$ 和 $t=abc=4srR$. 为计算 q, 由 Heron 公式, 可得

$$r^2s^2 = s(s-a)(s-b)(s-c),$$

上式可写成

$$r^2s = s^3-s^2(a+b+c)+s(ab+bc+ca)-abc,$$

$$r^2 = -s^2+ab+bc+ca-4Rr,$$

$$q = s^2+r^2+4Rr.$$

利用下面的恒等式

$$(a-b)^2(b-c)^2(c-a)^2=-27t^2+2(9pq-2p^3)t+p^2q^2-4q^3\geqslant 0,$$

再利用上面的公式替换 p, q, t, 得到下面的等式

$$\begin{aligned}&(a-b)^2(b-c)^2(c-a)^2\\=&-4r^2\left[s^4-2(2R^2+10Rr-r^2)s^2+64R^3r+48R^2r^2+12Rr^3+r^4\right]\\=&-4r^2\left[(s^2-2R^2-10Rr+r^2)^2-4R(R^3-6R^2r+12Rr^2-8r^3)\right]\\=&-4r^2\left[(s^2-2R^2-10Rr+r^2)^2-4R(R-2r)^3\right].\end{aligned}$$

因此

$$(s^2-2R^2-10Rr+r^2)^2\leqslant 4R(R-2r)^3.$$

□

注记　(1) Blundon 已证明形如

$$f(R,r)\leqslant s^2\leqslant F(R,r)$$

的不等式是最强的, 其中 $f(R,r)$ 和 $F(R,r)$ 是齐次函数, 等号仅当三角形为正三角形时成立.

(2) 对于非钝角 $\triangle ABC$, Blundon 不等式的左边可以替换成

$$\max\left\{(2R+r)^2, 2R^2+10Rr-r^2-2\sqrt{R(R-2r)^3}\right\}$$

实际上, 由三角形中已知的恒等式

$$\prod\cos A=\frac{s^2-(2R+r)^2}{4R^2}$$

和 $\prod\cos A\geqslant 0$, 可得

$$s^2\geqslant(2R+r)^2.$$

此外, 通过简单的计算可得

$$2R^2+10Rr-r^2-2\sqrt{R(R-2r)^3}\geqslant(2R+r)^2,$$

当且仅当 $2(\sqrt{2}-1)\leqslant\dfrac{2r}{R}\leqslant 1$ 时取得等号.

例 61 (Gerretsen 不等式)　对于外接圆半径为 R、内切圆半径为 r、半周长为 s 的任意三角形, 有不等式

$$16Rr-5r^2\leqslant s^2\leqslant 4R^2+4Rr+3r^2$$

成立.

证明　上述两个不等式也可写成

$$\left|s^2-2R^2-10Rr+r^2\right|\leqslant 2R^2-6Rr+4r^2,$$

或等价为

$$(s^2-2R^2-10Rr+r^2)^2 \leqslant 4(R-2r)^2(R-r)^2.$$

因为

$$(R-r)^2 = R(R-2r)+r^2 \geqslant R(R-2r),$$

所以由 Blundon 不等式立得所证不等式. □

例 62 (Titu Andreescu, Oleg Mushkarov) 设 a, b, c 分别为三角形的三边长, s 为半周长, R 和 r 分别为三角形外接圆半径和内切圆半径. 证明

$$144R^2r^2-56Rr^3-32r^4 \leqslant a^2b^2+b^2c^2+c^2a^2 \leqslant 16R^4+24R^2r^2+24Rr^3+32r^4.$$

证明 使用三角形边长 a, b, c 的对称函数的下列著名公式, 以 s, r, R 的形式计算表达式

$$ab+bc+ca = s^2+r^2+4Rr,$$

$$abc = 4srR.$$

因此

$$\begin{aligned} a^2b^2+b^2c^2+c^2a^2 &= (ab+bc+ca)^2-2abc(a+b+c) \\ &= (s^2+r^2+4Rr)^2-16s^2Rr \\ &= s^4-2s^2(4Rr-r^2)+(4Rr+r^2)^2 \\ &= \left(s^2-4Rr+r^2\right)^2+16Rr^3. \end{aligned}$$

注意到, 从前面的例子中, 得到

$$s^2-4Rr+r^2 \geqslant 16Rr-5r^2-4Rr+r^2 = 4r(3R-r) > 0.$$

若记 $x^2 = 1-\dfrac{2r}{R} \in [0,1)$, 则由 Blundon 不等式, 有

$$\frac{s^2}{R^2} \geqslant 2+5(1-x^2)-\frac{(1-x^2)^2}{4}-2x^3 = \frac{(1-x)(x+3)^3}{4} \tag{1}$$

和

$$\frac{s^2}{R^2} \leqslant 2+5(1-x^2)-\frac{(1-x^2)^2}{4}+2x^3 = \frac{(3-x)^3(1+x)}{4}. \tag{2}$$

利用 x, 不等式变为

$$\begin{aligned} 36(1-x^2)^2-7(1-x^2)^3-2(1-x^2)^4 &\leqslant \left[\frac{s^2}{R^2}-\frac{(1-x^2)(7+x^2)}{4}\right]^2+2(1-x^2)^3 \\ &\leqslant 16+6(1-x^2)^2+3(1-x^2)^3+2(1-x^2)^4, \end{aligned}$$

即

$$(1-x^2)^2(25+13x^2-2x^4) \leqslant \left[\frac{s^2}{R^2}-\frac{(1-x^2)(7+x^2)}{4}\right]^2$$

$$\leqslant 16+(1-x^2)^2(9-5x^2+2x^4).$$

我们将证明左边的不等式. 使用式 (1) 就只需证明

$$(1-x^2)^2(25+13x^2-2x^4) \leqslant \left[\frac{(1-x)(x+3)^3}{4}-\frac{(1-x^2)(7+x^2)}{4}\right]^2,$$

即

$$(1-x^2)^2(25+13x^2-2x^4) \leqslant (1-x)^2(2x^2+5x+5)^2$$

或

$$x^2(1-x)^4(2x^2+8x+7) \geqslant 0$$

显然成立.

对于右边不等式, 利用式 (2) 就只需证明

$$\left[\frac{(1+x)(3-x)^3}{4}-\frac{(1-x^2)(7+x^2)}{4}\right]^2 \leqslant 16+(1-x^2)^2(9-5x^2+2x^4),$$

即

$$(x+1)^2(2x^2-5x+5)^2 \leqslant 16+(1-x^2)^2(9-5x^2+2x^4)$$

或

$$x^2(1-x)^4(2x^2+8x+7) \geqslant 0$$

显然成立.

在这两个不等式中, 等号仅当三角形为正三角形时取得. □

注记 作者证明了最强可能形式的不等式

$$p(R,r) \leqslant a^2b^2+b^2c^2+c^2a^2 \leqslant P(R,r),$$

其中 $p(R,r)$ 和 $P(R,r)$ 是四次齐次多项式, 等号对正三角形成立, 当 R 远大于 r 时, 不等式尽可能强.

例 63 (AoPS, 比 Hadwiger-Finsler 不等式更强) 设 a, b, c 分别为三角形的三边长, S 为三角形的面积, R 和 r 分别为三角形外接圆半径和内切圆半径. 证明

$$a^2+b^2+c^2 \geqslant 4S\sqrt{3+\frac{R-2r}{R}}+(a-b)^2+(b-c)^2+(c-a)^2.$$

证明一 不等式可改写为

$$4(ab+bc+ca)-(a+b+c)^2 \geqslant 4S\sqrt{4-\frac{2r}{R}}.$$

而 $ab+bc+ca=s^2+r^2+4Rr$, 故等价于

$$r^2+4Rr \geqslant sr\sqrt{4-\frac{2r}{R}}$$

或

$$\frac{s}{R} \leqslant \frac{\frac{r}{R}+4}{\sqrt{4-\frac{2r}{R}}}.$$

若记 $x^2 = 1 - \dfrac{2r}{R} \in [0,1)$, 则由 Blundon 不等式可得

$$\frac{s^2}{R^2} \leqslant 2 + 5(1-x^2) - \frac{(1-x^2)^2}{4} + 2x^3 = \frac{(3-x)^3(1+x)}{4}.$$

因此, 只需证明

$$\frac{(9-x^2)^2}{4(3+x^2)} \geqslant \frac{(3-x)^3(1+x)}{4}$$

或

$$(9-x^2)^2 - (3+x^2)(3-x)^3(1+x) \geqslant 0,$$

即

$$x^2(x-1)^2(x-3)^2 \geqslant 0$$

显然成立. 当 $x=0$ 时等号成立, 所以当三角形是等边三角形时等号成立. □

证明二 利用 Ravi 换元, 即

$$a = y+z,\ b = z+x,\ c = x+y,\ x,y,z > 0$$

和基本的三角形性质, 不等式可改写为

$$4(xy+yz+zx) \geqslant 4\sqrt{xyz(x+y+z)}\sqrt{4-\frac{8xyz}{(x+y)(y+z)(z+x)}},$$

$$\frac{(xy+yz+zx)^2}{3xyz(x+y+z)} \geqslant \frac{4}{3} - \frac{8xyz}{3(x+y)(y+z)(z+x)},$$

$$\frac{(xy+yz+zx)^2}{3xyz(x+y+z)} - 1 \geqslant \frac{1}{3} - \frac{8xyz}{3(x+y)(y+z)(z+x)},$$

$$\frac{(xy+yz+zx)^2 - 3xyz(x+y+z)}{xyz(x+y+z)} \geqslant \frac{(x+y)(y+z)(z+x) - 8xyz}{(x+y)(y+z)(z+x)},$$

$$\frac{z^2(x-y)^2 + x^2(y-z)^2 + y^2(z-x)^2}{2xyz(x+y+z)} \geqslant \frac{z(x-y)^2 + x(y-z)^2 + y(z-x)^2}{(x+y)(y+z)(z+x)},$$

$$\sum_{\text{cyc}} z^2[z^2(x+y) + z(x^2+y^2) - xy(x+y)](x-y)^2 \geqslant 0,$$

$$S_x(y-z)^2 + S_y(z-x)^2 + S_z(x-y)^2 \geqslant 0,$$

其中记

$$S_x = x^2[x^2(y+z) + x(y^2+z^2) - yz(y+z)],$$

$$S_y = y^2[y^2(z+x) + y(z^2+x^2) - zx(z+x)],$$
$$S_z = z^2[z^2(x+y) + z(x^2+y^2) - xy(x+y)].$$

不失一般性, 假设 $x \geqslant y \geqslant z$, 显然有

$$(x-z)^2 \geqslant (x-y)^2 + (y-z)^2$$

和

$$S_y = y^2[x(y^2-z^2) + x^2(y-z) + yz(y+z)] > 0.$$

因此, 只需证明

$$(S_z + S_y)(x-y)^2 + (S_x + S_y)(y-z)^2 \geqslant 0.$$

但是

$$S_z + S_y = x(y^2-z^2)^2 + z^4y + y^4z + z^3y^2 + y^3z^2 + x^2(y+z)(y-z)^2 \geqslant 0,$$
$$S_x + S_y = z(x^2-y^2)^2 + x^4y + y^4x + x^3y^2 + y^3x^2 + z^2(x+y)(x-y)^2 \geqslant 0,$$

故不等式得证. 当 $x = y = z$ 时等式成立, 即 $a = b = c$. □

例 64 (Titu Andreescu, Marius Stănean) 设 a, b, c 分别为三角形的三边长, S 为面积, R 和 r 分别为三角形外接圆半径和内切圆半径. 证明

$$\cot^2 A + \cot^2 B + \cot^2 C \geqslant \frac{1}{5}\left(31 - \frac{52r}{R}\right).$$

证明 不等式可改写为

$$\frac{1}{\sin^2 A} + \frac{1}{\sin^2 B} + \frac{1}{\sin^2 C} \geqslant \frac{46}{5} - \frac{52r}{5R}$$

或

$$\frac{(ab+bc+ca)^2 - 2abc(a+b+c)}{16s^2r^2} \geqslant \frac{23}{10} - \frac{13r}{5R}.$$

而 $ab + bc + ca = s^2 + r^2 + 4Rr$, 故等价于

$$\frac{s^4 + 2(r^2+4Rr)s^2 + (r^2+4Rr)^2 - 16Rrs^2}{16s^2r^2} \geqslant \frac{23}{10} - \frac{13r}{5R}$$

或

$$\frac{s^2}{16R^2} + \frac{R^2}{16s^2}\left(\frac{r^2}{R^2} + \frac{4r}{R}\right)^2 + \frac{r^2}{8R^2} - \frac{r}{2R} \geqslant \frac{23r^2}{10R^2} - \frac{13r^3}{5R^3}.$$

因此, 只需证 $f\left(\frac{s^2}{R^2}\right) \geqslant 0$, 其中

$$f\left(\frac{s^2}{R^2}\right) = \frac{s^2}{16R^2} + \frac{R^2}{16s^2}\left(\frac{r^2}{R^2} + \frac{4r}{R}\right)^2 + \frac{r^2}{8R^2} - \frac{r}{2R} - \frac{23r^2}{10R^2} + \frac{13r^3}{5R^3}.$$

因为 $\frac{s^2}{R^2} \geqslant \frac{r^2}{R^2} + \frac{4r}{R}$, 可知 f 是递增函数.

若记 $x^2 = 1 - \dfrac{2r}{R} \in [0,1)$, 则由 Blundon 不等式可知

$$\frac{s^2}{R^2} \geqslant 2 + 5(1-x^2) - \frac{(1-x^2)^2}{4} - 2x^3 = \frac{(1-x)(x+3)^3}{4}.$$

因此, 只需证明

$$f\left(\frac{(1-x)(x+3)^3}{4}\right) \geqslant 0,$$

即

$$\frac{(1-x)(x+3)^3}{64} + \frac{(1-x^2)^2(9-x^2)^2}{64(1-x)(x+3)^3} + \frac{(1-x^2)^2}{32} - \frac{1-x^2}{4} - \frac{23(1-x^2)^2}{40} + \frac{13(1-x^2)^3}{40} \geqslant 0.$$

经过计算, 不等式简化为

$$\frac{x^2(1-x)\left[13x^4 + 52x^3 + (6x-1)^2\right]}{40(x+3)} \geqslant 0,$$

显然成立. 当 $x = 0$ 时等号成立, 所以当三角形是等边三角形时等号成立. □

例 65 (Titu Andreescu, Marius Stănean) 设 a, b, c 分别为 $\triangle ABC$ 的三边长, 且 R 和 r 分别为三角形外接圆半径和内切圆半径. 证明

$$\left(\frac{a}{b+c}\right)^2 + \left(\frac{b}{c+a}\right)^2 + \left(\frac{c}{a+b}\right)^2 + \frac{17r}{18R} \geqslant \frac{11}{9}.$$

证明 设 s 为 $\triangle ABC$ 的半周长. 利用

$$ab + bc + ca = s^2 + r^2 + 4Rr,$$

可推出

$$\sum_{\text{cyc}} \frac{a}{b+c} = \frac{2(s^2 - r^2 - Rr)}{s^2 + r^2 + 2Rr}, \quad \sum_{\text{cyc}} \frac{ab}{(a+c)(b+c)} = \frac{s^2 + r^2 - 2Rr}{s^2 + r^2 + 2Rr}.$$

所证的不等式等价于

$$\frac{4(s^2 - r^2 - Rr)^2}{(s^2 + r^2 + 2Rr)^2} - \frac{2(s^2 + r^2 - 2Rr)}{s^2 + r^2 + 2Rr} + \frac{17r}{18R} \geqslant \frac{11}{9}.$$

去分母并展开, 化为

$$(14R + 17r)s^4 - 2(116R^2r + 96Rr^2 - 17r^3)s^2 + 128R^3r^2 + 124R^2r^3 + 82Rr^4 + 17r^5 \geqslant 0$$

或

$$\left(14 + \frac{17r}{R}\right)\frac{s^4}{R^4} - 2\left(\frac{116r}{R} + \frac{96r^2}{R^2} - \frac{17r^3}{R^3}\right)\frac{s^2}{R^2} + \frac{128r^2}{R^2} + \frac{124r^3}{R^3} + \frac{82r^4}{R^4} + \frac{17r^5}{R^5} \geqslant 0.$$

因此, 需证 $f\left(\dfrac{s^2}{R^2}\right) \geqslant 0$, 其中

$$f\left(\frac{s^2}{R^2}\right) = \left(14 + \frac{17r}{R}\right)\frac{s^4}{R^4} - 2\left(\frac{116r}{R} + \frac{96r^2}{R^2} - \frac{17r^3}{R^3}\right)\frac{s^2}{R^2} + \frac{128r^2}{R^2} + \frac{124r^3}{R^3} + \frac{82r^4}{R^4} + \frac{17r^5}{R^5}.$$

因为

$$s^2 \geqslant 16Rr - 5r^2 > \frac{116R^2r + 96Rr^2 - 17r^3}{14R + 17r},$$

所以可知 f 是递增函数.

若记 $x^2 = 1 - \frac{2r}{R} \in [0,1)$, 则由 Blundon 不等式可知

$$\frac{s^2}{R^2} \geqslant 2 + 5(1 - x^2) - \frac{(1 - x^2)^2}{4} - 2x^3 = \frac{(1 - x)(x + 3)^3}{4}.$$

因此, 只需证明

$$f\left(\frac{(1 - x)(x + 3)^3}{4}\right) \geqslant 0,$$

即

$$\frac{(45 - 17x^2)(1 - x)^2(x + 3)^6}{32} - \frac{(1 - x)^2(1 + x)(x + 3)^3(639 - 158x^2 - 17x^4)}{16} + \frac{(1 - x^2)^2(1701 - 875x^2 + 215x^4 - 17x^6)}{32} \geqslant 0,$$

或者经过一些计算, 有

$$4x^2(1 - x)^3(x + 2)^2(4x + 11) \geqslant 0$$

显然成立. 当 $x = 0$ 时等号成立, 所以当三角形是等边三角形时等号成立. □

接下来, 我们将关注含有 3 个非负变量 (如 x, y, z) 的代数不等式, 它们满足条件 $x^2 + y^2 + z^2 + xyz = 4$. 这种情况下, 我们进行以下替换

$$x = 2\cos A,\ y = 2\cos B,\ z = 2\cos C,$$

其中 $\triangle ABC$ 是非钝角三角形, 包括退化三角形的可能性.

事实上, 由于 $x, y, z \in [0,2]$, 可假设

$$x = 2\cos A,\ y = 2\cos B,\ \angle A, \angle B \in \left(0, \frac{\pi}{2}\right].$$

然后, 求解关于 z 的二次方程, 得到

$$\begin{aligned} z &= \frac{-xy + \sqrt{(4 - x^2)(4 - y^2)}}{2} \\ &= 2(-\cos A\cos B + \sin A\sin B) \\ &= 2\cos(\pi - A - B) = 2\cos C, \end{aligned}$$

其中 $C = \pi - A - B \in \left(0, \frac{\pi}{2}\right]$.

由三角形中已知的恒等式

$$\cos A + \cos B + \cos C = 1 + \frac{r}{R},$$

可得

$$2 \leqslant x + y + z = 2 + \frac{2r}{R} \leqslant 3,$$

利用 Euler 不等式, 得

$$0 \leqslant xyz \leqslant \left(\frac{x+y+z}{3}\right)^3 \leqslant 1.$$

从这些出发, 我们得到如下定理.

定理 8 设 x, y, z 为非负实数, 使得

$$x^2+y^2+z^2+xyz=4.$$

若令 $x+y+z=3-u^2$, 其中 $u \in [0,1)$, 且 $xyz=1-9t^2$, 其中 $t \in \left[0, \frac{1}{3}\right]$, 则有以下不等式

$$u(2-u) \leqslant 3t \leqslant \min\{u(2+u), 1\}.$$

证明 由假设条件可得

$$x=\frac{-yz+\sqrt{y^2z^2-4y^2-4z^2+16}}{2}.$$

由 AM-GM 不等式知

$$y^2z^2-4y^2-4z^2+16 \leqslant \frac{(y^2+z^2)^2}{4}-4(y^2+z^2)+16=\left(4-\frac{y^2+z^2}{2}\right)^2,$$

故

$$x \leqslant 2-\frac{y^2+z^2+2yz}{4}=2-\frac{(y+z)^2}{4}.$$

因此

$$4x+(x+y+z-x)^2-8 \leqslant 0,$$

等价于

$$x^2+2(u^2-1)x+1-6u^2+u^4 \leqslant 0,$$

这意味着

$$1-2u-u^2 \leqslant x \leqslant 1+2u-u^2,$$

这是因为 x 的二次方程的根为 $1-u^2 \pm 2u$.

同理可得

$$1-2u-u^2 \leqslant y, z \leqslant 1+2u-u^2.$$

根据这些结果, 可以得出如下结论

$$(x+u^2-2u-1)(y+u^2-2u-1)(z+u^2-2u-1) \leqslant 0,$$

即

$$xyz+(u^2-2u-1)(xy+yz+zx)+(u^2-2u-1)^2(x+y+z)+(u^2-2u-1)^3 \leqslant 0,$$

等价于

$$2-18t^2+(u^2-2u-1)(6-6u^2+u^4-9t^2)+2(u^2-2u-1)^2(3-u^2)+2(u^2-2u-1)^3 \leqslant 0,$$

即
$$9t^2(u-1)^2 \geqslant (u-2)^2(u-1)^2u^2,$$
这意味着
$$3t \geqslant u(2-u).$$
又
$$(x+u^2+2u-1)(y+u^2+2u-1)(z+u^2+2u-1) \geqslant 0,$$
即
$$xyz+(u^2+2u-1)(xy+yz+zx)+(u^2+2u-1)^2(x+y+z)+(u^2+2u-1)^3 \geqslant 0,$$
等价于
$$2-18t^2+(u^2+2u-1)(6-6u^2+u^4-9t^2)+2(u^2+2u-1)^2(3-u^2)+2(u^2+2u-1)^3 \geqslant 0,$$
即
$$9t^2(u+1)^2 \leqslant u^2(u+1)^2(u+2)^2,$$
这意味着
$$3t \leqslant u(u+2),$$
原不等式得证.

当 $(x,y,z) \in \{(1,1,1), (2,0,0), (0,2,0), (0,0,2)\}$ 时等号成立. □

接下来, 我们根据 $\triangle ABC$ 的元素写出定理 8 中的两个不等式.

我们有以下等价的不等式
$$u(2-u) \leqslant 3t \leqslant u(2+u),$$
$$\sqrt{3-x-y-z}\left(2-\sqrt{3-x-y-z}\right) \leqslant \sqrt{1-xyz} \leqslant \sqrt{3-x-y-z}\left(2+\sqrt{3-x-y-z}\right),$$
$$1-\left(3-x-y-z+2\sqrt{3-x-y-z}\right)^2 \leqslant xyz \leqslant 1-\left(3-x-y-z-2\sqrt{3-x-y-z}\right)^2.$$
而
$$xyz = 8\cos A\cos B\cos C = \frac{2(s^2-(2R+r)^2)}{R^2},$$
$$x+y+z = 2(\cos A+\cos B+\cos C) = 2+\frac{2r}{R},$$
最后, 两个不等式变为
$$1-\left(1-\frac{2r}{R}+2\sqrt{1-\frac{2r}{R}}\right)^2 \leqslant \frac{2(s^2-4R^2-4Rr-r^2)}{R^2}$$

$$\leqslant 1-\left(1-\frac{2r}{R}-2\sqrt{1-\frac{2r}{R}}\right)^2,$$

或等价于

$$-4R^2+12Rr-4r^2-4\sqrt{R(R-2r)^3}\leqslant 2(s^2-4R^2-4Rr-r^2)$$
$$\leqslant -4R^2+12Rr-4r^2+4\sqrt{R(R-2r)^3},$$

即

$$2R^2+10Rr-r^2-2\sqrt{R(R-2r)^3}\leqslant s^2\leqslant 2R^2+10Rr-r^2+2\sqrt{R(R-2r)^3},$$

这还是 Blundon 不等式.

因此, 定理 8 提供了 Blundon 不等式的等价形式, 以及非钝角三角形情形的另一个证明.

注记 下面我们给出定理 8 的一个等价形式及其证明.

(Marius Stănean, 2014 年数学反思) 若 $x,y,z\geqslant 0$ 满足

$$x^2+y^2+z^2+xyz=4,$$

则

$$\sqrt{1-xyz}\,(3-x-y-z)\geqslant |(x-1)(y-1)(z-1)|.$$

证明 我们首先证明定理 8 的等价性.

事实上, 若设

$$x+y+z=3-u^2,$$

其中 $u\in[0,1)$, 且设 $xyz=1-9t^2$, 其中 $t\in\left[0,\frac{1}{3}\right]$, 则不等式等价于

$$3tu^2\geqslant |xyz-(xy+yz+zx)+x+y+z-1|$$

或

$$6tu^2\geqslant |9t^2-4u^2+u^4|$$

或

$$-6tu^2\leqslant 9t^2-4u^2+u^4\leqslant 6tu^2,$$

即

$$(3t-u^2)^2\leqslant 4u^2\leqslant (3t+u^2)^2.$$

由于 $3t-u^2\geqslant -u^2\geqslant -2u$, 这等价于

$$u(2-u)\leqslant 3t\leqslant u(2+u),$$

等价性得证.

接下来, 我们来证明这个不等式. 在变量 x, y, z 中, 有两个大于或小于 1. 不失一般性, 可以假设它们是 y, z. 由此得 $(y-1)(z-1) \geqslant 0$. 由定理 8 的证明和 AM-GM 不等式, 有

$$x \leqslant 2 - \frac{(y+z)^2}{4} \leqslant 2 - yz.$$

因此, 有

$$\sqrt{1-xyz} \geqslant \sqrt{1+x^2-2x} = |x-1|$$

和

$$3-x-y-z \geqslant 1+yz-y-z = (y-1)(z-1) = |(y-1)(z-1)|,$$

最后, 将它们相乘, 便得到欲证的结果. □

例 66　令 $x, y, z \geqslant 0$, 使得 $x^2+y^2+z^2+xyz=4$. 证明

$$x+y+z \geqslant 2+\sqrt{xyz}.$$

证明　令 $x+y+z=3-u^2$, 其中 $u \in [0,1]$, 且 $xyz=1-9t^2$, 其中 $t \in \left[0, \frac{1}{3}\right]$, 不等式化为

$$3-u^2 \geqslant 2+\sqrt{1-9t^2}$$

或

$$(1-u^2)^2 \geqslant 1-9t^2,$$

即

$$9t^2 \geqslant u^2(2-u^2).$$

而利用定理 8, 可得

$$9t^2 \geqslant u^2(2-u)^2 = u^2\left[2-u^2+2(u-1)^2\right] \geqslant u^2(2-u^2).$$

当 $u=0$ 或 $u=1$ 时, 即 $x=y=z=1$ 或 $x=2, y=z=0$ 及其轮换时等号成立. □

例 67 (Titu Andreescu, USAMO 2001)　设 $x, y, z \geqslant 0$, 使得

$$x^2+y^2+z^2+xyz=4.$$

证明

$$0 \leqslant xy+yz+zx-xyz \leqslant 2.$$

证明　若令 $x+y+z=3-u^2$, 其中 $u \in [0,1]$, 且 $xyz=1-9t^2$, 其中 $t \in \left[0, \frac{1}{3}\right]$, 不等式化为

$$4 \leqslant (x+y+z)^2 - xyz \leqslant 8$$

或

$$-4 \leqslant u^4 - 6u^2 + 9t^2 \leqslant 0.$$

对于左边的不等式, 由定理 8 可知

$$3t \geqslant u(2-u),$$

因此, 只需证明

$$u^4 - 6u^2 + u^2(2-u)^2 + 4 \geqslant 0,$$

即

$$(1-u)\left[u^2(1-u) + 2u + 2\right] \geqslant 0,$$

显然成立.

当 $u = 1$ 时, 即 $(x, y, z) = (2, 0, 0)$ 及其轮换时等号成立.

对于右边的不等式, 根据定理 8 可知

$$3t \leqslant \min\{u(2+u), 1\}.$$

分两种情况:

情形 1 若 $u(2+u) \geqslant 1$, 则只需证

$$u^4 - 6u^2 + 1 \leqslant 0 \Longleftrightarrow (u^2 - 2u - 1)(u^2 + 2u - 1) \leqslant 0,$$

由 $u \leqslant 1$, 显然成立. 当 $u = \sqrt{2} - 1$ 时, 即 $(x, y, z) = (\sqrt{2}, \sqrt{2}, 0)$ 及其轮换时等号成立.

情形 2 若 $u(2+u) < 1$, 则只需证

$$u^4 - 6u^2 + u^2(2+u)^2 \leqslant 0 \Longleftrightarrow u^2(u^2 + 2u - 1) \leqslant 0,$$

显然成立. 当 $u = 0$ 时, 即 $(x, y, z) = (1, 1, 1)$ 时等号成立. □

注记 (1) 不等式也可以写为

$$\sqrt{4 + xyz} \leqslant x + y + z \leqslant \sqrt{8 + xyz}.$$

注意到左边的不等式要弱于例 66 中的不等式.

(2) 从前面的注记开始, 如果我们根据锐角 $\triangle ABC$ 的元素: 外接圆半径 R、内切圆半径 r 和半周长 s, 将不等式写在右边, 可得以下等价形式

$$4(\cos A + \cos B + \cos C)^2 - 8\cos A \cos B \cos C \leqslant 8,$$

$$\left(1 + \frac{r}{R}\right)^2 - \frac{s^2 - (2R + r)^2}{2R^2} \leqslant 2,$$

$$s^2 \geqslant 2R^2 + 8Rr + 3r^2,$$

这被称为 Walker 不等式.

例 68 (Marius Stănean)　设 x, y, z 为正实数, 使得

$$x^2+y^2+z^2+xyz=4.$$

证明

$$\frac{(x+y+z-2)^2}{xyz}+\frac{\sqrt{2}}{4-x-y-z}\geqslant 1+\sqrt{2}.$$

证明　利用定理 8 中的记号, 不等式等价于

$$\frac{(1-u^2)^2}{1-9t^2}+\frac{\sqrt{2}}{1+u^2}\geqslant 1+\sqrt{2}.$$

而

$$1-9t^2\leqslant 1-u^2(2-u)^2=1-4u^2+4u^3-u^4=(1-u)^2(1+2u-u^2),$$

故只需证明

$$\frac{(1-u^2)^2}{(1-u)^2(1+2u-u^2)}+\frac{\sqrt{2}}{1+u^2}\geqslant 1+\sqrt{2}$$

或

$$\frac{(1+u)^2}{1+2u-u^2}+\frac{\sqrt{2}}{1+u^2}\geqslant 1+\sqrt{2}$$

或

$$\frac{2u^2}{1+2u-u^2}\geqslant\frac{\sqrt{2}u^2}{1+u^2}$$

或

$$\frac{u^2[(\sqrt{2}+1)u^2-2u+\sqrt{2}-1]}{(1+2u-u^2)(1+u^2)}\geqslant 0,$$

即

$$\frac{u^2(u-\sqrt{2}+1)^2}{(1+2u-u^2)(1+u^2)}\geqslant 0,$$

显然成立.

当 $u=0$ 时等号成立, 这意味着 $(x,y,z)=(1,1,1)$, 或当 $u=\sqrt{2}-1$ 时等号成立, 这意味着

$$\begin{cases} x+y+z=2\sqrt{2} \\ xyz=(1-u)^2(1+2u-u^2)=40\sqrt{2}-56, \\ xy+yz+zx=20\sqrt{2}-26 \end{cases}$$

解为 $x=y=2-\sqrt{2}, z=4\left(\sqrt{2}-1\right)$ 及其轮换. □

注记　此不等式比例 66 中的不等式更强.

例 69 (KaiRain)　设 $x, y, z\geqslant 0$, 使得 $x^2+y^2+z^2+xyz=4$. 证明

$$\frac{1}{x+y+2}+\frac{1}{y+z+2}+\frac{1}{z+x+2}\leqslant\frac{6-(x+y+z)}{4}.$$

证明 我们有

$$2\sum xy=(x+y+z)^2-x^2-y^2-z^2=(x+y+z)^2+xyz-4,$$

故将不等式左侧展开后, 可得

$$\begin{aligned}
&\frac{1}{x+y+2}+\frac{1}{y+z+2}+\frac{1}{z+x+2}\\
=&\frac{\sum x^2+3\sum xy+8\sum x+12}{\sum x\sum xy-xyz+2\sum x^2+6\sum xy+8\sum x+8}\\
=&\frac{2(4-xyz)+3(x+y+z)^2+3xyz-12+16\sum x+24}{(\sum x)^3+(xyz-4)\sum x-2xyz+4(4-xyz)+6(\sum x)^2+6xyz-24+16\sum x+16}\\
=&\frac{3(x+y+z)^2+16(x+y+z)+xyz+20}{(x+y+z)^3+6(x+y+z)^2+12(x+y+z)+xyz(x+y+z)+8}.
\end{aligned}$$

使用定理 8 中的记号, 令 $x+y+z=3-u^2$, $xyz=1-9t^2$, $u\in[0,1]$, $t\in\left[0,\frac{1}{3}\right]$, 则不等式等价于

$$\frac{3(3-u^2)^2+16(3-u^2)+1-9t^2+20}{(3-u^2)^3+6(3-u^2)^2+12(3-u^2)+(1-9t^2)(3-u^2)+8}\leqslant\frac{3+u^2}{4}$$

或

$$\frac{-9t^2+3u^4-34u^2+96}{9t^2(u^2-3)-u^6+15u^4-76u^2+128}\leqslant\frac{3+u^2}{4}$$

或等价于

$$u^8-12u^6+43u^4-36u^2+9t^2(5-u^4)\leqslant 0.$$

根据定理 8 可得

$$3t\leqslant\min\{u(2+u),1\}.$$

分两种情况:

情形 1 若 $u(2+u)\geqslant 1$, 则只需证

$$u^8-12u^6+43u^4-36u^2+5-u^4\leqslant 0,$$

即

$$(u^2-1)(u^2-5)(u^2-2u-1)(u^2+2u-1)\leqslant 0,$$

由 $u\leqslant 1$, 上式显然成立. 当 $u=\sqrt{2}-1$ 时等号成立, 此时 $(x,y,z)=\left(\sqrt{2},\sqrt{2},0\right)$ 及其轮换, 或当 $u=1$ 时等号成立, 此时 $(x,y,z)=(2,0,0)$ 及其轮换.

情形 2 若 $u(2+u)<1$, 则只需证

$$u^8-12u^6+43u^4-36u^2+u^2(2+u)^2(5-u^4)\leqslant 0,$$

即

$$-4u^2(u+1)(u^2+u-4)(u^2+2u-1)\leqslant 0,$$

显然成立. 当 $u=0$ 时等号成立, 此时 $(x,y,z)=(1,1,1)$. □

注记　从此例的不等式出发, 我们得到如下不等式:

设 x,y,z 为正实数, 使得 $x^2+y^2+z^2+xyz=4$, 则

$$x+y+z \leqslant \sqrt{\frac{x+y}{2}}+\sqrt{\frac{y+z}{2}}+\sqrt{\frac{z+x}{2}}.$$

证明　事实上, 不等式可以改写为

$$x+y+z \leqslant \frac{2(x+y)}{x+y+2}+\frac{2(y+z)}{y+z+2}+\frac{2(z+x)}{z+x+2}.$$

由 AM-GM 不等式, 可得

$$\begin{aligned} x+y+z &\leqslant \frac{2(x+y)}{2\sqrt{2(x+y)}}+\frac{2(y+z)}{2\sqrt{2(y+z)}}+\frac{2(z+x)}{2\sqrt{2(z+x)}} \\ &= \sqrt{\frac{x+y}{2}}+\sqrt{\frac{y+z}{2}}+\sqrt{\frac{z+x}{2}}. \end{aligned}$$

当 $(x,y,z)=(1,1,1)$ 或 $(x,y,z)=(2,0,0)$ 及其轮换时等号成立. □

例 70 (Marius Stănean)　设 $x,y,z>0$, 使得

$$x^2+y^2+z^2+xyz=4.$$

证明

$$25\left(\frac{1}{x}+\frac{1}{y}+\frac{1}{z}\right)+43xyz \geqslant 118.$$

证明　不等式也可以改写为

$$50(xy+yz+zx)+86x^2y^2z^2 \geqslant 236xyz$$

或

$$25\left[(x+y+z)^2-4+xyz\right]+86x^2y^2z^2-236xyz \geqslant 0,$$

即

$$25(x+y+z)^2+86x^2y^2z^2-211xyz-100 \geqslant 0.$$

利用定理 8 中的记号, 上面的不等式等价于

$$25(3-u^2)^2+86(1-9t^2)^2-211(1-9t^2)-100 \geqslant 0$$

或等价于

$$86(9t^2)^2+39(9t^2)+25u^2(u^2-6) \geqslant 0.$$

根据定理 8 可得

$$3t \geqslant u(2-u),$$

故只需证

$$86u^4(2-u)^4+39u^2(2-u)^2+25u^2(u^2-6)\geqslant 0,$$

或在计算后变成

$$2u^2(1-u)(-43u^5+301u^4-731u^3+654u^2-75u+3)\geqslant 0,$$

对 $u\in[0,1]$ 成立. 当 $u=0$ 时等号成立, 这意味着 $(x,y,z)=(1,1,1)$. □

例 71 (AoPS, mudok) 设 $x,y,z\geqslant 0$, 使得

$$x^2+y^2+z^2+xyz=4.$$

证明

$$(x^2+2)(y^2+2)(z^2+2)+5xyz\leqslant 32.$$

证明 此不等式可以改写成

$$x^2y^2z^2+2(x^2y^2+y^2z^2+z^2x^2)+4(x^2+y^2+z^2)+8+5xyz\leqslant 32,$$

$$x^2y^2z^2+2(xy+yz+zx)^2-4xyz(x+y+z)+xyz\leqslant 8,$$

$$2x^2y^2z^2+\left[(x+y+z)^2-x^2-y^2-z^2\right]^2-8xyz(x+y+z)+2xyz\leqslant 16,$$

$$2x^2y^2z^2+\left[(x+y+z)^2+xyz-4\right]^2-8xyz(x+y+z)+2xyz\leqslant 16.$$

利用定理 8 中的记号, 上面的不等式等价于

$$2(1-9t^2)^2+\left[(3-u^2)^2-9t^2-3\right]^2-8(1-9t^2)(3-u^2)+2(1-9t^2)\leqslant 16,$$

展开, 消去几项后得

$$3(3t)^4+2(3-u^2)(u^2+1)(3t)^2-u^2(4-u^2)^3\leqslant 0.$$

根据定理 8 可得

$$3t\leqslant \min\{u(2+u),1\}.$$

分两种情况:

情形 1 若 $u(2+u)\geqslant 1$, 则只需证

$$3+2(3-u^2)(u^2+1)-u^2(4-u^2)^3\leqslant 0,$$

等价于

$$(3-u^2)^2(u^2-2u-1)(u^2+2u-1)\leqslant 0,$$

由 $u\leqslant 1$, 不等式显然成立. 当 $u=\sqrt{2}-1$ 时等号成立, 此时 $(x,y,z)=\left(\sqrt{2},\sqrt{2},0\right)$ 及其轮换.

情形 2 若 $u(2+u)<1$, 则只需证

$$3u^4(2+u)^4+2(3-u^2)(u^2+1)u^2(2+u)^2-u^2(4-u^2)^3\leqslant 0,$$

展开后可得

$$2u^2(u+2)^2(u^2+2u-1)(u^2+2u+5)\leqslant 0,$$

不等式显然成立. 当 $u=0$, 即 $(x,y,z)=(1,1,1)$ 时等号成立. □

1.6　混合变量法

证明不等式的一个非常重要的方法是**混合变量法**. 该方法的主要思想是, 如果当某些变量等于 0 (或某个常数) 时等式成立, 那么将变量更改为常量, 或者如果当所有变量都相等时等式成立, 那么使其中一些变量彼此相等. 因此, 找到取等条件是一个非常重要的前期步骤. 于是, 为了证明不等式

$$f(x_1,x_2,\ldots,x_n)\geqslant 0$$

可以证明

$$f(x_1,x_2,\ldots,x_n)\geqslant f\left(\frac{x_1+x_2}{2},\frac{x_1+x_2}{2},x_3,\ldots,x_n\right)$$

或

$$f(x_1,x_2,\ldots,x_n)\geqslant f\left(\sqrt{x_1x_2},\sqrt{x_1x_2},x_3,\ldots,x_n\right)$$

或

$$f(x_1,x_2,\ldots,x_n)\geqslant f\left(t,t,x_3,\ldots,x_n\right).$$

如果不等式包含限制条件 (例如 $a+b+c=3$, $abc=1$ 等), 当我们使用混合变量时, 需要遵循这个条件. 它建议选取算术平均值、几何平均值或者其他. 如果不等式是齐次的, 没有任何标准化不等式的条件, 我们可以通过混合变量得到一个简洁明了的解. 为了说明这些观点, 我们列举了一些例子.

例 72　设 a,b,c 为非负实数. 证明

$$(a^2+b^2+c^2)^3\geqslant 27(a-b)^2(b-c)^2(c-a)^2.$$

证明　不失一般性, 可假设 $a\geqslant b\geqslant c$. 记

$$f(a,b,c)=(a^2+b^2+c^2)^3-27(a-b)^2(b-c)^2(c-a)^2.$$

注意到

$$\begin{aligned}&f(a,b,c)-f(a-x,b-x,c-x)\\&=(a^2+b^2+c^2)^3-\left[(a-x)^2+(b-x)^2+(c-x)^2\right]^3\geqslant 0\end{aligned}$$

对任意非负数 $x\leqslant c$ 成立. 于是

$$f(a,b,c)\geqslant f(a-c,b-c,c-c)=f(a-c,b-c,0).$$

因此, 只需证

$$f(x,y,0)\geqslant 0$$

对任意满足 $x\geqslant y\geqslant 0$ 的 x,y 成立, 即

$$(x^2+y^2)^3\geqslant 27x^2y^2(x-y)^2.$$

记 $z=\dfrac{x}{y}$, 则不等式化简为

$$(z^2+1)^3 \geqslant 27z^2(z-1)^2,$$

等价于

$$z^6-24z^4+54z^3-24z^2+1 \geqslant 0,$$

即

$$(z^2-3z+1)^2(z^2+6z+1) \geqslant 0,$$

不等式显然成立.

当 $z^2-3z+1=0$ 时等号成立, 即 $\forall t \geqslant 0$, $a=\dfrac{3+\sqrt{5}}{2}t$, $b=t$, $c=0$ 及其轮换时等号成立. □

例 73 (Marius Stănean, 数学反思) 设 a, b, c, d 为非负实数, 使得 $a+b+c+d=4$. 证明

$$a^3b+b^3c+c^3d+d^3a+5abcd \leqslant 27.$$

证明 不等式是轮换的, 可假设

$$a=\max\{a,b,c,d\}.$$

记

$$f(a,b,c,d)=a^3b+b^3c+c^3d+d^3a+5abcd.$$

有

$$\begin{aligned}
&f(a,b,c,d)-f(a+c,b+d,0,0)\\
=&\,b^3c+d^3a+5abcd-a^3d-c^3b-3ac(a+c)(b+d)\\
=&\,(d^3a-a^3d)+c\left(b^3+5abd-3a^2b-3a^2d-3abc-3acd\right)-c^3b\\
=&\,(d^3a-a^3d)+cb(b^2-a^2)+c\left(5abd-2a^2b-3a^2d\right)-3ac^2(b+d)-c^3b \leqslant 0.
\end{aligned}$$

因此, 只需证明

$$(a+c)^3(b+d) \leqslant 27,$$

这可由 AM-GM 不等式得到, 即

$$\begin{aligned}
(a+c)^3(b+d)&=27\cdot\frac{a+c}{3}\cdot\frac{a+c}{3}\cdot\frac{a+c}{3}\cdot(b+d)\\
&\leqslant 27\left(\frac{\frac{a+c}{3}+\frac{a+c}{3}+\frac{a+c}{3}+b+d}{4}\right)^4=27.
\end{aligned}$$

当 $a=3$, $b=1$, $c=d=0$ 时等号成立. □

注记 有以下更强的不等式:

(Vo Quoc Ba Can)　设 a, b, c, d 为非负实数, 使得

$$a+b+c+d=4.$$

证明

$$a^3b+b^3c+c^3d+d^3a+23abcd \leqslant 27.$$

当且仅当 $a=b=c=d=1$ 或 $a=3, b=1, c=d=0$ 及其轮换时等号成立.

例 74　设 a, b, c 为非负实数, 使得 $a+b+c=3$. 证明

$$(a^2+1)(b^2+1)(c^2+1) \geqslant \frac{125}{16}.$$

证明　不失一般性, 可假设 $c=\max\{a,b,c\}$, 即 $c \geqslant 1, a+b \leqslant 2$ 且 $ab \leqslant \dfrac{(a+b)^2}{4} \leqslant 1$. 记原不等式左边的项为 $f(a,b,c)$, 将证明

$$f(a,b,c) \geqslant f\left(\frac{a+b}{2}, \frac{a+b}{2}, c\right).$$

实际上有

$$\begin{aligned}(a^2+1)(b^2+1) &= (a+b)^2+(1-ab)^2 \\ &\geqslant (a+b)^2+\left[1-\frac{(a+b)^2}{4}\right]^2 \\ &= \left[\frac{(a+b)^2}{4}+1\right]^2.\end{aligned}$$

因此, 只需证明

$$\left[\frac{(a+b)^2}{4}+1\right]^2(c^2+1) \geqslant \frac{125}{16}$$

或

$$\left[(3-c)^2+4\right]^2(c^2+1) \geqslant 125,$$

即

$$(c-2)^2(c^4-8c^3+27c^2-28c+11) \geqslant 0.$$

此式成立, 因为

$$\begin{aligned}c^4-8c^3+27c^2-28c+11 &= c^4-8c^3+24c^2-32c+16+3c^2+4c-5 \\ &= (c-2)^4+3c^2+4c-5>0\end{aligned}$$

对给定的 $c>1$ 成立.

当 $a=b=\dfrac{1}{2}, c=2$ 及其轮换时等号成立. □

例 75　设 a, b, c 为非负实数, 使得

$$ab+bc+ca=3.$$

证明

$$a+b+c+(2\sqrt{3}-3)abc \geqslant 2\sqrt{3}.$$

证明 不失一般性, 可假设 $a=\min\{a,b,c\}$, 由此得 $a \leqslant 1$. 记

$$f(a,b,c)=a+b+c+(2\sqrt{3}-3)abc.$$

由于

$$2a\left(\sqrt{(a+b)(a+c)}-a\right)+\left(\sqrt{(a+b)(a+c)}-a\right)^2=ab+bc+ca,$$

计算得

$$\begin{aligned}&f(a,b,c)-f\left(a,\sqrt{(a+b)(a+c)}-a,\sqrt{(a+b)(a+c)}-a\right)\\&=b+c+2a-2\sqrt{(a+b)(a+c)}+(2\sqrt{3}-3)a\left[bc-\left(\sqrt{(a+b)(a+c)}-a\right)^2\right]\\&=\left[1-(2\sqrt{3}-3)a^2\right]\left(\sqrt{a+b}-\sqrt{a+c}\right)^2 \geqslant 0,\end{aligned}$$

由于

$$1-(2\sqrt{3}-3)a^2 \geqslant 1-(2\sqrt{3}-3)=4-2\sqrt{3}>0.$$

因此, 只需证明 $f(a,b,b) \geqslant 0$, 其中 $2ab+b^2=3$, $1 \leqslant b \leqslant \sqrt{3}$. 故需要证明

$$\frac{3-b^2}{2b}+2b+(2\sqrt{3}-3)\frac{b(3-b^2)}{2} \geqslant 2\sqrt{3},$$

等价于

$$\frac{(2\sqrt{3}-3)(b-1)^2(\sqrt{3}-b)(b+2+\sqrt{3})}{2b} \geqslant 0,$$

不等式显然成立. 当 $a=b=c=1$ 或 $a=0$, $b=c=\sqrt{3}$ 及其轮换时等号成立. □

例 76 (Marius Stănean) 设 a,b,c 为正实数, 使得

$$abc=1.$$

证明

$$a^3+b^3+c^3+\frac{21}{2} \geqslant \frac{3}{2}(ab+bc+ca)+(a+b+c)^2.$$

证明 不失一般性, 可假设 $a=\min\{a,b,c\}$, 由此得 $a \leqslant 1$, $bc \geqslant 1$. 记

$$f(a,b,c)=(a^3+b^3+c^3)-\frac{7}{2}(ab+bc+ca)-(a^2+b^2+c^2).$$

注意到

$$\begin{aligned}&f(a,b,c)-f\left(a,\sqrt{bc},\sqrt{bc}\right)\\&=(\sqrt{b}-\sqrt{c})^2\left(b^2+c^2+bc+\sqrt{bc}(b+c)+(\sqrt{b}+\sqrt{c})^2(\sqrt{bc}-1)-\frac{7}{2}a\right)\end{aligned}$$

$$\geqslant \left(\sqrt{b}-\sqrt{c}\right)^2\left(5bc-\frac{7}{2}a\right)\geqslant 0.$$

因此, 只需证明

$$f\left(a,\sqrt{bc},\sqrt{bc}\right)\geqslant 0$$

或者, 若记 $a=\frac{1}{t^2}, t\geqslant 1$, 则有

$$f\left(\frac{1}{t^2},t,t\right)\geqslant 0$$

或

$$(t-1)^2(4t^7-3t^6-10t^5+4t^4+4t^3+4t^2+4t+2)\geqslant 0,$$

此式成立. 实际上, 记 $t=x+1, x\geqslant 0$, 则

$$\begin{aligned}&4t^7-3t^6-10t^5+4t^4+4t^3+4t^2+4t+2\\=&4x^7+25x^6+56x^5+49x^4-21x^2+9\\=&4x^7+25x^6+56x^5+21x^2+(7x^2-3)^2>0.\end{aligned}$$

当 $a=b=c=1$ 时等号成立. □

例 77 (Marius Stănean) 设 a, b, c 为正实数, 使得

$$a+b+c+ab+bc+ca+2abc=8.$$

证明

$$a+b+c+abc\geqslant 4.$$

证明 不失一般性, 可假设 $a\geqslant b\geqslant c$, 则 $c\leqslant 1$ (否则 $a+b+c+ab+bc+ca+2abc>8$). 选取实数 $t>0$, 使得 $2t+c+t^2+2tc+2t^2c=8$. 显然, $1\leqslant t\leqslant 2$ ($t^2+2t\leqslant 8$), 且

$$2t+c+t^2+2tc+2t^2c=a+b+c+ab+bc+ca+2abc.$$

于是

$$(2c+1)(t^2-ab)=(c+1)(a+b-2t).$$

若假设 $t^2<ab$, 则有 $a+b<2t$. 另外

$$t^2<ab\leqslant\frac{(a+b)^2}{4}\Longrightarrow 2t<a+b,$$

矛盾. 由此得 $t^2\geqslant ab$ 和 $a+b\geqslant 2t$. 记

$$f(a,b,c)=a+b+c+abc-4.$$

注意到

$$\begin{aligned}f(a,b,c)-f(t,t,c)&=a+b+abc-2t-t^2c\\&=a+b-2t-c(t^2-ab)\end{aligned}$$

$$
\begin{aligned}
&= a+b-2t-\frac{c(c+1)(a+b-2t)}{2c+1}\\
&= (a+b-2t)\frac{c+1-c^2}{2c+1} \geqslant 0.
\end{aligned}
$$

只需证明

$$f(t,t,c)=c(t^2+1)+2t-4 \geqslant 0$$

或将 c 换成 $\dfrac{8-2t-t^2}{2t^2+2t+1}$, 则有

$$\frac{(8-2t-t^2)(t^2+1)}{2t^2+2t+1}+2t-4 \geqslant 0,$$

等价于

$$(t-1)^2(4-t^2) \geqslant 0,$$

不等式显然成立, 可得 $1 \leqslant t \leqslant 2$.

当 $t=1$ 即 $a=b=c=1$, 或 $t=2$ 即 $a=b=2, c=0$ 及其轮换时等号成立. □

例 78 设 a, b, c, d 为非负实数, 使得

$$a^2+b^2+c^2+d^2=4.$$

证明

$$32+4abcd \geqslant 9(a+b+c+d).$$

证明 记

$$f(a,b,c,d)=32+4abcd-9(a+b+c+d).$$

将证明

$$A=f(a,b,c,d)-f\left(a,b,\sqrt{\frac{c^2+d^2}{2}},\sqrt{\frac{c^2+d^2}{2}}\right) \geqslant 0.$$

实际上, 只需注意到

$$
\begin{aligned}
A &= 9\left(\sqrt{2(c^2+d^2)}-c-d\right)-2ab(c-d)^2\\
&= \frac{9(c-d)^2}{\sqrt{2(c^2+d^2)}+c+d}-2ab(c-d)^2\\
&\geqslant (c-d)^2\left(\frac{9}{2\sqrt{2(c^2+d^2)}}-2ab\right).
\end{aligned}
$$

此外, 由 AM-GM 不等式, 有

$$
\begin{aligned}
4ab\sqrt{2(c^2+d^2)} &= 2\sqrt{2a^2 2b^2 2(c^2+d^2)}\\
&\leqslant 2\sqrt{\left(\frac{2a^2+2b^2+2c^2+2d^2}{3}\right)^3}
\end{aligned}
$$

$$= \frac{32}{3}\sqrt{\frac{2}{3}} \leqslant 9.$$

这说明 $A \geqslant 0$. 最后, 可以得出结论

$$\begin{aligned}
f(a,b,c,d) &\geqslant f\left(a, b, \sqrt{\frac{c^2+d^2}{2}}, \sqrt{\frac{c^2+d^2}{2}}\right) \\
&\geqslant f\left(\sqrt{\frac{a^2+b^2}{2}}, \sqrt{\frac{a^2+b^2}{2}}, \sqrt{\frac{c^2+d^2}{2}}, \sqrt{\frac{c^2+d^2}{2}}\right) \\
&\geqslant f\left(\sqrt{\frac{a^2+b^2+c^2+d^2}{4}}, \sqrt{\frac{a^2+b^2+c^2+d^2}{4}}, \sqrt{\frac{a^2+b^2}{2}}, \sqrt{\frac{c^2+d^2}{2}}\right) \\
&\geqslant f(1,1,1,1) = 0.
\end{aligned}$$

当且仅当 $a = b = c = d = 1$ 时等号成立. □

例 79　设 a, b, c, d 为非负实数, 使得

$$a + b + c + d = 4.$$

证明

$$27(abc + bcd + cda + dab) \leqslant 44abcd + 64.$$

证明　不失一般性, 可假设 $a \geqslant b \geqslant c \geqslant d$, 并令 $t = \dfrac{a+b+c}{3}$, $1 \leqslant t \leqslant \dfrac{4}{3}$. 记

$$f(a,b,c,d) = 27(abc + bcd + cda + dab) - 44abcd - 64.$$

注意到

$$f(a,b,c,d) - f(t,t,t,d) = (44d - 27)(t^3 - abc) - 27d(3t^2 - ab - bc - ca).$$

再将 Schur 不等式应用于 a, b, c 有

$$(a+b+c)^3 + 9abc \geqslant 4(a+b+c)(ab+bc+ca),$$

可得

$$9t^3 + 3abc \geqslant 4t(ab + bc + ca)$$

或

$$3t^2 - ab - bc - ca \geqslant 3t^2 - \frac{9t^3 + 3abc}{4t} = \frac{3(t^3 - abc)}{4t}.$$

因此

$$\begin{aligned}
f(a,b,c,d) - f(t,t,t,d) &\leqslant (t^3 - abc)\left(44d - 27 - \frac{81d}{4t}\right) \\
&= -\frac{(t^3 - abc)(176d^2 - 569d + 432)}{12t} \\
&= -\frac{(t^3 - abc)\left[39d^2 + (1-d)(432 - 137d)\right]}{12t} \leqslant 0.
\end{aligned}$$

最后,只需证明

$$f(t,t,t,d) \leqslant 0 \Longleftrightarrow f(t,t,t,4-3t) \leqslant 0,$$

即

$$\left(\frac{4}{3}-t\right)(t-1)^2\left(t+\frac{4}{11}\right) \geqslant 0,$$

不等式显然成立.

当 $t=1$ 即 $a=b=c=d=1$, 或 $t=\frac{4}{3}$ 即 $a=b=c=\frac{4}{3}, d=0$ 及其轮换时等号成立. □

例 80 设 a, b, c, d 为正实数, 使得 $a+b+c+d=4$. 证明

$$\frac{1}{a^2}+\frac{1}{b^2}+\frac{1}{c^2}+\frac{1}{d^2} \geqslant a^2+b^2+c^2+d^2.$$

证明 由 AM-GM 不等式得

$$\frac{1}{a^2}+\frac{1}{b^2} \geqslant \frac{2}{ab},$$
$$\frac{1}{b^2}+\frac{1}{c^2} \geqslant \frac{2}{bc},$$
$$\frac{1}{c^2}+\frac{1}{d^2} \geqslant \frac{2}{cd},$$
$$\frac{1}{d^2}+\frac{1}{a^2} \geqslant \frac{2}{da}.$$

相加得

$$\frac{1}{a^2}+\frac{1}{b^2}+\frac{1}{c^2}+\frac{1}{d^2} \geqslant \frac{1}{ab}+\frac{1}{bc}+\frac{1}{cd}+\frac{1}{da}.$$

因此,需要证明

$$\frac{1}{ab}+\frac{1}{bc}+\frac{1}{cd}+\frac{1}{da} \geqslant a^2+b^2+c^2+d^2$$

或

$$(a+c)(b+d) \geqslant abcd(a^2+b^2+c^2+d^2).$$

记

$$f(a,b,c,d)=abcd(a^2+b^2+c^2+d^2),\ g(a,b,c,d)=(a+c)(b+d).$$

则有

$$\begin{aligned} & f(a,b,c,d)-f\left(\frac{a+c}{2},b,\frac{a+c}{2},d\right) \\ &= abcd(a^2+b^2+c^2+d^2)-\frac{(a+c)^2}{4}\left[\frac{(a+c)^2}{2}+b^2+d^2\right] \\ &= -\frac{bd}{8}\left[(a-c)^4+2(b^2+d^2)(a-c)^2\right] \leqslant 0. \end{aligned}$$

类似地, 有

$$f(a,b,c,d) \leqslant f\left(a, \frac{b+d}{2}, c, \frac{b+d}{2}\right),$$

即

$$f(a,b,c,d) \leqslant f\left(\frac{a+c}{2}, b, \frac{a+c}{2}, d\right) \leqslant f\left(\frac{a+c}{2}, \frac{b+d}{2}, \frac{a+c}{2}, \frac{b+d}{2}\right).$$

由于

$$g(a,b,c,d) = g\left(\frac{a+c}{2}, \frac{b+d}{2}, \frac{a+c}{2}, \frac{b+d}{2}\right),$$

只需证明

$$f\left(\frac{a+c}{2}, \frac{b+d}{2}, \frac{a+c}{2}, \frac{b+d}{2}\right) \leqslant g\left(\frac{a+c}{2}, \frac{b+d}{2}, \frac{a+c}{2}, \frac{b+d}{2}\right),$$

或者, 若令 $x = \frac{a+c}{2}, y = \frac{b+d}{2}$, 则有

$$2 \geqslant xy(x^2+y^2),$$

或化为

$$(x+y)^4 \geqslant 8xy(x^2+y^2),$$

即

$$(x-y)^4 \geqslant 0,$$

不等式显然成立. 当 $a=b=c=d=1$ 时等号成立. □

例 81 设 a, b, c, d 为正实数. 证明

$$a^4+b^4+c^4+d^4-4abcd \geqslant 2(a-b)^2(ab+cd).$$

证明 因为欲证的不等式是齐次不等式, 所以不妨假设 $abcd=1$. 记

$$f(a,b,c,d) = a^4+b^4+c^4+d^4-4abcd-2(a-b)^2(ab+cd).$$

则有

$$f(a,b,c,d) - f(a,b,\sqrt{cd},\sqrt{cd}) = c^4+d^4-2c^2d^2 = (c^2-d^2)^2 \geqslant 0.$$

因此, 只需证明

$$f\left(a, b, \frac{1}{\sqrt{ab}}, \frac{1}{\sqrt{ab}}\right) \geqslant 0,$$

即

$$a^4+b^4+\frac{2}{a^2b^2}-4 \geqslant 2(a-b)^2\left(ab+\frac{1}{ab}\right),$$

等价于

$$(a^2-b^2)^2+2a^2b^2+\frac{2}{a^2b^2}-4 \geqslant 2ab(a-b)^2+\frac{2(a^2+b^2)}{ab}-4,$$

即

$$(a-b)^2(a^2+b^2)+2a^2b^2+\frac{2}{a^2b^2} \geqslant \frac{2(a^2+b^2)}{ab}.$$

而由 Cauchy-Schwarz 不等式和 AM-GM 不等式可得

$$\begin{aligned}(a-b)^2(a^2+b^2)+2a^2b^2+\frac{2}{a^2b^2} &\geqslant (a-b)^2\frac{(a+b)^2}{2}+2a^2b^2+\frac{2}{a^2b^2}\\ &=\frac{(a^2-b^2)^2}{2}+2a^2b^2+\frac{2}{a^2b^2}\\ &=\frac{(a^2+b^2)^2}{2}\frac{2}{a^2b^2} \geqslant \frac{2(a^2+b^2)}{ab},\end{aligned}$$

于是不等式得证. □

例 82 (陈计) 设 a, b, c 为正实数, 使得

$$a^2+b^2+c^2=1,$$

证明

$$\frac{1}{a^2}+\frac{1}{b^2}+\frac{1}{c^2}-\frac{2}{abc} \geqslant 9-6\sqrt{3}.$$

证明 不失一般性, 可假设 $a \geqslant b \geqslant c$, 则 $a \geqslant \frac{1}{\sqrt{3}}$. 记

$$f(a,b,c)=\frac{1}{a^2}+\frac{1}{b^2}+\frac{1}{c^2}-\frac{2}{abc}-9+6\sqrt{3}.$$

注意到

$$\begin{aligned}&f(a,b,c)-f\left(a,\sqrt{\frac{b^2+c^2}{2}},\sqrt{\frac{b^2+c^2}{2}}\right)\\ =&\frac{1}{b^2}+\frac{1}{c^2}-\frac{2}{abc}-\frac{4}{b^2+c^2}+\frac{4}{a(b^2+c^2)}\\ =&\frac{(b^2+c^2)^2-4b^2c^2}{b^2c^2(b^2+c^2)}-\frac{2(b-c)^2}{abc(b^2+c^2)}\\ =&\frac{(b-c)^2\left[a(b+c)^2-2bc\right]}{ab^2c^2(b^2+c^2)} \geqslant 0.\end{aligned}$$

由于

$$a(b+c)^2 \geqslant 4abc \geqslant \frac{4}{\sqrt{3}}bc > 2bc.$$

因此, 只需证明

$$f\left(a,\sqrt{\frac{b^2+c^2}{2}},\sqrt{\frac{b^2+c^2}{2}}\right) \geqslant 0,$$

或记 $t=\sqrt{\dfrac{b^2+c^2}{2}}\leqslant\dfrac{1}{\sqrt{3}}$, 则有

$$\frac{1}{1-2t^2}+\frac{2}{t^2}-\frac{2}{t^2\sqrt{1-2t^2}}\geqslant 9-6\sqrt{3}.$$

为了便于计算, 令 $u^2=1-2t^2\geqslant\dfrac{1}{3}$, 从而不等式化简为

$$\frac{1}{u^2}+\frac{4}{1-u^2}-\frac{4}{u(1-u^2)}\geqslant 9-6\sqrt{3},$$

$$3u^2-4u+1\geqslant(9-6\sqrt{3})u^2(1-u^2),$$

$$(1-u)\left[(6\sqrt{3}-9)u^3+(6\sqrt{3}-9)u^2-3u+1\right]\geqslant 0,$$

$$(1-u)(\sqrt{3}u-1)^2\left[(2\sqrt{3}-3)u+1\right]\geqslant 0,$$

不等式显然成立.

当 $u=\dfrac{1}{\sqrt{3}}$ 时, $t=\dfrac{1}{\sqrt{3}}$, 即 $a=b=c=\dfrac{1}{\sqrt{3}}$ 时等号成立. □

例 83 (2012 年基辅数学节)　正实数 x,y,z 满足 $x^2+y^2+z^2+xy+yz+zx\leqslant 1$. 证明

$$\left(\frac{1}{x}-1\right)\left(\frac{1}{y}-1\right)\left(\frac{1}{z}-1\right)\geqslant 9\sqrt{6}-19.$$

证明　不失一般性, 设 $x\geqslant y\geqslant z$. 由此可得

$$3(y+z)^2\leqslant(x+y)^2+(y+z)^2+(z+x)^2\leqslant 2,$$

这表明

$$y+z\leqslant\frac{2}{\sqrt{6}}.$$

另外

$$x^2+\left(\frac{y+z}{2}\right)^2+\left(\frac{y+z}{2}\right)^2+x\left(\frac{y+z}{2}\right)+\left(\frac{y+z}{2}\right)^2+\left(\frac{y+z}{2}\right)x$$

$$=x^2+xy+zx+\frac{3}{4}(y+z)^2\leqslant x^2+xy+zx+y^2+z^2+yz\leqslant 1.$$

接下来, 证明

$$f(x,y,z)\geqslant f\left(x,\frac{y+z}{2},\frac{y+z}{2}\right),$$

其中, 记

$$f(x,y,z)=\left(\frac{1}{x}-1\right)\left(\frac{1}{y}-1\right)\left(\frac{1}{z}-1\right).$$

实际上, 需要说明

$$\left(\frac{1}{y}-1\right)\left(\frac{1}{z}-1\right)\geqslant\left(\frac{2}{y+z}-1\right)^2$$

或

$$\frac{(y+z)^2}{yz} \geqslant \frac{(2-y-z)^2}{(1-y)(1-z)}$$

或

$$\frac{(y-z)^2}{yz} \geqslant \frac{(y-z)^2}{(1-y)(1-z)},$$

即

$$(y-z)^2(y+z-1) \leqslant 0,$$

该不等式显然成立.

因此, 需要证明不等式对 $x \geqslant y = z$ 和 $x^2+2xy+3y^2 \leqslant 1$ 的情形成立.

而

$$\left(\frac{1}{x}-1\right)\left(\frac{1}{y}-1\right)^2 \geqslant \left(\frac{\sqrt{x^2+2xy+3y^2}}{x}-1\right)\left(\frac{\sqrt{x^2+2xy+3y^2}}{y}-1\right)^2.$$

令 $t=\dfrac{x}{y} \geqslant 1$, 只需证明

$$\left(\sqrt{t^2+2t+3}-t\right)\left(\sqrt{t^2+2t+3}-1\right)^2 \geqslant (9\sqrt{6}-19)t,$$

或

$$(t+2)^4(t^2+2t+3) \geqslant \left[t^3+4t^2+(9\sqrt{6}-11)t+6\right]^2,$$

即

$$(t-1)^2\left[2t^3+(53-18\sqrt{6})t^2+(284-108\sqrt{6})t+12\right] \geqslant 0,$$

此不等式显然成立.

当 $x=y=z=\dfrac{1}{\sqrt{6}}$ 时等号成立. □

例 84 (Murray Klamkin) 对所有和为 2 的非负实数 a, b, c, 证明

$$(a^2+ab+b^2)(b^2+bc+c^2)(c^2+ca+a^2) \leqslant 3.$$

证明 不失一般性, 设 $a \geqslant b \geqslant c$. 并且, 记 t, u 为两个非负实数, 使得 $a=t+u$, $b=t-u$. 根据题设条件, 还可以推出 $t \leqslant 1$. 现在把关于 t, u 的不等式转换成 3 个变量. 因此有

$$a^2+ab+b^2=(t+u)^2+(t+u)(t-u)+(t-u)^2=3t^2+u^2$$

且

$$(b^2+bc+c^2)(c^2+ca+a^2)=(t^2+tc+c^2)^2-u^2(2tc-c^2+2t^2-u^2).$$

记 $f(a,b,c)$ 为欲证的不等式左边的项, 即

$$f(a,b,c)=(a^2+ab+b^2)(b^2+bc+c^2)(c^2+ca+a^2).$$

接下来证明 $A=f(t,t,c)-f(a,b,c)\geqslant 0$. 实际上, 只需注意到

$$\begin{aligned}A&=u^2(u^2+3t^2)(2tc-c^2+2t^2-u^2)-u^2(t^2+tc+c^2)^2\\&=u^2\left[5t^4+4t^3c-6t^2c^2-2tc^2-c^4-u^4-u^2(t-c)^2\right].\end{aligned}$$

由于 $t=\max\{c,u\}$, 可得

$$\begin{aligned}5t^4+4t^3c-6t^2c^2-2tc^2-c^4&\geqslant 5t^4-5t^2c^2=5t^2(t-c)(t+c)\\&\geqslant 5t^3(t-c)\geqslant 2(t-c)^4\geqslant u^2(t-c)^2+u^4.\end{aligned}$$

现在只需证明, 若 $2t+c=2$, 则有

$$3t^2(t^2+tc+c^2)\leqslant 3,$$

此不等式显然成立, 因为它形如 $(1-t)(3t^2-3t+1)\geqslant 0$.

当 $a=b=1, c=0$ 及其轮换时等号成立. □

注记　下列不等式更强.

设 a,b,c 为非负实数, 使得 $a+b+c=2$. 证明

$$(a^2+ab+b^2)(b^2+bc+c^2)(c^2+ca+a^2)+\frac{17}{8}abc\leqslant 3.$$

证明　齐次化后, 不等式就变为

$$64(a^2+ab+b^2)(b^2+bc+c^2)(c^2+ca+a^2)+17abc(a+b+c)^3\leqslant 3(a+b+c)^6.$$

不失一般性, 可假设 $a=\min\{a,b,c\}$, 并令 $b=a+x, c=a+y$, 其中 $x,y\geqslant 0$.

经过一些计算 (不是很容易), 可以得到如下不等式

$$A(x,y)a^4+B(x,y)a^3+C(x,y)a^2+D(x,y)a+E(x,y)\geqslant 0,$$

其中有

$$A(x,y)=153(x^2-xy+y^2)\geqslant 0,$$

$$B(x,y)=298x^3-141x^2y-141xy^2+298y^3\geqslant 0,$$

因为 $x^3+y^3\geqslant xy(x+y)$, 所以有

$$C(x,y)=196x^4+55x^3y-282x^2y^2+55xy^3+196y^4\geqslant 0,$$

又由于 $x^4+y^4\geqslant 2x^2y^2$ 及

$$D(x,y)=54x^5+61x^4y-87x^3y^2-87x^2y^3+61xy^4+54y^5\geqslant 0,$$

由 AM-GM 不等式, 有

$$x^5+xy^4\geqslant 2x^3y^2,\ x^4y+y^5\geqslant 2x^2y^3,$$

最后得

$$\begin{aligned}E(x,y)&=3x^6+18x^5y-19x^4y^2-4x^3y^3-19x^2y^4+18xy^5+3y^6\\&=(x-y)^2(3x^4+24x^3y+26x^2y^2+24xy^3+3y^4)\geqslant 0.\end{aligned}$$

当 $x=y=0$, 即 $a=b=c$ 或 $a=0, x=y$, 即 $a=0, b=c$ 时等号成立. □

例 85 设 a,b,c,d 为非负实数. 证明

$$(a+b+c+d)^8\geqslant 64(a^2+b^2+c^2)(b^2+c^2+d^2)(c^2+d^2+a^2)(d^2+a^2+b^2).$$

证明 注意到, 当其中两个数为 0 且另两个数相等时等号成立. 不失一般性, 可假设 $a\geqslant b\geqslant c\geqslant d$. 记

$$f(a,b,c,d)=(a+b+c+d)^8-64(a^2+b^2+c^2)(b^2+c^2+d^2)(c^2+d^2+a^2)(d^2+a^2+b^2).$$

等式的情形表明了以下混合变量

$$f(a,b,c,d)\geqslant f\left(a+\frac{c+d}{2},b+\frac{c+d}{2},0,0\right)$$

等价于

$$\begin{aligned}&\left[\left(a+\frac{c+d}{2}\right)^2+\left(b+\frac{c+d}{2}\right)^2\right]^2\left(a+\frac{c+d}{2}\right)^2\left(b+\frac{c+d}{2}\right)^2\\&\geqslant(a^2+b^2+c^2)(b^2+c^2+d^2)(c^2+d^2+a^2)(d^2+a^2+b^2).\end{aligned}$$

而这可推出下列不等式

$$\left(a+\frac{c+d}{2}\right)^2\geqslant a^2+ac+ad\geqslant a^2+c^2+d^2$$

$$\left(b+\frac{c+d}{2}\right)^2\geqslant b^2+bc+bd\geqslant b^2+c^2+d^2$$

$$\left(a+\frac{c+d}{2}\right)^2+\left(b+\frac{c+d}{2}\right)^2\geqslant a^2+b^2+ac+ad\geqslant a^2+b^2+c^2+d^2.$$

因此, 只需证明

$$f\left(a+\frac{c+d}{2},b+\frac{c+d}{2},0,0\right)\geqslant 0$$

或令 $x=a+\dfrac{c+d}{2}, y=b+\dfrac{c+d}{2}$, 有

$$(x+y)^8\geqslant 64x^2y^2(x^2+y^2)^2,$$

即

$$(x-y)^4\geqslant 0,$$

这显然成立. □

例 86 (Vasile Cîrtoaje)　若 a, b, c 为非负实数, 使得 $a+b+c=3$, 则

$$\sqrt{a^2+1}+\sqrt{b^2+1}+\sqrt{c^2+1} \geqslant \sqrt{\frac{4(a^2+b^2+c^2)+42}{3}}.$$

证明　不失一般性, 可假设 $a \geqslant b \geqslant c$, 则有 $a \geqslant 1$ 和 $b+c \leqslant 2$. 记

$$f(a,b,c)=\sqrt{a^2+1}+\sqrt{b^2+1}+\sqrt{c^2+1}-\sqrt{\frac{4(a^2+b^2+c^2)+42}{3}}.$$

与例 74 类似, 有

$$\begin{aligned}(b^2+1)(c^2+1) &= (b+c)^2+(1-bc)^2 \\ &\geqslant (b+c)^2+\left(1-\frac{(b+c)^2}{4}\right)^2 \\ &= \left(\frac{(b+c)^2}{4}+1\right)^2,\end{aligned}$$

则

$$\begin{aligned}\sqrt{b^2+1}+\sqrt{c^2+1} &= \sqrt{b^2+1+2\sqrt{(b^2+1)(c^2+1)}+c^2+1} \\ &\geqslant \sqrt{\frac{3(b^2+c^2)}{2}+bc+4}.\end{aligned}$$

接下来证明

$$f(a,b,c)-f\left(a,\frac{b+c}{2},\frac{b+c}{2}\right) \geqslant 0.$$

利用上述结果可知

$$\sqrt{\frac{3(b^2+c^2)}{2}+bc+4}-\sqrt{(b+c)^2+4} \geqslant \sqrt{\frac{4(a^2+b^2+c^2)+42}{3}}-\sqrt{\frac{4a^2+2(b+c)^2+42}{3}}$$

或

$$\frac{\frac{(b-c)^2}{2}}{\sqrt{\frac{3(b^2+c^2)}{2}+bc+4}+\sqrt{(b+c)^2+4}} \geqslant \frac{\frac{2(b-c)^2}{3}}{\sqrt{\frac{4(a^2+b^2+c^2)+42}{3}}+\sqrt{\frac{4a^2+2(b+c)^2+42}{3}}}.$$

而此式成立, 因为

$$3\sqrt{\frac{4a^2+2(b+c)^2+42}{3}} \geqslant \sqrt{138+6(b+c)^2} > 4\sqrt{(b+c)^2+4}$$

且

$$3\sqrt{\frac{4(a^2+b^2+c^2)+42}{3}} \geqslant \sqrt{138+12(b^2+c^2)} \geqslant 4\sqrt{\frac{3(b^2+c^2)}{2}+bc+4}.$$

考虑到 $b+c \leqslant 2$. 若令 $b=c=t \leqslant 1$, 只需证 $f(3-2t,t,t) \geqslant 0$ 或

$$\sqrt{4t^2-12t+10}+2\sqrt{t^2+1} \geqslant \sqrt{8t^2-16t+26},$$

两边平方后得

$$\sqrt{(t^2+1)(4t^2-12t+10)} \geqslant 3-t,$$

等价于

$$(2t-1)^2(t-1)^2 \geqslant 0.$$

当 $t=\frac{1}{2}$ 即 $a=2, b=c=\frac{1}{2}$, 或 $t=1$ 即 $a=b=c=1$ 时等号成立. □

1.7 强混合变量法 (SMV 定理)

证明三元以上对称不等式的一种非常有用的方法是 **SMV 方法** (强混合变量法). 对读者而言, 理解定理的用法和意义比记住它的详细证明更重要. 为了更好地描述给定的方法, 首先我们将给出一个引理 (没有证明), 然后我们将向读者介绍 SMV 定理. 该证明由 Pham Kim Hung 在《数学反思》(*Mathematical Reflections*)2006 年第 6 期中发表.

引理 2 (广义混合变量引理) 假设 $(a_1, a_2, \ldots, a_n)$ 为任意的实数列. 连续进行以下操作, 称为 Δ 变换:

1. 选择 $i, j \in \{1, 2, \ldots, n\}$ 作为两个下标且满足

$$a_i = \min(a_1, a_2, \ldots, a_n), \quad a_j = \max(a_1, a_2, \ldots, a_n).$$

2. 将 a_i 和 a_j 替换为 $\frac{a_i + a_j}{2}$ (但它们的顺序不变).

当上述变换的次数趋于无穷时, 每个数 a_i 趋于相同的极限

$$a = \frac{a_1 + a_2 + \cdots + a_n}{n}.$$

由上面的引理, 我们直接得到如下定理.

定理 9 (强混合变量- SMV 定理) 若 $f: \mathbb{R}^n \mapsto \mathbb{R}$ 是连续的、对称的有界函数, 满足

$$f(a_1, a_2, \ldots, a_n) \geqslant f(b_1, b_2, \ldots, b_n),$$

其中数列 $(b_1, b_2, \ldots, b_n)$ 由数列 $(a_1, a_2, \ldots, a_n)$ 经过 Δ 变换所得, 则有

$$f(a_1, a_2, \ldots, a_n) \geqslant f(a, a, \ldots, a),$$

其中

$$a = \frac{a_1 + a_2 + \cdots + a_n}{n}.$$

根据这个定理, 当使用混合变量法时, 我们只需要选择最小的和最大的数来执行. 通过运用基础知识, 可对原有的混合变量定理进行证明和改进, 进而得到更好的结果, 所以它可以自由地使用.

此外, 变换 Δ 可以不同. 例如, 我们可以将它换成 $\sqrt{ab}$, $\sqrt{\frac{a^2+b^2}{2}}$ 或任意一种平均值形式. 根据题设条件, 可以选择一个合适的混合变量方法.

例 87　设 a, b, c, d 为非负实数, 使得

$$a+b+c+d=3.$$

证明

$$\left(1-\frac{32}{81}abcd\right)(ab+ac+ad+bc+bd+cd)\leqslant 3.$$

证明　设 $a\geqslant b\geqslant c\geqslant d$, 并记

$$f(a,b,c,d)=\left(1-\frac{32}{81}abcd\right)\sum ab-3,$$

有

$$\begin{aligned}&f(a,b,c,d)-f\left(\frac{a+c}{2},b,\frac{a+c}{2},d\right)\\&=\frac{(a-c)^2}{4}\left[-1+\frac{32}{81}bd(ab+bc+cd+da+ac+bd)+\frac{32}{81}bd\frac{(a+c)^2}{4}\right].\end{aligned}$$

注意到, 利用 AM-GM 不等式和 Maclaurin 不等式有

$$bd\frac{(a+c)^2}{4}=bd\left(\frac{a+c}{2}\right)\left(\frac{a+c}{2}\right)\leqslant\left(\frac{a+b+c+d}{4}\right)^4=\frac{3^4}{4^4},$$

$$\sqrt{\frac{ab+bc+cd+da+ac+bd}{6}}\leqslant\frac{a+b+c+d}{4},$$

$$b^2d^2\leqslant abcd\leqslant\left(\frac{a+b+c+d}{4}\right)^4.$$

由此得

$$bd(ab+bc+cd+da+ac+bd)\leqslant\frac{3^5}{2\times 4^3}.$$

可推出

$$\frac{32}{81}bd(ab+bc+cd+da+ac+bd)+\frac{32}{81}bd\frac{(a+c)^2}{4}\leqslant\frac{7}{8}<1,$$

所以

$$f(a,b,c,d)\leqslant f\left(\frac{a+c}{2},b,\frac{a+c}{2},d\right).$$

因此, 根据 SMV 定理, 可知只需考虑不等式在 $a=b=c=x\leqslant 1$ 和 $d=3(1-x)$ 时的情形. 在这种情况下, 问题就变成了

$$\left[1-\frac{32}{81}3x^3(1-x)\right](9x^2-6x)\leqslant 3$$

或

$$(x-1)(96x^5+32x^4+96x^3+81x+27)\leqslant 0,$$

这显然成立.

等号当 $a=b=c=1, d=0$ 及其轮换时成立. □

例 88 设 a, b, c, d 为正实数, 使得 $abcd=1$. 证明

$$\left(\frac{7-4a}{6}\right)^2+\left(\frac{7-4b}{6}\right)^2+\left(\frac{7-4c}{6}\right)^2+\left(\frac{7-4d}{6}\right)^2 \geqslant 1.$$

证明 假设 $a \geqslant b \geqslant c \geqslant d$, 并记

$$f(a,b,c,d)=\sum_{\text{cyc}}(7-4a)^2-36,$$

有

$$\begin{aligned} f(a,b,c,d)-f(\sqrt{ac},b,\sqrt{ac},d) &= (7-4a)^2+(7-4c)^2-2(7-4\sqrt{ac})^2 \\ &= 16(a-c)^2-56(\sqrt{a}-\sqrt{c})^2 \\ &= 8(\sqrt{a}-\sqrt{c})^2\left[2(\sqrt{a}+\sqrt{c})^2-7\right]. \end{aligned}$$

注意到, 由 AM-GM 不等式得

$$2(\sqrt{a}+\sqrt{c})^2 \geqslant 8\sqrt{ac} \geqslant 8\sqrt[4]{abcd}=8>7.$$

因此

$$f(a,b,c,d)-f(\sqrt{ac},b,\sqrt{ac},d) \geqslant 0.$$

由 SMV 定理, 可知只需考虑不等式在 $a=b=c=x \geqslant$ 和 $d=\dfrac{1}{x^3}$ 时的情形. 该不等式变为

$$3(7-4x)^2+\left(7-\frac{4}{x^3}\right)^2-36 \geqslant 0$$

或

$$(x-1)^2(6x^6-9x^5-4x^4+x^3+6x^2+4x+2) \geqslant 0$$

或

$$6y^6+27y^5+41y^4+15y^3-15y^2-6y+6 \geqslant 0.$$

令 $x=y+1, y \geqslant 0$, 这是正确的, 因为

$$41y^4+2 \geqslant 2\sqrt{82}y^2>18y^2,$$

$$3y^2+4 \geqslant 4\sqrt{3}y>2\sqrt{3}\sqrt{3}=6y.$$

当 $a=b=c=d=1$ 时等号成立. □

例 89 (Marius Stănean) 设 a, b, c, d 为正实数, 使得 $abcd=1$. 证明

$$a+b+c+d+2 \geqslant 3\sqrt[3]{4+\frac{1}{a}+\frac{1}{b}+\frac{1}{c}+\frac{1}{d}}.$$

证明　假设 $a \geqslant b \geqslant c \geqslant d$, 并记

$$f(a,b,c,d) = a+b+c+d+2-3\sqrt[3]{4+\frac{1}{a}+\frac{1}{b}+\frac{1}{c}+\frac{1}{d}}.$$

有

$$\begin{aligned}
&f(a,b,c,d) - f(\sqrt{ac}, b, \sqrt{ac}, d) \\
&= \left(\sqrt{a}-\sqrt{c}\right)^2 - 3\left(\sqrt[3]{4+\frac{1}{a}+\frac{1}{b}+\frac{1}{c}+\frac{1}{d}} - \sqrt[3]{4+\frac{2}{\sqrt{ac}}+\frac{1}{b}+\frac{1}{d}}\right) \\
&= \left(\sqrt{a}-\sqrt{c}\right)^2 - \frac{3\left(\sqrt{a}-\sqrt{c}\right)^2}{ac\left(X^2+XY+Y^2\right)} \geqslant 0,
\end{aligned}$$

这是因为 $ac \geqslant \sqrt{abcd} = 1$, 并由 AM-GM 不等式可得

$$X = \sqrt[3]{4+\frac{1}{a}+\frac{1}{b}+\frac{1}{c}+\frac{1}{d}} \geqslant \sqrt[3]{4+4\sqrt[4]{\frac{1}{abcd}}} = 2,$$

$$Y = \sqrt[3]{4+\frac{2}{\sqrt{ac}}+\frac{1}{b}+\frac{1}{d}} \geqslant \sqrt[3]{4+4\sqrt[4]{\frac{1}{abcd}}} = 2,$$

故

$$X^2+XY+Y^2 \geqslant 12.$$

因此

$$f(a,b,c,d) - f\left(\sqrt{ac}, b, \sqrt{ac}, d\right) \geqslant 0.$$

由 SMV 定理, 可知只需考虑不等式在 $a=b=c=x \geqslant 1$ 和 $d = \dfrac{1}{x^3}$ 时的情形.

该不等式变为

$$3x + \frac{1}{x^3} + 2 \geqslant 3\sqrt[3]{4+\frac{3}{x}+x^3},$$

或者, 对两边平方得

$$\frac{1}{x^9}+\frac{6}{x^6}+\frac{9}{x^5}+\frac{12}{x^3}+54x^2+\frac{36}{x^2}+36x-\frac{54}{x}-100 \geqslant 0,$$

等价于

$$(x-1)^2(54x^9+144x^8+134x^7+70x^6+42x^5+26x^4+10x^3+3x^2+2x+1) \geqslant 0,$$

这显然成立.

当 $a=b=c=d=1$ 时等号成立. □

例 90 (Sladjan Stankovik)　设 a, b, c, d 为非负实数, 使得 $a+b+c+d=3$. 证明

$$a^2b^2c^2+b^2c^2d^2+c^2d^2a^2+d^2a^2b^2+\frac{295}{324}abcd \leqslant 1.$$

证明 由对称性, 不失一般性, 可设 $a \leqslant b \leqslant c \leqslant d$. 将该不等式记作 $f(a,b,c,d) \leqslant 0$, 其中

$$f(a,b,c,d) = a^2b^2c^2 + b^2c^2d^2 + c^2d^2a^2 + d^2a^2b^2 + \frac{295}{324}abcd$$

可得

$$\begin{aligned}
&f(a,b,c,d) - f\left(a, \frac{b+d}{2}, c, \frac{b+d}{2}\right) \\
&= a^2c^2\left[b^2 + d^2 - \frac{(b+d)^2}{2}\right] + (a^2+c^2)\left[b^2d^2 - \frac{(b+d)^4}{16}\right] + \frac{295}{324}ac\left[bd - \frac{(b+d)^2}{4}\right] \\
&\leqslant a^2c^2\left[b^2 + d^2 - \frac{(b+d)^2}{2}\right] + (a^2+c^2)\left[b^2d^2 - \frac{(b+d)^4}{16}\right] \\
&= \frac{(b-d)^2}{2}\left[a^2c^2 - \frac{(a^2+c^2)(b^2+6bd+d^2)}{8}\right].
\end{aligned}$$

注意到

$$\frac{(a^2+c^2)(b^2+6bd+d^2)}{8} \geqslant \frac{2ac(2bd+6bd)}{8} = 2abcd \geqslant 2a^2c^2.$$

因此, 可推出

$$f(a,b,c,d) \leqslant f\left(a, \frac{b+d}{2}, c, \frac{b+d}{2}\right).$$

根据 SMV 定理, 可知只需考虑原始不等式在 $a \leqslant \frac{3}{4} \leqslant b = c = d = x \leqslant 1$ 时的情形. 在此情形下, 问题变为

$$3x^4(3-3x)^2 + x^6 + \frac{295}{324}x^3(3-3x) \leqslant 1$$

或

$$(x-1)(4x-3)^2(189x^3 + 108x^2 + 44x + 12) \leqslant 0,$$

这显然成立.

对于 $a = b = c = d = \frac{3}{4}$ 或 $a = 0, b = c = d = 1$ 及其轮换时, 等号成立. □

例 91 (Turkevici 不等式) 证明: 若 a, b, c, d 为非负实数, 则

$$a^4 + b^4 + c^4 + d^4 + 2abcd \geqslant a^2b^2 + a^2c^2 + a^2d^2 + b^2c^2 + b^2d^2 + c^2d^2.$$

证明 该不等式可改写为

$$3(a^4 + b^4 + c^4 + d^4) + 4abcd \geqslant (a^2 + b^2 + c^2 + d^2)^2.$$

由对称性, 不失一般性, 可以假设

$$a \geqslant b \geqslant c \geqslant d,$$

并由不等式的齐次性, 可令 $a^2 + b^2 + c^2 + d^2 = 4$.

将不等式记作 $f(a,b,c,d) \geqslant 0$, 其中

$$f(a,b,c,d) = 3(a^4+b^4+c^4+d^4)+4abcd-16.$$

也即证明

$$f(a,b,c,d) \geqslant f\left(\sqrt{\frac{a^2+c^2}{2}}, b, \sqrt{\frac{a^2+c^2}{2}}, d\right).$$

不等式等价于

$$3\left[a^4+c^4-2\frac{(a^2+c^2)^2}{4}\right]+4bd\left(ac-\frac{a^2+c^2}{2}\right) \geqslant 0$$

或

$$(a-c)^2\left[3(a+c)^2-4bd\right] \geqslant 0.$$

这是对的, 因为

$$\begin{aligned}4bd &\leqslant 2(b^2+d^2) = 2(a^2+b^2+c^2+d^2)-2(a^2+c^2)\\ &\leqslant 2(a^2+b^2+c^2+d^2)-(a+c)^2\\ &\leqslant 4(a^2+c^2)-(a+c)^2 \leqslant 4(a+c)^2-(a+c)^2 = 3(a+c)^2.\end{aligned}$$

根据 SMV 定理, 只需考虑不等式在 $a=b=c=x \geqslant 1$ 和 $d=\sqrt{4-3x^2}$ 时的情形. 因此, 可写成如下形式

$$\begin{aligned}&9x^4-18x^2+8+x^3\sqrt{4-3x^2} \geqslant 0,\\ &9(x^2-1)^2-\left(1-x^3\sqrt{4-3x^2}\right) \geqslant 0,\\ &(x^2-1)^2\left(9-\frac{3x^4+2x^2+1}{x^3\sqrt{4-3x^2}+1}\right) \geqslant 0,\end{aligned}$$

这是对的. 实际上, 由于 $x^2 \leqslant \frac{4}{3}$, 有

$$\frac{3x^4+2x^2+1}{x^3\sqrt{4-3x^2}+1} \leqslant 3x^4+2x^2+1 \leqslant \frac{16}{3}+\frac{8}{3}+1 = 9.$$

当 $a=b=c=d=1$ 或 $a=b=c=\frac{2}{\sqrt{3}}, d=0$ 及其轮换时等号成立. □

例 92 (Vasile Cîrtoaje) 证明: 若 a, b, c, d 为非负实数, 则

$$a^4+b^4+c^4+d^4+12abcd \geqslant (a+b+c+d)(abc+bcd+cda+dab).$$

证明 由对称性, 不失一般性, 可以假设 $a \geqslant b \geqslant c \geqslant d$, 并由不等式的齐次性, 设 $a+b+c+d=4$. 将该不等式记作 $f(a,b,c,d) \geqslant 0$, 其中

$$f(a,b,c,d) = a^4+b^4+c^4+d^4+12abcd-4(abc+bcd+cda+dab).$$

也即证明

$$f(a,b,c,d) \geqslant f\left(\frac{a+c}{2}, b, \frac{a+c}{2}, d\right).$$

该不等式等价于

$$a^4 + c^4 - \frac{(a+c)^4}{8} + 12bd\left(ac - \frac{(a+c)^2}{4}\right) - 4(b+d)\left(ac - \frac{(a+c)^2}{4}\right) \geqslant 0$$

或

$$(a-c)^2\left(7a^2 + 10ac + 7c^2 - 24bd + 8b + 8d\right) \geqslant 0.$$

这是对的, 因为

$$7a^2 + 10ac + 7c^2 = 5(a+c)^2 + 2(a^2+c^2) \geqslant 6(a+c)^2 \geqslant 24ac \geqslant 24bd.$$

根据 SMV 定理, 只需考虑不等式在 $a=b=c=x \geqslant 1$ 和 $d=4-3x$ 时的情形. 因此, 可写成如下形式

$$3x^4 + (4-3x)^4 + 12x^3(4-3x) - 4(x^3 + 3x^2(4-3x)) \geqslant 0,$$

$$(4-x)\left(\frac{4}{3}-x\right)(x-1)^2 \geqslant 0,$$

这是对的, 因为 $x \in \left[1, \frac{4}{3}\right]$.

当 $a=b=c=d=1$ 或 $a=b=c=\frac{4}{3}, d=0$ 及其轮换时等号成立. □

例 93 设 a, b, c, d 为正实数, 使得

$$a^2 + b^2 + c^2 + d^2 = 4.$$

证明

$$5(a+b+c+d) + 2\left(\frac{1}{a}+\frac{1}{b}+\frac{1}{c}+\frac{1}{d}\right) \geqslant 28.$$

证明 由对称性, 不失一般性, 可设 $a \geqslant b \geqslant c \geqslant d$. 将该不等式记作 $f(a,b,c,d) \geqslant 0$, 其中

$$f(a,b,c,d) = 5(a+b+c+d) + 2\left(\frac{1}{a}+\frac{1}{b}+\frac{1}{c}+\frac{1}{d}\right) - 28.$$

也即证明

$$f(a,b,c,d) \geqslant f\left(a, \sqrt{\frac{b^2+d^2}{2}}, c, \sqrt{\frac{b^2+d^2}{2}}\right).$$

该不等式等价于

$$5\left(b + d - 2\sqrt{\frac{b^2+d^2}{2}}\right) + 2\left(\frac{1}{b}+\frac{1}{d} - \frac{2\sqrt{2}}{\sqrt{b^2+d^2}}\right) \geqslant 0$$

或

$$\frac{2\left[(b+d)\sqrt{2(b^2+d^2)}-4bd\right]}{bd\sqrt{b^2+d^2}} \geqslant 5\sqrt{2}\left[\sqrt{2(b^2+d^2)}-(b+d)\right]$$

或

$$\frac{2\left[(b+d)\left(\sqrt{2(b^2+d^2)}-b-d\right)+(b-d)^2\right]}{bd\sqrt{b^2+d^2}} \geqslant \frac{5\sqrt{2}(b-d)^2}{\sqrt{2(b^2+d^2)}+b+d}$$

或

$$\frac{2\left(\frac{b+d}{\sqrt{2(b^2+d^2)}+b+d}+1\right)}{bd\sqrt{b^2+d^2}} \geqslant \frac{5\sqrt{2}}{\sqrt{2(b^2+d^2)}+b+d},$$

即

$$4(b+d)+2\sqrt{2(b^2+d^2)} \geqslant 5bd\sqrt{2(b^2+d^2)}.$$

这是对的, 因为由 $4=a^2+b^2+c^2+d^2 \geqslant 2(b^2+d^2)$, 可得

$$\begin{aligned}
4(b+d)+2\sqrt{2(b^2+d^2)} &\geqslant (b^2+d^2)\left[2(b+d)+\sqrt{2(b^2+d^2)}\right] \\
&= \sqrt{2(b^2+d^2)}\left[(b+d)\sqrt{2(b^2+d^2)}+b^2+d^2\right] \\
&\geqslant \sqrt{2(b^2+d^2)}\left[(b+d)^2+b^2+d^2\right] \\
&\geqslant \sqrt{2(b^2+d^2)}\,(4bd+2bd)=6bd\sqrt{2(b^2+d^2)}.
\end{aligned}$$

根据 SMV 定理, 只需考虑不等式在 $b=c=d=x \leqslant 1$ 和 $a=\sqrt{4-3x^2}$ 时的情形. 可将不等式写成如下形式

$$5\sqrt{4-3x^2}+15x+\frac{2}{\sqrt{4-3x^2}}+\frac{6}{x}-28 \geqslant 0,$$

这是对的, 因为可以证明不等式的左边对于 $x \in (0,1]$ 是减函数.

当 $a=b=c=d=1$ 时原不等式等号成立. □

例 94　设 a, b, c, d 为非负实数, 使得

$$a+b+c+d=2.$$

证明

$$\frac{1}{1+3a^2}+\frac{1}{1+3b^2}+\frac{1}{1+3c^2}+\frac{1}{1+3d^2} \geqslant \frac{16}{7}.$$

证明　由对称性, 不失一般性, 可设 $a \geqslant b \geqslant c \geqslant d$. 将该不等式记作 $f(a,b,c,d) \geqslant 0$, 其中

$$f(a,b,c,d)=\frac{1}{1+3a^2}+\frac{1}{1+3b^2}+\frac{1}{1+3c^2}+\frac{1}{1+3d^2}-\frac{16}{7}.$$

也即证明

$$f(a,b,c,d) \geqslant f\left(\frac{a+c}{2}, b, \frac{a+c}{2}, d\right).$$

该不等式等价于

$$\frac{1}{1+3a^2} - \frac{2}{4+3(a+c)^2} + \frac{1}{1+3c^2} - \frac{2}{4+3(a+c)^2} \geqslant 0$$

或

$$\frac{3(c-a)(3a+c)}{(1+3a^2)(3+3(a+c)^2)} + \frac{3(a-c)(a+3c)}{(1+3c^2)(3+3(a+c)^2)} \geqslant 0$$

或

$$\frac{3(a-c)}{4+3(a+c)^2}\left(\frac{a+3c}{1+3c^2} - \frac{3a+c}{1+3a^2}\right) \geqslant 0$$

或

$$\frac{3(a-c)^2(3a^2+12ac+3c^2-2)}{(1+3a^2)(1+3c^2)(4+3(a+c)^2)} \geqslant 0,$$

这显然成立, 因为

$$2(a+c) \geqslant a+b+c+d = 2 \Longrightarrow a+c \geqslant 1 \Longrightarrow 2a^2+4ac+2c^2 \geqslant 2.$$

根据 SMV 定理, 只需考虑不等式在 $a=b=c=x \in \left[\frac{1}{2}, \frac{2}{3}\right]$ 和 $d=2-3x$ 时的情形. 因此, 可写成以下形式

$$\frac{3}{1+3x^2} + \frac{1}{1+3(2-3x)^2} \geqslant \frac{16}{7},$$

即

$$\frac{36(2x-1)^2(2-3x)(3x+1)}{7(3x^2+1)(1+3(2-3x)^2)} \geqslant 0,$$

这显然成立.

当 $x=\frac{1}{2}$, 即 $a=b=c=d=\frac{1}{2}$, 或 $x=\frac{2}{3}$, 即 $a=b=c=\frac{2}{3}$, $d=0$ 及其轮换时等号成立. □

例 95 设 a,b,c,d,e 为正实数, 使得

$$a+b+c+d+e=5.$$

证明

$$27\left(\frac{1}{a}+\frac{1}{b}+\frac{1}{c}+\frac{1}{d}+\frac{1}{e}\right) \geqslant 4\left(a^3+b^3+c^3+d^3+e^3\right)+115.$$

证明 由对称性, 不失一般性, 可以假设 $a \geqslant b \geqslant c \geqslant d \geqslant e$. 将该不等式记作 $f(a,b,c,d,e) \geqslant 0$, 其中

$$f(a,b,c,d,e) = 27\left(\frac{1}{a}+\frac{1}{b}+\frac{1}{c}+\frac{1}{d}+\frac{1}{e}\right) - 4\left(a^3+b^3+c^3+d^3+e^3\right) - 115.$$

也即证明

$$f(a,b,c,d,e) \geqslant f\left(a, \frac{b+e}{2}, c, d, \frac{b+e}{2}\right).$$

此不等式等价于

$$27\left(\frac{1}{b}+\frac{1}{e}-\frac{4}{b+e}\right) \geqslant 4\left[b^3+e^3-\frac{(b+e)^3}{4}\right],$$

或等价于

$$(b-e)^2\left[9-be(b+e)^2\right] \geqslant 0.$$

而由 $2b+3e \leqslant a+b+c+d+e=5$ 和 AM-GM 不等式, 有

$$\begin{aligned} be(b+e)^2 &= 2b \cdot 2e \cdot \frac{b+e}{2} \cdot \frac{b+e}{2} \\ &\leqslant 2\left(\frac{b+2e+\frac{b+e}{2}+\frac{b+e}{2}}{4}\right)^4 \\ &= 2\left(\frac{2b+3e}{4}\right)^4 \leqslant \frac{625}{128} < 9. \end{aligned}$$

可知这是正确的.

根据 SMV 定理, 只需考虑该不等式在 $b=c=d=e=x \in (0,1]$ 和 $a=5-4x$ 时的情形. 因此, 可写成如下形式

$$27\left(\frac{1}{5-4x}+\frac{4}{x}\right) \geqslant 4\left[(5-4x)^3+4x^3\right]+115,$$

即

$$\frac{60(9-4x)(x-1)^2(2x-1)^2}{x(5-4x)} \geqslant 0,$$

这显然成立.

当 $a=b=c=d=e=1$ 或 $a=3, b=c=d=e=\frac{1}{2}$ 及其轮换时等号成立. □

1.8 Lagrange 乘数法

Lagrange 乘数法允许我们在只考虑某个曲面上点的约束条件, 求得函数的极值. 先引入一些符号, 我们将要考虑的情况如下. 定义在 $\mathcal{D} \subseteq \mathbb{R}^n$ 上的函数 $f(x_1, x_2, \ldots, x_n)$. 我们想要找到 f 在点 $(x_1, x_2, \ldots, x_n) \in \mathcal{D}$ 处的极大值或极小值, 并且满足约束条件 $g_i(x_1, x_2, \ldots, x_n) = 0, 1 \leqslant i \leqslant m, m < n$. 假设函数 f 和 $g_1, \ldots, g_m$ 都是在 $\mathcal{D}$ 上可微的 (因此也是连续的). 可以将约束条件 g_i 视为定义在 $\mathcal{D}$ 上的曲面 S, 即

$$S = \{(x_1, x_2, \ldots, x_n) \in \mathcal{D} \colon g_i(x_1, \ldots, x_n) = 0, 1 \leqslant i \leqslant m\},$$

并且我们可以把这个问题看作在曲面 S 上求 f 的极值.

第一个难题是, 即使我们假设所有的 g_i 都是可微的函数, 这也不足以保证曲面 S 是“光滑的”. 若 $\mathbb{R}^n$ 上的 m 个向量

$$\nabla g_i(x)=\left(\frac{\partial g_i(x)}{\partial x_1},\frac{\partial g_i(x)}{\partial x_2},\ldots,\frac{\partial g_i(x)}{\partial x_n}\right)$$

是线性无关的, 则称曲面 S 在点 $x=(x_1,x_2,\ldots,x_n)\in S$ 处是光滑的. 对于 $m=1$ 的特殊情形, 这也是我们考虑的大多数情况, 线性无关只意味着我们要求 $\nabla g_1(x)$ 为非零. 如果它在每个点 $x\in S$ 都是光滑的, 我们就称 S 是光滑的. 这是一个 (深刻的) 定理, 如果从这个意义上说 S 是光滑的, 那么这是一个很好的 $(n-m)$ 维空间, 在这里, 我们将不作更精确的解释. 注意, 即使我们说 S 是光滑的, 这个条件实际上也取决于 g_i. 如果我们用 g_1^2 替换 g_1, 那么曲面 S 不会改变, 但是对所有 $x\in S$ 有 $\nabla g_1^2(x)=2g_1(x)\nabla g_1(x)=0$. 因此, 由约束条件 $g_1,\ldots,g_m$ 来定义的 S 是光滑的会更好 (但会更烦琐).

现在我们陈述主要的定理, 而不给出证明, 稍后我们将介绍一些例题来了解这种方法是如何运作的.

定理 10 (Lagrange 乘数) *设 $f(x_1,x_2,\ldots,x_n)$ 为定义域 $\mathcal{D}\subseteq\mathbb{R}^n$ 上的可微函数, 并设*

$$g_i(x_1,x_2,\ldots,x_n)=0,\ i=1,2,\ldots,m,\ m\leqslant n$$

是定义在光滑曲面 S 上的可微函数. 如果函数 f 在 S 上的点 $x\in S$ 处有极大值或极小值, 则对于选取的某些常数 λ_i, $1\leqslant i\leqslant m$, x 是函数

$$L=f-\sum_{i=1}^{k}\lambda_i g_i$$

的临界点.

因为我们已经假设 f 和 g_i 都是可微的, 所以函数 L 的临界点是点 $x^0=(x_1^0,x_2^0,\ldots,x_n^0)$, 使得 $\nabla L=0$, 即 L 对变量 $x_1,x_2,\ldots,x_n$ 的偏导数均为零的那一点.

第二个难题巧妙地隐藏在上述定理的陈述中. 如果有一个最大值或最小值, 那么它就在临界点上. 但在定理的陈述中没有任何内容保证最大值或最小值必须存在. 危险在于可能会有趋于 $\mathcal{D}$ 的“端点”的点列 $x^k=(x_1^k,x_2^k,\ldots,x_n^k)$, 这些点处依次给出更大 (或更小) 的 f 值. 如果 $\mathcal{D}=\mathbb{R}^n$ 且 S 是有界的, 那么这就不会发生, 并且极值定理保证了最大值和最小值的存在. 如果 S 有界且 f 可以连续延拓到 S 的闭包, 那么最大值和最小值要么在临界点, 要么在 S 的边界上.

这两个难题的方便之处在于, 它们的解决在很大程度上取决于函数 g_i 和曲面 S. 因此通过学习例题, 读者将会了解越来越多的 Lagrange 乘数法可以应用的情形, 并且使用起来也会越来越容易.

一旦检验了 Lagrange 乘数法是否适用, 应用它们的步骤可以概括为:

1. 建立基于 L 对未知数 $x_1, x_2, \ldots, x_n$ 和该问题约束条件的偏导数的方程组. 函数 $-g_i$ 是 L 关于 $\lambda_1, \lambda_2, \ldots, \lambda_m$ 的偏导数, 所以有些人认为这是寻找 L 关于 $n+m$ 个变量 $x_1, x_2, \ldots, x_n, \lambda_1, \lambda_2, \ldots, \lambda_m$ 的临界点. 无论如何, 方程均为

$$\begin{aligned} \frac{\partial}{\partial x_1} L(x_1, x_2, \ldots, x_n) &= 0 \\ &\vdots \\ \frac{\partial}{\partial x_n} L(x_1, x_2, \ldots, x_n) &= 0 \\ g_1(x_1, x_2, \ldots, x_n) &= 0 \\ &\vdots \\ g_m(x_1, x_2, \ldots, x_n) &= 0 \end{aligned}$$

2. 求解此方程组以获得 $x_1, x_2, \ldots, x_n$ 和 $\lambda_1, \lambda_2, \ldots, \lambda_m$. 我们其实只关心 $x_1, x_2, \ldots, x_n$ 的值.
3. 一旦找到所有的临界点, 将它们代入 f 以查看哪个是最大值或最小值.

求解方程组可能很困难, 但通过一些技巧可以解决. 我们将提供一些例题来了解此方法的工作原理.

例 96　设 a, b, c 为非负实数, 使得

$$a^2 + b^2 + c^2 = 3,$$

证明

$$ab + bc + ca + a^2b + b^2c + c^2a \leqslant 6.$$

证明　由条件可知 a, b, c 非负, 自然定义域为 $\mathcal{D} = (0, \infty)^3$, 且想要求最大值的函数

$$f(a, b, c) = ab + bc + ca + a^2b + b^2c + c^2a$$

和约束条件 $g(a, b, c) = a^2 + b^2 + c^2 - 3$ 在定义域内均可微. (可以更精明一点, 去掉非负性条件并取 $\mathcal{D} = \mathbb{R}^3$, 从而避免了我们稍后将遇到的边界情况. 不过, 我们不会这样做.) 约束条件 g 的导数向量 (也称为 g 的梯度) 为 $\nabla g(a, b, c) = (2a, 2b, 2c)$, 并且只在 $(a, b, c) = (0, 0, 0)$ 处为零, 这不是球 $a^2 + b^2 + c^2 = 3$ 上的点, 因此曲面 S 是光滑的. 由于 S 有界, f 在 S 上的最大值和最小值要么在 S 的边界上 (此时 a, b, c 中的至少一个等于 0), 要么在 S 的内部. 在第二种情况下, 我们可以应用 Lagrange 乘数法来分析它们. (请注意, 我们没有使用任何超出 f 的连续性和可微性的性质来进行这些推理.)

定义

$$L(a, b, c; \lambda) = a^2b + b^2c + c^2a + ab + bc + ca - \lambda(a^2 + b^2 + c^2 - 3).$$

从 L 的偏导数得到的方程组为

$$\begin{cases} \dfrac{\partial}{\partial a}L(a,b,c;\lambda) = 2ab + c^2 + b + c - 2\lambda a = 0, \\ \dfrac{\partial}{\partial b}L(a,b,c;\lambda) = 2bc + a^2 + c + a - 2\lambda b = 0, \\ \dfrac{\partial}{\partial c}L(a,b,c;\lambda) = 2ca + b^2 + a + b - 2\lambda c = 0. \end{cases}$$

(当然, 我们也有约束条件 $a^2 + b^2 + c^2 = 3$.) 将所有的三个等式相加, 可得

$$2\lambda(a+b+c) = (a+b+c)^2 + 2(a+b+c),$$

于是 $2\lambda = a+b+c+2$. 而对于临界点有

$$a(2ab+c^2+b+c) + b(2bc+a^2+c+a) + c(2ca+b^2+a+b) = 2\lambda\sum a^2 = 6\lambda.$$

注意到, 此方程的右边为

$$2(ab+bc+ca) + 3(a^2b+b^2c+c^2a) = 3f(a,b,c) - (ab+bc+ca),$$

我们发现在任何临界点有

$$f(a,b,c) = 2\lambda + \frac{ab+bc+ca}{3}.$$

由于 $ab+bc+ca \leqslant a^2+b^2+c^2 = 3$, 以及

$$2\lambda = a+b+c+2 \leqslant \sqrt{3\sum a^2} + 2 = 5,$$

可见在此临界点处有 $f(a,b,c) \leqslant 6$, 且实际上 $(1,1,1)$ 为临界点, 满足 $f(1,1,1) = 6$.

现在让我们来分析 S 边界上的性质. 比如 $c = 0$, 可得 $a^2 + b^2 = 3$ 且

$$f(a,b,c) = a^2b + ab = ab(a+1) < ab(3+1) = 4ab \leqslant 2(a^2+b^2) = 6.$$

由于在 S 的边界上有 $f < 6$, 且在任何临界点有 $f \leqslant 6$, 我们推出 $f \leqslant 6$, 并在临界点 $(a,b,c) = (1,1,1)$ 取得全局极大值. □

例 97 (安振平, 数学反思) 设 a, b, c 为正实数, 使得 $abc = 1$. 证明

$$\frac{1}{a} + \frac{1}{b} + \frac{1}{c} + \frac{2}{a^2+b^2+c^2} \geqslant \frac{11}{3}.$$

证明 自然定义域为 $\mathcal{D} = (0,\infty)^3$, 且在此定义域上

$$\nabla g(a,b,c) = (bc, ac, ab)$$

永不为零. 因此, 我们研究光滑曲面

$$S = \left\{(a,b,c) \in (0,\infty)^3 \mid abc = 1\right\}.$$

若有一个变量, 比如 a, 趋于 ∞, 则至少有另一个, 比如 b, 趋于 0, 且 $\dfrac{1}{b}$ 趋于 ∞, 因此 f 也趋于 ∞. 所以函数

$$f(a,b,c) = \frac{1}{a} + \frac{1}{b} + \frac{1}{c} + \frac{2}{a^2+b^2+c^2},$$

在 S 上存在最小值. 因此, 我们可使用 Lagrange 乘数法寻找它. 定义

$$L(a,b,c;\lambda)=f(a,b,c)-\lambda(abc-1).$$

对 L 求偏导数, 可得方程组为

$$\begin{cases}-\dfrac{1}{a^2}-\dfrac{4a}{(a^2+b^2+c^2)^2}=\lambda bc\\ -\dfrac{1}{b^2}-\dfrac{4b}{(a^2+b^2+c^2)^2}=\lambda ca\\ -\dfrac{1}{c^2}-\dfrac{4c}{(a^2+b^2+c^2)^2}=\lambda ab\end{cases}$$

且有 $abc=1$. 用 a 乘以第一个方程, 减去 b 乘以第二个方程, 可得

$$\frac{1}{a}-\frac{1}{b}=\frac{4(b^2-a^2)}{(a^2+b^2+c^2)^2}.$$

若 $a\neq b$, 则

$$4ab(a+b)=(a^2+b^2+c^2)^2.$$

现不失一般性, 假设 $c=\max(a,b,c)\geqslant 1$, 则由于 $1\geqslant ab$, 有

$$a^2+b^2+c^2\geqslant 3(abc)^{2/3}=3,$$

以及

$$a^2+b^2+c^2\geqslant\frac{3}{2}(a^2+b^2)\geqslant\frac{3(a+b)^2}{4},$$

又有

$$4(a+b)\geqslant 4ab(a+b)=(a^2+b^2+c^2)^2\geqslant 3^{3/2}\frac{\sqrt{3}(a+b)}{2}=\frac{9}{2}(a+b),$$

矛盾, 因此 $a=b\leqslant 1\leqslant c$. 现假设 $a<1<c$, 然后通过与上面相同的论证, 我们得到

$$4ac(a+c)=(2a^2+c^2)^2.$$

但由不等式

$$2a^2+c^2\geqslant 2\sqrt{2}ac,\ 2a^2+c^2\geqslant\frac{2(a+c)^2}{3},\ 2a^2+c^2\geqslant 3,$$

可得

$$4ac(a+c)=(2a^2+c^2)^2\geqslant 2\sqrt{2}ac\cdot\sqrt{2/3}(a+c)\cdot\sqrt{3}=4ac(a+c).$$

因此, 我们必须在每一个不等式中都取等, 这是不可能的, 因为取等条件不同.

因此, 唯一的临界点, 必定是最小值点, 在 $a=b=c=1$ 时取得, 且 f 在 S 上的最小值为 $f(1,1,1)=\dfrac{11}{3}$. □

例 98 (Marius Stănean, 数学反思) 设 a,b,c,d 为非负实数, 使得 $ab+ac+ad+bc+bd+cd=6$. 证明

$$a+b+c+d+(3\sqrt{2}-4)abcd\geqslant 3\sqrt{2}.$$

证明 约束函数

$$g(a,b,c,d)=ab+ac+ad+bc+bd+cd-6$$

在定义域 $\mathcal{D}=(0,\infty)^4$ 上的梯度为

$$\nabla g=(b+c+d,a+c+d,a+b+d,a+b+c),$$

这不可能为零向量. 因此曲面

$$S=\{(a,b,c,d)\in(0,\infty)^4:ab+ac+ad+bc+bd+cd=6\}$$

是光滑的. 我们需要确定函数

$$f(a,b,c,d)=a+b+c+d+\left(3\sqrt{2}-4\right)abcd$$

在 S 上的最小值.

首先, 让我们看看如果我们趋于 $\mathcal{D}$ 的边界会发生什么. 如果任何变量趋于无穷大, 那么显然 f 也趋于无穷大. 因此, 我们只需要担心一个 (或多个) 变量等于零的情况. 如果说 $d=0$, 那么对于满足 $ab+bc+ca=6$ 的非负实数 a, b, c, 不等式变成 $a+b+c\geqslant 3\sqrt{2}$, 这是对的, 因为 Maclaurin 不等式给出

$$a+b+c\geqslant\sqrt{3(ab+bc+ca)}=3\sqrt{2}.$$

由于不等式在边界上成立, 如果它在某个地方失效, 它必定在 S 的内部失效, 因此在 S 内部失效的地方必定取得 f 的最小值. 我们可以用 Lagrange 乘数法来寻找这样一个极小值.

定义

$$L(a,b,c,d;\lambda)=f(a,b,c,d)-\lambda(ab+ac+ad+bc+bd+cd-6),$$

那么由 L 的偏导数给出的方程组是

$$\begin{cases}1+\left(3\sqrt{2}-4\right)bcd=\lambda(b+c+d) & (1)\\ 1+\left(3\sqrt{2}-4\right)cda=\lambda(c+d+a) & (2)\\ 1+\left(3\sqrt{2}-4\right)dab=\lambda(d+a+b) & (3)\\ 1+\left(3\sqrt{2}-4\right)abc=\lambda(a+b+c) & (4)\end{cases}$$

由于不等式是对称的, 我们必须考察以下五种情形:

情形 1 a, b, c, d 均相等.

显然, 此情形下可得 $a=b=c=d=1$, 且在此临界点下有 $f(1,1,1,1)=3\sqrt{2}$.

情形 2 a, b, c, d 均不同.

将方程 (2) 减去方程 (1) 可得 $\left(3\sqrt{2}-4\right)cd(a-b)=\lambda(a-b)\Longrightarrow\lambda=\left(3\sqrt{2}-4\right)cd$. 类似的, 两两相减可得 $ab=bc=cd=da=ac=bd$, 这使得 $a=b=c=d=1$ (使用约束条件). 因此, 对于不同的 a, b, c, d 没有临界点.

情形 3　$a=b$ 和 b,c,d 不同.

将方程 (3) 减去方程 (2) 以及方程 (4) 减去方程 (3), 我们得到 $ab=ad$, 这意味着 $b=d$, 与我们最初的假设相矛盾. 因此, 没有与这种情况对应的临界点.

情形 4　$a=b=c\neq d$.

将方程 (1) 减去方程 (4), 得到 $\lambda=(3\sqrt{2}-4)bc$. 把此式代回方程 (1), 可得

$$1+(3\sqrt{2}-4)a^2d=(3\sqrt{2}-4)a^2(2a+d)\Longrightarrow a^3=\left(2(3\sqrt{2}-4)\right)^{-1}.$$

结合约束条件 $d(a+b+c)+ab+bc+ca=6$, 表明 $a^2+ad=2$. 因此, 有一个临界点与本情形相对应. 在这个临界点处, 计算

$$\begin{aligned}f(a,b,c,d)-3\sqrt{2}&=3a+d+(3\sqrt{2}-4)a^3d-3\sqrt{2}=3a+d+\frac{d}{2}-3\sqrt{2}\\&=\frac{3}{2}(2a+d-2\sqrt{2})=\frac{3}{2a}(2a^2+ad-2\sqrt{2}a)\\&=\frac{3}{2a}(a^2+2-2\sqrt{2}a)=\frac{3(a-\sqrt{2})^2}{2a}>0,\end{aligned}$$

从而, 在这个临界点处有 $f>3\sqrt{2}$.

情形 5　$a=b\neq c=d$.

将方程 (4) 减去方程 (2), 可得 $\lambda=(3\sqrt{2}-4)ac$, 并将此式代回方程组并化简, 再将方程 (1) 减去方程 (4) 可得

$$(3\sqrt{2}-4)ac(a+c)=1.$$

而此情形下约束条件为 $a^2+4ac+c^2=6$. 将其写成

$$(a+c)^2+ac+ac=6,$$

并利用 AM-GM 不等式可得

$$ac(a+c)\leqslant\left(\frac{(a+c)^2+ac+ac}{3}\right)^{3/2}=2\sqrt{2},$$

故

$$(3\sqrt{2}-4)ac(a+c)\leqslant 12-8\sqrt{2}<1.$$

因此, 在此情形下没有临界点.

最后, 我们得出结论, 当 $(a,b,c,d)=(1,1,1,1)$ 或 $(a,b,c,d)=(\sqrt{2},\sqrt{2},\sqrt{2},0)$ 及其轮换时, f 取得最小值 $3\sqrt{2}$. □

例 99 (Marius Stănean, 数学反思)　设 a,b,c,d,e,f 为实数, 使得

$$a+b+c+d+e+f=15,a^2+b^2+c^2+d^2+e^2+f^2=45.$$

证明 $abcdef\leqslant 160$.

证明 在定义域 $\mathcal{D}=\mathbb{R}^6$ 中, 两个约束函数

$$g_1(a,b,c,d,e,f)=a+b+c+d+e+f-15$$

和

$$g_2(a,b,c,d,e,f)=a^2+b^2+c^2+d^2+e^2+f^2-45$$

具有梯度

$$\nabla g_1(a,b,c,d,e,f)=(1,1,1,1,1,1),$$

$$\nabla g_2(a,b,c,d,e,f)=(2a,2b,2c,2d,2e,2f).$$

只在 $a=b=c=d=e=f$ 时, 这两个向量线性相关 (平行). 然而, 很容易看出满足这两个约束函数的点都没有这种形式. 因此曲面

$$S=\{(a,b,c,d,e,f):a+b+c+d+e+f=15,a^2+b^2+c^2+d^2+e^2+f^2=45\}$$

是光滑的. 由于 S 上的任何点都有 $|a|,|b|,\ldots,|f|\leqslant 7$, 因此 S 是有界的, 所以 $F(a,b,c,d,e,f)=abcdef$ 在 S 上将存在最大值, 我们可以使用 Lagrange 乘数法来找到它.

那么 Lagrange 函数为定义在 $\mathcal{D}$ 上:

$$L=abcdef-\lambda(a+b+c+d+e+f-15)-\mu(a^2+b^2+c^2+d^2+e^2+f^2-45).$$

由 L 的一阶偏导数得到方程组为

$$\begin{cases}bcdef=\lambda+2\mu a\\ cdefa=\lambda+2\mu b\\ defab=\lambda+2\mu c\\ efabc=\lambda+2\mu d\\ fabcd=\lambda+2\mu e\\ abcde=\lambda+2\mu f\end{cases}.$$

若令 $h(x)=2\mu x^2+\lambda x-abcdef$, 那么上面的关系表示 a,b,c,d,e,f 都是 $h(x)$ 的根. 但是由于 $h(x)$ 关于 x 是二次的, 由此可知集合 $\{a,b,c,d,e,f\}$ 最多有 2 不同的元素.

由于不等式是对称的, 我们必须考察以下情形:

情形 1 $a=b=c=d=e=f$. 这种情形很容易被否定, 因为如上所述, 给定的约束条件不能同时满足.

情形 2 $a=b=c=d=e\neq f$. 由假设条件给出

$$\begin{cases}5a+f=15\\ 5a^2+f^2=45\end{cases}.$$

此方程组有两个解 $a=3,f=0$ 和 $a=2,f=5$. 在第一种情形下, 有 $F=3^5\times 0=0$; 在第二种情形下, 有 $F=2^5\times 5=160$.

情形 3 $a=b=c=d,e=f$. 现在我们要解下面的方程组

$$\begin{cases}4a+2f=15\\ 4a^2+2f^2=45\end{cases}.$$

该方程组有以下两组解

$$a = \frac{10-\sqrt{10}}{4},\ f = \frac{5+\sqrt{10}}{2}\ \text{和}\ a = \frac{10+\sqrt{10}}{4},\ f = \frac{5-\sqrt{10}}{2}.$$

代入这些值, 我们可以发现两种情形下均有 $F = \frac{125}{256}(247 \pm 14\sqrt{10}) < 160$.

情形 4　$a = b = c \neq d = e = f$. 如前所述, 我们必须求解以下由问题的初始条件推导出的方程组

$$\begin{cases} 3a + 3f = 15 \\ 3a^2 + 3f^2 = 45 \end{cases}$$

解为

$$a = \frac{5+\sqrt{5}}{2},\ f = \frac{5-\sqrt{5}}{2}\ \text{和}\ a = \frac{5-\sqrt{5}}{2},\ f = \frac{5+\sqrt{5}}{2}.$$

对于这些值, 可得 $L = 125$.

因此, 我们证明了 L 的最大值为 160, 或等价于

$$abcdef \leqslant 160.$$

正如我们希望证明的那样, 且在 $a = b = c = d = e = 2$ 和 $f = 5$ 及其轮换时取得等号. □

例 100 (Pham Kim Hung)　设 a, b, c, d 为非负实数, 使得

$$(a+b+c+d)^2 = 3(a^2+b^2+c^2+d^2).$$

证明不等式

$$a^4 + b^4 + c^4 + d^4 \geqslant 28abcd.$$

证明　由不等式的齐次性可令 $a + b + c + d = 6$, 故 $a^2 + b^2 + c^2 + d^2 = 12$. 在定义域 $\mathcal{D} = (0, \infty)^4$ 上, 两个约束函数

$$g_1(a, b, c, d) = a + b + c + d - 6$$

和

$$g_2(a, b, c, d) = a^2 + b^2 + c^2 + d^2 - 12$$

的梯度为

$$\nabla g_1(a, b, c, d) = (1, 1, 1, 1),$$

$$\nabla g_2(a, b, c, d) = (2a, 2b, 2c, 2d).$$

只在 $a = b = c = d$ 时线性相关 (平行), 而很容易看出, 在这种情形下, 不能同时满足这两个约束. 因此曲面

$$S = \{(a, b, c, d) \in (0, \infty)^4 : a + b + c + d = 6, a^2 + b^2 + c^2 + d^2 = 12\}$$

是光滑的. 由于 S 有界, 所以

$$f(a,b,c,d)=a^4+b^4+c^4+d^4-28abcd$$

在 S 上的最小值要么出现在边界上, 即 a, b, c, d 中的一个 (或多个) 为零, 要么出现在

$$L(a,b,c,d;\lambda,\mu)=a^4+b^4+c^4+d^4-28abcd-\lambda(a+b+c+d-6)-\mu(a^2+b^2+c^2+d^2-12)$$

上的临界点.

首先, 让我们看看在曲面 S 的边界上发生了什么. 如果设 $d=0$, 那么 Cauchy-Schwarz 不等式给出

$$36=3(a^2+b^2+c^2)\geqslant(a+b+c)^2=36.$$

因此, 我们必须在取等条件下, 故

$$a=b=c=2, f(a,b,c,d)=48>0.$$

(此论据的一个稍微不同的变形表明, 这两个约束条件实际上意味着 $a, b, c, d\geqslant 0$, 故我们可以取 $\mathcal{D}=\mathbb{R}^4$ 并避免此步骤.)

接下来, 我们应用 Lagrange 乘数法来寻找临界点. 由 L 的一阶偏导数得出的方程组为

$$\begin{cases}4a^3-28bcd=\lambda+2\mu a & (1)\\ 4b^3-28cda=\lambda+2\mu b & (2)\\ 4c^3-28dab=\lambda+2\mu c & (3)\\ 4d^3-28abc=\lambda+2\mu d & (4)\end{cases}$$

将上述方程组的任意两个方程相减, 我们得到

$$\begin{aligned}&(b-a)(a^2+ab+b^2+7cd-\mu/2)=0\\&(c-a)(a^2+ac+c^2+7bd-\mu/2)=0\\&(d-a)(a^2+ad+d^2+7bc-\mu/2)=0\\&(b-c)(b^2+bc+c^2+7ad-\mu/2)=0\\&(b-d)(b^2+bd+d^2+7ac-\mu/2)=0\\&(c-d)(c^2+cd+d^2+7ab-\mu/2)=0.\end{aligned}$$

由于不等式是对称的, 我们必须考察以下五种情形:

情形 1 a, b, c, d 均相等 ($a=b=c=d$). 这种情况很容易被否定, 因为如上所述, 给定的约束条件不能同时满足.

情形 2 a, b, c, d 为不同数. 根据上述关系式, 我们推出

$$(a^2+ab+b^2+7cd)-(a^2+ac+c^2+7bd)=0\Longrightarrow a+b+c=7d,$$
$$(a^2+ab+b^2+7cd)-(a^2+ad+d^2+7bc)=0\Longrightarrow a+b+d=7c,$$

故 $c=d$. 因此, 对于不同的数 a,b,c,d 不会出现临界点.

情形 3　$a=b$ 和 b,c,d 是不同数. 我们推出

$$(a^2+ac+c^2+7bd)-(a^2+ad+d^2+7bc)=0 \Longrightarrow a+c+d=7b=7a$$

故

$$a=b=\frac{3}{4},\quad c+d=\frac{9}{2},\quad c^2+d^2=\frac{87}{8},\quad cd=\frac{75}{16}.$$

因此 c 和 d 是 $x^2-\frac{9}{2}x+\frac{75}{16}=0$ 的两根, 即 $c,d=\frac{9\pm\sqrt{6}}{4}$. 所以此情形下有两个临界点

$$\left(\frac{3}{4},\frac{3}{4},\frac{9-\sqrt{6}}{4},\frac{9+\sqrt{6}}{4}\right)\quad 和 \quad\left(\frac{3}{4},\frac{3}{4},\frac{9+\sqrt{6}}{4},\frac{9-\sqrt{6}}{4}\right).$$

在两种临界点处均有 $f=\frac{9}{8}>0$.

情形 4　$a=b=c\neq d$. 我们必须求解下面的方程组

$$\begin{cases}3a+d=6\\3a^2+d^2=12\end{cases}.$$

该方程组有以下两组解 $a=1,d=3$ 和 $a=2,d=0$. 第一种情形给出临界点 $(a,b,c,d)=(1,1,1,3)$, 此时 $f=48$. 第二种情形是在 S 的边界上, 已经进行了分析.

情形 5　$a=b\neq c=d$. 那么, 我们有下面的方程组

$$\begin{cases}a+c=3\\a^2+c^2=6\end{cases}.$$

它具有以下两组解

$$a=\frac{3+\sqrt{3}}{2},\ c=\frac{3-\sqrt{3}}{2}\quad 和 \quad a=\frac{3-\sqrt{3}}{2},\ c=\frac{3+\sqrt{3}}{2}.$$

因此, 我们得到 S 内部的另外两个临界点

$$\left(\frac{3+\sqrt{3}}{2},\frac{3+\sqrt{3}}{2},\frac{3-\sqrt{3}}{2},\frac{3-\sqrt{3}}{2}\right)\quad 和 \quad\left(\frac{3-\sqrt{3}}{2},\frac{3-\sqrt{3}}{2},\frac{3+\sqrt{3}}{2},\frac{3+\sqrt{3}}{2}\right).$$

两种情形下均有 $f=0$.

从而, 我们证明了 f 的最小值是 0, 或等价于

$$a^4+b^4+c^4+d^4\geqslant 28abcd,$$

正如我们希望证明的那样.

当

$$(a,b,c,d)=(2,2,2,0)\quad 或 \quad\left(\frac{3+\sqrt{3}}{2},\frac{3+\sqrt{3}}{2},\frac{3-\sqrt{3}}{2},\frac{3-\sqrt{3}}{2}\right)$$

或其轮换时等号成立.　□

第 2 章　问题

2.1　初级问题

1. 设 a, b 为实数, 使得 $ab \geqslant \frac{1}{3}$. 证明
$$\frac{1}{3a^2+1}+\frac{1}{3b^2+1} \geqslant \frac{2}{3ab+1}.$$
2. 设 x, y 为实数, 使得 $xy \geqslant 1$. 证明
$$\frac{1}{1+x^2}+\frac{1}{1+xy}+\frac{1}{1+y^2} \geqslant \frac{3}{1+\left(\frac{x+y}{2}\right)^2}.$$
3. 设 a, b 为正实数, 使得 $ab = a+b$. 证明
$$\sqrt{1+a^2}+\sqrt{1+b^2} \geqslant \sqrt{20+(a-b)^2}.$$
4. 设 x, y, z 为正实数, 使得
$$(x+y+z)^9 = 9^5x^3y^3z^3.$$
证明
$$\left(\frac{3(x+y)}{z}+\frac{z^2}{xy}+2\right)\left(\frac{3(y+z)}{x}+\frac{x^2}{yz}+2\right)\left(\frac{3(z+x)}{y}+\frac{y^2}{zx}+2\right) < 3^7.$$
5. 设 a, b, c 为正实数. 证明
$$\frac{bc}{(2a+b)(2a+c)}+\frac{ca}{(2b+c)(2b+a)}+\frac{ab}{(2c+a)(2c+b)} \geqslant \frac{1}{3}.$$
6. 设 a, b, c 为实数, 使得
$$a^3+b^3+c^3-1 = 3(a-1)(b-1)(c-1).$$
证明 $a+b+c \leqslant 2$.

7. 设 a, b, c 为非负实数, 使得
$$(a^2-a+1)(b^2-b+1)(c^2-c+1) = 1.$$
证明
$$(a^2+ab+b^2)(b^2+bc+c^2)(c^2+ca+a^2) \leqslant 27.$$

8. 设 a, b, c 为互异的正实数, 使得 $ab+bc+ca = 1$. 证明
$$\sum_{\text{cyc}} \frac{(a+b)(a+c)-bc}{(b-c)(b^3-c^3)} \geqslant \left(\sum_{\text{cyc}} \frac{a}{b-c}\right)^2.$$

9. 设 a, b, c 为非负实数. 证明

$$(4a^2+b^2)(4b^2+c^2)(4c^2+a^2) \geqslant 64abc(2a-b)(2b-c)(2c-a).$$

10. 证明: 对任意的正实数 a, b, c, 有

$$\frac{a^2}{b}+\frac{b^2}{c}+\frac{c^2}{a}+\sqrt{ab}+\sqrt{bc}+\sqrt{ca} \geqslant 2(a+b+c).$$

11. 证明: 对任意的正实数 a, b, c, 有

$$\frac{a+b}{\sqrt{2(a^2+b^2)}}+\frac{b+c}{\sqrt{2(b^2+c^2)}}+\frac{c+a}{\sqrt{2(c^2+a^2)}}+\frac{3(a^2+b^2+c^2)}{2(ab+bc+ca)} \geqslant \frac{9}{2}.$$

12. 设 a, b, c 为互异的正实数, 使得

$$\left(a+\frac{b^2}{a-b}\right)\left(a+\frac{c^2}{a-c}\right)=4a^2.$$

证明 $a^2 > bc$.

13. 设 a, b, c 为正实数, 使得 $ab+bc+ca=3abc$. 证明

$$\frac{1}{2a^2+b^2}+\frac{1}{2b^2+c^2}+\frac{1}{2c^2+a^2} \leqslant 1.$$

14. 设 a, b, c 为正实数, 使得 $abc=1$. 证明

$$a^3+b^3+c^3+\frac{8}{(a+b)(b+c)(c+a)} \geqslant 4.$$

15. 设 a, b, c 为正实数, 使得 $ab+bc+ca=3$. 证明

$$(\sqrt{a}+\sqrt{b}+\sqrt{c}+1)^2 \leqslant 2(a+b)(b+c)(c+a).$$

16. 设 a, b, c 为非负实数, 使得 $a+b+c=1$. 证明

$$\frac{a-bc}{a+bc}+\frac{b-ca}{b+ca}+\frac{c-ab}{c+ab} \leqslant \frac{3}{2}.$$

17. 若 a, b, c 为正实数, 使得 $ab+bc+ca=3$, 则

$$\sqrt{a^2+3}+\sqrt{b^2+3}+\sqrt{c^2+3} \geqslant a+b+c+3.$$

18. 设 $a, b, c \in [1,4]$. 证明

$$\left(2-\frac{a}{b^2}\right)\left(2-\frac{b}{c^2}\right)\left(2-\frac{c}{a^2}\right) \leqslant abc.$$

19. 证明: 在任意 $\triangle ABC$ 中,

$$\frac{r_a}{a}+\frac{r_b}{b}+\frac{r_c}{c} \geqslant \sqrt{\frac{3(4R+r)}{2R}}.$$

20. 在 $\triangle ABC$ 中, 若 $R = 4r$. 证明

$$\frac{19}{2} \leqslant (a+b+c)\left(\frac{1}{a}+\frac{1}{b}+\frac{1}{c}\right) \leqslant \frac{25}{2}.$$

21. 设 a, b, c 为正实数. 证明

$$(1+a)(1+b)(1+c) \geqslant \left(1+\frac{2ab}{a+b}\right)\left(1+\frac{2bc}{b+c}\right)\left(1+\frac{2ca}{c+a}\right).$$

22. 设 a, b, c 为非负实数. 证明

$$a^2+b^2+c^2+2abc+1 \geqslant 2(ab+bc+ca).$$

23. 实数 x, y, z 满足

$$\frac{1}{x}+\frac{1}{y}+\frac{1}{z}+x+y+z=0$$

并且都不属于开区间 $(-1, 1)$. 求 $x+y+z$ 的最大值.

24. 设 x, y, z 为正实数, 使得 $x+y+z=xyz$. 证明

$$(x-1)(y-1)(z-1) \leqslant 6\sqrt{3}-10.$$

25. 设 x, y, z, k 为正实数, 使得 $xy+yz+zx=1$ 且 $k=3\sqrt{3}-4$. 证明

$$\frac{k-x}{1+x^2}+\frac{k-y}{1+y^2}+\frac{k-z}{1+z^2} \geqslant 2k-1.$$

26. 设 a, b, c 为正实数, 使得 $abc=1$. 证明

$$\frac{a+3}{(a+1)^2}+\frac{b+3}{(b+1)^2}+\frac{c+3}{(c+1)^2} \geqslant 3.$$

27. 设 x, y, z 是不等于 1 的实数, 且满足 $xyz=1$. 证明

$$\frac{x^2}{(x-1)^2}+\frac{y^2}{(y-1)^2}+\frac{z^2}{(z-1)^2} \geqslant 1.$$

28. 设 x, y, z 为实数, 使得 $-1 \leqslant x, y, z \leqslant 1$ 且

$$x+y+z+xyz=0.$$

证明

$$x^2+y^2+z^2+1 \geqslant (x+y+z\pm 1)^2.$$

29. 设 a, b, c 为正实数, 使得 $ab+bc+ca=1$. 证明

$$a\sqrt{b^2+1}+b\sqrt{c^2+1}+c\sqrt{a^2+1} \geqslant 2.$$

30. 设 $a, b, c \geqslant \frac{2}{3}$, 使得 $a+b+c=3$. 证明

$$a^2b^2+b^2c^2+c^2a^2 \geqslant ab+bc+ca.$$

31. 设 a, b, c 为正实数, 使得 $abc = 1$. 证明

$$\frac{27(a+b+c)-35}{46} \geqslant \sqrt{\frac{1}{a}+\frac{1}{b}+\frac{1}{c}-2}.$$

32. 设 a, b, c 为实数, 使得 $a, b, c \geqslant \frac{1}{3}$ 且 $a+b+c=2$. 证明

$$\left(a^3-2ab+b^3+\frac{8}{27}\right)\left(b^3-2bc+c^3+\frac{8}{27}\right)\left(c^3-2ca+a^3+\frac{8}{27}\right)$$
$$\leqslant \left[\frac{10}{3}\left(\frac{4}{3}-ab-bc-ca\right)\right]^3.$$

33. 设 a, b, c 为正实数, 使得 $a+b+c+2=abc$. 证明

$$(1+ab)(1+bc)(1+ca) \geqslant 125.$$

34. 设 a, b, c 为正实数, 使得 $a+b+c=3$. 证明

$$abc\left(a\sqrt{a}+b\sqrt{b}+c\sqrt{c}\right) \leqslant 3.$$

35. 设 a, b, c 为正实数. 证明

$$\frac{a^3}{1+ab^2}+\frac{b^3}{1+bc^2}+\frac{c^3}{1+ca^2} \geqslant \frac{3abc}{1+abc}.$$

36. 设 a, b, c 为正实数, 使得 $a^2+b^2+c^2=1$. 证明

$$\frac{a^2}{c^3}+\frac{b^2}{a^3}+\frac{c^2}{b^3} \geqslant (a+b+c)^3.$$

37. 设 a, b, c 为 $\triangle ABC$ 的边长, 且 r 和 R 分别是该三角形的内切圆半径、外接圆半径. 证明

$$\frac{a}{2a+b}+\frac{b}{2b+c}+\frac{c}{2c+a} \geqslant \frac{2r}{R}.$$

38. 证明: 在任意的 $\triangle ABC$ 中, 如下不等式成立:

$$\sin\frac{A}{2}+\sin\frac{B}{2}+\sin\frac{C}{2} \leqslant \sqrt{2+\frac{r}{2R}}.$$

39. 设 a, b, c 为三角形的边长, S 是其面积. 设 R 和 r 分别是该三角形的外接圆半径、内切圆半径. 证明:

$$a^2+b^2+c^2 \leqslant 4S\sqrt{\frac{6r}{R}}+3\left[(a-b)^2+(b-c)^2+(c-a)^2\right].$$

40. 设 a, b, c 为 $\triangle ABC$ 的边长, r 和 R 分别是其内切圆半径、外接圆半径. 证明

$$\frac{R}{2r} \geqslant \frac{a^2+b^2+c^2}{2(ab+bc+ca)-a^2-b^2-c^2}.$$

41. 证明: 在任意 $\triangle ABC$ 中, 有

$$2\sqrt{3} \leqslant \csc A + \csc B + \csc C \leqslant \frac{2\sqrt{3}}{9}\left(1+\frac{R}{r}\right)^2.$$

42. 求最大的常数 C, 使得不等式

$$(a^2+2)(b^2+2)(c^2+2)-(abc-1)^2 \geqslant C(a+b+c)^2$$

对所有的正实数 a, b, c 成立.

43. 设实数 $a \geqslant b \geqslant c \geqslant 0$ 使得 $a+b+c=3$. 证明

$$ab^2+bc^2+ca^2+\frac{3}{8}abc \leqslant \frac{27}{8}.$$

44. 设 a, b, c 为正实数, 使得 $a^2+b^2+c^2=a+b+c+8$. 求

$$\frac{45}{a}+\frac{12}{b}+\frac{1}{c}$$

的最小值.

45. 设 a, b, c 为实数, 使得 $13a+41b+13c=2019$ 且

$$\max\left(\left|\frac{41}{13}a-b\right|, \left|\frac{13}{41}b-c\right|, |c-a|\right) \leqslant 1.$$

证明 $2019 \leqslant a^2+b^2+c^2 \leqslant 2020$.

46. 设 a, b, c 为正实数, 使得 $a+b+c=2$. 证明

$$a^2\left(\frac{1}{b}-1\right)\left(\frac{1}{c}-1\right)+b^2\left(\frac{1}{c}-1\right)\left(\frac{1}{a}-1\right)+c^2\left(\frac{1}{a}-1\right)\left(\frac{1}{b}-1\right) \geqslant \frac{1}{3}.$$

47. 设 a, b, c 为不小于 $\frac{1}{2}$ 的实数, 使得 $a+b+c=3$. 证明

$$\sqrt{a^3+3ab+b^3-1}+\sqrt{b^3+3bc+c^3-1}+$$
$$\sqrt{c^3+3ca+a^3-1}+\frac{1}{4}(a+5)(b+5)(c+5) \leqslant 60.$$

何时等号成立?

48. 设 x, y, z 为正实数, 使得 $x^4+y^4+z^4=3$. 证明

$$\sqrt{\frac{yz}{7-2x}}+\sqrt{\frac{zx}{7-2y}}+\sqrt{\frac{xy}{7-2z}} \leqslant \frac{3}{\sqrt{5}}.$$

49. 设 a, b, c 为正实数, 使得

$$\frac{1}{a}+\frac{1}{b}+\frac{1}{c}=\frac{11}{a+b+c}.$$

求

$$(a^4+b^4+c^4)\left(\frac{1}{a^4}+\frac{1}{b^4}+\frac{1}{c^4}\right)$$

的最小值.

50. 设 a, b, c, k 为正实数, 使得 $k \geqslant 5$. 证明

$$\frac{a+b}{kc^2+ab}+\frac{b+c}{ka^2+bc}+\frac{c+a}{kb^2+ca} \geqslant \frac{6(a+b+c)}{(k+1)(ab+bc+ca)}.$$

51. 设 a, b, c 为正实数. 证明

$$\left(\frac{8a^3}{(b+c)^3}+\frac{b+c}{a}\right)\left(\frac{8b^3}{(c+a)^3}+\frac{c+a}{b}\right)\left(\frac{8c^3}{(a+b)^3}+\frac{a+b}{c}\right) \geqslant \frac{143(a+b)(b+c)(c+a)}{8abc}-116.$$

52. 证明: 若 a, b, c 为非负数, 则

$$\frac{a^2-bc}{4a^2+4b^2+c^2}+\frac{b^2-ca}{4b^2+4c^2+a^2}+\frac{c^2-ab}{4c^2+4a^2+b^2} \geqslant 0.$$

53. 设 a, b, c, d 为正实数, 使得

$$a(a-1)^2+b(b-1)^2+c(c-1)^2+d(d-1)^2=a+b+c+d.$$

证明

$$(a-1)^2+(b-1)^2+(c-1)^2+(d-1)^2 \leqslant 4.$$

54. 设 $a, b, c, d>0$, 使得 $a+b+c+d=4$. 证明

$$\frac{a^2b}{a^4+b^3+c^2+d}+\frac{b^2c}{b^4+c^3+d^2+a}+\frac{c^2d}{c^4+d^3+a^2+b}+\frac{d^2a}{d^4+a^3+b^2+c} \leqslant \frac{1}{4}\left(a^4+b^4+c^4+d^4\right).$$

55. 设 a, b, c, d 为正实数, 使得 $abcd=1$. 证明

$$\frac{1}{5a^2-2a+1}+\frac{1}{5b^2-2b+1}+\frac{1}{5c^2-2c+1}+\frac{1}{5d^2-2d+1} \geqslant 1.$$

56. 设 $a, b, c, d \geqslant -1$, 使得 $a+b+c+d=4$. 求

$$(a^2+3)(b^2+3)(c^2+3)(d^2+3)$$

的最大值.

57. 设 $a, b, c, d>0$, 使得 $abcd=1$. 证明

$$(a-1)(3a-7)+(b-1)(3b-7)+(c-1)(3c-7)+(d-1)(3d-7) \geqslant 0.$$

58. 设 a, b, c, d 为非负实数, 使得 $a+b+c+d=3$. 证明

$$\frac{a}{1+2b^3}+\frac{b}{1+2c^3}+\frac{c}{1+2d^3}+\frac{d}{1+2a^3} \geqslant \frac{a^2+b^2+c^2+d^2}{3}.$$

59. 假设 $a, b, c, d \geqslant 0$, 并且 $a+b+c+d=1$. 证明

$$bcd+cda+dab+abc \leqslant \frac{1}{27}+\frac{176}{27}abcd.$$

60. 设 a_1, a_2, a_3, a_4, a_5 为正实数. 证明

$$\sum_{\text{cyc}} \frac{a_1}{2(a_1+a_2)+a_3} \cdot \sum_{\text{cyc}} \frac{a_2}{2(a_1+a_2)+a_3} \leqslant 1.$$

61. 设 $a, b, c > 0$ 且 x, y, z 为实数. 证明

$$\frac{a(y^2+z^2)}{b+c} + \frac{b(z^2+x^2)}{c+a} + \frac{c(x^2+y^2)}{a+b} \geqslant xy+yz+zx.$$

62. 设 a, b, c 为正实数, 使得 $a^2+b^2+c^2+abc=4$. 证明: 对所有的实数 x, y, z, 以下不等式成立

$$ayz+bzx+cxy \leqslant x^2+y^2+z^2.$$

63. 设 $x_1, x_2, \ldots, x_n$ 为正实数. 证明

$$\frac{x_1-x_3}{x_1x_3+2x_2x_3+x_2^2} + \frac{x_2-x_4}{x_2x_4+2x_3x_4+x_3^2} + \cdots + \frac{x_n-x_2}{x_nx_2+2x_1x_2+x_1^2} \geqslant 0.$$

64. 设 $a_1, a_2, \ldots, a_n$ 和 $x_1, x_2, \ldots, x_n$, $(n \geqslant 2)$ 为正实数, 使得

$$\prod_{i=1}^{n} a_i = 1 \quad 且 \quad \sum_{i=1}^{n} x_i = n.$$

证明

$$\sum_{i=1}^{n} \frac{1}{(n-1)a_ix_i+1} \geqslant 1.$$

65. 设 $n \geqslant 3$ 为整数且 $x_1, x_2, \ldots, x_n$ 为非负实数, 使得

$$(n-2)\sum_{1\leqslant i<j\leqslant n} x_ix_j + \sum_{1\leqslant i<j<k\leqslant n} x_ix_jx_k = \frac{2n(n-1)(n-2)}{3}.$$

证明

$$\sum_{1\leqslant i\leqslant n} x_i \geqslant \frac{2}{n-1}\sum_{1\leqslant i<j\leqslant n} x_ix_j.$$

2.2 高级问题

1. 设 a, b 为正实数, 使得

$$3(a^2+b^2-1) = 4(a+b).$$

求式子 $\dfrac{16}{a} + \dfrac{1}{b}$ 的最小值.

2. 求最大的常数 k 使得如下不等式

$$\frac{1}{a^3} + \frac{1}{b^3} + \frac{k}{a^3+b^3} \geqslant \frac{16+4k}{(a+b)^3}$$

对所有的正实数 a 和 b 成立.

3. 设 x, y 为正数. 证明

$$\sqrt[2n+1]{\frac{x^{2n+1}+y^{2n+1}}{2}} \leqslant \frac{x^{n+1}+y^{n+1}}{x^n+y^n}.$$

4. 设 a, b, x 为实数, 使得

$$(4a^2b^2+1)x^2+9(a^2+b^2) \leqslant 2018.$$

证明

$$20(4ab+1)x+9(a+b) \leqslant 2018.$$

5. 设 a, b, c 为正数. 证明

$$\frac{a+b}{c}+\frac{b+c}{a}+\frac{c+a}{b} \geqslant \frac{4(a^2+b^2+c^2)}{ab+bc+ca}+2.$$

6. 设 a, b, c 为正实数且满足 $abc=1$. 证明

$$\left(\sqrt[3]{a}+\sqrt[3]{b}+\sqrt[3]{c}\right)^6 \geqslant 27(a+2)(b+2)(c+2).$$

7. 设 a, b, c 为非负实数, 使得

$$(a+b)(b+c)(c+a)=2.$$

证明

$$(a^2+bc)(b^2+ca)(c^2+ab)+8a^2b^2c^2 \leqslant 1.$$

8. 设 a, b, c 为非负实数, 使得 $a^2+b^2+c^2=2$. 证明

$$(a^2-ab+b^2)(b^2-bc+c^2)(c^2-ca+a^2)+\frac{19}{8}a^2b^2c^2 \leqslant 1.$$

9. 设 a, b, c 为非负实数, 其中至多有一个为 0. 证明

$$\frac{1}{a+b}+\frac{1}{b+c}+\frac{1}{c+a}+\frac{3}{a+b+c} \geqslant \frac{4}{\sqrt{ab+bc+ca}}.$$

10. 设 a, b, c 为正实数, 使得 $a+b+c=3$. 证明

$$\frac{a}{a^2+bc+1}+\frac{b}{b^2+ca+1}+\frac{c}{c^2+ab+1} \leqslant 1.$$

11. 设实数 $a, b, c \geqslant \frac{6}{5}$ 满足

$$a+b+c=\frac{1}{a}+\frac{1}{b}+\frac{1}{c}+8.$$

证明

$$ab+bc+ca \leqslant 27.$$

12. 设 a, b, c 为正实数, 使得 $abc = 1$. 证明

$$\frac{1}{(1+a)^3}+\frac{1}{(1+b)^3}+\frac{1}{(1+c)^3}+\frac{5}{(1+a)(1+b)(1+c)} \geqslant 1.$$

13. 设 a, b, c 为正实数, 使得 $a+b+c=1$. 证明

$$\frac{bc}{\sqrt{a+bc}}+\frac{ab}{\sqrt{c+ab}}+\frac{ac}{\sqrt{b+ac}} \leqslant \frac{1}{2}.$$

14. 设 a, b, c 为正实数. 证明

$$\frac{a^3}{\sqrt{b^2-bc+c^2}}+\frac{b^3}{\sqrt{c^2-ca+a^2}}+\frac{c^3}{\sqrt{a^2-ab+b^2}} \geqslant a^2+b^2+c^2.$$

15. 设 a, b, c 为正实数, 使得 $a+b+c=3$. 证明

$$\frac{1}{a^3+b^3+abc}+\frac{1}{b^3+c^3+abc}+\frac{1}{c^3+a^3+abc}+\frac{1}{3}\left(\frac{1}{ab}+\frac{1}{bc}+\frac{1}{ca}\right) \geqslant 2.$$

16. 设 x, y, z 为实数, 使得 $-1 \leqslant x, y, z \leqslant 1$ 且

$$x+y+z+xyz=0.$$

证明

$$x+y+z+\frac{72}{9+xy+yz+zx} \geqslant 8.$$

17. 设 x, y, z 为实数, 使得 $-1 \leqslant x, y, z \leqslant 1$ 且

$$x+y+z+xyz=0.$$

证明

$$\sqrt{x+1}+\sqrt{y+1}+\sqrt{z+1} \leqslant 3.$$

18. 设 a, b, c 为非负实数. 证明

$$a^2+b^2+c^2+4abc+1 \geqslant a+b+c+ab+bc+ca.$$

19. 设 a, b, c 为三角形的边长. 证明

$$\frac{b+c}{b+c-a}+\frac{c+a}{c+a-b}+\frac{a+b}{a+b-c} \geqslant 2\left(\frac{a}{b}+\frac{b}{c}+\frac{c}{a}\right).$$

20. 设 a, b, c 是 $\triangle ABC$ 的边长, 而 S, s 分别是该三角形的面积和半周长. 证明

$$a(s-a)\cos\frac{B-C}{4}+b(s-b)\cos\frac{C-A}{4}+c(s-c)\cos\frac{A-B}{4} \geqslant 2\sqrt{3}S.$$

21. 在 $\triangle ABC$ 中, 记 m_a, m_b, m_c 为中线长, w_a, w_b, w_c 为角平分线长. 证明

$$\frac{m_a}{w_a}+\frac{m_b}{w_b}+\frac{m_c}{w_c} \leqslant 1+\frac{R}{r}.$$

22. 设 a, b, c 为正数, 使得 $a+b+c=ab+bc+ca$. 证明

$$\frac{3}{1+a}+\frac{3}{1+b}+\frac{3}{1+c}-\frac{4}{(1+a)(1+b)(1+c)} \geqslant 4.$$

23. 证明: 对任意的正实数 a, b, c, 有

$$\sqrt{\frac{2ab}{a^2+b^2}}+\sqrt{\frac{2bc}{b^2+c^2}}+\sqrt{\frac{2ca}{c^2+a^2}}+\frac{3(a^2+b^2+c^2)}{ab+bc+ca} \geqslant 6.$$

24. 设 a, b, c 为正实数, 使得 $abc=1$. 证明: 对任意的 $0 \leqslant t \leqslant \min\{a, b, c\}$, 有

$$(2a^2-6at+7t^2)(2b^2-6bt+7t^2)(2c^2-6ct+7t^2) \geqslant 108t^5(a-t)(b-t)(c-t).$$

25. 设 a, b, c 为实数并满足 $a+b+c=3$. 证明

$$7(a^4+b^4+c^4)+27 \geqslant (a+b)^4+(b+c)^4+(c+a)^4.$$

26. 设 x, y, z 为非负实数, 使得 $xy+yz+zx=3$. 证明

$$\left(x^2+y^2+z^2+1\right)^3 \geqslant \left(x^3+y^3+z^3+5xyz\right)^2.$$

27. 若实数 a, b, c 大于 -1, 使得 $a+b+c+abc=4$, 证明

$$\sqrt[3]{(a+3)(b+3)(c+3)}+\sqrt[3]{(a^2+3)(b^2+3)(c^2+3)} \geqslant 2\sqrt{ab+bc+ca+13}.$$

28. 设 a, b, c 为非负实数, 使得 $a+b+c=3$. 证明

$$(a^2-ab+b^2)(b^2-bc+c^2)(c^2-ca+a^2)+11abc \leqslant 12.$$

29. 设 a, b, c 为正实数. 证明

$$a^2+b^2+c^2 \geqslant a\sqrt[3]{\frac{b^3+c^3}{2}}+b\sqrt[3]{\frac{c^3+a^3}{2}}+c\sqrt[3]{\frac{a^3+b^3}{2}}.$$

30. 设 a, b, c 为正实数. 证明

$$\frac{a^2}{b^2}+\frac{b^2}{c^2}+\frac{c^2}{a^2}+\frac{27abc}{4(a^3+b^3+c^3)} \geqslant \frac{21}{4}.$$

31. 设 a, b, c 为正实数. 证明

$$\left(\frac{a}{b}+\frac{b}{c}+\frac{c}{a}\right)^2+\frac{11\sqrt{2}(ab+bc+ca)}{a^2+b^2+c^2} \geqslant 9+11\sqrt{2}.$$

32. 设 a, b, c 为正数, 使得 $abc=1$. 证明

$$\frac{1}{a}+\frac{1}{b}+\frac{1}{c}+\frac{1}{a^2+b}+\frac{1}{b^2+c}+\frac{1}{c^2+a} \geqslant \frac{9}{2}.$$

33. 若 a, b 为实数, 求表达式

$$\frac{(1-a)(1-b)(1-ab)}{(1+a^2)(1+b^2)}$$

的最值.

34. 在 $\triangle ABC$ 中,

$$\angle A \geqslant \angle B \geqslant 60^\circ.$$

证明

$$\frac{a}{b}+\frac{b}{a} \leqslant \frac{1}{3}\left(\frac{2R}{r}+\frac{2r}{R}+1\right)$$

和

$$\frac{a}{c}+\frac{c}{a} \geqslant \frac{1}{3}\left(7-\frac{2r}{R}\right).$$

35. 证明: 在任意 $\triangle ABC$ 中, 有

$$\left(\frac{a+b}{m_a+m_b}\right)^2+\left(\frac{b+c}{m_b+m_c}\right)^2+\left(\frac{c+a}{m_c+m_a}\right)^2 \geqslant 4.$$

36. 证明: 若 a, b, c 为正实数, 使得 $\frac{a}{b+c} \geqslant 2$, 则

$$4\left(\frac{a}{b+c}+\frac{b}{c+a}+\frac{c}{a+b}\right)+\sqrt{\frac{2abc}{(a+b)(b+c)(c+a)}} \geqslant 10.$$

37. 设 a, b, c 为正实数, 使得 $a+b+c=3$. 证明

$$\frac{a}{b(a+5c)^2}+\frac{b}{c(b+5a)}+\frac{c}{a(c+5b)} \geqslant \frac{1}{4(\sqrt{a}+\sqrt{b}+\sqrt{c})}.$$

38. 证明: 对任意的正实数 a, b, c, 有

$$(a+b+c)\left(\frac{1}{a}+\frac{1}{b}+\frac{1}{c}\right) \geqslant \frac{27\left(a^3+b^3+c^3\right)}{(a+b+c)^3}+\frac{21}{4}.$$

39. 设 a, b, c 为正实数. 证明

$$\frac{1}{\sqrt{2(a^4+b^4)}+4ab}+\frac{1}{\sqrt{2(b^4+c^4)}+4bc}+\frac{1}{\sqrt{2(c^4+a^4)}+4ca}+\frac{a+b+c}{3} \geqslant \frac{3}{2}.$$

何时等号成立?

40. 设 a, b, c 为正实数. 证明

$$\frac{a(a^3+b^3)}{a^2+ab+b^2}+\frac{b(b^3+c^3)}{b^2+bc+c^2}+\frac{c(c^3+a^3)}{c^2+ca+a^2} \geqslant \frac{2}{3}(a^2+b^2+c^2).$$

41. 设 a, b, c 为非负实数, 其中两个不为零. 证明

$$(a^2+4ab+b^2)(b^2+4bc+c^2)(c^2+4ca+a^2) \geqslant 6(ab+bc+ca)^3.$$

42. 设 a, b, c 为正实数, 使得 $a+b+c=3$. 证明

$$\frac{b^2}{\sqrt{2(a^4+1)}}+\frac{c^2}{\sqrt{2(b^4+1)}}+\frac{a^2}{\sqrt{2(c^4+1)}} \geqslant \frac{3}{2}.$$

43. 设 x, y, z 为非负实数. 证明

$$\sqrt{3}(x^3+y^3+z^3) \geqslant \sqrt{\prod_{\text{cyc}}(2x^2-xy+2y^2)} \geqslant \sqrt{3}\sum_{\text{cyc}} xy(x+y) - 3\sqrt{3}xyz.$$

44. 设 a, b, c 为正实数使得 $abc=1$. 证明

$$\sqrt{4a^2-a+1}+\sqrt{4b^2-b+1}+\sqrt{4c^2-c+1} \geqslant 2(a+b+c).$$

45. 设 a, b, c 为实数. 证明

$$(1+a^2)(b-c)^2+(1+b^2)(c-a)^2+(1+c^2)(a-b)^2 \geqslant 2\sqrt{3}\,|(a-b)(b-c)(c-a)|.$$

46. 设 a, b, c 为 $\triangle ABC$ 的边长, 其内径为 r, 外径为 R. 证明

$$\frac{R}{r} \geqslant (3+\sqrt{5})\cdot\frac{a^2+b^2+c^2}{ab+bc+ca}-1-\sqrt{5}.$$

47. 设 $x, y, z \geqslant 0$ 满足

$$\frac{8xyz}{(x+y)(y+z)(z+x)}=k.$$

证明

$$(xy+yz+zx)\left[\frac{1}{(x+y)^2}+\frac{1}{(y+z)^2}+\frac{1}{(z+x)^2}\right] \geqslant \frac{9}{4}+\frac{k(1-k)}{4(2-k)}.$$

48. 设 x, y, z 为非负实数. 证明

$$\frac{x^3+y^3+z^3+3xyz}{\sum_{\text{cyc}} xy(x+y)}+\frac{5}{4} \geqslant (xy+yz+zx)\left[\frac{1}{(x+y)^2}+\frac{1}{(y+z)^2}+\frac{1}{(z+x)^2}\right].$$

49. 设 $\triangle ABC$ 的边长为 a, b, c, 其面积为 S. 证明

$$a^2+b^2+c^2 \leqslant 4S\sqrt{3}+\frac{3+2\sqrt{2}}{2+\sqrt{3}}\left[(a-b)^2+(b-c)^2+(c-a)^2\right].$$

50. 设 x, y, z 为正实数, 使得 $x+y+z=1$. 证明

$$\sqrt[4]{\frac{9yz}{x+yz}}+\sqrt[4]{\frac{9zx}{y+zx}}+\sqrt[4]{\frac{9xy}{z+xy}} \leqslant \sqrt{\frac{2x}{x+yz}}+\sqrt{\frac{2y}{y+zx}}+\sqrt{\frac{2z}{z+xy}} \leqslant 3\sqrt{\frac{3}{2}}.$$

51. 设 x, y, z 为非负实数, 使得

$$x^2+y^2+z^2+xyz=4.$$

证明

$$(x+y+z-2)^2 \geqslant xyz(4-x-y-z).$$

52. 设 x, y, z 为非负实数, 使得 $x^2+y^2+z^2+xyz=4$. 证明

$$xy+yz+zx-\left(\frac{x+y+z-1}{2}\right)xyz \leqslant 2.$$

53. 设 x, y, z 为非负实数, 使得

$$x^2+y^2+z^2+xyz=4.$$

证明

$$x^4+y^4+z^4+13(x+y+z)\geqslant 42.$$

54. 设 x, y, z 为非负实数, 使得 $x^2+y^2+z^2+xyz=4$. 证明

$$x^4+y^4+z^4+(xyz+2)^2\geqslant 12.$$

55. 设 x, y, z 为非负实数, 使得 $x^2+y^2+z^2+xyz=4$. 证明

$$\frac{2}{2-x}+\frac{2}{2-y}+\frac{2}{2-z}\geqslant 3-\sqrt{2}+\frac{8(3+\sqrt{2})}{(x+y)(y+z)(z+x)}.$$

56. 设 x, y, z 为正实数, 使得

$$\frac{1}{2x^2+1}+\frac{1}{2y^2+1}+\frac{1}{2z^2+1}=1.$$

证明

$$2\sqrt{2}(x+y+z)+xy+xz+yz\geqslant 3+6\sqrt{2}xyz.$$

57. 设 a, b, c, d 为正实数, 使得

$$abcd=1.$$

证明

$$a^3+b^3+c^3+d^3+8\geqslant 3\left(\frac{1}{a}+\frac{1}{b}+\frac{1}{c}+\frac{1}{d}\right).$$

58. 设 a, b, c, d 为非负实数, 使得 $a+b+c+d=4$. 证明

$$(abc)^2+(bcd)^2+(cda)^2+(dab)^2+abc+bcd+cda+dab\leqslant 8.$$

59. 设 $a, b, c, d\geqslant 0$ 使得

$$a^2+b^2+c^2+d^2=1.$$

证明

$$a^3+b^3+c^3+d^3+4\sqrt[3]{\frac{a^2b^2c^2d^2}{2}}\leqslant 1.$$

60. 证明: 若 a, b, c, d 为非负实数满足

$$a\geqslant b\geqslant 1\geqslant c\geqslant d \quad \text{且} \quad a+b+c+d=4,$$

则

$$a^2+b^2+c^2+d^2+6\sqrt{abcd}\leqslant 10.$$

61. 设 a, b, c, d 为非负实数, 使得 $ab + bc + cd + da + ac + bd = 6$. 证明

$$a^4 + b^4 + c^4 + d^4 + 8abcd \geqslant 12.$$

62. 设 a, b, c, d 为非负实数, 使得 $a + b + c + d = 4$. 证明

$$\frac{1}{2a+3} + \frac{1}{2b+3} + \frac{1}{2c+3} + \frac{1}{2d+3} \geqslant \frac{44}{4abcd+51}.$$

63. 设 a, b, c, d 为实数, 使得它们都不在开区间 $(-1, 1)$ 内, 且

$$a + b + c + d + \frac{1}{a} + \frac{1}{b} + \frac{1}{c} + \frac{1}{d} = 0.$$

证明

$$a + b + c + d \leqslant 2\sqrt{2}.$$

64. 设 $a_1, a_2, \ldots, a_n \geqslant 1$ 为实数, 使得 $a_1 a_2 \cdots a_n = 2^n$. 证明

$$a_1 + a_2 + \cdots + a_n - \frac{2}{a_1} - \frac{2}{a_2} - \cdots - \frac{2}{a_n} \geqslant n.$$

65. 设 $a_i\ (1 \leqslant i \leqslant 2n+1)$ 为正数, 其中 $n \geqslant 2$. 证明

$$\prod_{i=1}^{2n+1} \frac{\sum\limits_{k=1}^{n+1} a_{i-1+k}}{n+1} \geqslant \prod_{i=1}^{2n+1} \frac{\sum\limits_{k=1}^{n} a_{i-1+k}}{n}$$

对任意的正整数 i, 有 $a_{2n+1+i} = a_i$.

2.3　初级问题的解答

1.　设 a, b 为实数, 使得 $ab \geqslant \frac{1}{3}$. 证明

$$\frac{1}{3a^2+1} + \frac{1}{3b^2+1} \geqslant \frac{2}{3ab+1}.$$

安振平, 数学反思

证明一　由 Cauchy-Schwarz 不等式和 AM-GM 不等式, 有

$$\begin{aligned}
\frac{1}{3a^2+1} + \frac{1}{3b^2+1} &= \frac{b^2}{3a^2b^2+b^2} + \frac{a^2}{3a^2b^2+a^2} \\
&\geqslant \frac{(a+b)^2}{6a^2b^2+a^2+b^2} \\
&= 1 - \frac{2ab(3ab-1)}{6a^2b^2+a^2+b^2}
\end{aligned}$$

$$\geqslant 1-\frac{2ab(3ab-1)}{6a^2b^2+2ab}$$
$$=1-\frac{3ab-1}{3ab+1}=\frac{2}{3ab+1}.$$ □

证明二 作如下代换
$$a=\frac{1}{\sqrt{3}}\tan\alpha,\quad b=\frac{1}{\sqrt{3}}\tan\beta,$$
其中 $\alpha,\beta\in\left(-\frac{\pi}{2},\frac{\pi}{2}\right)$ 且 $\tan\alpha\tan\beta\geqslant 1$, 则欲证的不等式变为
$$\cos^2\alpha+\cos^2\beta\geqslant\frac{2\cos\alpha\cos\beta}{\cos(\alpha-\beta)},$$
进而
$$1+\cos(\alpha+\beta)\cos(\alpha-\beta)\geqslant\frac{\cos(\alpha+\beta)+\cos(\alpha-\beta)}{\cos(\alpha-\beta)},$$
于是
$$\frac{\cos(\alpha+\beta)\left[1-\cos^2(\alpha-\beta)\right]}{\cos(\alpha-\beta)}\leqslant 0,$$
即
$$\frac{(1-\tan\alpha\tan\beta)\left[1-\cos^2(\alpha-\beta)\right]}{1+\tan\alpha\tan\beta}\leqslant 0,$$
这显然成立. □

2. 设 x,y 为实数, 使得 $xy\geqslant 1$. 证明
$$\frac{1}{1+x^2}+\frac{1}{1+xy}+\frac{1}{1+y^2}\geqslant\frac{3}{1+\left(\frac{x+y}{2}\right)^2}.$$

Anish Ray, 数学反思

证明一 考虑 $x,y>0$ 即可. 由 AM-GM 不等式, 有
$$\frac{1}{1+xy}\geqslant\frac{1}{1+\left(\frac{x+y}{2}\right)^2}.$$
而且
$$\frac{1}{1+x^2}+\frac{1}{1+y^2}-\frac{2}{1+\left(\frac{x+y}{2}\right)^2}$$
$$=\frac{(2+x^2+y^2)(4+x^2+2xy+y^2)-8(1+x^2+y^2+x^2y^2)}{(1+x^2)(1+y^2)(4+x^2+2xy+y^2)}$$
$$=\frac{(x^2-y^2)^2+2(x-y)^2(xy-1)}{(1+x^2)(1+y^2)(4+x^2+2xy+y^2)}\geqslant 0,$$

由此即得欲证的不等式. □

证明二　由 Cauchy-Schwarz 不等式, 有

$$\begin{aligned}\frac{1}{1+x^2}+\frac{1}{1+y^2}&=\frac{y^2}{y^2+x^2y^2}+\frac{x^2}{x^2+x^2y^2}\\&\geqslant\frac{(x+y)^2}{x^2+y^2+2x^2y^2}=\frac{(x+y)^2}{(x+y)^2+2xy(xy-1)}\\&\geqslant\frac{(x+y)^2}{(x+y)^2+\frac{(x+y)^2(xy-1)}{2}}=\frac{2}{1+xy}.\end{aligned}$$

因此

$$\frac{1}{1+x^2}+\frac{1}{1+xy}+\frac{1}{1+y^2}\geqslant\frac{3}{1+xy}\geqslant\frac{3}{1+\left(\frac{x+y}{2}\right)^2}.$$ □

3.　设 a, b 为正实数, 使得 $ab=a+b$. 证明

$$\sqrt{1+a^2}+\sqrt{1+b^2}\geqslant\sqrt{20+(a-b)^2}.$$

安振平, 数学反思

证明　首先, $ab=a+b\geqslant 2\sqrt{ab}$, 于是 $ab\geqslant 4$. 然后

$$\left(\sqrt{1+a^2}+\sqrt{1+b^2}\right)^2-20-(a-b)^2=2\left(\sqrt{1+a^2+b^2+a^2b^2}-9+ab\right).$$

最后

$$\begin{aligned}&1+a^2+b^2+a^2b^2-(9-ab)^2\\=&1+(a+b)^2-2ab+a^2b^2-81+18ab-a^2b^2\\=&a^2b^2+16ab-80=(ab-4)(ab+20)\geqslant 0.\end{aligned}$$ □

4.　设 x, y, z 为正实数, 使得

$$(x+y+z)^9=9^5x^3y^3z^3.$$

证明

$$\left(\frac{3(x+y)}{z}+\frac{z^2}{xy}+2\right)\left(\frac{3(y+z)}{x}+\frac{x^2}{yz}+2\right)\left(\frac{3(z+x)}{y}+\frac{y^2}{zx}+2\right)<3^7.$$

Adrian Andreescu, 数学反思

证明　不等式左边的乘积等于 $\frac{ABC}{(xyz)^3}$, 其中

$$A=3(x+y)xy+z^3+2xyz,$$

$$B = 3(y+z)yz + x^3 + 2xyz,$$
$$C = 3(z+x)zx + y^3 + 2xyz.$$

因为 A, B, C 不全相等, 我们有

$$27ABC < (A+B+C)^3 = (x+y+z)^9 = 9^5x^3y^3z^3,$$

因此 $\dfrac{ABC}{(xyz)^3} < \dfrac{9^5}{27} = 3^7$, 即证得结论. □

5. 设 a, b, c 为正实数. 证明

$$\frac{bc}{(2a+b)(2a+c)} + \frac{ca}{(2b+c)(2b+a)} + \frac{ab}{(2c+a)(2c+b)} \geqslant \frac{1}{3}.$$

安振平, 数学反思

证明 由 Cauchy-Schwarz 不等式得

$$\begin{aligned}\sum_{\text{cyc}} \frac{bc}{(2a+b)(2a+c)} &= \sum_{\text{cyc}} \frac{(bc)^2}{bc(2a+b)(2a+c)} \\ &\geqslant \frac{\left(\sum\limits_{\text{cyc}} bc\right)^2}{\sum\limits_{\text{cyc}} bc(2a+b)(2a+c)} \\ &= \frac{\sum\limits_{\text{cyc}} b^2c^2 + 2abc\sum\limits_{\text{cyc}} a}{\sum\limits_{\text{cyc}} b^2c^2 + 8abc\sum\limits_{\text{cyc}} a} \\ &= \frac{X+2Y}{X+8Y} \geqslant \frac{1}{3} \Longleftrightarrow X \geqslant Y.\end{aligned}$$

而

$$X = \sum_{\text{cyc}} (bc)^2 \geqslant (bc)(ca) + (ca)(ab) + (ab)(bc) = abc(a+b+c) = Y$$

是 AM-GM 不等式的推论. 当且仅当 $a = b = c$ 时, 等号成立. □

6. 设 a, b, c 为实数, 使得

$$a^3 + b^3 + c^3 - 1 = 3(a-1)(b-1)(c-1).$$

证明 $a + b + c \leqslant 2$.

Titu Andreescu, 数学反思

证明　设 $t = a + b + c$, 则题设条件变为

$$a^3 + b^3 + c^3 - 3abc + 3(ab + bc + ca) - 3t + 2 = 0,$$

即

$$t^3 - 3t(b + bc + ca) + 3(ab + b + ca) - 3t + 2 = 0,$$

即

$$(t - 1)(t^2 + t - 2) = 3(t - 1)(ab + bc + ca).$$

若 $t = 1$, 则不等式得证, 否则, 我们推出

$$3(ab + bc + ca) = t^2 + t - 2.$$

由于

$$\begin{aligned} 0 &\leqslant (a + b + c)^2 - 3(ab + bc + ca) \\ &= t^2 - (t^2 + t - 2) = 2 - t, \end{aligned}$$

结论得证. □

7.　设 a, b, c 为非负实数, 使得

$$(a^2 - a + 1)(b^2 - b + 1)(c^2 - c + 1) = 1.$$

证明

$$(a^2 + ab + b^2)(b^2 + bc + c^2)(c^2 + ca + a^2) \leqslant 27.$$

Marius Stănean, 数学反思

证明　我们有如下不等式

$$3(1 - x + x^2)^3 \geqslant 1 + x^3 + x^6 \Longleftrightarrow (x - 1)^4(2x^2 - x + 2) \geqslant 0.$$

由此得

$$27 \geqslant (1 + a^3 + a^6)(1 + b^3 + b^6)(1 + c^3 + c^6).$$

由 Hölder 不等式, 有

$$\begin{aligned} (a^6 + a^3 + 1)(1 + b^3 + b^6)(1 + 1 + 1) &\geqslant (a^2 + ab + b^2)^3, \\ (b^6 + b^3 + 1)(1 + c^3 + c^6)(1 + 1 + 1) &\geqslant (b^2 + bc + c^2)^3, \\ (c^6 + c^3 + 1)(1 + a^3 + a^6)(1 + 1 + 1) &\geqslant (c^2 + ca + a^2)^3. \end{aligned}$$

将上面三个不等式相乘, 得

$$27^3 \geqslant \left[(a^2 + ab + b^2)(b^2 + bc + c^2)(c^2 + ca + a^2)\right]^3.$$

因此结论得证. 当 $a = b = c = 1$ 时, 等号成立. □

8. 设 a, b, c 为互异的正实数, 使得 $ab+bc+ca=1$. 证明

$$\sum_{\text{cyc}} \frac{(a+b)(a+c)-bc}{(b-c)(b^3-c^3)} \geqslant \left(\sum_{\text{cyc}} \frac{a}{b-c}\right)^2.$$

Adrian Andreescu, 数学反思

证明 原不等式可写成

$$\sum_{\text{cyc}} \frac{a(a+b+c)}{(b-c)^2(b^2+bc+c^2)} \geqslant \left(\sum_{\text{cyc}} \frac{a}{b-c}\right)^2.$$

因为由 Cauchy-Schwarz 不等式可得到

$$\begin{aligned}
\sum_{\text{cyc}} \frac{a(a+b+c)}{(b-c)^2(b^2+bc+c^2)} &= \sum_{\text{cyc}} \frac{\frac{a^2}{(b-c)^2}}{\frac{ab^2+abc+ac^2}{a+b+c}} \\
&\geqslant \frac{\left(\sum_{\text{cyc}} \frac{a}{b-c}\right)^2}{\sum_{\text{cyc}} \frac{ab^2+abc+ac^2}{a+b+c}} \\
&= \left(\sum_{\text{cyc}} \frac{a}{b-c}\right)^2,
\end{aligned}$$

其中

$$\sum_{\text{cyc}} (ab^2+abc+ac^2) = (a+b+c)(ab+bc+ca) = a+b+c.$$

因此, 结论得证. □

9. 设 a, b, c 为非负实数. 证明

$$(4a^2+b^2)(4b^2+c^2)(4c^2+a^2) \geqslant 64abc(2a-b)(2b-c)(2c-a).$$

Titu Andreescu, 数学反思

证明 由 AM-GM 不等式, 有

$$4a^2+b^2 = (2a-b)^2 + \left(2\sqrt{ab}\right)^2 \geqslant 4\sqrt{ab}|2a-b|,$$

同理可得

$$\begin{aligned}
4b^2+c^2 &\geqslant 4\sqrt{bc}|2b-c|, \\
4c^2+a^2 &\geqslant 4\sqrt{ca}|2c-a|.
\end{aligned}$$

因此, 将三者相乘得

$$\begin{aligned}(4a^2+b^2)(4b^2+c^2)(4c^2+a^2) &\geqslant 64abc|(2a-b)(2b-c)(2c-a)| \\ &\geqslant 64abc(2a-b)(2b-c)(2c-a),\end{aligned}$$

即证得结论. □

10. 证明: 对任意的正实数 a, b, c, 有

$$\frac{a^2}{b}+\frac{b^2}{c}+\frac{c^2}{a}+\sqrt{ab}+\sqrt{bc}+\sqrt{ca} \geqslant 2(a+b+c).$$

Nguyen Viet Hung, 数学反思

证明 由加权 AM-GM 不等式和

$$\frac{1}{14}+\frac{11}{14}+\frac{1}{7}+1=2,$$

我们有

$$\frac{1}{14}\cdot\frac{a^2}{b}+\frac{11}{14}\cdot\frac{b^2}{c}+\frac{1}{7}\cdot\frac{c^2}{a}+\sqrt{bc} \geqslant 2\sqrt{a^{\frac{1}{7}-\frac{1}{7}}\cdot b^{-\frac{1}{14}+\frac{11}{7}+\frac{1}{2}}\cdot c^{-\frac{11}{14}+\frac{2}{7}+\frac{1}{2}}}=2b,$$

当且仅当

$$\frac{a^2}{b}=\frac{b^2}{c}=\frac{c^2}{a}=\sqrt{bc},$$

即 $a=b=c$ 时, 等号成立. 将该不等式的轮换相加便得到欲证的结果, 其中等号当且仅当 $a=b=c$ 时成立. □

11. 证明: 对任意的正实数 a, b, c, 有

$$\frac{a+b}{\sqrt{2(a^2+b^2)}}+\frac{b+c}{\sqrt{2(b^2+c^2)}}+\frac{c+a}{\sqrt{2(c^2+a^2)}}+\frac{3(a^2+b^2+c^2)}{2(ab+bc+ca)} \geqslant \frac{9}{2}.$$

Marius Stănean, 数学反思

证明 我们有如下不等式

$$\frac{x^2+y^2+z^2}{xy+yz+zx} \geqslant \frac{2(x^2+y^2)}{(x+y)^2},$$

这等价于

$$x^2+y^2+z^2 \geqslant \frac{2xy(x^2+y^2)}{(x+y)^2}+\frac{2z(x^2+y^2)}{x+y}$$

或者

$$z^2-\frac{2z(x^2+y^2)}{x+y}+\frac{(x^2+y^2)^2}{(x+y)^2} \geqslant 0,$$

即

$$\left(z-\frac{x^2+y^2}{x+y}\right)^2 \geqslant 0.$$

利用该不等式和 AM-GM 不等式, 有

$$\begin{aligned}
&\frac{a+b}{\sqrt{2(a^2+b^2)}}+\frac{b+c}{\sqrt{2(b^2+c^2)}}+\frac{c+a}{\sqrt{2(c^2+a^2)}}+\frac{3(a^2+b^2+c^2)}{2(ab+bc+ca)}\\
\geqslant\ & 3\sqrt{\frac{ab+bc+ca}{a^2+b^2+c^2}}+\frac{3(a^2+b^2+c^2)}{2(ab+bc+ca)}\\
=\ & \frac{3}{2}\left(\sqrt{\frac{ab+bc+ca}{a^2+b^2+c^2}}+\sqrt{\frac{ab+bc+ca}{a^2+b^2+c^2}}+\frac{a^2+b^2+c^2}{ab+bc+ca}\right)\\
\geqslant\ & \frac{9}{2}\sqrt[3]{\sqrt{\frac{ab+bc+ca}{a^2+b^2+c^2}}\cdot\sqrt{\frac{ab+bc+ca}{a^2+b^2+c^2}}\cdot\frac{a^2+b^2+c^2}{ab+bc+ca}}=\frac{9}{2}.
\end{aligned}$$

当 $a=b=c$ 时, 等号成立. □

12. 设 a, b, c 为互异的正实数, 使得

$$\left(a+\frac{b^2}{a-b}\right)\left(a+\frac{c^2}{a-c}\right)=4a^2.$$

证明 $a^2>bc$.

Titu Andreescu, 数学反思

证明 我们有

$$\begin{aligned}
4a^2(a-b)(a-c) &= (a^2-ab+b^2)(a^2-ac+c^2)\\
&= [(a-b)^2+ab][(a-c)^2+ac]\\
&\geqslant 2|a-b|\sqrt{ab}\cdot 2|a-c|\sqrt{ac}\\
&= 4a\sqrt{bc}|(a-b)(a-c)|,
\end{aligned}$$

又因为 $(a-b)(a-c)>0$, 这表明 $a\geqslant\sqrt{bc}$. 因此 $a^2\geqslant bc$.

我们不能有 $a^2=bc$, 因为, 若 $(a-b)^2=ab$ 且 $(a-c)^2=ac$, 其中 $b\neq c$, 则 $\{b,c\}=\left\{\frac{(3-\sqrt{5})a}{2},\frac{(3+\sqrt{5})a}{2}\right\}$, 意味着

$$(a-b)(a-c)=\frac{(-1+\sqrt{5})(-1-\sqrt{5})a^2}{4}=-a^2<0,$$

矛盾! 因此, 结论得证. □

13. 设 a, b, c 为正实数, 使得 $ab + bc + ca = 3abc$. 证明

$$\frac{1}{2a^2+b^2}+\frac{1}{2b^2+c^2}+\frac{1}{2c^2+a^2}\leqslant 1.$$

Nguyen Viet Hung, 数学反思

证明　令 $x = bc, y = ca, z = ab$, 则有

$$\frac{x+y+z}{3x}=\frac{3abc}{3bc}=a,\quad \frac{x+y+z}{3y}=b,\quad \frac{x+y+z}{3z}=c,$$

原不等式变为

$$\frac{9x^2y^2}{x^2+2y^2}+\frac{9y^2z^2}{y^2+2z^2}+\frac{9z^2x^2}{z^2+2x^2}\leqslant (x+y+z)^2.$$

使用 AM-GM 不等式, 我们有

$$\begin{aligned}\frac{9x^2y^2}{x^2+2y^2}+\frac{9y^2z^2}{y^2+2z^2}+\frac{9z^2x^2}{z^2+2x^2}&\leqslant\frac{9x^2y^2}{3\sqrt[3]{x^2y^4}}+\frac{9y^2z^2}{3\sqrt[3]{y^2z^4}}+\frac{9z^2x^2}{3\sqrt[3]{z^2x^4}}\\&=3\sqrt[3]{x^4y^2}+3\sqrt[3]{y^4z^2}+3\sqrt[3]{z^4x^2}\\&\leqslant x^2+2xy+y^2+2yz+z^2+2zx\\&=(x+y+z)^2.\end{aligned}$$

□

14. 设 a, b, c 为正实数, 使得 $abc = 1$. 证明

$$a^3+b^3+c^3+\frac{8}{(a+b)(b+c)(c+a)}\geqslant 4.$$

Alessandro Ventullo, 数学反思

证明　将原不等式写成

$$\begin{aligned}&(a^3+b^3+c^3)[ab(a+b)+bc(b+c)+ca(c+a)+2abc]+8\\&\geqslant 4[ab(a+b)+bc(b+c)+ca(c+a)+2abc],\end{aligned}$$

等价于

$$\begin{aligned}&(a^3+b^3+c^3)[ab(a+b)+bc(b+c)+ca(c+a)+2]+8\\&\geqslant 4[ab(a+b)+bc(b+c)+ca(c+a)+2],\end{aligned}$$

即

$$\begin{aligned}&(a^3+b^3+c^3)[ab(a+b)+bc(b+c)+ca(c+a)]+2(a^3+b^3+c^3)\\&\geqslant 4[ab(a+b)+bc(b+c)+ca(c+a)].\end{aligned}$$

根据 AM-GM 不等式, 可知 $a^3+b^3+c^3\geqslant 3abc=3$.

因此

$$\begin{aligned}&(a^3+b^3+c^3)[ab(a+b)+bc(b+c)+ca(c+a)]\\ \geqslant\ & 3[ab(a+b)+bc(b+c)+ca(c+a)].\end{aligned}$$

所以, 只需证明

$$2(a^3+b^3+c^3)\geqslant ab(a+b)+bc(b+c)+ca(c+a),$$

这是正确的, 因为 $a^3+b^3\geqslant ab(a+b)$, 等等. □

15. 设 a,b,c 为正实数, 使得 $ab+bc+ca=3$. 证明

$$(\sqrt{a}+\sqrt{b}+\sqrt{c}+1)^2\leqslant 2(a+b)(b+c)(c+a).$$

Titu Andreescu, 数学反思

证明 我们有

$$\begin{aligned}(c+a)(a+b)&=a^2+1+1+1,\\ (a+b)(b+c)&=1+b^2+1+1,\\ (b+c)(c+a)&=1+1+1+c^2,\\ 4&=1+1+1+1.\end{aligned}$$

将以上等式相乘并使用 Hölder 不等式, 得

$$\begin{aligned}&[2(a+b)(b+c)(c+a)]^2\\ =\ &(a^2+1+1+1)(1+b^2+1+1)(1+1+c^2+1)(1+1+1+1)\\ \geqslant\ &\left(\sqrt[4]{a^2}+\sqrt[4]{b^2}+\sqrt[4]{c^2}+1\right)^4=\left(\sqrt{a}+\sqrt{b}+\sqrt{c}+1\right)^4,\end{aligned}$$

结论得证. 当 $a=b=c=1$ 时, 等号成立. □

16. 设 a,b,c 为非负实数, 使得 $a+b+c=1$. 证明

$$\frac{a-bc}{a+bc}+\frac{b-ca}{b+ca}+\frac{c-ab}{c+ab}\leqslant\frac{3}{2}.$$

证明 我们可将原不等式写成

$$\sum_{\text{cyc}}\left(\frac{a-bc}{a+bc}+1\right)\leqslant\frac{9}{2}$$

或者

$$\sum_{\text{cyc}}\frac{a}{a(a+b+c)+bc}\leqslant\frac{9}{4},$$

即

$$\sum_{\text{cyc}} \frac{a(a+b+c)}{(a+b)(a+c)} \leqslant \frac{9}{4}.$$

去掉分母后, 它等价于

$$8(a+b+c)(ab+bc+ca) \leqslant 9(a+b)(b+c)(c+a)$$

或

$$a(b^2+c^2)+b(c^2+a^2)+c(a^2+b^2)-6abc \geqslant 0,$$

即

$$a(b-c)^2+b(c-a)^2+c(a-b)^2 \geqslant 0,$$

这显然为真. □

17. 若 a, b, c 为正实数, 使得 $ab+bc+ca=3$, 则

$$\sqrt{a^2+3}+\sqrt{b^2+3}+\sqrt{c^2+3} \geqslant a+b+c+3.$$

Lee Sang Hoon

证明 将两边平方, 原不等式变为

$$\sum_{\text{cyc}} \sqrt{(a^2+3)(b^2+3)} \geqslant 3(1+a+b+c).$$

因为

$$\begin{aligned}(b^2+3)(c^2+3) &= (b+c)(b+a)(c+a)(c+b)\\ &= (b+c)^2(a^2+3) \geqslant \frac{(b+c)^2(a+3)^2}{4},\end{aligned}$$

我们有

$$\sum_{\text{cyc}} \sqrt{(a^2+3)(b^2+3)} \geqslant \frac{1}{2}\sum_{\text{cyc}}(b+c)(a+3) = 3(1+a+b+c).$$

当 $a=b=c=1$ 时, 等号成立. □

18. 设 $a, b, c \in [1,4]$. 证明

$$\left(2-\frac{a}{b^2}\right)\left(2-\frac{b}{c^2}\right)\left(2-\frac{c}{a^2}\right) \leqslant abc.$$

Titu Andreescu, 数学反思

证明 令 $x=\frac{1}{a}, y=\frac{1}{b}, z=\frac{1}{c}$, 则 $x, y, z \in \left[\frac{1}{8}, 1\right]$, 于是原不等式变成

$$(2x-y^2)(2y-z^2)(2z-x^2) \leqslant 1.$$

注意到, 数字 $2x-y^2, 2y-z^2, 2z-x^2$ 中不能有两个小于 0. 事实上, 若 $2x-y^2<0$ 和 $2y-z^2<0$, 则

$$z^4>4y^2>8x\geqslant 1\Longrightarrow z>1,$$

这与 $z\leqslant 1$ 的事实矛盾.

还需证明的是: 不等式中所有数 $2x-y^2, 2y-z^2, 2z-x^2$ 为正数的情形. 由 AM-GM 不等式, 有

$$\begin{aligned}(2x-y^2)(2y-z^2)(2z-x^2)&\leqslant\left(\frac{2x-y^2+2y-z^2+2z-x^2}{3}\right)^3\\&=\left(\frac{3-(x-1)^2-(y-1)^2-(z-1)^2}{3}\right)^3\\&\leqslant 1,\end{aligned}$$

结论得证. 当 $x=y=z=1$, 即 $a=b=c=1$ 时等号成立. □

19. 证明: 在任意 $\triangle ABC$ 中,

$$\frac{r_a}{a}+\frac{r_b}{b}+\frac{r_c}{c}\geqslant\sqrt{\frac{3(4R+r)}{2R}}.$$

Nguyen Viet Hung, 数学反思

证明 若 r 和 S 分别记为 $\triangle ABC$ 的内径与面积, 则有

$$r_a=\frac{sr}{a(s-a)}=\frac{S}{a(s-a)}.$$

于是, 原不等式变为

$$S\sum_{\text{cyc}}\frac{1}{a(s-a)}\geqslant\sqrt{\frac{3(4R+r)}{2R}}=\sqrt{\frac{3}{2}\cdot\frac{4sr^2}{abc}+6},$$

其中 $R=\dfrac{abc}{4sr}$.

现在, 作变量代换 $a=y+z, b=x+z, c=x+y$ 得

$$\sqrt{(x+y+z)xyz}\sum_{\text{cyc}}\frac{1}{(y+z)x}\geqslant\sqrt{6+\frac{6xyz}{(x+y)(y+z)(z+x)}}.$$

将不等式平方后, 等价于

$$\sum_{\text{cyc}}x^4y^4\geqslant\sum_{\text{cyc}}x^4y^2z^2,$$

然后可由 AM-GM 不等式得出结论. □

20. 在 $\triangle ABC$ 中, 若 $R = 4r$. 证明

$$\frac{19}{2} \leqslant (a+b+c)\left(\frac{1}{a}+\frac{1}{b}+\frac{1}{c}\right) \leqslant \frac{25}{2}.$$

Adrian Andreescu, 数学反思

证明

$$\begin{aligned}(a+b+c)\left(\frac{1}{a}+\frac{1}{b}+\frac{1}{c}\right) &= \frac{2s(ab+bc+ca)}{abc} = \frac{2s(s^2+4Rr+r^2)}{4Rrs} \\ &= \frac{s^2+4Rr+r^2}{2Rr} = \frac{s^2+4\cdot 4r\cdot r+r^2}{2\cdot 4r\cdot r} \\ &= \frac{s^2+17r^2}{8r^2}.\end{aligned}$$

利用 Gerretsen 不等式, 有

$$s^2 \leqslant 4R^2+4Rr+3r^2 = 4\cdot(4r)^2+4\cdot 4r\cdot r = 83r^2$$

和

$$s^2 \geqslant 16Rr-5r^2 = 16\cdot 4r\cdot r-5r^2 = 59r^2.$$

因此

$$\frac{s^2+17r^2}{8r^2} \leqslant \frac{83r^2+17r^2}{8r^2} = \frac{25}{2}$$

且

$$\frac{s^2+17r^2}{8r^2} \geqslant \frac{59r^2+17r^2}{8r^2} = \frac{19}{2}.$$

□

21. 设 a, b, c 为正实数. 证明

$$(1+a)(1+b)(1+c) \geqslant \left(1+\frac{2ab}{a+b}\right)\left(1+\frac{2bc}{b+c}\right)\left(1+\frac{2ca}{c+a}\right).$$

Angel Plaza, 数学反思

证明 首先注意到, 由 Cauchy-Schwarz 不等式, 有

$$\sqrt{(1+a)(1+b)} \geqslant 1+\sqrt{ab},$$

当且仅当 $a=b$ 时取得等号, 对 a, b, c 作轮换, 同理可得

$$(1+a)(1+b)(1+c) \geqslant (1+\sqrt{ab})(1+\sqrt{bc})(1+\sqrt{ca}).$$

由 HM-GM 不等式, 有

$$\frac{2ab}{a+b} \leqslant \sqrt{ab},$$

同理, 对 a, b, c 作轮换, 便得出结论. 当 $a = b = c$ 时, 等号成立. □

22. 设 a, b, c 为非负实数. 证明
$$a^2 + b^2 + c^2 + 2abc + 1 \geqslant 2(ab + bc + ca).$$

Darij Grinberg

证明 不失一般性, 可设
$$c = \min\{a, b, c\}.$$
若我们记
$$f(a,b,c) = a^2 + b^2 + c^2 + 2abc + 1 - 2(ab + bc + ca)$$
则
$$\begin{aligned} f(a,b,c) - f\left(\sqrt{ab}, \sqrt{ab}, c\right) &= a^2 + b^2 - 2ab - 2c(a + b) + 4c\sqrt{ab} \\ &= \left(\sqrt{a} - \sqrt{b}\right)^2\left(a + b + 2\sqrt{ab} - 2c\right) \geqslant 0. \end{aligned}$$
于是, 只需证明 $f(t,t,c) \geqslant 0$, 其中 $t = \sqrt{ab}$.

实际上, 我们有
$$f(t,t,c) = c^2 + 2t^2c + 1 - 4tc = (c - 1)^2 + 2c(t - 1)^2 \geqslant 0.$$
当 $a = b = c = 1$ 时, 等号成立. □

23. 实数 x, y, z 满足
$$\frac{1}{x} + \frac{1}{y} + \frac{1}{z} + x + y + z = 0$$
并且都不属于开区间 $(-1, 1)$. 求 $x + y + z$ 的最大值.

Jaromir Simsa

解 实数 x, y, z 之中有两个同号, 不妨取 x 和 y, 于是 $xy > 0$. 记
$$A = x + y + \frac{1}{x} + \frac{1}{y},$$
因此 $z^2 + Az + 1 = 0$, 然后解二次方程得
$$z = \frac{-A \pm \sqrt{A^2 - 4}}{2}.$$
我们有两种情形:

情形 1 若 $x, y \geqslant 1$, 则 $z \leqslant -1$ 且 $A \geqslant 4$. 由此得
$$z = \frac{-A - \sqrt{A^2 - 4}}{2},$$

于是

$$x+y+z=\frac{x+y-\frac{1}{x}-\frac{1}{y}-\sqrt{A^2-4}}{2}$$
$$=\frac{\sqrt{A^2-\frac{4(x+y)^2}{xy}}-\sqrt{A^2-4}}{2}<0.$$

情形 2 若 $x,y\leqslant -1$, 则 $z\geqslant 1$ 且 $A\leqslant -4$. 由此得

$$z=\frac{-A+\sqrt{A^2-4}}{2}.$$

若我们记 $B=-x-y+\dfrac{1}{x}+\dfrac{1}{y}\geqslant 0$, 则

$$x+y+z=\frac{x+y-\frac{1}{x}-\frac{1}{y}+\sqrt{A^2-4}}{2}$$
$$=\frac{\sqrt{B^2+\frac{4(x^2+xy+y^2)}{xy}}-B}{2}=\frac{\sqrt{B^2+12+\frac{4(x-y)^2}{xy}}-B}{2}$$
$$=\frac{\sqrt{B^2+4\sqrt{3}B+12+\frac{4\left[(x-y)^2-\sqrt{3}(x+y)(1-xy)\right]}{xy}}-B}{2}$$
$$\leqslant\frac{\sqrt{(B+2\sqrt{3})^2}-B}{2}=\sqrt{3},$$

由下列不等式组

$$(1-xy)^2\geqslant(x-y)^2\Longleftrightarrow(x^2-1)(y^2-1)\geqslant 0,$$
$$(x+y)^2\geqslant(x-y)^2\Longleftrightarrow xy\geqslant 0,$$

我们有

$$(x-y)^2-\sqrt{3}(x+y)(1-xy)\leqslant(x-y)^2-\sqrt{3}(x-y)^2\leqslant 0,$$

综上所述, 所求的最大值为 $\sqrt{3}$, 此时 $x=y=-1$, $z=2+\sqrt{3}$. □

24. 设 x,y,z 为正实数, 使得 $x+y+z=xyz$. 证明

$$(x-1)(y-1)(z-1)\leqslant 6\sqrt{3}-10.$$

证明 不失一般性, 假设 $x\leqslant y\leqslant z$. 我们有两种情形, 使原不等式的左边取正号.

情形 1 $x\leqslant y\leqslant 1\leqslant z$, 但这不可能, 因为

$$0<x+y=z(xy-1)\leqslant 0.$$

情形 2 $1\leqslant x\leqslant y\leqslant z$. 可设 $x=a+1$, $y=b+1$, $z=c+1$, 其中 $a,b,c\geqslant 0$, 题设条件变为

$$2=ab+bc+ca+abc.$$

另外, 由 AM-GM 不等式, 有

$$2 = ab + bc + ca + abc \geqslant 3\sqrt[3]{a^2b^2c^2} + abc,$$

记 $t = \sqrt[3]{abc}$, 则有

$$t^3 + 3t^2 - 2 \leqslant 0 \Longleftrightarrow (t+1)(t^2+2t-2) \leqslant 0.$$

由此可得 $t \leqslant \sqrt{3} - 1$, 于是

$$abc = t^3 \leqslant \left(\sqrt{3}-1\right)^3 = 6\sqrt{3} - 10,$$

结论得证. 当 $x = y = z = \sqrt{3}$ 时, 等号成立. □

25. 设 x, y, z, k 为正实数, 使得 $xy + yz + zx = 1$ 且 $k = 3\sqrt{3} - 4$. 证明

$$\frac{k-x}{1+x^2} + \frac{k-y}{1+y^2} + \frac{k-z}{1+z^2} \geqslant 2k - 1.$$

Marius Stănean

证明 原不等式可写成

$$\sum_{\text{cyc}} \frac{k-x}{x^2+xy+yz+zx} \geqslant 2k - 1$$

或者

$$\sum_{\text{cyc}} \frac{k-x}{(x+y)(x+z)} \geqslant 2k - 1,$$

即

$$2k(x+y+z) - 2(xy+yz+zx) \geqslant (2k-1)(x+y)(y+z)(z+x),$$

利用等式 $(x+y)(y+z)(z+x) = (x+y+z)(xy+yz+zx) - xyz$, 得

$$x + y + z + (6\sqrt{3} - 9)xyz \geqslant 2.$$

而这与前面的问题 24 是一致的, 我们可作代换 $x \to \dfrac{1}{x}, y \to \dfrac{1}{y}, z \to \dfrac{1}{z}$. 实际上, 我们得

$$(1-x)(1-y)(1-z) \leqslant (6\sqrt{3} - 10)xyz,$$

即

$$1 - (x+y+z) + (xy+yz+zx) - xyz \leqslant (6\sqrt{3} - 10)xyz,$$

整理得

$$x + y + z + (6\sqrt{3} - 9)xyz \geqslant 2.$$

当 $x = y = z = \dfrac{1}{\sqrt{3}}$ 时, 等号成立. □

注记 条件 $xy+yz+zx=1$ 使我们想到如下代换: $x=\tan\frac{A}{2}, y=\tan\frac{B}{2}, z=\tan\frac{C}{2}$, 其中 A,B,C 为一个三角形的内角. 因此, 原不等式变为

$$\frac{k-\tan\frac{A}{2}}{1+\tan^2\frac{A}{2}}+\frac{k-\tan\frac{B}{2}}{1+\tan^2\frac{B}{2}}+\frac{k-\tan\frac{C}{2}}{1+\tan^2\frac{C}{2}} \geqslant 2k-1,$$

即

$$k\sum_{\text{cyc}}\cos^2\frac{A}{2}-\sum_{\text{cyc}}\sin\frac{A}{2}\cos\frac{A}{2} \geqslant 2k-1,$$

进而

$$\sin A+\sin B+\sin C-k(\cos A+\cos B+\cos C) \leqslant 2-k,$$

从而

$$\frac{s}{R}-\frac{kr}{R} \leqslant 2,$$

也即

$$s \leqslant 2R+(3\sqrt{3}-4)r,$$

这正是 Blundon 不等式. 当且仅当 $\triangle ABC$ 为正三角形时取等号.

26. 设 a,b,c 为正实数, 使得 $abc=1$. 证明

$$\frac{a+3}{(a+1)^2}+\frac{b+3}{(b+1)^2}+\frac{c+3}{(c+1)^2} \geqslant 3.$$

UK 2005

证明一 我们可将待证的不等式写成

$$\frac{1}{a+1}+\frac{1}{b+1}+\frac{1}{c+1}+\frac{2}{(a+1)^2}+\frac{2}{(b+1)^2}+\frac{2}{(c+1)^2} \geqslant 3. \tag{1}$$

若记 $x=\frac{2}{1+a}-1, y=\frac{2}{1+b}-1, z=\frac{2}{1+c}-1$, 则

$$a=\frac{1-x}{1+x},\quad b=\frac{1-y}{1+y},\quad c=\frac{1-z}{1+z}$$

并且, 显然有 $x,y,z\in(-1,1)$, 因此

$$(1-x)(1-y)(1-z)=(1+x)(1+y)(1+z) \Longleftrightarrow x+y+z+xyz=0.$$

我们需证明

$$x(x+3)+y(y+3)+z(z+3) \geqslant 0,$$

即

$$x^2+y^2+z^2 \geqslant 3xyz.$$

然后, 根据 AM-GM 不等式, 有

$$x^2+y^2+z^2 \geqslant 3\sqrt[3]{x^2y^2z^2} \geqslant 3\sqrt[3]{|xyz|^3} = 3|xyz| \geqslant 3xyz.$$

当 $x=y=z=0$, 即 $a=b=c=1$ 时, 等号成立. □

证明二 由 Cauchy-Schwarz 不等式, 有

$$(1+ab)\left(1+\frac{a}{b}\right) \geqslant (1+a)^2 \Longleftrightarrow \frac{1}{(1+a)^2} \geqslant \frac{b}{(1+ab)(a+b)},$$

$$(1+ab)\left(1+\frac{b}{a}\right) \geqslant (1+b)^2 \Longleftrightarrow \frac{1}{(1+b)^2} \geqslant \frac{a}{(1+ab)(a+b)},$$

这意味着

$$\frac{1}{(1+a)^2}+\frac{1}{(1+b)^2} \geqslant \frac{1}{1+ab}.$$

同理, 有

$$\frac{1}{(1+b)^2}+\frac{1}{(1+c)^2} \geqslant \frac{1}{1+bc},$$

$$\frac{1}{(1+c)^2}+\frac{1}{(1+a)^2} \geqslant \frac{1}{1+ca}.$$

将上面三个不等式相加, 得

$$\frac{2}{(a+1)^2}+\frac{2}{(b+1)^2}+\frac{2}{(c+1)^2} \geqslant \frac{1}{1+ab}+\frac{1}{1+bc}+\frac{1}{1+ca}.$$

于是, 为了证明式 (1), 只需证明

$$\frac{1}{a+1}+\frac{1}{b+1}+\frac{1}{c+1}+\frac{1}{1+ab}+\frac{1}{1+bc}+\frac{1}{1+ca} \geqslant 3,$$

即

$$\frac{1}{a+1}+\frac{1}{b+1}+\frac{1}{c+1}+\frac{c}{c+1}+\frac{a}{a+1}+\frac{b}{b+1} \geqslant 3,$$

结论得证. □

27. 设 x, y, z 是不等于 1 的实数, 且满足 $xyz=1$. 证明

$$\frac{x^2}{(x-1)^2}+\frac{y^2}{(y-1)^2}+\frac{z^2}{(z-1)^2} \geqslant 1.$$

IMO Shortlist 2008

证明 令

$$\frac{x}{x-1}=\frac{a+1}{2a}, \quad \frac{y}{y-1}=\frac{b+1}{2b}, \quad \frac{z}{z-1}=\frac{c+1}{2c}, \quad a,b,c \notin \{0,1\}.$$

由此可得 $x=\dfrac{1+a}{1-a}, y=\dfrac{1+b}{1-b}, z=\dfrac{1+c}{1-c}$, 于是 $a+b+c+abc=0$. 原不等式变为

$$\frac{2}{a}+\frac{2}{b}+\frac{2}{c}+\frac{1}{a^2}+\frac{1}{b^2}+\frac{1}{c^2}\geqslant 1,$$

进而

$$\left(\frac{1}{a}+\frac{1}{b}+\frac{1}{c}\right)^2+2\left(\frac{1}{a}+\frac{1}{b}+\frac{1}{c}\right)+1\geqslant 0,$$

即

$$\left(\frac{1}{a}+\frac{1}{b}+\frac{1}{c}+1\right)^2\geqslant 0,$$

这显然为真, 因此原不等式得证. □

28. 设 x,y,z 为实数, 使得 $-1\leqslant x,y,z\leqslant 1$ 且

$$x+y+z+xyz=0.$$

证明

$$x^2+y^2+z^2+1\geqslant(x+y+z\pm 1)^2.$$

Marius Stănean, 数学反思

证明 由 $x+y+z+xyz=0$, 可得

$$(1-x)(1-y)(1-z)=(1+x)(1+y)(1+z).$$

若 x,y,z 之一等于 ±1, 设为 x, 则另一个等于 ∓1, 设为 y, 于是原不等式化为

$$z^2+3\geqslant(z\pm1)^2\Longleftrightarrow \pm z\leqslant 1$$

为真.

假设 $x,y,z\in(-1,1)$, 则

$$\begin{aligned}\frac{2}{1+x}+\frac{2}{1+y}+\frac{2}{1+z}&=\frac{1-x+1+x}{1+x}+\frac{1-y+1+y}{1+y}+\frac{1-z+1+z}{1+z}\\&=\frac{1-x}{1+x}+\frac{1-y}{1+y}+\frac{1-z}{1+z}+3\\&\geqslant 3\sqrt[3]{\frac{(1-x)(1-y)(1-z)}{(1+x)(1+y)(1+z)}}+3=6.\end{aligned}$$

因此

$$\frac{1}{1+x}+\frac{1}{1+y}+\frac{1}{1+z}\geqslant 3,$$

去掉分母再展开, 得

$$3+2(x+y+z)+xy+yz+zx\geqslant 3+3(x+y+z)+3(xy+yz+zx)+3xyz,$$

即

$$x+y+z \geqslant xy+yz+zx \Longleftrightarrow x^2+y^2+z^2+1 \geqslant (x+y+z-1)^2.$$

类似地, 有

$$\begin{aligned}\frac{2}{1-x}+\frac{2}{1-y}+\frac{2}{1-z} &= \frac{1-x+1+x}{1-x}+\frac{1-y+1+y}{1-y}+\frac{1-z+1+z}{1-z} \\ &= \frac{1+x}{1-x}+\frac{1+y}{1-y}+\frac{1+z}{1-z}+3 \\ &\geqslant 3\sqrt[3]{\frac{(1+x)(1+y)(1+z)}{(1-x)(1-y)(1-z)}}+3=6.\end{aligned}$$

因而

$$\frac{1}{1-x}+\frac{1}{1-y}+\frac{1}{1-z} \geqslant 3,$$

这正是

$$3-2(x+y+z)+xy+yz+zx \geqslant 3-3(x+y+z)+3(xy+yz+zx)-3xyz,$$

即

$$x+y+z+xy+yz+zx \leqslant 0 \Longleftrightarrow x^2+y^2+z^2+1 \geqslant (x+y+z+1)^2.$$

证毕. □

29. 设 a, b, c 为正实数, 使得 $ab+bc+ca=1$. 证明

$$a\sqrt{b^2+1}+b\sqrt{c^2+1}+c\sqrt{a^2+1} \geqslant 2.$$

安振平, 数学反思

证明 由 Cauchy-Schwarz 不等式, 有

$$\sqrt{(b^2+1)(c^2+1)} \geqslant bc+1, \ldots,$$

因此

$$\begin{aligned}&\left(a\sqrt{b^2+1}+b\sqrt{c^2+1}+c\sqrt{a^2+1}\right)^2 \\ &= a^2(b^2+1)+b^2(c^2+1)+c^2(a^2+1)+2ab\sqrt{(b^2+1)(c^2+1)}+ \\ &\quad 2bc\sqrt{(c^2+1)(a^2+1)}+2ca\sqrt{(a^2+1)(b^2+1)} \\ &\geqslant (ab)^2+(bc)^2+(ca)^2+a^2+b^2+c^2+2ab(bc+1)+2bc(ca+1)+2ca(ab+1) \\ &= (ab+bc+ca)^2+(a+b+c)^2 \geqslant 1+3(ab+bc+ca)=4,\end{aligned}$$

证毕. □

30. 设 $a, b, c \geqslant \frac{2}{3}$, 使得 $a+b+c=3$. 证明

$$a^2b^2+b^2c^2+c^2a^2 \geqslant ab+bc+ca.$$

证明 不失一般性, 可设 $a \leqslant b \leqslant c$.

我们将原不等式写成 $f(a,b,c) \geqslant 0$, 其中

$$f(a,b,c)=a^2b^2+b^2c^2+c^2a^2-ab-bc-ca.$$

因为

$$\begin{aligned}
&f(a,b,c)-f\left(\frac{a+b}{2},\frac{a+b}{2},c\right)\\
=&c^2\left[a^2+b^2-\frac{(a+b)^2}{2}\right]+\frac{(a+b)^2}{4}-ab+a^2b^2-\frac{(a+b)^4}{16}\\
=&c^2\frac{(a-b)^2}{2}+\frac{(a-b)^2}{4}-\frac{(a-b)^2(a^2+6ab+b^2)}{16}\\
=&\frac{(a-b)^2}{16}\left(8c^2+4-a^2-6ab-b^2\right) \geqslant 0,
\end{aligned}$$

所以, 只需证明 $f(t,t,3-2t) \geqslant 0$, 其中 $\frac{2}{3} \leqslant t \leqslant 1$, 等价于

$$t^4+2t^2(3-2t)^2-t^2-2t(3t-2) \geqslant 0,$$

即

$$3t(t-1)^2(3t-2) \geqslant 0,$$

这是正确的. 当且仅当 $t=1$ $(a=b=c=1)$ 或者 $t=\frac{2}{3}$ $\left(a=b=\frac{2}{3}, c=\frac{5}{3}\right.$ 及其轮换$)$ 时, 等号成立. □

31. 设 a, b, c 为正实数, 使得 $abc=1$. 证明

$$\frac{27(a+b+c)-35}{46} \geqslant \sqrt{\frac{1}{a}+\frac{1}{b}+\frac{1}{c}-2}.$$

Marius Stănean

证明 因为原不等式是对称的, 所以我们可以假设

$$c=\min\{a,b,c\},$$

记

$$f(a,b,c)=\frac{27(a+b+c)-35}{46}-\sqrt{\frac{1}{a}+\frac{1}{b}+\frac{1}{c}-2}.$$

我们来证明 $f(a,b,c) \geqslant f(\sqrt{ab},\sqrt{ab},c)$, 这等价于证明

$$\frac{27(a+b-2\sqrt{ab})}{46} \geqslant \sqrt{\frac{1}{a}+\frac{1}{b}+\frac{1}{c}-2}-\sqrt{\frac{2}{\sqrt{ab}}+\frac{1}{c}-2},$$

即

$$\begin{aligned}\frac{27(\sqrt{a}-\sqrt{b})^2}{46} &\geqslant \frac{\frac{1}{a}+\frac{1}{b}-\frac{2}{\sqrt{ab}}}{\sqrt{\frac{1}{a}+\frac{1}{b}+\frac{1}{c}-2}+\sqrt{\frac{2}{\sqrt{ab}}+\frac{1}{c}-2}}\\ &= \frac{(\sqrt{a}-\sqrt{b})^2}{ab\left(\sqrt{\frac{1}{a}+\frac{1}{b}+\frac{1}{c}-2}+\sqrt{\frac{2}{\sqrt{ab}}+\frac{1}{c}-2}\right)},\end{aligned}$$

这是正确的, 因为

$$ab=\frac{1}{c} \geqslant \frac{1}{\sqrt[3]{abc}}=1,$$

再由 AM-GM 不等式, 有

$$\frac{1}{a}+\frac{1}{b}+\frac{1}{c}-2 \geqslant 3\sqrt[3]{\frac{1}{abc}}-2=1,$$

$$\frac{2}{\sqrt{ab}}+\frac{1}{c}-2=\frac{1}{\sqrt{ab}}+\frac{1}{\sqrt{ab}}+\frac{1}{c}-2 \geqslant 3\sqrt[3]{\frac{1}{\sqrt{ab}\sqrt{abc}}}-2=1.$$

因此, 若记 $\frac{1}{t}=\sqrt{ab} \geqslant 1$, 则接下来需证明

$$f\left(\frac{1}{t},\frac{1}{t},t^2\right) \geqslant 0,$$

等价于

$$\frac{(27t^3-35t+54)^2}{(46)^2} \geqslant 2t^3-2t^2+1$$

或

$$\frac{(27t^3-35t+54)^2}{(46)^2}-t^2 \geqslant 2t^3-3t^2+1,$$

即

$$27(t^3-3t+2)(27t^3+11t+54) \geqslant 46^2(2t^3-3t^2+1),$$

$$(t-1)^2(729t^4+1458t^3+297t^2-2180t+800) \geqslant 0,$$

$$(t-1)^2(9t-5)^2(9t^2+28t+32) \geqslant 0.$$

当 $t=1$, 即 $a=b=c=1$, 或者 $t=\frac{5}{9}$, 即 $a=b=\frac{9}{5}$, $c=\frac{25}{81}$ 时, 等号成立. □

32. 设 a, b, c 为实数, 使得 $a, b, c \geqslant \frac{1}{3}$ 且 $a+b+c=2$. 证明

$$\left(a^3-2ab+b^3+\frac{8}{27}\right)\left(b^3-2bc+c^3+\frac{8}{27}\right)\left(c^3-2ca+a^3+\frac{8}{27}\right)$$
$$\leqslant\left[\frac{10}{3}\left(\frac{4}{3}-ab-bc-ca\right)\right]^3.$$

Titu Andreescu, 数学反思

证明　注意到如下等式

$$a^3-2ab+b^3+\frac{8}{27}=\left(a+b+\frac{2}{3}\right)\left(a^2+b^2+\left(\frac{2}{3}\right)^2-ab-\frac{2a}{3}-\frac{2b}{3}\right).$$

因为 $a, b, c \geqslant -\frac{1}{3}$, 使用 AM-GM 不等式两次, 得

$$\prod_{\text{cyc}}\left(a+b+\frac{2}{3}\right)\leqslant\left(\frac{2(a+b+c)+6\times\frac{1}{3}}{3}\right)^3=2^3,$$

以及

$$\prod_{\text{cyc}}\left(a^2+b^2+\left(\frac{2}{3}\right)^2-ab-\frac{2a}{3}-\frac{2b}{3}\right)$$
$$\leqslant\left(\frac{1}{3}\left(2(a^2+b^2+c^2)+\frac{4}{3}-(ab+bc+ca)-\frac{4}{3}(a+b+c)\right)\right)^3$$
$$=\left(\frac{1}{3}\left(2(a+b+c)^2-\frac{4}{3}-5(ab+bc+ca)\right)\right)^3$$
$$=\left(\frac{5}{3}\left(\frac{4}{3}-(ab+bc+ca)\right)\right)^3.$$

将上面两个不等式相乘, 便得到欲证的结果. □

33. 设 a, b, c 为正实数, 使得 $a+b+c+2=abc$. 证明

$$(1+ab)(1+bc)(1+ca)\geqslant 125.$$

安振平, 数学反思

证明　由题设条件和 AM-GM 不等式, 有

$$abc=a+b+c+2\geqslant 4\sqrt[4]{2abc}.$$

由此可得

$$abc\geqslant 8.$$

再次使用 AM-GM 不等式, 得

$$1+ab=1+\frac{ab}{4}+\frac{ab}{4}+\frac{ab}{4}+\frac{ab}{4}\geqslant 5\sqrt[5]{\left(\frac{ab}{4}\right)^4}.$$

同理可得

$$1+bc\geqslant 5\sqrt[5]{\left(\frac{bc}{4}\right)^4},\quad 1+ca\geqslant 5\sqrt[5]{\left(\frac{ca}{4}\right)^4},$$

进而

$$(1+ab)(1+bc)(1+ca)\geqslant 125\sqrt[5]{\left(\frac{abc}{8}\right)^8}\geqslant 125.$$

当 $a=b=c=2$ 时, 等号成立. □

34. 设 a, b, c 为正实数, 使得 $a+b+c=3$. 证明

$$abc\left(a\sqrt{a}+b\sqrt{b}+c\sqrt{c}\right)\leqslant 3.$$

Tran Tien Manh, 数学反思

证明 由 AM-GM 不等式, 有

$$abc\leqslant\sqrt{\left(\frac{ab+bc+ca}{3}\right)^3},$$

再由幂平均不等式, 有

$$\left(\frac{a\sqrt{a}+b\sqrt{b}+c\sqrt{c}}{3}\right)^{\frac{2}{3}}\leqslant\left(\frac{a^2+b^2+c^2}{3}\right)^{\frac{1}{2}}.$$

因此, 只需证明

$$\left(\frac{ab+bc+ca}{3}\right)^{\frac{3}{2}}\left(\frac{a^2+b^2+c^2}{3}\right)^{\frac{3}{4}}\leqslant 1,$$

整理得

$$(ab+bc+ca)^2(a^2+b^2+c^2)\leqslant 27,$$

进而

$$(ab+bc+ca)^2(9-2(ab+bc+ca))\leqslant 27,$$

即

$$(ab+bc+ca-3)^2\left[2(ab+bc+ca)+3\right]\geqslant 0,$$

这是正确的, 因此原不等式得证. □

35. 设 a, b, c 为正实数. 证明

$$\frac{a^3}{1+ab^2}+\frac{b^3}{1+bc^2}+\frac{c^3}{1+ca^2}\geqslant\frac{3abc}{1+abc}.$$

安振平, 数学反思

证明一 由 Cauchy-Schwarz 不等式, 我们得

$$\sum_{\text{cyc}}\frac{a^3}{1+ab^2}=\sum_{\text{cyc}}\frac{a^4}{a+a^2b^2}\geqslant\frac{(a^2+b^2+c^2)^2}{a+b+c+a^2b^2+b^2c^2+c^2a^2}.$$

所以, 只需证明不等式

$$\frac{(a^2+b^2+c^2)^2}{a+b+c+a^2b^2+b^2c^2+c^2a^2}\geqslant\frac{3abc}{1+abc},$$

即

$$(a^4+b^4+c^4+2a^2b^2+2b^2c^2+2c^2a^2-3a^2bc-3ab^2c-3abc^2)+abc(a^4+b^4+c^4-a^2b^2-b^2c^2-c^2a^2)\geqslant 0.$$

由 Muirhead 不等式, 有

$$a^4+b^4+c^4+2a^2b^2+2b^2c^2+2c^2a^2-3a^2bc-3ab^2c-3abc^2\geqslant 0,$$
$$a^4+b^4+c^4-a^2b^2-b^2c^2-c^2a^2\geqslant 0,$$

证毕. □

证明二 由 Cauchy-Schwarz 不等式, 有

$$\left[a(1+ab^2)+b(1+bc^2)+c(1+ca^2)\right]\left(\frac{a^3}{1+ab^2}+\frac{b^3}{1+bc^2}+\frac{c^3}{1+ca^2}\right)\geqslant(a^2+b^2+c^2)^2\geqslant 3(a^2b^2+b^2c^2+c^2a^2).$$

因为对于 $x>0$, $f(x)=3x/(1+x)$ 是增函数, 且

$$a^2b^2+b^2c^2+c^2a^2\geqslant abc(a+b+c),$$

于是有

$$\frac{3abc}{1+abc}\leqslant\frac{\frac{3(a^2b^2+b^2c^2+c^2a^2)}{a+b+c}}{1+\frac{a^2b^2+b^2c^2+c^2a^2}{a+b+c}}=\frac{3(a^2b^2+b^2c^2+c^2a^2)}{a(1+ab^2)+b(1+bc^2)+c(1+ca^2)}\leqslant\frac{(a^2+b^2+c^2)^2}{a(1+ab^2)+b(1+bc^2)+c(1+ca^2)}$$

$$\leqslant \frac{a^3}{1+ab^2}+\frac{b^3}{1+bc^2}+\frac{c^3}{1+ca^2},$$

上面使用了 Cauchy 求反技术. □

36. 设 a, b, c 为正实数, 使得 $a^2+b^2+c^2=1$. 证明

$$\frac{a^2}{c^3}+\frac{b^2}{a^3}+\frac{c^2}{b^3} \geqslant (a+b+c)^3.$$

Dragoljub Milošević, 数学反思

证明 由 Hölder 不等式, 有

$$\left(\frac{a^2}{c^3}+\frac{b^2}{a^3}+\frac{c^2}{b^3}\right)(a^2+b^2+c^2)(c^2+a^2+b^2) \geqslant \left(\sqrt[3]{\frac{a^4}{c}}+\sqrt[3]{\frac{b^4}{a}}+\sqrt[3]{\frac{c^4}{b}}\right)^3.$$

因为 $a^2+b^2+c^2=1$, 我们得

$$\frac{a^2}{c^3}+\frac{b^2}{a^3}+\frac{c^2}{b^3} \geqslant \left(\sqrt[3]{\frac{a^4}{c}}+\sqrt[3]{\frac{b^4}{a}}+\sqrt[3]{\frac{c^4}{b}}\right)^3.$$

只需证明

$$\sqrt[3]{\frac{a^4}{c}}+\sqrt[3]{\frac{b^4}{a}}+\sqrt[3]{\frac{c^4}{b}} \geqslant a+b+c.$$

设 $a=x^3, b=y^3, c=z^3$, 上述不等式变为

$$\frac{x^4}{z}+\frac{y^4}{x}+\frac{z^4}{y} \geqslant x^3+y^3+z^3,$$

而这是显然成立的, 对三元数组

$$(x^4, y^4, z^4) \quad 和 \quad \left(\frac{1}{x}, \frac{1}{y}, \frac{1}{z}\right)$$

使用排序不等式即可. □

37. 设 a, b, c 为 $\triangle ABC$ 的边长, 且 r 和 R 分别是该三角形的内切圆半径、外接圆半径. 证明

$$\frac{a}{2a+b}+\frac{b}{2b+c}+\frac{c}{2c+a} \geqslant \frac{2r}{R}.$$

Nguyen Viet Hung, 数学反思

证明 对原不等式的左边, 使用 Cauchy-Schwarz 不等式的求反技术, 有

$$\frac{a}{2a+b}+\frac{b}{2b+c}+\frac{c}{2c+a}=\frac{1}{2}\left(\frac{2a+b-b}{2a+b}+\frac{2b+c-c}{2b+c}+\frac{2c+a-a}{2c+a}\right)$$

$$
\begin{aligned}
&= \frac{3}{2} - \frac{1}{2}\left(\frac{b}{2a+b} + \frac{c}{2b+c} + \frac{a}{2c+a}\right) \\
&= \frac{3}{2} - \frac{1}{2}\left(\frac{b^2}{2ab+b^2} + \frac{c^2}{2bc+c^2} + \frac{a^2}{2ca+a^2}\right) \\
&\leqslant \frac{3}{2} - \frac{1}{2} \cdot \frac{(a+b+c)^2}{2ab+b^2+2bc+c^2+2ca+a^2} = 1.
\end{aligned}
$$

对不等式的右边, 应用 AM-GM 不等式, 有

$$
\begin{aligned}
&\frac{a}{2a+b} + \frac{b}{2b+c} + \frac{c}{2c+a} \\
&= \frac{a(b+2c)}{(2a+b)(b+2c)} + \frac{b(c+2a)}{(2b+c)(c+2a)} + \frac{c(a+2b)}{(2c+a)(a+2b)} \\
&\geqslant \frac{a(b+2c)}{(a+b+c)^2} + \frac{b(c+2a)}{(a+b+c)^2} + \frac{c(a+2b)}{(a+b+c)^2} \\
&= \frac{3(ab+bc+ca)}{(a+b+c)^2}.
\end{aligned}
$$

我们只需证明

$$
\frac{3(ab+bc+ca)}{(a+b+c)^2} \geqslant \frac{2r}{R}, \tag{1}
$$

即

$$
\frac{3(ab+bc+ca)}{(a+b+c)^2} \geqslant \frac{8(s-a)(s-b)(s-c)}{abc},
$$

使用 Ravi 代换, 即 $a = y+z$, $b = z+x$, $c = x+y$, 可得

$$
\frac{(x+y)(y+z)(z+x)}{8xyz} \geqslant \frac{4(x+y+z)^2}{3(x^2+y^2+z^2)+9(xy+yz+zx)},
$$

即

$$
\frac{(x+y)(y+z)(z+x)}{8xyz} \geqslant \frac{4(x+y+z)^2}{3(x+y+z)^2+3(xy+yz+zx)}.
$$

利用熟知的不等式组

$$
9(x+y)(y+z)(z+x) \geqslant 8(x+y+z)(xy+yz+zx) \Longleftrightarrow \sum_{\text{cyc}} z(x-y)^2 \geqslant 0
$$

和

$$
(xy+yz+zx)^2 \geqslant 3xyz(x+y+z),
$$

我们有

$$
\begin{aligned}
\frac{(x+y)(y+z)(z+x)}{8xyz} &\geqslant \frac{(x+y+z)(xy+yz+zx)}{9xyz} \\
&\geqslant \frac{(x+y+z)^2}{3(xy+yz+zx)}.
\end{aligned}
$$

令 $t=\dfrac{(x+y+z)^2}{3(xy+yz+zx)}\geqslant 1$, 只需证明

$$t\geqslant\frac{4t}{3t+1}\Longleftrightarrow\frac{3t(t-1)}{3t+1}\geqslant 0,$$

这显然为真. □

注记 我们可以使用等式

$$ab+bc+ca=s^2+4Rr+r^2$$

和 Gerretsen 不等式

$$s^2\leqslant 4R^2+4Rr+3r^2.$$

来证明不等式 (1). 实际上, 不等式 (1) 可写成

$$\frac{3(s^2+4Rr+r^2)}{4s^2}\geqslant\frac{2r}{R},$$

所以只需证明

$$\frac{3(R+r)^2}{4R^2+4Rr+3r^2}\geqslant\frac{2r}{R},$$

等价于

$$(R-2r)(3R^2+4Rr+3r^2)\geqslant 0,$$

这是正确的.

38. 证明: 在任意的 $\triangle ABC$ 中, 如下不等式成立:

$$\sin\frac{A}{2}+\sin\frac{B}{2}+\sin\frac{C}{2}\leqslant\sqrt{2+\frac{r}{2R}}.$$

Dragoljub Milošević, 数学反思

证明 设 a,b,c 分别为 $\triangle ABC$ 的边长. 使用熟知的代换 $a=y+z$, $b=z+x$, $c=x+y$, 有

$$\sin\frac{A}{2}=\sqrt{\frac{(s-b)(s-c)}{bc}}=\sqrt{\frac{yz}{(x+y)(x+z)}}$$

$$r=\sqrt{\frac{(s-a)(s-b)(s-c)}{s}}=\sqrt{\frac{xyz}{x+y+z}}$$

和

$$R=\frac{abc}{4\sqrt{s(s-a)(s-b)(s-c)}}=\frac{(x+y)(y+z)(z+x)}{4\sqrt{xyz(x+y+z)}}.$$

所以, 原不等式变为

$$\sqrt{\frac{xy}{(x+y)(x+z)}}+\sqrt{\frac{zx}{(y+z)(y+x)}}+\sqrt{\frac{xy}{(z+x)(z+y)}}$$

$$\leqslant \sqrt{2+\frac{2xyz}{(x+y)(y+z)(z+x)}},$$

整理得

$$\sqrt{yz(y+z)}+\sqrt{zx(z+x)}+\sqrt{xy(x+y)} \leqslant \sqrt{2[(x+y)(y+z)(z+x)+xyz]},$$

即

$$\sqrt{yz(y+z)}+\sqrt{zx(z+x)}+\sqrt{xy(x+y)} \leqslant \sqrt{2(x+y+z)(xy+yz+zx)},$$

这可由 Cauchy-Schwarz 不等式得到. 当且仅当 $x=y=z$, 即 $a=b=c$ 时, 等号成立. □

39. 设 a, b, c 为三角形的边长, S 是其面积. 设 R 和 r 分别是该三角形的外接圆半径、内切圆半径. 证明:

$$a^2+b^2+c^2 \leqslant 4S\sqrt{\frac{6r}{R}}+3\left[(a-b)^2+(b-c)^2+(c-a)^2\right].$$

Marius Stănean, Hadwiger-Finsler 逆不等式的加强

证明一 利用 Ravi 代换, 即 $a=y+z, b=z+x, c=x+y$, 原不等式变为

$$5\sum_{\text{cyc}}(x+y)^2+4xyz\sqrt{\frac{24(x+y+z)}{(x+y)(y+z)(z+x)}} \geqslant 6\sum_{\text{cyc}}(x+y)(x+z),$$

等价于

$$x^2+y^2+z^2+xyz\sqrt{\frac{24(x+y+z)}{(x+y)(y+z)(z+x)}} \geqslant 2(xy+yz+zx).$$

根据 Schur 不等式, 我们有

$$x^2+y^2+z^2+\frac{9xyz}{x+y+z} \geqslant 2(xy+yz+zx),$$

所以只需证明

$$\sqrt{\frac{24(x+y+z)}{(x+y)(y+z)(z+x)}} \geqslant \frac{9}{x+y+z},$$

即

$$8(x+y+z)^3 \geqslant 27(x+y)(y+z)(z+x),$$

由 AM-GM 不等式, 这显然是成立的. □

证明二 原不等式可写成

$$16(ab+bc+ca)-5(a+b+c)^2 \leqslant 4S\sqrt{\frac{6r}{R}}.$$

而 $ab+bc+ca=s^2+r^2+4Rr$, 所以上式变为

$$s^2+sr\sqrt{\frac{6r}{R}}\geqslant 4r^2+16Rr,$$

即

$$\frac{s^2}{R^2}+\left(\frac{s}{R}\right)\left(\frac{r}{R}\right)\sqrt{\frac{6r}{R}}\geqslant\frac{4r^2}{R^2}+\frac{16r}{R}.$$

若记 $x^2=1-\dfrac{2r}{R}\in[0,1)$, 则由 Blundon 不等式, 有

$$\frac{s^2}{R^2}\geqslant 2+5(1-x^2)-\frac{(1-x^2)^2}{4}-2x^3=\frac{(1-x)(x+3)^3}{4}.$$

因此, 只需证明

$$\frac{(1-x)(x+3)^3}{4}+\frac{1-x^2}{2}\sqrt{\frac{3(1-x^2)(1-x)(x+3)^3}{4}}\geqslant(1-x^2)^2+8(1-x^2),$$

整理得

$$\frac{1-x^2}{2}\sqrt{\frac{3(1-x^2)(1-x)(x+3)^3}{4}}\geqslant\frac{(x-1)^2(x+3)(5x+3)}{4},$$

进而

$$(x-1)^2(x+3)^2\left[3(x+1)^3(x+3)-(5x+3)^2\right]\geqslant 0,$$

即

$$x^2(x-1)^2(x+3)^2(3x^2+18x+11)\geqslant 0,$$

这显然是成立的. 当 $x=0$ 时, 等号成立, 此时三角形为正三角形. □

40. 设 a,b,c 为 $\triangle ABC$ 的边长, r 和 R 分别是其内切圆半径、外接圆半径. 证明

$$\frac{R}{2r}\geqslant\frac{a^2+b^2+c^2}{2(ab+bc+ca)-a^2-b^2-c^2}.$$

Titu Andreescu

证明 不失一般性, 可设

$$c=\min\{a,b,c\}.$$

我们将原不等式写成

$$\frac{R}{2r}-1\geqslant\frac{2(a^2+b^2+c^2-ab-bc-ca)}{2(ab+bc+ca)-a^2-b^2-c^2}$$

或

$$\frac{R}{2r}-1\geqslant\frac{2(a-b)^2+2(a-c)(b-c)}{2(ab+bc+ca)-a^2-b^2-c^2}.$$

利用 Ravi 代换, 即 $a=y+z, b=z+x, c=x+y$, 上面的不等式变为

$$\frac{(x+y)(y+z)(z+x)-8xyz}{8xyz}\geqslant\frac{2(x-y)^2+2(x-z)(y-z)}{4(xy+yz+zx)}$$

或

$$\frac{2z(x-y)^2+(x+y)(x-z)(y-z)}{8xyz}\geqslant\frac{(x-y)^2+(x-z)(y-z)}{2(xy+yz+zx)}.$$

因为 $c=\min\{a,b,c\}$, 由此得 $z=\max\{x,y,z\}$, 进而

$$4z(xy+yz+zx)\geqslant 12xyz\geqslant 8xyz,$$

$$2(x+y)(xy+yz+zx)\geqslant 2(x+y)^2z\geqslant 8xyz.$$

从而不等式得证. □

41. 证明: 在任意 $\triangle ABC$ 中, 有

$$2\sqrt{3}\leqslant\csc A+\csc B+\csc C\leqslant\frac{2\sqrt{3}}{9}\left(1+\frac{R}{r}\right)^2.$$

Titu Andreescu, 数学反思

证明 定义函数 $f\colon(0,\pi)\mapsto\mathbb{R}, f(x)=\dfrac{1}{\sin x}$. 我们有

$$f''(x)=\frac{1+\cos^2 x}{\sin^3 x}>0,$$

于是 f 为 $(0,\pi)$ 上的凸函数, 则由 Jensen 不等式, 有

$$\csc A+\csc B+\csc C=\frac{1}{\sin A}+\frac{1}{\sin B}+\frac{1}{\sin C}\geqslant\frac{3}{\sin\frac{A+B+C}{3}}=2\sqrt{3}.$$

对于原不等式的右边, 从 Gerretsen 不等式开始着手, 即

$$16Rr-5r^2\leqslant s^2\leqslant 4R^2+4Rr+3r^2,$$

可得如下不等式组

$$\begin{cases}ab+bc+ca=s^2+r^2+4rR\leqslant 4(R+r)^2\\ abc=4Rrs\geqslant 4Rr\sqrt{16Rr-5r^2}\geqslant 12\sqrt{3}Rr^2\end{cases}.$$

回到我们的问题上来, 有

$$\begin{aligned}\csc A+\csc B+\csc C&=\frac{2R(ab+bc+ca)}{abc}\\&\leqslant\frac{8R(R+r)^2}{12\sqrt{3}Rr^2}=\frac{2\sqrt{3}}{9}\left(1+\frac{R}{r}\right)^2.\end{aligned}$$

证毕. □

42. 求最大的常数 C, 使得不等式

$$(a^2+2)(b^2+2)(c^2+2)-(abc-1)^2 \geqslant C(a+b+c)^2$$

对所有的正实数 a, b, c 成立.

Nguyen Viet Hung, 数学反思

解 设 $a=b=c=1$, 可得 $C \leqslant 3$. 另外

$$\begin{aligned}&(a^2+2)(b^2+2)(c^2+2)-(abc-1)^2-3(a+b+c)^2\\=&7+a^2+b^2+c^2-6ab-6bc-6ca+2abc+2a^2b^2+2b^2c^2+2c^2a^2\\=&(a-1)^2+(b-1)^2+(c-1)^2+2(a-1)(b-1)(c-1)+\\&2(ab-1)^2+2(bc-1)^2+2(ca-1)^2 \geqslant 0,\end{aligned}$$

若三个变量之一落在 0 和 1 之间, 可设 $0<a<1$, 则

$$\begin{aligned}&(b-1)^2+(c-1)^2+2(a-1)(b-1)(c-1)\\\geqslant&(b-1)^2+(c-1)^2-2|(a-1)(b-1)(c-1)|\\\geqslant&(b-1)^2+(c-1)^2-2|(b-1)(c-1)|\\=&(|b-1|-|c-1|)^2 \geqslant 0.\end{aligned}$$

于是 $C \geqslant 3$, 因此 $C=3$. 当且仅当 $a=b=c=1$ 时, 等号成立. □

43. 设实数 $a \geqslant b \geqslant c \geqslant 0$ 使得 $a+b+c=3$. 证明

$$ab^2+bc^2+ca^2+\frac{3}{8}abc \leqslant \frac{27}{8}.$$

安振平, 数学反思

证明 由题设条件, 有

$$a^2b+b^2c+c^2a-ab^2-bc^2-ca^2=(a-b)(b-c)(a-c) \geqslant 0.$$

所以

$$\begin{aligned}&27-8(ab^2+bc^2+ca^2)-3abc\\\geqslant&(a+b+c)^3-4(ab^2+bc^2+ca^2+a^2b+b^2c+c^2a)-3abc\\=&a^3+b^3+c^3-(ab^2+bc^2+ca^2+a^2b+b^2c+c^2a)+3abc\\=&a(a-b)(a-c)+b(b-c)(b-a)+c(c-a)(c-b).\end{aligned}$$

由 Schur 不等式可知上式非负. □

44. 设 a, b, c 为正实数, 使得 $a^2+b^2+c^2=a+b+c+8$. 求

$$\frac{45}{a}+\frac{12}{b}+\frac{1}{c}$$

的最小值.

Marius Stănean, 数学反思

解　注意到, 当 $a \geqslant b \geqslant c$ 时, 表达式取得最小值. 由 Cauchy-Schwarz 不等式, 有

$$\frac{45}{a}+\frac{12}{b}+\frac{1}{c}=\frac{15^2}{5a}+\frac{6^2}{3b}+\frac{1}{c} \geqslant \frac{(15+6+1)^2}{5a+3b+c}=\frac{22^2}{5a+3b+c}, \tag{1}$$

当 $a=3, b=2, c=1$ 时取等号, 这三个值也满足题设条件.

另外, 我们有

$$4a^2+4b^2+4c^2=4a+4b+4c+32,$$

等价于

$$(2a-1)^2+(2b-1)^2+(2c-1)^2=35.$$

根据 Cauchy-Schwarz 不等式, 有

$$\begin{aligned}&\left[(2a-1)^2+(2b-1)^2+(2c-1)^2\right](5^2+3^2+1^2)\\ \geqslant\ &[5(2a-1)+3(2b-1)+2c-1]^2,\end{aligned}$$

这等价于

$$(10a+6b+2c-9)^2 \leqslant 35^2,$$

因此, 我们推断出

$$5a+3b+c \leqslant 22.$$

最后, 代回式 (1), 推出

$$\frac{45}{a}+\frac{12}{b}+\frac{1}{c} \geqslant \frac{22^2}{5a+3b+c} \geqslant 22.$$

当且仅当 $a=3, b=2, c=1$ 时, 等号成立. □

45. 设 a, b, c 为实数, 使得 $13a+41b+13c=2019$ 且

$$\max\left(\left|\frac{41}{13}a-b\right|, \left|\frac{13}{41}b-c\right|, |c-a|\right) \leqslant 1.$$

证明 $2019 \leqslant a^2+b^2+c^2 \leqslant 2020$.

Titu Andreescu, 数学反思

证明一 由 Cauchy-Schwarz 不等式, 有

$$2019^2 = (13a + 41b + 13c)^2 \leqslant (13^2 + 41^2 + 13^2)(a^2 + b^2 + c^2),$$

表明 $2019 \leqslant a^2 + b^2 + c^2$. 我们有

$$|41a - 13b| \leqslant 13, \quad |13b - 41c| \leqslant 41, \quad |13c - 13a| \leqslant 13,$$

所以

$$(41a - 13b)^2 + (13b - 41c)^2 + (13c - 13a)^2 \leqslant 13^2 + 41^2 + 13^2.$$

而且

$$(13a + 41b + 13c)^2 = 2019^2.$$

将最后两个关系式相加, 得

$$(13^2 + 41^2 + 13^2)(a^2 + b^2 + c^2) \leqslant (13^2 + 41^2 + 13^2) + 2019^2.$$

因为

$$13^2 + 41^2 + 13^2 = 2019,$$

由此可得

$$a^2 + b^2 + c^2 \leqslant 1 + 2019 = 2020,$$

欲证的不等式得证. □

证明二 记 $a = 13 + 41u$, $c = 13 + 41v$. 注意到

$$b = \frac{2019 - 13(a + c)}{41} = 41 - 13(u + v).$$

所以

$$a^2 + b^2 + c^2 = 2019 + 1681(u^2 + v^2) + 169(u + v)^2 \geqslant 2019,$$

当 $u = v = 0$, 即 $a = c = 13$, $b = 41$ 时取等号.

此外

$$|1850u + 169v| \leqslant 13, \quad |169u + 1850v| \leqslant 41, \quad |41u - 41v| \leqslant 1,$$

又因为

$$1850^2 + 169^2 + 169 \times 41^2 = 2019 \times 1850,$$

则

$$\begin{aligned} 1 &= \frac{13^2 + 41^2 + 13^2}{2019} \\ &\geqslant \frac{|1850u + 169v|^2 + |169u + 1850v|^2 + 169|41u - 41v|^2}{2019} \\ &= 1850(u^2 + v^2) + 338uv = 1681(u^2 + v^2) + 169(u + v)^2. \end{aligned}$$

现在, 上式取等号需同时满足

$$1850u + 169v = \pm 13, \quad 169u + 1850v = \pm 41, \quad 41u - 41v = \pm 1.$$

而从前两个等式, 我们得

$$41u - 41v = \pm 1 \pm \frac{13}{41},$$

这显然不等于 ± 1, 即等号不成立. 我们推断出

$$2019 \leqslant a^2 + b^2 + c^2 < 2020,$$

当且仅当 $a = c = 13, b = 41$ 时下界取得等号. □

46. 设 a, b, c 为正实数, 使得 $a + b + c = 2$. 证明

$$a^2\left(\frac{1}{b} - 1\right)\left(\frac{1}{c} - 1\right) + b^2\left(\frac{1}{c} - 1\right)\left(\frac{1}{a} - 1\right) + c^2\left(\frac{1}{a} - 1\right)\left(\frac{1}{b} - 1\right) \geqslant \frac{1}{3}.$$

安振平, 数学反思

证明 经过齐次化, 原不等式变为

$$3\sum_{\text{cyc}} a^3(a - b + c)(a + b - c) \geqslant abc(a + b + c)^2,$$

即

$$3\sum_{\text{cyc}} a^3(a - b)(a - c) + 3\sum_{\text{cyc}} a^4(b + c) + 3\sum_{\text{cyc}} a^3bc - 3\sum_{\text{cyc}} a^3(b^2 + c^2)$$
$$\geqslant \sum_{\text{cyc}} a^3bc + 2\sum_{\text{cyc}} a^2b^2c.$$

这可以直接得出, 因为根据 Schur 不等式, 有

$$\sum_{\text{cyc}} a^3(a - b)(a - c) \geqslant 0,$$

再由 Muirhead 不等式, 有

$$[(4, 1, 0)] \geqslant [(3, 2, 0)] \Longleftrightarrow \sum_{\text{cyc}} a^4(b + c) \geqslant \sum_{\text{cyc}} a^3(b^2 + c^2),$$

$$[(3, 1, 1)] \geqslant [(2, 2, 1)] \Longleftrightarrow \sum_{\text{cyc}} a^3bc \geqslant \sum_{\text{cyc}} a^2b^2c.$$

当 $a = b = c$ 时, 等号成立. □

47. 设 a, b, c 为不小于 $\frac{1}{2}$ 的实数, 使得 $a+b+c=3$. 证明

$$\sqrt{a^3+3ab+b^3-1}+\sqrt{b^3+3bc+c^3-1}+$$
$$\sqrt{c^3+3ca+a^3-1}+\frac{1}{4}(a+5)(b+5)(c+5) \leqslant 60.$$

何时等号成立?

Titu Andreescu, 数学反思

证明 利用熟知的等式

$$x^3+y^3+z^3-3xyz=(x+y+z)(x^2+y^2+z^2-xy-yz-zx)$$

再由 AM-GM 不等式, 有

$$\begin{aligned}\sqrt{a^3+3ab+b^3-1} &= \sqrt{(a+b-1)(a^2+b^2+1-ab+a+b)}\\ &= \frac{1}{2}\sqrt{4(a+b-1)(a^2+b^2+1-ab+a+b)}\\ &\leqslant \frac{4(a+b-1)+(a^2+b^2+1-ab+a+b)}{4}\\ &= \frac{a^2+b^2-ab+5a+5b-3}{4}.\end{aligned}$$

写两个相似的不等式, 将三者相加得

$$\begin{aligned}\sum_{\text{cyc}}\sqrt{a^3+3ab+b^3-1} &\leqslant \frac{a^2+b^2+c^2}{2}-\frac{ab+bc+ca}{4}+\frac{5(a+b+c)}{2}-\frac{9}{4}\\ &= \frac{a^2+b^2+c^2}{2}-\frac{ab+bc+ca}{4}+\frac{21}{4}.\end{aligned}$$

另外

$$\begin{aligned}(a+5)(b+5)(c+5) &= abc+5(ab+bc+ca)+25(a+b+c)+125\\ &\leqslant \frac{(a+b+c)^3}{27}+5(ab+bc+ca)+25(a+b+c)+125\\ &= 5(ab+bc+ca)+201.\end{aligned}$$

因此

$$\begin{aligned}&\sum_{\text{cyc}}\sqrt{a^3+3ab+b^3-1}+\frac{1}{4}(a+5)(b+5)(c+5)\\ \leqslant\ &\frac{a^2+b^2+c^2}{2}+ab+bc+ca+\frac{111}{2}\\ =\ &\frac{(a+b+c)^2}{2}+\frac{111}{2}=60,\end{aligned}$$

即证. 当且仅当 $a=b=c=1$ 时, 等号成立. □

48. 设 x, y, z 为正实数, 使得 $x^4+y^4+z^4=3$. 证明
$$\sqrt{\frac{yz}{7-2x}}+\sqrt{\frac{zx}{7-2y}}+\sqrt{\frac{xy}{7-2z}}\leqslant\frac{3}{\sqrt{5}}.$$

Hoang Le Nhat Tung, 数学反思

证明 由幂平均不等式, 有
$$\sqrt[4]{\frac{x^4+y^4+z^4}{3}}\geqslant\frac{x+y+z}{3},$$
所以 $x+y+z\leqslant 3$. 令 $x=at, y=bt, z=ct, a, b, c, t>0$, 使得 $a+b+c=3$, 这表明 $t\leqslant 1$. 利用 AM-GM 不等式和幂平均不等式, 有
$$\begin{aligned}\sqrt{\frac{yz}{7-2x}}+\sqrt{\frac{zx}{7-2y}}+\sqrt{\frac{xy}{7-2z}}&=\sqrt{\frac{t^2bc}{7-2at}}+\sqrt{\frac{t^2ca}{7-2bt}}+\sqrt{\frac{t^2ab}{7-2ct}}\\&\leqslant\sqrt{\frac{bc}{7-2a}}+\sqrt{\frac{ca}{7-2b}}+\sqrt{\frac{ab}{7-2c}}\\&=\sum_{\text{cyc}}\sqrt{\frac{bc}{1+2b+2c}}\\&\leqslant\sqrt{\frac{bc}{5\sqrt[5]{b^2c^2}}}+\sqrt{\frac{ca}{5\sqrt[5]{c^2a^2}}}+\sqrt{\frac{ab}{5\sqrt[5]{a^2b^2}}}\\&=\frac{1}{\sqrt{5}}\left[(bc)^{\frac{3}{10}}+(ca)^{\frac{3}{10}}+(ab)^{\frac{3}{10}}\right]\\&\leqslant\frac{3}{\sqrt{5}}\left(\frac{bc+ca+ab}{3}\right)^{\frac{3}{10}}\leqslant\frac{3}{\sqrt{5}}.\end{aligned}$$
当 $x=y=z=1$ 时, 等号成立. □

49. 设 a, b, c 为正实数, 使得
$$\frac{1}{a}+\frac{1}{b}+\frac{1}{c}=\frac{11}{a+b+c}.$$
求
$$(a^4+b^4+c^4)\left(\frac{1}{a^4}+\frac{1}{b^4}+\frac{1}{c^4}\right)$$
的最小值.

Nguyen Viet Hung, 数学反思

解 题中所给条件可以改写为
$$\frac{a}{b}+\frac{b}{c}+\frac{c}{a}+\frac{a}{c}+\frac{b}{a}+\frac{c}{b}=8.$$

记

$$x=\frac{a}{b}+\frac{b}{c}+\frac{c}{a},\quad y=\frac{a}{c}+\frac{b}{a}+\frac{c}{b},$$

于是 $x+y=8$.

我们有

$$\frac{a^2}{b^2}+\frac{b^2}{c^2}+\frac{c^2}{a^2}=x^2-2y,$$
$$\frac{a^2}{c^2}+\frac{b^2}{a^2}+\frac{c^2}{b^2}=y^2-2x.$$

进而, 我们推断出

$$\begin{aligned}\frac{a^4}{b^4}+\frac{b^4}{c^4}+\frac{c^4}{a^4}&=\left(\frac{a^2}{b^2}+\frac{b^2}{c^2}+\frac{c^2}{a^2}\right)^2-2\left(\frac{a^2}{c^2}+\frac{b^2}{a^2}+\frac{c^2}{b^2}\right)\\&=(x^2-2y)^2-2(y^2-2x)=x^4-4x^2y+2y^2+4x,\end{aligned}$$

$$\begin{aligned}\frac{a^4}{c^4}+\frac{b^4}{a^4}+\frac{c^4}{b^4}&=\left(\frac{a^2}{c^2}+\frac{b^2}{a^2}+\frac{c^2}{b^2}\right)^2-2\left(\frac{a^2}{b^2}+\frac{b^2}{c^2}+\frac{c^2}{a^2}\right)\\&=(y^2-2x)^2-2(x^2-2y)=y^4-4xy^2+2x^2+4y.\end{aligned}$$

设 P 为所求式子的展开式, 则

$$\begin{aligned}P&=3+\frac{a^4}{b^4}+\frac{b^4}{c^4}+\frac{c^4}{a^4}+\frac{a^4}{c^4}+\frac{b^4}{a^4}+\frac{c^4}{b^4}\\&=(x^4+y^4)-4xy(x+y)+2(x^2+y^2)+4(x+y)+3\\&=(x^2+y^2)^2-2x^2y^2-32xy+2(x+y)^2-4xy+35\\&=(64-2xy)^2-2x^2y^2-36xy+163\\&=2x^2y^2-292xy+4259.\end{aligned}$$

而由 AM-GM 不等式, 有

$$9\leqslant xy\leqslant\frac{(x+y)^2}{4}=16,$$

所以, 当 $xy=16$ 时, P 取得最小值, 且最小值为

$$P_{\min}=512-4672+4259=99.$$

当 $x=y=4$ 时等号成立, 即

$$\begin{cases}\dfrac{a}{b}+\dfrac{b}{c}+\dfrac{c}{a}=4\\\dfrac{a}{c}+\dfrac{b}{a}+\dfrac{c}{b}=4\end{cases},$$

这意味着 $a=b=\left(\frac{3+\sqrt{5}}{2}\right)c$ 或者它们的置换. □

50. 设 a, b, c, k 为正实数, 使得 $k \geqslant 5$. 证明

$$\frac{a+b}{kc^2+ab}+\frac{b+c}{ka^2+bc}+\frac{c+a}{kb^2+ca} \geqslant \frac{6(a+b+c)}{(k+1)(ab+bc+ca)}.$$

证明 作替换 $(a,b,c) \to \left(\frac{1}{a},\frac{1}{b},\frac{1}{c}\right)$, 原不等式变为

$$\frac{c^2(a+b)}{c^2+kab}+\frac{a^2(b+c)}{a^2+kbc}+\frac{b^2(c+a)}{b^2+kca} \geqslant \frac{6(ab+bc+ca)}{(k+1)(a+b+c)}.$$

由 Cauchy-Schwarz 不等式, 有

$$\sum_{\text{cyc}}\frac{a^2(b+c)}{a^2+kbc}\sum_{\text{cyc}}\frac{a^2+kbc}{b+c} \geqslant (a+b+c)^2.$$

因此, 只需证明

$$(k+1)(a+b+c)^3 \geqslant 6(ab+bc+ca)\sum_{\text{cyc}}\frac{a^2+kbc}{b+c}.$$

使用 AM-GM 不等式, 我们逐步有

$$\begin{aligned}
&(k+1)(a+b+c)^3-6(ab+bc+ca)\sum_{\text{cyc}}\frac{a^2+kbc}{b+c}\\
=&(k+1)(a^3+b^3+c^3)+3(k+1)\sum_{\text{cyc}}a(b^2+c^2)+6(k+1)abc-\\
&6\sum_{\text{cyc}}(a^3+kabc)-6\sum_{\text{cyc}}\frac{bc(a^2+kbc)}{b+c}\\
\geqslant&(k-5)(a^3+b^3+c^3)+3(k+1)\sum_{\text{cyc}}a(b^2+c^2)-6(2k-1)abc-\\
&6\sum_{\text{cyc}}\frac{(b+c)^2(a^2+kbc)}{4(b+c)}\\
=&(k-5)(a^3+b^3+c^3)+\frac{3}{2}(k+1)\sum_{\text{cyc}}a(b^2+c^2)-6(2k-1)abc\\
\geqslant&3(k-5)abc+9(k+1)abc-6(2k-1)abc=0.
\end{aligned}$$

当 $a=b=c$ 时, 等号成立. □

51. 设 a, b, c 为正实数. 证明

$$\left(\frac{8a^3}{(b+c)^3}+\frac{b+c}{a}\right)\left(\frac{8b^3}{(c+a)^3}+\frac{c+a}{b}\right)\left(\frac{8c^3}{(a+b)^3}+\frac{a+b}{c}\right) \geqslant \frac{143(a+b)(b+c)(c+a)}{8abc}-116.$$

Marius Stănean, 数学反思

证明 记 $x=\dfrac{2a}{b+c}, y=\dfrac{2b}{c+a}, z=\dfrac{2c}{a+b}$, 则有

$$xy+yz+zx+xyz=4.$$

原不等式变为

$$(x^4+2)(y^4+2)(z^4+2)\geqslant 143-116xyz$$

或

$$x^4y^4z^4+2(x^4y^4+y^4z^4+z^4x^4)+4(x^4+y^4+z^4)+8\geqslant 143-116xyz$$

或

$$\left[2(x^2+y^2+z^2)-x^2y^2z^2\right]^2+2(x^2y^2+y^2z^2+z^2x^2-2)^2\geqslant 143-116xyz$$

或

$$\left[2\left(\sum x\right)^2-4\left(\sum xy\right)-x^2y^2z^2\right]^2+2\left[\left(\sum xy\right)^2-2xyz(x+y+z)-2\right]^2$$
$$\geqslant 116(xy+yz+zx)-321,$$

由 Schur 不等式 (见《116 个代数不等式: 来自 AwesomeMath 全年课程》注记 2 第 9 点), 我们有

$$x+y+z\geqslant xy+yz+zx,$$

再由 Popoviciu 不等式 (见《116 个代数不等式: 来自 AwesomeMath 全年课程》例 95), 我们有

$$x+y+z\leqslant \frac{1}{x}+\frac{1}{y}+\frac{1}{z}\iff xy+yz+zx\geqslant xyz(x+y+z).$$

因此, 若记 $t=xy+yz+zx\in[3,4]$, 我们推出

$$\begin{aligned}2(x+y+z)^2-4(xy+yz+zx)-x^2y^2z^2&\geqslant 2t^2-4t-(4-t)^2\\&=t^2+4t-16\geqslant 0,\end{aligned}$$

以及

$$(xy+yz+zx)^2-2xyz(x+y+z)-2\geqslant t^2-2t-2\geqslant 0.$$

这些已经被证实, 所以只需证明

$$(t^2+4t-16)^2+2(t^2-2t-2)^2-116t+321\geqslant 0$$

或

$$(t-3)^2(3t^2+18t+65)\geqslant 0,$$

这显然成立. 当 $t=3$, 即 $a=b=c$ 时等号成立. □

52. 证明: 若 a, b, c 为非负数, 则

$$\frac{a^2-bc}{4a^2+4b^2+c^2}+\frac{b^2-ca}{4b^2+4c^2+a^2}+\frac{c^2-ab}{4c^2+4a^2+b^2}\geqslant 0.$$

Vasile Cîrtoaje

证明 由于

$$1-\frac{4(a^2-bc)}{4a^2+4b^2+c^2}=\frac{(2b+c)^2}{4a^2+4b^2+c^2},$$

我们可将原不等式写成

$$\frac{(2b+c)^2}{4a^2+4b^2+c^2}+\frac{(2c+a)^2}{4b^2+4c^2+a^2}+\frac{(2a+b)^2}{4c^2+4a^2+b^2}\leqslant 3.$$

由 Cauchy-Schwarz 不等式 (求反技术), 有

$$\frac{(2b+c)^2}{4a^2+4b^2+c^2}=\frac{(2b+c)^2}{2(a^2+2b^2)+c^2+2a^2}\leqslant\frac{2b^2}{a^2+2b^2}+\frac{c^2}{c^2+2a^2},$$

同理有

$$\frac{(2c+a)^2}{4b^2+4c^2+a^2}\leqslant\frac{2c^2}{b^2+2c^2}+\frac{a^2}{a^2+2b^2},$$

$$\frac{(2a+b)^2}{4c^2+4a^2+b^2}\leqslant\frac{2a^2}{c^2+2a^2}+\frac{b^2}{b^2+2c^2}.$$

将上面三个不等式相加, 即得欲证的不等式. 当且仅当 $a(b^2+2c^2)=b(c^2+2a^2)=c(a^2+2b^2)$ 时等号成立. 易证此条件等价于 $a=b=c$ 或 $a=\frac{b}{2}=\frac{c}{4}$ 或 $b=\frac{c}{2}=\frac{a}{4}$ 或 $c=\frac{a}{2}=\frac{b}{4}$. □

53. 设 a, b, c, d 为正实数, 使得

$$a(a-1)^2+b(b-1)^2+c(c-1)^2+d(d-1)^2=a+b+c+d.$$

证明

$$(a-1)^2+(b-1)^2+(c-1)^2+(d-1)^2\leqslant 4.$$

Adrian Andreescu, 数学反思

证明 题中所给条件等价于

$$a^3+b^3+c^3+d^3=2(a^2+b^2+c^2+d^2).$$

进而, 要证明的不等式等价于

$$a^2+b^2+c^2+d^2\leqslant 2(a+b+c+d).$$

由 Cauchy-Schwarz 不等式, 有

$$\begin{aligned}(a^2+b^2+c^2+d^2)^2&\leqslant(a^3+b^3+c^3+d^3)(a+b+c+d)\\&=2(a^2+b^2+c^2+d^2)(a+b+c+d),\end{aligned}$$

证毕. □

54. 设 $a, b, c, d > 0$, 使得 $a+b+c+d=4$. 证明

$$\frac{a^2b}{a^4+b^3+c^2+d}+\frac{b^2c}{b^4+c^3+d^2+a}+\frac{c^2d}{c^4+d^3+a^2+b}+\frac{d^2a}{d^4+a^3+b^2+c}$$
$$\leqslant \frac{1}{4}\left(a^4+b^4+c^4+d^4\right).$$

安振平, 数学反思

证明 利用 Cauchy-Schwarz 不等式, 我们得

$$\left(a^4+b^3+c^2+d\right)\left(\frac{1}{a^2}+\frac{1}{b}+1+d\right) \geqslant (a+b+c+d)^2=16,$$

进而得到

$$\frac{a^2b}{a^4+b^3+c^2+d} \leqslant \frac{1}{16}\left(b+a^2+a^2b+a^2bd\right).$$

对于其他置换, 类似地有

$$\frac{b^2c}{b^4+c^3+d^2+a} \leqslant \frac{1}{16}\left(c+b^2+b^2c+b^2ca\right),$$
$$\frac{c^2d}{c^4+d^3+a^2+b} \leqslant \frac{1}{16}\left(d+c^2+c^2d+c^2db\right),$$
$$\frac{d^2a}{d^4+a^3+b^2+c} \leqslant \frac{1}{16}\left(a+d^2+d^2a+d^2ac\right).$$

将上面的四个不等式相加, 只需证明

$$\sum_{\text{cyc}} a+\sum_{\text{cyc}} a^2+\sum_{\text{cyc}} a^2b+\sum_{\text{cyc}} a^2bd \leqslant 4\left(a^4+b^4+c^4+d^4\right),$$

这可以通过使用幂平均不等式, Cauchy-Schwarz 不等式以及 AM-GM 不等式得到, 即

$$\frac{\sum a^4}{4} \geqslant \left(\frac{\sum a}{4}\right)^4 \Longrightarrow \sum a \leqslant \sum a^4,$$
$$\sum a^2 \leqslant \sqrt{4\sum a^4}=\sqrt{\sum a \sum a^4} \leqslant \sum a^4,$$
$$\sum_{\text{cyc}} a^2b \leqslant \frac{1}{4}\sum_{\text{cyc}}\left(a^4+a^4+b^4+1\right)=\frac{3}{4}\sum a^4+1 \leqslant \sum a^4,$$
$$\sum_{\text{cyc}} a^2bd \leqslant \frac{1}{4}\sum_{\text{cyc}}\left(a^4+a^4+b^4+d^4\right)=\sum a^4.$$

当 $a=b=c=d=1$ 时, 等号成立. □

55. 设 a, b, c, d 为正实数, 使得 $abcd = 1$. 证明

$$\frac{1}{5a^2-2a+1}+\frac{1}{5b^2-2b+1}+\frac{1}{5c^2-2c+1}+\frac{1}{5d^2-2d+1}\geqslant 1.$$

安振平, 数学反思

证明　将题中 (a, b, c, d) 替换为 $\left(\frac{1}{a}, \frac{1}{b}, \frac{1}{c}, \frac{1}{d}\right)$, 那么我们需要证明: 若 $abcd = 1$, 则

$$\frac{a^2}{a^2-2a+5}+\frac{b^2}{b^2-2b+5}+\frac{c^2}{c^2-2c+5}+\frac{d^2}{d^2-2d+5}\geqslant 1.$$

由 Cauchy-Schwarz 不等式, 有

$$\sum_{\text{cyc}}\frac{a^2}{a^2-2a+5}\geqslant\frac{(a+b+c+d)^2}{a^2+b^2+c^2+d^2-2(a+b+c+d)+20},$$

所以接下来要证明

$$(a+b+c+d)^2\geqslant a^2+b^2+c^2+d^2-2(a+b+c+d)+20,$$

即 $ab+ac+ad+bc+bd+cd+a+b+c+d\geqslant 10$, 这是正确的, 因为依据 AM-GM 不等式, 有

$$ab+ac+ad+bc+bd+cd\geqslant 6\sqrt[6]{a^3b^3c^3d^3}=6,$$

以及

$$a+b+c+d\geqslant 4\sqrt[4]{abcd}=4.$$

□

56. 设 $a, b, c, d\geqslant -1$, 使得 $a+b+c+d=4$. 求

$$(a^2+3)(b^2+3)(c^2+3)(d^2+3)$$

的最大值.

Titu Andreescu, 数学反思

解　可以容易地计算出

$$((-1)^2+3)((a+b+1)^2+3)-(a^2+3)(b^2+3)=(a+1)(b+1)(7+a+b-ab).$$

而且, 若我们记 $7+a+b-ab=8-(a-1)(b-1)$, 则可以容易验证 $7+a+b-ab\geqslant 4>0$. 有三种情形需要注意: 若 $a, b\leqslant 1$, 则由于 $a, b\geqslant -1$, 我们得 $(a-1)(b-1)\leqslant 4$, 进而 $7+a+b-ab\geqslant 4$; 若 a, b 之一小于 1 且另一个大于 1, 则 $(a-1)(b-1)<0$ 且 $7+a+b-ab\geqslant 8$; 若 $a, b\geqslant 1$, 则由于 $a+b=4-c-d\leqslant 6$, 我们有

$$8-(a-1)(b-1)\geqslant 8-\left(\frac{a+b-2}{2}\right)^2\geqslant 8-\left(\frac{6-2}{2}\right)^2\geqslant 4.$$

由此我们推出

$$((-1)^2+3)((a+b+1)^2+3) \geqslant (a^2+3)(b^2+3),$$

(当且仅当 $a=b=-1$ 时等号成立). 如果我们将 a, b 换成 $-1, a+b+1$, 这表明乘积只会变大. 由于此替换保持和不变, 又因为我们可以对 a, b, c, d 的任意一对值应用相同的论据, 当 a, b, c, d 中有三个等于 -1, 第四个等于 7 时, 得到最大值, 此时乘积为 $4^3(7^2+3)=3328$. □

57. 设 $a, b, c, d>0$, 使得 $abcd=1$. 证明

$$(a-1)(3a-7)+(b-1)(3b-7)+(c-1)(3c-7)+(d-1)(3d-7) \geqslant 0.$$

Marius Stănean

证明 假设 $a \geqslant b \geqslant c \geqslant d$, 这表明 $ac \geqslant \sqrt{ac}\sqrt{bd}=1$. 记

$$f(a,b,c,d)=\sum_{\text{cyc}}(a-1)(3a-7).$$

我们有

$$\begin{aligned} f(a,b,c,d)-f\left(\sqrt{ac},b,\sqrt{ac},d\right) &= 3(a^2+c^2)-10(a+c)-6ac+20\sqrt{ac} \\ &= 3(a-c)^2-10\left(\sqrt{a}-\sqrt{c}\right)^2 \\ &= \left(\sqrt{a}-\sqrt{c}\right)^2\left[3\left(\sqrt{a}+\sqrt{c}\right)^2-10\right] \geqslant 0. \end{aligned}$$

根据 AM-GM 不等式, 我们有

$$3(\sqrt{a}+\sqrt{c})^2 \geqslant 12\sqrt{ac} \geqslant 12>10.$$

根据 SMV 定理, 我们只需考虑原不等式在 $a=b=c=x, d=\dfrac{1}{x^3} \leqslant 1$ 的情形, 进而原不等式变为

$$\begin{aligned} & 3(x-1)(3x-7)+\frac{(x^3-1)(7x^3-3)}{x^6} \geqslant 0 \\ \Longleftrightarrow\ & (x-1)^2(9x^6-12x^5-5x^4+2x^3+9x^2+6x+3) \geqslant 0 \end{aligned}$$

这是正确的, 因为从 AM-GM 不等式, 有

$$6x^6+6x^4 \geqslant 12x^5,$$

以及对任意的 $x \geqslant 1$, 有

$$3x^6+2x^3+9x^2 \geqslant 3x^6+11x^2 \geqslant 2\sqrt{33}x^4 \geqslant 11x^4.$$

当 $a=b=c=d=1$ 时等号成立. □

58. 设 a, b, c, d 为非负实数, 使得 $a+b+c+d=3$. 证明

$$\frac{a}{1+2b^3}+\frac{b}{1+2c^3}+\frac{c}{1+2d^3}+\frac{d}{1+2a^3} \geqslant \frac{a^2+b^2+c^2+d^2}{3}.$$

Marius Stănean, Romania Junior TST 2017

证明 我们注意到当

$$a=3, \quad b=c=d=0$$

时等号成立.

记

$$f(a,b,c,d)=\frac{a}{1+2b^3}+\frac{b}{1+2c^3}+\frac{c}{1+2d^3}+\frac{d}{1+2a^3}-\frac{a^2+b^2+c^2+d^2}{3}.$$

我们将证明

$$\begin{aligned} f(a,b,c,d) &\geqslant f(a+b+c+d,0,0,0) \\ &= a+b+c+d-\frac{(a+b+c+d)^2}{3}=0. \end{aligned}$$

我们有

$$\begin{aligned}
& f(a,b,c,d)-a-b-c-d+\frac{(a+b+c+d)^2}{3} \\
= & \frac{a}{1+2b^3}+\frac{b}{1+2c^3}+\frac{c}{1+2d^3}+\frac{d}{1+2a^3}-a-b-c-d+ \\
& \frac{2(ab+bc+cd+da+ac+bd)}{3} \\
\geqslant & \frac{a}{1+2b^3}+\frac{b}{1+2c^3}+\frac{c}{1+2d^3}+\frac{d}{1+2a^3}- \\
& a-b-c-d+\frac{2(ab+bc+cd+da)}{3} \\
= & a\left(\frac{1}{1+2b^3}-1+\frac{2b}{3}\right)+b\left(\frac{1}{1+2c^3}-1+\frac{2c}{3}\right)+ \\
& c\left(\frac{1}{1+2d^3}-1+\frac{2d}{3}\right)+d\left(\frac{1}{1+2a^3}-1+\frac{2a}{3}\right) \\
= & \frac{2ab(2b^3-3b^2+1)}{3(1+2b^3)}+\frac{2bc(2c^3-3c^2+1)}{3(1+2c^3)}+ \\
& \frac{2cd(2d^3-3d^2+1)}{3(1+2d^3)}+\frac{2ad(2a^3-3a^2+1)}{3(1+2a^3)} \\
= & \frac{2ab(2b+1)(b-1)^2}{3(1+2b^3)}+\frac{2bc(2c+1)(c-1)^2}{3(1+2c^3)}+ \\
& \frac{2cd(2d+1)(d-1)^2}{3(1+2d^3)}+\frac{2ad(2a+1)(a-1)^2}{3(1+2a^3)} \geqslant 0.
\end{aligned}$$

当 $ac+bd=0$ 时等号成立, 在最后的不等式中, 当 $a=3, b=c=d=0$ 或 $a=2, b=1, c=d=0$, 及其轮换时等号成立. □

59. 假设 $a, b, c, d \geqslant 0$, 并且 $a+b+c+d=1$. 证明

$$bcd+cda+dab+abc \leqslant \frac{1}{27}+\frac{176}{27}abcd.$$

IMO SL 1993

证明 若 $d=0$, 则 $abc \leqslant \frac{1}{27}$, 此不等式显然成立.

若 $a, b, c, d>0$, 我们只需证明

$$f(a,b,c,d)=\sum_{\text{cyc}}\frac{1}{a}-\frac{1}{27}\frac{1}{abcd} \leqslant \frac{176}{27}.$$

假设 $a \leqslant \frac{1}{4} \leqslant b$, 并且记 $a'=\frac{1}{4}, b'=a+b-\frac{1}{4}$, 则

$$\begin{aligned}
f(a,b,c,d)-f(a',b',c,d) &= \left(\frac{1}{a}+\frac{1}{b}-\frac{1}{a'}-\frac{1}{b'}\right)-\frac{1}{27}\cdot\frac{1}{cd}\cdot\left(\frac{1}{ab}-\frac{1}{a'b'}\right)\\
&= \frac{a'b'-ab}{aba'b'}(a+b)\left[1-\frac{1}{27}\frac{1}{cd(a+b)}\right]\\
&\leqslant \frac{a'b'-ab}{aba'b'}(a+b)\left[1-\frac{1}{27}\cdot\left(\frac{a+b+c+d}{3}\right)^{-3}\right]=0,
\end{aligned}$$

因为 $a'b'-ab=\left(\frac{1}{4}-a\right)\left(b-\frac{1}{4}\right) \geqslant 0$, 再由 AM-GM 不等式, 有

$$cd(a+b) \leqslant \left(\frac{a+b+c+d}{3}\right)^3.$$

于是, 我们有

$$\begin{aligned}
f(a,b,c,d) &\leqslant f\left(\frac{1}{4}, a+b-\frac{1}{4}, c, d\right) \leqslant f\left(\frac{1}{4}, \frac{1}{4}, a+b+c-\frac{1}{2}, d\right)\\
&\leqslant f\left(\frac{1}{4}, \frac{1}{4}, \frac{1}{4}, \frac{1}{4}\right)=\frac{176}{27}.
\end{aligned}$$

因此原不等式成立.

当 $a=b=c=d=\frac{1}{4}$ 时, 等号成立. □

60. 设 a_1, a_2, a_3, a_4, a_5 为正实数. 证明

$$\sum_{\text{cyc}}\frac{a_1}{2(a_1+a_2)+a_3}\cdot\sum_{\text{cyc}}\frac{a_2}{2(a_1+a_2)+a_3} \leqslant 1.$$

Titu Andreescu, 数学反思

证明 注意到

$$\sum_{\text{cyc}} a_3(2a_1+2a_2+a_3)=\left(\sum_{\text{cyc}} a_3\right)^2.$$

由加权 AM-HM 不等式, 有

$$\sum_{\text{cyc}} \frac{a_3}{2(a_1+a_2)+a_3} \geqslant \left(\sum_{\text{cyc}} a_3\right)^2 \cdot \frac{1}{\sum_{\text{cyc}} a_3(2a_1+2a_2+a_3)}=1.$$

因此, 由 AM-GM 不等式, 有

$$\sum_{\text{cyc}} \frac{a_1}{2(a_1+a_2)+a_3} \cdot \sum_{\text{cyc}} \frac{a_2}{2(a_1+a_2)+a_3} \leqslant \frac{1}{4}\left(\sum_{\text{cyc}} \frac{a_1+a_2}{2(a_1+a_2)+a_3}\right)^2$$

$$=\frac{1}{4}\left(\frac{5}{2}-\frac{1}{2}\sum_{\text{cyc}} \frac{a_3}{2(a_1+a_2)+a_3}\right)^2 \leqslant \frac{1}{4}\left(\frac{5}{2}-\frac{1}{2}\right)^2=1.$$

□

61. 设 $a, b, c>0$ 且 x, y, z 为实数. 证明

$$\frac{a(y^2+z^2)}{b+c}+\frac{b(z^2+x^2)}{c+a}+\frac{c(x^2+y^2)}{a+b} \geqslant xy+yz+zx.$$

安振平, 数学反思

证明 由 Cauchy-Schwarz 不等式, 有

$$2(a+b+c)^2\left[\frac{a(y^2+z^2)}{b+c}+\frac{b(z^2+x^2)}{c+a}+\frac{c(x^2+y^2)}{a+b}+\frac{1}{2}(x^2+y^2+z^2)\right]$$

$$=[(bc+ab)+(ca+bc)+2a^2+(ca+bc)+(ab+ca)+$$

$$2b^2+(ab+ca)+(bc+ab)+2c^2]\cdot$$

$$\left[\frac{b^2x^2}{bc+ab}+\frac{c^2x^2}{ca+bc}+\frac{a^2x^2}{2a^2}+\frac{c^2y^2}{ca+bc}+\frac{a^2y^2}{ab+ca}+\right.$$

$$\left.\frac{b^2y^2}{2b^2}+\frac{a^2z^2}{ab+ca}+\frac{b^2z^2}{bc+ab}+\frac{c^2z^2}{2c^2}\right]$$

$$\geqslant[(b+c+a)|x|+(c+a+b)|y|+(a+b+c)|z|]^2 \geqslant(a+b+c)^2(x+y+z)^2.$$

因此

$$\frac{a(y^2+z^2)}{b+c}+\frac{b(z^2+x^2)}{c+a}+\frac{c(x^2+y^2)}{a+b}$$

$$\geqslant \frac{1}{2}(x+y+z)^2-\frac{1}{2}(x^2+y^2+z^2)=xy+yz+zx.$$

□

62. 设 a, b, c 为正实数, 使得 $a^2+b^2+c^2+abc=4$. 证明: 对所有的实数 x, y, z, 以下不等式成立

$$ayz+bzx+cxy \leqslant x^2+y^2+z^2.$$

安振平, 数学反思

证明 从关系式

$$a^2+b^2+c^2+abc=4$$

我们推出存在一个锐角 $\triangle ABC$, 使得

$$a=2\cos A, \quad b=2\cos B, \quad c=2\cos C.$$

则原不等式变为

$$2yz\cos A+2zx\cos B+2xy\cos C \leqslant x^2+y^2+z^2,$$

这等价于

$$(z-y\cos A-x\cos B)^2+(y\sin A-x\sin B)^2 \geqslant 0,$$

这是显然的, 证毕. □

63. 设 $x_1, x_2, \ldots, x_n$ 为正实数. 证明

$$\frac{x_1-x_3}{x_1x_3+2x_2x_3+x_2^2}+\frac{x_2-x_4}{x_2x_4+2x_3x_4+x_3^2}+\cdots+\frac{x_n-x_2}{x_nx_2+2x_1x_2+x_1^2} \geqslant 0.$$

Mathematical Olympiad Russia 2019

证明 对左边第一项, 使用 Cauchy-Schwarz 不等式 (求反技术), 我们有

$$\begin{aligned}\frac{x_1-x_3}{x_1x_3+2x_2x_3+x_2^2} &= \frac{x_1-x_3}{(x_1-x_3)x_3+(x_2+x_3)^2}-\frac{1}{x_3}+\frac{1}{x_3}\\ &= -\frac{(x_2+x_3)^2}{x_1x_3^2+2x_2x_3^2+x_2^2x_3}+\frac{1}{x_3}\\ &\geqslant -\frac{x_2^2}{x_2x_3^2+x_2^2x_3}-\frac{x_3^2}{x_1x_3^2+x_2x_3^2}+\frac{1}{x_3}\\ &= -\frac{x_2}{x_3^2+x_2x_3}-\frac{1}{x_1+x_2}+\frac{1}{x_3}.\end{aligned}$$

类似地, 对于其他项使用 Cauchy-Schwarz 不等式 (求反技术), 因此

$$\begin{aligned}\mathrm{LHS} \geqslant & -\frac{x_2}{x_3^2+x_2x_3}-\frac{1}{x_1+x_2}+\frac{1}{x_3}-\frac{x_3}{x_4^2+x_3x_4}-\frac{1}{x_2+x_3}+\frac{1}{x_4}-\cdots-\\ & \frac{x_n}{x_1^2+x_nx_1}-\frac{1}{x_{n-1}+x_n}+\frac{1}{x_1}-\frac{x_1}{x_2^2+x_1x_2}-\frac{1}{x_n+x_1}+\frac{1}{x_2}\end{aligned}$$

$$= \sum_{i=1}^{n} \frac{1}{x_i} - \sum_{i=1}^{n} \left(\frac{x_i}{x_{i+1}^2 + x_i x_{i+1}} + \frac{1}{x_i + x_{i+1}} \right) = 0 \quad (x_{n+1} = x_1).$$

当 $x_1 = x_2 = \cdots = x_n$ 时, 等号成立. □

64. 设 $a_1, a_2, \ldots, a_n$ 和 $x_1, x_2, \ldots, x_n$ $(n \geqslant 2)$ 为正实数, 使得

$$\prod_{i=1}^{n} a_i = 1 \quad 且 \quad \sum_{i=1}^{n} x_i = n.$$

证明

$$\sum_{i=1}^{n} \frac{1}{(n-1)a_i x_i + 1} \geqslant 1.$$

安振平, 数学反思

证明 设 $a_1 = \dfrac{1}{b_1^2}, a_2 = \dfrac{1}{b_2^2}, \ldots, a_n = \dfrac{1}{b_n^2}$, 并且 $b_1 b_2 \cdots b_n = 1$. 我们可将原不等式写成

$$\frac{b_1^2}{(n-1)x_1 + b_1^2} + \frac{b_2^2}{(n-1)x_2 + b_2^2} + \cdots + \frac{b_n^2}{(n-1)x_n + b_n^2} \geqslant 1.$$

由 Cauchy-Schwarz 不等式, 有

$$\sum_{i=1}^{n} \frac{b_i^2}{(n-1)x_i + b_i^2} \geqslant \frac{(b_1 + b_2 + \cdots + b_n)^2}{(n-1)\sum x_i + b_1^2 + b_2^2 + \cdots + b_n^2},$$

所以还需证明

$$\sum_{1 \leqslant i < j \leqslant n} b_i b_j \geqslant \frac{n(n-1)}{2} \Longleftrightarrow s_2 \geqslant 1,$$

这可由 Maclaurin 不等式得到, 即

$$\sqrt{s_2} \geqslant \cdots \geqslant \sqrt[n]{s_n} = 1.$$

当 $a_1 = a_2 = \cdots = a_n$ 且 $x_1 = x_2 = \cdots = x_n = 1$ 时, 等号成立. □

65. 设 $n \geqslant 3$ 为整数且 $x_1, x_2, \ldots, x_n$ 为非负实数, 使得

$$(n-2) \sum_{1 \leqslant i < j \leqslant n} x_i x_j + \sum_{1 \leqslant i < j < k \leqslant n} x_i x_j x_k = \frac{2n(n-1)(n-2)}{3}.$$

证明

$$\sum_{1 \leqslant i \leqslant n} x_i \geqslant \frac{2}{n-1} \sum_{1 \leqslant i < j \leqslant n} x_i x_j.$$

证明 对于 $n \geqslant 3$, 我们使用归纳法来证明该不等式.

对于 $n = 3$, 我们需要证明

$$x + y + z \geqslant xy + yz + zx,$$

其中 $x, y, z \geqslant 0$ 且 $xy + yz + zx + xyz = 4$.

如果我们作如下代换

$$x = \frac{2a}{b+c}, \quad y = \frac{2b}{c+a}, \quad z = \frac{2c}{a+b},$$

其中 $a, b, c \geqslant 0$. 将不等式齐次化, 它正是 Schur 不等式. 当且仅当 $x = y = z = 1$ 或 (x, y, z) 是 $(0, 2, 2)$ 的置换时, 等号成立.

现在假设不等式对 $n \geqslant 3$ 成立.

设 $x_1, x_2, \ldots, x_{n+1} \geqslant 0$, 并且记

$$s_1 = \sum_{1 \leqslant i \leqslant n+1} x_i, \quad s_2 = \sum_{1 \leqslant i < j \leqslant n+1} x_i x_j, \quad s_3 = \sum_{1 \leqslant i < j < k \leqslant n+1} x_i x_j x_k.$$

如果假设

$$(n-1)s_2 + s_3 = \frac{2(n+1)n(n-1)}{3}, \tag{1}$$

那么, 我们需要证明

$$s_1 \geqslant \frac{2}{n} s_2. \tag{2}$$

定义多项式

$$\begin{aligned} P(x) &= (x - x_1)(x - x_2) \cdots (x - x_n)(x - x_{n+1}) \\ &= x^{n+1} - s_1 x^n + s_2 x^{n-1} - s_3 x^{n-2} + Q(x), \end{aligned}$$

则有

$$P'(x) = (n+1)x^n - n s_1 x^{n-1} + (n-1)s_2 x^{n-2} - (n-2)s_3 x^{n-3} + Q'(x).$$

因为 P 的所有根为非负实数, 由 Rolle 定理可得 P' 的所有根为非负实数, 令 P' 的根为 $x_1', x_2', \ldots, x_n'$. 对于实数 $x_1', x_2', \ldots, x_n'$, 我们用上面同样的方式来定义 s_1', s_2' 和 s_3'. 利用 Vieta 公式, 我们推出

$$s_1' = \frac{n}{n+1} s_1, \quad s_2' = \frac{n-1}{n+1} s_2, \quad s_3' = \frac{n-2}{n+1} s_3.$$

根据 s_2' 和 s_3', 则式 (1) 变为

$$(n-2)s_2' + s_3' = \frac{2n(n-1)(n-2)}{3}.$$

因此, 我们可以对 $x_1', x_2', \ldots, x_n'$ 使用归纳假设, 并推断出

$$s_1' \geqslant \frac{2}{n-1} s_2',$$

即

$$\frac{n}{n+1} s_1 \geqslant \frac{2}{n-1} \cdot \frac{n-1}{n+1} s_2 \Longleftrightarrow \text{式 (2)}$$

这样就完成了归纳步骤.

对 $n > 3$, 当 $x_1 = x_2 = \cdots = x_n = 1$ 时, 等号成立. □

2.4 高级问题的解答

1. 设 a, b 为正实数, 使得

$$3(a^2+b^2-1)=4(a+b).$$

求式子 $\frac{16}{a}+\frac{1}{b}$ 的最小值.

Marius Stănean, Romania Junior TST 2019

解 首先, 注意到当 $a \geqslant b$ 时, 可得到最小值.

由 Cauchy-Schwarz 不等式, 我们可得

$$\frac{16}{a}+\frac{1}{b}=\frac{8^2}{4a}+\frac{1}{b} \geqslant \frac{(8+1)^2}{4a+b}=\frac{81}{4a+b}, \tag{1}$$

当且仅当 $a=2, b=1$ 时取等号.

另外, 题设条件可变成

$$9(a^2+b^2-1)=12(a+b)$$

或

$$(3a-2)^2+(3b-2)^2=17.$$

利用 Cauchy-Schwarz 不等式, 有

$$\left[(3a-2)^2+(3b-2)^2\right](4^2+1^2) \geqslant [4(3a-2)+3b-2]^2$$

或

$$(12a+3b-10)^2 \leqslant 17^2,$$

所以

$$4a+b \leqslant 9.$$

因此, 代入式 (1), 推出

$$\frac{16}{a}+\frac{1}{b} \geqslant \frac{81}{4a+b} \geqslant 9.$$

当且仅当 $a=2, b=1$ 时, 等号成立. □

2. 求最大的常数 k 使得如下不等式

$$\frac{1}{a^3}+\frac{1}{b^3}+\frac{k}{a^3+b^3} \geqslant \frac{16+4k}{(a+b)^3}$$

对所有的正实数 a 和 b 成立.

Nguyen Viet Hung, 数学反思

解 假设 $a+b=1$ (由于齐次性), 并且记

$$t=ab\in\left(0,\frac{1}{4}\right],$$

我们得

$$\frac{1}{a^3}+\frac{1}{b^3}+\frac{k}{a^3+b^3}\geqslant\frac{16+4k}{(a+b)^3}.$$

上面的不等式等价于下列各式:

$$\frac{1-3t}{t^3}+\frac{k}{1-3t}\geqslant 16+4k,$$

$$\frac{1-3t}{t^3}-16-4k+\frac{k}{1-3t}\geqslant 0,$$

$$\frac{(1-4t)(4t^2+t+1)}{t^3}-3k\cdot\frac{1-4t}{1-3t}\geqslant 0,$$

$$\frac{(1-4t)((1-3t)(4t^2+t+1)-3kt^3)}{(1-3t)t^3}\geqslant 0.$$

由于对任意的 $t\in\left(0,\frac{1}{4}\right)$, 有 $\frac{1-4t}{t^3(1-3t)}>0$, 于是

$$k\leqslant\frac{(1-3t)(4t^2+t+1)}{3t^3},$$

这表明

$$k\leqslant\inf_{t\in(0,\frac{1}{4})}\frac{(1-3t)(4t^2+t+1)}{3t^3}=8.$$

因为

$$\frac{(1-3t)(4t^2+t+1)}{3t^3}=\frac{1}{3t}\left(\frac{1}{t}-1\right)^2-4\leqslant\frac{1}{3\cdot\frac{1}{4}}\left(\frac{1}{\frac{1}{4}}-1\right)^2-4=8.$$

常数 $k=8$ 是最大的常数, 使得不等式

$$\frac{1}{a^3}+\frac{1}{b^3}+\frac{k}{a^3+b^3}\geqslant\frac{16+4k}{(a+b)^3}$$

对所有的正数 a, b 成立. □

3. 设 x, y 为正数. 证明

$$\sqrt[2n+1]{\frac{x^{2n+1}+y^{2n+1}}{2}}\leqslant\frac{x^{n+1}+y^{n+1}}{x^n+y^n}.$$

证明 令 $M_n=\sqrt[n]{\frac{x^n+y^n}{2}}$, 有下面的不等式成立

$$M_n^2\geqslant M_{n-1}\cdot M_{n+1}.$$

事实上, 该不等式等价于

$$\sqrt[n]{\left(\frac{t^n+1}{2}\right)^2} \geqslant \sqrt[n-1]{\frac{t^{n-1}+1}{2}} \cdot \sqrt[n+1]{\frac{t^{n+1}+1}{2}}$$

其中 $t = \dfrac{x}{y}$.

定义函数 $f\colon [0, \infty) \to \mathbb{R}$,

$$f(t) = \frac{2}{n} \ln \frac{t^n+1}{2} - \frac{1}{n-1} \ln \frac{t^{n-1}+1}{2} - \frac{1}{n+1} \ln \frac{t^{n+1}+1}{2},$$

则

$$f'(t) = \frac{t^{n-2}(t-1)^2(t^n-1)}{(t^{n-1}+1)(t^n+1)(t^{n+1}+1)},$$

于是 $f(t) \geqslant f(1) = 0$.

回到我们的问题上来, 接连有

$$M_{2n+1} \leqslant \frac{M_{2n}^2}{M_{2n-1}} \leqslant \frac{M_{2n-1}^3}{M_{2n-2}^2} \leqslant \frac{M_{2n-2}^4}{M_{2n-3}^3} \leqslant \cdots \leqslant \frac{M_{n+1}^{n+1}}{M_n^n}.$$ □

4. 设 a, b, x 为实数, 使得

$$(4a^2b^2+1)x^2 + 9(a^2+b^2) \leqslant 2018.$$

证明

$$20(4ab+1)x + 9(a+b) \leqslant 2018.$$

Titu Andreescu, 数学反思

证明 首先, 注意到第一个表达式在 a, b, x 的符号变化时保持不变, 而对于 $|a|$, $|b|$, $|x|$, 第二个式子当 a, b, x 非负时取得最大值. 因此, 只需考虑 a, b, x 是非负实数即可. 然后注意到, 由 AM-GM 不等式, 有

$$4a^2b^2x^2 + 1600 \geqslant 160abx, \quad x^2 + 400 \geqslant 40x,$$

$$9a^2 + 9 \geqslant 18a, \quad 9b^2 + 9 \geqslant 18b,$$

其中等号分别成立当且仅当 $abx = 20$, $x = 20$, $a = 1$, $b = 1$, 即所有不等式等号成立当且仅当 $(a, b, x) = (1, 1, 20)$. 现在注意到

$$20(4ab+1)x + 9(a+b) \leqslant \frac{4a^2b^2x^2 + x^2 + 9a^2 + 9b^2}{2} + 1009 \leqslant 2018.$$

结论得证, 当且仅当 $(a, b, x) = (1, 1, 20)$ 时等号成立, 因为这也得使题设条件中的等号成立. □

5. 设 a, b, c 为正数. 证明

$$\frac{a+b}{c}+\frac{b+c}{a}+\frac{c+a}{b} \geqslant \frac{4(a^2+b^2+c^2)}{ab+bc+ca}+2.$$

安振平, 数学反思

证明一 不失一般性, 可设

$$c=\max\{a, b, c\}.$$

原不等式可以写成

$$\frac{a}{b}+\frac{b}{a}+\frac{b}{c}+\frac{c}{b}+\frac{c}{a}+\frac{a}{c}-6 \geqslant \frac{4(a^2+b^2+c^2-ab-bc-ca)}{ab+bc+ca}$$

或

$$\frac{(a-b)^2}{4ab}+\frac{(b-c)^2}{4bc}+\frac{(c-a)^2}{4ca} \geqslant \frac{(a-b)^2+(c-a)(c-b)}{ab+bc+ca}.$$

而

$$\begin{aligned}\frac{(b-c)^2}{4bc}+\frac{(c-a)^2}{4ca} &= \frac{(b-c)(b-a+a-c)}{4bc}+\frac{(c-a)(c-b+b-a)}{4ca} \\ &= \frac{(b-a)^2}{4ab}+\left(\frac{1}{4bc}+\frac{1}{4ca}\right)(a-c)(b-c),\end{aligned}$$

所以, 我们需要证明

$$\frac{(a-b)^2}{2ab}+\left(\frac{1}{4bc}+\frac{1}{4ca}\right)(c-a)(c-b) \geqslant \frac{(a-b)^2+(c-a)(c-b)}{ab+bc+ca},$$

即

$$2\left(\frac{c}{a}+\frac{c}{b}-1\right)(a-b)^2+\left[(a+b)\left(\frac{1}{a}+\frac{1}{b}+\frac{1}{c}\right)-4\right](a-c)(b-c) \geqslant 0.$$

这是正确的, 因为

$$\frac{c}{a}+\frac{c}{b}-1 \geqslant 1+1-1>0,$$

$$(a+b)\left(\frac{1}{a}+\frac{1}{b}+\frac{1}{c}\right)-4 \geqslant (a+b)\left(\frac{1}{a}+\frac{1}{b}\right)-4 \geqslant 0.$$

当 $a=b=c$ 时等号成立. □

证明二 经过一些代数运算, 要证的不等式等价于

$$\frac{a^3b^2-2a^3bc+a^3c^2+a^2b^3+a^2c^3-2ab^3c-2abc^3+b^3c^2+b^2c^3}{abc(ab+ac+bc)} \geqslant 0$$

或等价于

$$a^3b^2+a^3c^2+a^2b^3+a^2c^3+b^3c^2+b^2c^3 \geqslant 2a^3bc+2ab^3c+2abc^3,$$

这可由 Muirhead 不等式得到, 因为

$$[(3,2,0)] \geqslant [(3,1,1)].$$

□

6. 设 a, b, c 为正实数且满足 $abc = 1$. 证明

$$(\sqrt[3]{a}+\sqrt[3]{b}+\sqrt[3]{c})^6 \geqslant 27(a+2)(b+2)(c+2).$$

Titu Andreescu, 数学反思

证明 令 $\sqrt[3]{a}=u, \sqrt[3]{b}=v, \sqrt[3]{c}=w$, 原不等式变为

$$(u+v+w)^6 \geqslant 27(u^3+2)(v^3+2)(w^3+2).$$

因为 $uvw = 1$, 我们有

$$u^3+2=u(u^2+2vw), \quad v^3+2=v(v^2+2wu), \quad w^3+2=w(w^2+2uv).$$

所以, 只需证明

$$(u+v+w)^2 \geqslant 3\sqrt[3]{(u^2+2vw)(v^2+2wu)(w^2+2uv)}.$$

而这对 $u^2+2vw, v^2+2wu, w^2+2uv$ 使用 AM-GM 不等式即可.

原不等式得证, 当且仅当 $a=b=c=1$ 时等号成立. □

7. 设 a, b, c 为非负实数, 使得

$$(a+b)(b+c)(c+a)=2.$$

证明

$$(a^2+bc)(b^2+ca)(c^2+ab)+8a^2b^2c^2 \leqslant 1.$$

Marius Stănean, 数学反思

证明一 经过齐次化, 原不等式变为

$$(a+b)^2(b+c)^2(c+a)^2 \geqslant 4(a^2+bc)(b^2+ca)(c^2+ab)+32a^2b^2c^2.$$

假设 $c=\min\{a,b,c\}$, 并且令 $a=c+x, b=c+y$, 其中 $x, y \geqslant 0$.

经过些许计算, 我们的不等式变为

$$8(x^2-xy+y^2)c^4+4(2x^3+x^2y+xy^2+2y^3)c^3+$$
$$12xy(x^2+y^2)c^2+4x^2y^2(x+y)c+x^2y^2(x-y)^2 \geqslant 0,$$

这显然是成立的. 当 $x=y=0$, 即 $a=b=c$ 或 $c=0, x=y$, 即 $a=b, c=0$ 及其轮换时等号成立. □

证明二 首先, 注意到

$$\begin{aligned}&(a^2+bc)(b^2+ca)(c^2+ab)+8a^2b^2c^2\\=&a^3b^3+b^3c^3+c^3a^3+abc(a^3+b^3+c^3)+10a^2b^2c^2.\end{aligned}$$

将题设条件两边平方再除以 4, 我们得

$$\begin{aligned}1=&a^3b^3+b^3c^3+c^3a^3+abc(a^3+b^3+c^3)+10a^2b^2c^2+\\&a^2bc(b-c)^2+ab^2c(c-a)^2+abc^2(a-b)^2+\frac{(a-b)^2(b-c)^2(c-a)^2}{4},\end{aligned}$$

从而得出结论. □

注记 此不等式要强于 Vasile Cîrtoaje 不等式:

若 a, b, c 为非负实数, 使得

$$(a+b)(b+c)(c+a)=2,$$

则

$$(a^2+bc)(b^2+ca)(c^2+ab)\leqslant 1.$$

8. 设 a, b, c 为非负实数, 使得 $a^2+b^2+c^2=2$. 证明

$$(a^2-ab+b^2)(b^2-bc+c^2)(c^2-ca+a^2)+\frac{19}{8}a^2b^2c^2\leqslant 1.$$

Marius Stănean, 数学反思

证明 齐次化后, 原不等式变为

$$(a^2+b^2+c^2)^3\geqslant 8(a^2-ab+b^2)(b^2-bc+c^2)(c^2-ca+a^2)+19a^2b^2c^2.$$

不失一般性, 我们可以假设 $a=\min\{a,b,c\}$, 并且令 $b=a+x, c=a+y, x, y\geqslant 0$. 经过计算, 不等式变为

$$\begin{aligned}&20(x^2-xy+y^2)a^4+2(14x^3-x^2y-xy^2+14y^3)a^3+\\&(13x^4+16x^3y-9x^2y^2+16xy^3+13y^4)a^2+\\&2(3x^5-x^4y+2x^3y^2+2x^2y^3-xy^4+3y^5)a+\\&(x-y)^2(x^4+2x^3y-2x^2y^2+2xy^3+y^4)\geqslant 0,\end{aligned}$$

这显然是成立的, 因为

$$\begin{aligned}x^3+y^3\geqslant x^2y+xy^2&\Longleftrightarrow(x-y)^2\geqslant 0,\\x^5+y^5\geqslant x^4y+xy^4&\Longleftrightarrow(x-y)^2(x+y)(x^2+y^2)\geqslant 0,\\x^3y+y^3x\geqslant 2x^2y^2&\Longleftrightarrow xy(x-y)^2\geqslant 0.\end{aligned}$$

当 $x=y=0$ 即 $a=b=c$, 或 $a=0, x=y$ 即 $b=c$ 时等号成立. 当 $a=b=c=\sqrt{\dfrac{2}{3}}$ 或 $a=0, b=c=1$ 及其轮换时, 原不等式等号成立. □

注记 此不等式要强于 Pham Kim Hung 不等式:

若 a, b, c 为非负实数, 使得 $a^2+b^2+c^2=2$, 则

$$(a^2-ab+b^2)(b^2-bc+c^2)(c^2-ca+a^2) \leqslant 1.$$

9. 设 a, b, c 为非负实数, 其中至多有一个为 0. 证明

$$\frac{1}{a+b}+\frac{1}{b+c}+\frac{1}{c+a}+\frac{3}{a+b+c} \geqslant \frac{4}{\sqrt{ab+bc+ca}}.$$

安振平, 数学反思

证明 我们接连地有

$$\begin{aligned}
&\frac{1}{a+b}+\frac{1}{b+c}+\frac{1}{c+a}+\frac{3}{a+b+c}\\
=&\frac{(b+c)(c+a)+((a+b)(c+a)+(a+b)(b+c)}{(a+b)(b+c)(c+a)}+\frac{3}{a+b+c}\\
=&\frac{(a+b+c)^2+ab+bc+ca}{(a+b+c)(ab+bc+ca)-abc}+\frac{3}{a+b+c}\\
\geqslant&\frac{(a+b+c)^2+ab+bc+ca}{(a+b+c)(ab+bc+ca)}+\frac{3}{a+b+c}\\
=&\frac{a+b+c}{ab+bc+ca}+\frac{4}{a+b+c}\\
\geqslant&2\sqrt{\frac{a+b+c}{ab+bc+ca}\cdot\frac{4}{a+b+c}}=\frac{4}{\sqrt{ab+bc+ca}}.
\end{aligned}$$

在欲证的不等式中, $\forall k \in \mathbb{R}_+$, 当且仅当 (a, b, c) 是 $(k, k, 0)$ 的置换时, 等号成立. □

10. 设 a, b, c 为正实数, 使得 $a+b+c=3$. 证明

$$\frac{a}{a^2+bc+1}+\frac{b}{b^2+ca+1}+\frac{c}{c^2+ab+1} \leqslant 1.$$

安振平, 数学反思

证明 根据 AM-GM 不等式, 我们有

$$a^2+1 \geqslant 2a,$$

$$b^2+1 \geqslant 2b,$$

$$c^2+1\geqslant 2c.$$

因此, 只需证明

$$\frac{a}{2a+bc}+\frac{b}{2b+ac}+\frac{c}{2c+ab}\leqslant 1$$

或

$$\begin{aligned}&a(2b+ac)(2c+ab)+b(2a+bc)(2c+ab)+c(2a+bc)(2b+ac)\\ \leqslant\ &(2a+bc)(2b+ca)(2c+ab).\end{aligned}$$

经过化简, 上面的不等式等价于

$$4\leqslant abc+a^2+b^2+c^2,$$

或者, 齐次化后, 有

$$9(a+b+c)(a^2+b^2+c^2)+27abc\geqslant 4(a+b+c)^3,$$

即

$$5(a^3+b^3+c^3)+3abc\geqslant 3\sum_{\text{cyc}}a^2(b+c).$$

此不等式可由 Schur 不等式得到, 即

$$a^3+b^3+c^3+3abc\geqslant\sum_{\text{cyc}}a^2(b+c)$$

和

$$\begin{aligned}2(a^3+b^3+c^3)-\sum_{\text{cyc}}a^2(b+c)&=\sum_{\text{cyc}}\left[a^3+b^3-ab(a+b)\right]\\&=\sum_{\text{cyc}}(a+b)(a-b)^2\geqslant 0.\end{aligned}$$

当 $a=b=c=1$ 时, 等号成立. □

11. 设实数 $a,b,c\geqslant\frac{6}{5}$ 满足

$$a+b+c=\frac{1}{a}+\frac{1}{b}+\frac{1}{c}+8.$$

证明

$$ab+bc+ca\leqslant 27.$$

Marius Stănean, 数学反思

证明 记 $t=a+b+c$, 我们有

$$\frac{5a-6}{a}+\frac{5b-6}{b}+\frac{5c-6}{c}=63-6(a+b+c)=63-6t.$$

由此得 $t < \dfrac{21}{2}$. 而且

$$t - 8 \geqslant \frac{9}{t} \Longrightarrow t \geqslant 9.$$

由 Cauchy-Schwarz 不等式, 有

$$\begin{aligned}63 - 6t &= \frac{(5a-6)^2}{a(5a-6)} + \frac{(5b-6)^2}{b(5b-6)} + \frac{(5c-6)^2}{c(5c-6)} \\ &\geqslant \frac{(5(a+b+c)-18)^2}{5(a^2+b^2+c^2)-6(a+b+c)} \\ &= \frac{(5t-18)^2}{5t^2-10(ab+bc+ca)-6t}.\end{aligned}$$

所以

$$10(ab+bc+ca) \leqslant 5t^2 - 6t - \frac{(5t-18)^2}{63-6t}$$

且

$$5t^2 - 6t - \frac{(5t-18)^2}{63-6t} - 270 = -\frac{2(t-9)^2(15t+107)}{63-6t} \leqslant 0.$$

□

12. 设 a, b, c 为正实数, 使得 $abc = 1$. 证明

$$\frac{1}{(1+a)^3} + \frac{1}{(1+b)^3} + \frac{1}{(1+c)^3} + \frac{5}{(1+a)(1+b)(1+c)} \geqslant 1.$$

Pham Kim Hung

证明　若记 $x = \dfrac{2}{1+a} - 1, y = \dfrac{2}{1+b} - 1, z = \dfrac{2}{1+c} - 1$ 则

$$a = \frac{1-x}{1+x}, \quad b = \frac{1-y}{1+y}, \quad c = \frac{1-z}{1+z}$$

并且显然有 $x, y, z \in (-1, 1)$. 于是

$$(1-x)(1-y)(1-z) = (1+x)(1+y)(1+z) \Longleftrightarrow x+y+z+xyz = 0.$$

我们需要证明

$$(x+1)^3 + (y+1)^3 + (z+1)^3 + 5(x+1)(y+1)(z+1) \geqslant 8.$$

展开后, 得到如下等价形式

$$\begin{aligned}&x^3+y^3+z^3+3(x^2+y^2+z^2)+3(x+y+z)+ \\ &5(x+y+z)+5(xy+yz+zx)+5xyz \geqslant 0,\end{aligned}$$

$$\begin{aligned}&3xyz+(x+y+z)^3-3(x+y+z)(xy+yz+zx)+3(x+y+z)^2- \\ &6(xy+yz+zx)+8(x+y+z)+5(xy+yz+zx)+5xyz \geqslant 0,\end{aligned}$$

或者, 记 $t = x + y + z$, 有

$$t^3 + 3t^2 \geqslant (xy + yz + zx)(1 + 3t),$$

$$(1 + 3t)(x^2 + y^2 + z^2) \geqslant t^3 - 5t^2.$$

若 $1 + 3t \geqslant 0$, 则 $x^2 + y^2 + z^2 \geqslant \dfrac{t^2}{3}$, 所以还需证明

$$t^2 + 3t^3 \geqslant 3t^3 - 15t^2 \Longleftrightarrow 16t^2 \geqslant 0,$$

这显然是成立的.

若 $1 + 3t \leqslant 0$, 则 $x^2 + y^2 + z^2 \leqslant t^2 + 2 \Longleftrightarrow (1 + xy)(1 - z^2) \geqslant 0$, 因此还需要证明

$$(1 + 3t)(t^2 + 2) \geqslant t^3 - 5t^2 \Longleftrightarrow 2(t + 1)^3 \geqslant 0,$$

这显然是成立的, 因为 $t = -xyz \geqslant -1$.

当 $t = 0$ 时, 意味着 $x = y = z = 0$ 且 $a = b = c = 1$ 时等号成立. □

注记 如下不等式也成立:

给定 $a, b, c > 0$ 使得 $abc = 1$, 则

$$\frac{1}{(1+a)^2} + \frac{1}{(1+b)^2} + \frac{1}{(1+c)^2} + \frac{2}{(1+b)(1+c)(1+a)} \geqslant 1.$$

证明 如上所述, 我们需要证明

$$(x + 1)^2 + (y + 1)^2 + (z + 1)^2 + (x + 1)(y + 1)(z + 1) \geqslant 4$$

或

$$x^2 + y^2 + z^2 + 2(x + y + z) + xy + yz + zx \geqslant 0,$$

即

$$x^2 + y^2 + z^2 - 4xyz + x^2y^2z^2 \geqslant 0.$$

若记 $t = \sqrt[3]{xyz} > 0$, 则由 AM-GM 不等式, 有

$$x^2 + y^2 + z^2 \geqslant 3\sqrt[3]{x^2y^2z^2} = 3t^2,$$

所以我们需要证明

$$t^6 - 4t^3 + 3t^2 \geqslant 0,$$

即

$$t^2(t - 1)^2(t^2 + 2t + 3) \geqslant 0,$$

这显然是正确的. 当 $t = 0$, 即 $x = y = z = 0$, $a = b = c = 1$ 时, 等号成立. □

13. 设 a, b, c 为正实数, 使得 $a+b+c=1$. 证明

$$\frac{bc}{\sqrt{a+bc}}+\frac{ab}{\sqrt{c+ab}}+\frac{ac}{\sqrt{b+ac}}\leqslant\frac{1}{2}.$$

证明 将原不等式改写为

$$\sum_{\text{cyc}}\frac{2bc}{\sqrt{(a+b)(a+c)}}\leqslant 1.$$

再由 AM-GM 不等式, 我们逐步有

$$\begin{aligned}\sum_{\text{cyc}}\frac{2bc}{\sqrt{(a+b)(a+c)}}&=\sum_{\text{cyc}}\frac{2bc\sqrt{(a+b)(a+c)}}{(a+b)(a+c)}\\&\leqslant\sum_{\text{cyc}}\frac{bc(a+b+a+c)}{(a+b)(a+c)}\\&=\sum_{\text{cyc}}\left(\frac{bc}{a+c}+\frac{bc}{a+b}\right)=a+b+c=1.\end{aligned}$$

结论得证, 当 $a=b=c$ 时, 等号成立. □

14. 设 a, b, c 为正实数. 证明

$$\frac{a^3}{\sqrt{b^2-bc+c^2}}+\frac{b^3}{\sqrt{c^2-ca+a^2}}+\frac{c^3}{\sqrt{a^2-ab+b^2}}\geqslant a^2+b^2+c^2.$$

Nguyen Viet Hung, 数学反思

证明 由 Cauchy-Schwarz 不等式, 有

$$\sum_{\text{cyc}}\frac{a^3}{\sqrt{b^2-bc+c^2}}\geqslant\frac{(a^2+b^2+c^2)^2}{\sum_{\text{cyc}}a\sqrt{b^2-bc+c^2}}.$$

只需证明

$$a^2+b^2+c^2\geqslant\sum_{\text{cyc}}a\sqrt{b^2-bc+c^2}.$$

将两边平方后, 不等式化为

$$\sum_{\text{cyc}}a^2(b^2-bc+c^2)+\sum_{\text{cyc}}2bc\sqrt{(c^2-ca+a^2)(a^2-ab+b^2)}\leqslant(a^2+b^2+c^2)^2.$$

由 AM-GM 不等式, 得

$$\begin{aligned}\sum_{\text{cyc}}2bc\sqrt{(c^2-ca+a^2)(a^2-ab+b^2)}&\leqslant\sum_{\text{cyc}}bc(2a^2+b^2+c^2-ab-ca)\\&=\sum_{\text{cyc}}bc(b^2+c^2).\end{aligned}$$

因此, 只需证明

$$\sum_{\text{cyc}} a^2(b^2-bc+c^2)+\sum_{\text{cyc}} bc(b^2+c^2) \leqslant (a^2+b^2+c^2)^2.$$

这等价于

$$2(a^2b^2+b^2c^2+c^2a^2)-abc(a+b+c)+\sum_{\text{cyc}} bc(b^2+c^2) \leqslant (a^2+b^2+c^2)^2$$

或

$$\sum_{\text{cyc}} bc(b^2+c^2) \leqslant a^4+b^4+c^4+abc(a+b+c).$$

而这正是 Schur 不等式, 所以我们完成了证明. 当 $a=b=c$ 或 $a=0, b=c$ 及其轮换时等号成立. □

15. 设 a, b, c 为正实数, 使得 $a+b+c=3$. 证明

$$\frac{1}{a^3+b^3+abc}+\frac{1}{b^3+c^3+abc}+\frac{1}{c^3+a^3+abc}+\frac{1}{3}\left(\frac{1}{ab}+\frac{1}{bc}+\frac{1}{ca}\right) \geqslant 2.$$

Hoang Le Nhat Tung, 数学反思

证明 注意到

$$\frac{1}{3}\left(\frac{1}{ab}+\frac{1}{bc}+\frac{1}{ca}\right)=\frac{a+b+c}{3abc}=\frac{1}{abc}.$$

由 Cauchy-Schwarz 不等式, 有

$$\begin{aligned}\sum_{\text{cyc}}\frac{1}{a^3+b^3+abc}+\frac{1}{abc}&=\sum_{\text{cyc}}\frac{c^2}{c^2(a^3+b^3+abc)}+\frac{(a+b+c)^2}{abc(a+b+c)^2}\\&\geqslant\frac{4(a+b+c)^2}{abc(a+b+c)^2+\sum_{\text{cyc}}c^2(a^3+b^3+abc)}.\end{aligned}$$

因此, 只需证明

$$2(a+b+c)^5 \geqslant 27\left[abc(a+b+c)^2+\sum_{\text{cyc}}c^2(a^3+b^3+abc)\right],$$

将右边因式分解后, 写成

$$2(a+b+c)^5 \geqslant 27(ab+bc+ca)(a^2b+a^2c+b^2c+b^2a+c^2a+c^2b).$$

因为 Schur 不等式可以写成

$$\begin{aligned}&(a+b+c)(a^2+b^2+c^2+ab+bc+ca)\\&\geqslant 3(a^2b+a^2c+b^2c+b^2a+c^2a+c^2b),\end{aligned}$$

所以, 只需证明

$$2(a+b+c)^4 \geqslant 9(ab+bc+ca)(a^2+b^2+c^2+ab+bc+ca),$$

两边减去 $6(a+b+c)^2(ab+bc+ca)$, 不等式变为

$$2(a+b+c)^2(a^2+b^2+c^2-ab-bc-ca)$$
$$\geqslant 3(ab+bc+ca)(a^2+b^2+c^2-ab-bc-ca)$$

或

$$(a^2+b^2+c^2-ab-bc-ca)(2a^2+2b^2+2c^2+ab+bc+ca) \geqslant 0,$$

这显然是正确的. 当 $a=b=c$ 时, 等号成立. □

16. 设 x, y, z 为实数, 使得 $-1 \leqslant x, y, z \leqslant 1$ 且

$$x+y+z+xyz=0.$$

证明

$$x+y+z+\frac{72}{9+xy+yz+zx} \geqslant 8.$$

Marius Stănean, 数学反思

证明 若 $x=-1$, 则

$$(y-1)(z-1)=0.$$

于是, 令 $y=1$, 进而原不等式变为 $z \geqslant -1$, 成立.

类似地, 若 $x=1$, 则

$$(y+1)(z+1)=0.$$

于是, 令 $y=-1$, 进而不等式变为 $z \geqslant -1$, 成立.

令 $x, y, z \in (-1,1)$, 并且记

$$\frac{b}{a}=\frac{1-x}{1+x}, \quad \frac{c}{b}=\frac{1-y}{1+y}, \quad \frac{a}{c}=\frac{1-z}{1+z},$$

其中 $a, b, c>0$. 由此可得

$$x=\frac{a-b}{a+b}, \quad y=\frac{b-c}{b+c}, \quad z=\frac{c-a}{c+a},$$

然后, 原不对等变为

$$\frac{a-b}{a+b}+\frac{b-c}{b+c}+\frac{c-a}{c+a}+\frac{9(a+b)(b+c)(c+a)}{(a+b+c)(ab+bc+ca)} \geqslant 8$$

或

$$\frac{9(a+b)(b+c)(c+a)}{(a+b+c)(ab+bc+ca)}-8-\frac{(a-b)(b-c)(c-a)}{(a+b)(b+c)(c+a)} \geqslant 0.$$

注意到, 此不等式是循环的, 所以不失一般性, 可以假设 b 在 a 和 c 之间. 我们有如下两种情形:

情形 1 $a \geqslant b \geqslant c$, 显然成立, 因为

$$\frac{9(a+b)(b+c)(c+a)}{(a+b+c)(ab+bc+ca)}-8 \geqslant 0 \Longleftrightarrow \sum_{\text{cyc}} a(b-c)^2 \geqslant 0.$$

情形 2 $c \geqslant b \geqslant a$, 则我们可以将不等式改写成

$$\frac{2c(a-b)^2+(a+b)(c-a)(c-b)}{(a+b+c)(ab+bc+ca)}-\frac{(b-a)(c-a)(c-b)}{(a+b)(b+c)(c+a)} \geqslant 0,$$

这是正确的, 因为

$$\frac{a+b}{(a+b+c)(ab+bc+ca)} \geqslant \frac{b-a}{(a+b)(b+c)(c+a)},$$

利用等式 $(a+b)(b+c)(c+a)=(a+b+c)(ab+bc+ca)-abc$, 有

$$2a(a+b+c)(ab+bc+ca) \geqslant abc(a+b).$$

当 $a=b=c$, 即 $x=y=z=0$ 或 $x=-1, y=1, z=-1$ 及其轮换时, 等号成立. □

17. 设 x, y, z 为实数, 使得 $-1 \leqslant x, y, z \leqslant 1$ 且

$$x+y+z+xyz=0.$$

证明

$$\sqrt{x+1}+\sqrt{y+1}+\sqrt{z+1} \leqslant 3.$$

Gabriel Dospinescu

证明 不失一般性, 可以假设

$$z=\min\{x, y, z\}.$$

我们有如下两种情形:

情形 1 若 $x+y+z \leqslant 0$, 则由 Cauchy-Schwarz 不等式, 有

$$\begin{aligned}\sqrt{x+1}+\sqrt{y+1}+\sqrt{z+1} &\leqslant \sqrt{3(1+x+1+y+1+z)}\\ &=\sqrt{9+3(x+y+z)} \leqslant 3,\end{aligned}$$

当 $x=y=z=0$ 时取等号.

情形 2 若 $x+y+z>0$, 则由于 $xyz=-(x+y+z)<0$, 可得 $z<0<x, y$. 令 $t=\dfrac{x+y}{2} \leqslant 1$, 由 Cauchy-Schwarz 不等式, 有

$$\sqrt{x+1}+\sqrt{y+1} \leqslant \sqrt{2(x+y+2)}=2\sqrt{1+t},$$

再使用 AM-GM 不等式, 有

$$\sqrt{1+z}=\sqrt{1-\frac{x+y}{1+xy}} \leqslant \sqrt{1-\frac{2t}{1+t^2}}=\frac{1-t}{\sqrt{1+t^2}}.$$

我们将不等式写成 $f(t) \leqslant 0$, 其中

$$f(t) = 2\sqrt{1+t} + \frac{1-t}{\sqrt{1+t^2}} - 3.$$

求导, 得

$$f'(t) = \frac{\sqrt{(x^2+1)^3} - \sqrt{(x+1)^3}}{\sqrt{(x+1)(x^2+1)^3}} \leqslant 0,$$

这表明 $f(t) \leqslant f(0) = 0$. □

18. 设 a, b, c 为非负实数. 证明

$$a^2 + b^2 + c^2 + 4abc + 1 \geqslant a + b + c + ab + bc + ca.$$

证明　不失一般性, 可以假设

$$c = \min\{a, b, c\}.$$

若记

$$f(a,b,c) = a^2 + b^2 + c^2 + 4abc + 1 - a - b - c - ab - bc - ca,$$

则计算可得

$$\begin{aligned} f(a,b,c) - f\left(\frac{a+b}{2}, \frac{a+b}{2}, c\right) &= a^2 + b^2 - \frac{(a+b)^2}{2} - c(a-b)^2 + \frac{(a-b)^2}{4} \\ &= (a-b)^2\left(\frac{3}{4} - c\right). \end{aligned}$$

我们有两种可能的情形:

情形 1　若 $c \geqslant \dfrac{3}{4}$, 则 $4abc \geqslant 3ab \geqslant ab + bc + ca$, 且

$$a^2 + b^2 + c^2 + 1 - a - b - c = \left(a - \frac{1}{2}\right)^2 + \left(b - \frac{1}{2}\right)^2 + \left(c - \frac{1}{2}\right)^2 + \frac{1}{4} > 0,$$

于是不等式得证.

情形 2　若 $c \leqslant \dfrac{3}{4}$, 由于

$$f(a,b,c) \geqslant f\left(\frac{a+b}{2}, \frac{a+b}{2}, c\right),$$

只需证明

$$2t^2 + c^2 + 4t^2c + 1 - 2t - c - t^2 - 2tc \geqslant 0,$$

其中记 $t = a = b$. 事实上, 我们需要证明

$$(4c+1)t^2 - 2(1+c)t + c^2 - c + 1 \geqslant 0,$$

左边是关于 t 的二次函数, 其判别式为

$$\begin{aligned}\Delta &= 4\left[(c+1)^2-(4c+1)(c^2-c+1)\right]\\ &= -4c(2c-1)^2 \leqslant 0,\end{aligned}$$

这表明欲证的不等式成立. 当 $c=\frac{1}{2}$, 即 $a=b=\frac{1}{2}$, 或当 $c=0$, 即 $a=b=1$ 时, 等号成立. □

19. 设 a, b, c 为三角形的边长. 证明

$$\frac{b+c}{b+c-a}+\frac{c+a}{c+a-b}+\frac{a+b}{a+b-c} \geqslant 2\left(\frac{a}{b}+\frac{b}{c}+\frac{c}{a}\right).$$

Marius Stănean

证明 不失一般性, 可以假设

$$c=\min\{a, b, c\}.$$

我们将不等式写成

$$(a+b+c)\left(\frac{1}{b+c-a}+\frac{1}{c+a-b}+\frac{1}{a+b-c}\right)-9 \geqslant 4\left(\frac{a}{b}+\frac{b}{c}+\frac{c}{a}-3\right).$$

使用下面的等式

$$\begin{aligned}(x+y+z)\left(\frac{1}{x}+\frac{1}{y}+\frac{1}{z}\right)-9 &= \frac{(x+y+z)(xy+yz+zx)-9xyz}{xyz}\\ &= \frac{2z(x-y)^2+(x+y)(x-z)(y-z)}{xyz},\end{aligned}$$

$$\frac{x}{y}+\frac{y}{z}+\frac{z}{x}-3=\frac{(x-y)^2}{xy}+\frac{(x-z)(y-z)}{xz},$$

我们的不等式变为

$$\frac{8(a+b-c)(a-b)^2+8c(a-c)(b-c)}{(b+c-a)(c+a-b)(a+b-c)} \geqslant 4\left[\frac{(a-b)^2}{ab}+\frac{(a-c)(b-c)}{ac}\right].$$

只需证明

$$2ab \geqslant (b+c-a)(c+a-b) \Longleftrightarrow a^2+b^2 \geqslant c^2,$$

(这显然是正确的) 以及

$$2c^2a \geqslant (b+c-a)(c+a-b)(a+b-c),$$

应用 Ravi 代换, 即 $a=y+z, b=z+x, c=x+y$, 有

$$2(x+y)^2(y+z) \geqslant 8xyz \Longleftrightarrow (x+y)^2(y+z) \geqslant 4xyz,$$

显然成立, 因为 $(x+y)^2 \geqslant 4xy$ 且 $y+z \geqslant z$.

因此, 题设不等式得证, 当 $a=b=c$ 时等号成立. □

20. 设 a, b, c 是 $\triangle ABC$ 的边长, 而 S, s 分别是该三角形的面积和半周长. 证明

$$a(s-a)\cos\frac{B-C}{4}+b(s-b)\cos\frac{C-A}{4}+c(s-c)\cos\frac{A-B}{4}\geqslant 2\sqrt{3}S.$$

安振平, 数学反思

解　欲证的不等式等价于

$$a\frac{S}{s}\cot\frac{A}{2}\cos\frac{B-C}{4}+b\frac{S}{s}\cot\frac{B}{2}\cos\frac{C-A}{4}+c\frac{S}{s}\cot\frac{C}{2}\cos\frac{A-B}{4}\geqslant 2\sqrt{3}S,$$

等价于

$$a\cot\frac{A}{2}\cos\frac{B-C}{4}+b\cot\frac{B}{2}\cos\frac{C-A}{4}+c\cot\frac{C}{2}\cos\frac{A-B}{4}\geqslant 2\sqrt{3}s,$$

即

$$\sum_{\text{cyc}}\sin A\cot\frac{A}{2}\cos\frac{B-C}{4}\geqslant\sqrt{3}\,(\sin A+\sin B+\sin C)$$

或者

$$\sum_{\text{cyc}}2\cos^2\frac{A}{2}\cos\frac{B-C}{4}\geqslant\sqrt{3}\,(\sin A+\sin B+\sin C)\,.$$

使用变换 $(A,B,C)\longrightarrow(\pi-2A,\pi-2B,\pi-2C)$, 不等式变成

$$\sum_{\text{cyc}}2\sin^2 A\cos\frac{B-C}{2}\geqslant\sqrt{3}\,(\sin 2A+\sin 2B+\sin 2C)\,,$$

$$\sum_{\text{cyc}}\sin^2 A\cos\frac{B-C}{2}\geqslant 2\sqrt{3}\sin A\sin B\sin C,$$

$$a^2\cos\frac{B-C}{2}+b^2\cos\frac{C-A}{2}+c^2\cos\frac{A-B}{2}\geqslant 4\sqrt{3}S,\tag{1}$$

$$a(b+c)\sin\frac{A}{2}+b(c+a)\sin\frac{B}{2}+c(a+b)\sin\frac{C}{2}\geqslant 4\sqrt{3}S,$$

$$\frac{a(b+c)}{\sqrt{bc}\sqrt{3s(s-a)}}+\frac{b(c+a)}{\sqrt{ca}\sqrt{3s(s-b)}}+\frac{c(a+b)}{\sqrt{ab}\sqrt{3s(s-c)}}\geqslant 4.$$

现在, 由 AM-GM 不等式和 Cauchy-Schwarz 不等式, 可得

$$\begin{aligned}\sum_{\text{cyc}}\frac{a(b+c)}{\sqrt{bc}\sqrt{3s(s-a)}}&\geqslant\sum_{\text{cyc}}\frac{2a}{\sqrt{3s(s-a)}}\geqslant\sum_{\text{cyc}}\frac{4a}{s+3(s-a)}\\&=\sum_{\text{cyc}}\frac{4a}{2b+2c-a}=\sum_{\text{cyc}}\frac{4a^2}{a(2b+2c-a)}\\&\geqslant\frac{4(a+b+c)^2}{4ab+4bc+4ca-a^2-b^2-c^2}\geqslant 4.\end{aligned}$$

□

注记 (1) 此不等式是对 Finsler-Hadwiger 不等式的加强

$$a(s-a)+b(s-b)+c(s-c)\geqslant 2\sqrt{3}S,$$

等价于

$$a^2+b^2+c^2\geqslant 4\sqrt{3}S+(a-b)^2+(b-c)^2+(c-a)^2.$$

(2) 从不等式 (1) 出发, 可以证明不等式

$$\sum_{\text{cyc}}a^2\cos\frac{B-C}{2}\geqslant\sum_{\text{cyc}}bc\cos\frac{B-C}{2}\geqslant 4\sqrt{3}S.$$

21. 在 $\triangle ABC$ 中, 记 m_a, m_b, m_c 为中线长, w_a, w_b, w_c 为角平分线长. 证明

$$\frac{m_a}{w_a}+\frac{m_b}{w_b}+\frac{m_c}{w_c}\leqslant 1+\frac{R}{r}.$$

Dragoljub Milošević, 数学反思

证明 首先, 注意到

$$m_aw_a\geqslant s(s-a),$$

其中 s 是 $\triangle ABC$ 的半周长. 实际上, 该不等式等价于

$$\frac{\sqrt{2(b^2+c^2)-a^2}}{2}\cdot\frac{2bc}{b+c}\cos\frac{A}{2}\geqslant s(s-a)$$

或

$$\frac{\sqrt{2bc(b^2+c^2)-a^2bc}}{b+c}\geqslant\sqrt{s(s-a)}.$$

两边平方再化简, 我们得到等价的不等式

$$\frac{2bc(b^2+c^2)-a^2bc}{(b+c)^2}\geqslant\frac{(b+c)^2-a^2}{4},$$

等价于

$$a^2(b-c)^2\geqslant(b+c)^4-8bc(b^2+c^2)$$

或

$$a^2(b-c)^2-(b-c)^4\geqslant 0,$$

即

$$(b-c)^2(a-b+c)(a+b-c)\geqslant 0,$$

这显然成立. 类似地, 有

$$m_bw_b\geqslant s(s-b),\quad m_cw_c\geqslant s(s-c).$$

回到原不等式, 我们推出

$$\begin{aligned}\frac{m_a}{w_a}+\frac{m_a}{w_a}+\frac{m_a}{w_a}&=\frac{m_a^2}{m_aw_a}+\frac{m_b^2}{m_bw_b}+\frac{m_c^2}{m_cw_c}\\&\leqslant\frac{m_a^2}{s(s-a)}+\frac{m_b^2}{s(s-b)}+\frac{m_c^2}{s(s-c)}\\&=\frac{2(b^2+c^2)-a^2}{4s(s-a)}+\frac{2(c^2+a^2)-b^2}{4s(s-b)}+\frac{2(a^2+b^2)-c^2}{4s(s-c)}.\end{aligned}$$

使用 Ravi 代换, 即

$$a=y+z,\quad b=z+x,\quad c=x+y,\quad x,y,z>0,$$

我们只需证明

$$\begin{aligned}&\frac{4x^2+y^2+z^2+4xy-2yz+4zx}{4x(x+y+z)}+\frac{x^2+4y^2+z^2+4xy+4yz-2zx}{4y(x+y+z)}+\\&\frac{x^2+y^2+4z^2-2xy+4yz+4zx}{4z(x+y+z)}\leqslant 1+\frac{(x+y)(y+z)(z+x)}{4xyz}\end{aligned}$$

或

$$\sum_{\text{cyc}}(x^3y+xy^3)+12xyz\sum_{\text{cyc}}x-2\sum_{\text{cyc}}x^2y^2\leqslant 4xyz\sum_{\text{cyc}}x+\sum_{\text{cyc}}x\prod(x+y).$$

展开并合并同类项后, 上式变为

$$x^2y^2+y^2z^2+z^2x^2\geqslant xyz(x+y+z),$$

这显然成立, 利用熟知的不等式

$$u^2+v^2+w^2\geqslant uv+vw+wu$$

即可证得结论. □

22. 设 a, b, c 为正数, 使得 $a+b+c=ab+bc+ca$. 证明

$$\frac{3}{1+a}+\frac{3}{1+b}+\frac{3}{1+c}-\frac{4}{(1+a)(1+b)(1+c)}\geqslant 4.$$

安振平, 数学反思

证明　去分母再展开, 原不等式变为

$$1+2(a+b+c)-ab-bc-ca-4abc\geqslant 0$$

或

$$1+a+b+c-4abc\geqslant 0.$$

由题设条件, 我们有

$$(a+b+c)^2\geqslant 3(ab+bc+ca)=3(a+b+c)\Longrightarrow a+b+c\geqslant 3.$$

不失一般性, 可以假设 $c \leqslant b \leqslant a$. 易见 $a \geqslant 1$. 则有如下两种情形:

情形 1 若 $1 \leqslant c$, 则

$$ab+bc+ca \geqslant a\cdot 1+b\cdot 1+c\cdot 1=a+b+c,$$

这表明 $a=b=c=1$, 不等式成立.

情形 2 若 $c \leqslant 1 \leqslant a$, 根据题设条件有

$$b=\frac{a+c-ac}{a+c-1}.$$

因此

$$\begin{aligned}1+a+b+c-4abc&=1+a+c+\frac{(1-4ac)(a+c-ac)}{a+c-1}\\&=\frac{4a^2c^2-4a^2c-4ac^2+a^2+ac+c^2+a+c-1}{a+c-1}\\&=\frac{4a^2c^2-4ac(a+c)+(a+c)^2-ac+a+c-1}{a+c-1}\\&=\frac{(2ac-a-c)^2+(1-c)(a-1)}{a+c-1}\geqslant 0,\end{aligned}$$

即证得结论. □

23. 证明: 对任意的正实数 a, b, c, 有

$$\sqrt{\frac{2ab}{a^2+b^2}}+\sqrt{\frac{2bc}{b^2+c^2}}+\sqrt{\frac{2ca}{c^2+a^2}}+\frac{3(a^2+b^2+c^2)}{ab+bc+ca} \geqslant 6.$$

Nguyen Viet Hung, 数学反思

证明 我们有不等式

$$\frac{x^2+y^2+z^2}{xy+yz+zx} \geqslant \frac{2(x^2+y^2)}{(x+y)^2}, \tag{1}$$

这等价于

$$x^2+y^2+z^2 \geqslant \frac{2xy(x^2+y^2)}{(x+y)^2}+\frac{2z(x^2+y^2)}{x+y}$$

或

$$z^2-\frac{2z(x^2+y^2)}{x+y}+\frac{(x^2+y^2)^2}{(x+y)^2} \geqslant 0,$$

即

$$\left(z-\frac{x^2+y^2}{x+y}\right)^2 \geqslant 0.$$

不等式 (1) 也可以写成

$$\frac{x^2+y^2+z^2}{xy+yz+zx}+\frac{4xy}{(x+y)^2} \geqslant 2. \tag{2}$$

另外, 我们有

$$\sqrt{\frac{2xy}{x^2+y^2}} \geqslant \frac{4xy}{(x+y)^2}$$
$$\Longleftrightarrow (x+y)^4 \geqslant 8xy(x^2+y^2) \Longleftrightarrow (x-y)^4 \geqslant 0. \tag{3}$$

回到原不等式, 对变量 a, b, c 使用不等式 (3) 和不等式 (2), 我们推出

$$\begin{aligned}\sqrt{\frac{2ab}{a^2+b^2}}+\sqrt{\frac{2bc}{b^2+c^2}}+\sqrt{\frac{2ca}{c^2+a^2}}+\frac{3(a^2+b^2+c^2)}{ab+bc+ca} &\geqslant \sum_{\text{cyc}}\frac{4ab}{(a+b)^2}+\frac{3(a^2+b^2+c^2)}{ab+bc+ca} \\ &= \sum_{\text{cyc}}\left(\frac{a^2+b^2+c^2}{ab+bc+ca}+\frac{4ab}{(a+b)^2}\right) \geqslant 6.\end{aligned}$$

当 $a=b=c$ 时, 等号成立. □

注记 下面的不等式更强.

对任意的正实数 a, b, c, 有

$$\sqrt{\frac{2ab}{a^2+b^2}}+\sqrt{\frac{2bc}{b^2+c^2}}+\sqrt{\frac{2ca}{c^2+a^2}}+\frac{2(a^2+b^2+c^2)}{ab+bc+ca} \geqslant 5.$$

证明 和上面一样, 只需证明

$$\frac{4ab}{(a+b)^2}+\frac{4bc}{(b+c)^2}+\frac{4ca}{(c+a)^2}+\frac{2(a^2+b^2+c^2)}{ab+bc+ca} \geqslant 5.$$

从不等式 (1) 的证明开始, 我们推出如下等式

$$\frac{x^2+y^2+z^2}{xy+yz+zx}+\frac{4xy}{(x+y)^2}-2=\frac{\left(z-\frac{x^2+y^2}{x+y}\right)^2}{xy+yz+zx}. \tag{4}$$

不失一般性, 可以假设 $a \geqslant b \geqslant c$. 因为

$$\frac{4bc}{(b+c)^2}+\frac{a^2+b^2+c^2}{ab+bc+ca}-2=\frac{\left(a-\frac{b^2+c^2}{b+c}\right)^2}{ab+bc+ca},$$

且

$$\frac{4ca}{(c+a)^2}+\frac{a^2+b^2+c^2}{ab+bc+ca}-2=\frac{\left(b-\frac{c^2+a^2}{c+a}\right)^2}{ab+bc+ca},$$

我们只需证明

$$\frac{\left(a-\frac{b^2+c^2}{b+c}\right)^2}{ab+bc+ca}+\frac{\left(b-\frac{c^2+a^2}{c+a}\right)^2}{ab+bc+ca} \geqslant \frac{(a-b)^2}{(a+b)^2}.$$

由 Cauchy-Schwarz 不等式, 有

$$\left(a-\frac{b^2+c^2}{b+c}\right)^2+\left(b-\frac{c^2+a^2}{c+a}\right)^2 \geqslant \frac{1}{2}\left(a-\frac{b^2+c^2}{b+c}-b+\frac{c^2+a^2}{c+a}\right)^2$$
$$=\frac{2(a-b)^2(ab+bc+ca)^2}{(b+c)^2(c+a)^2}.$$

于是, 接下来只需证明

$$2(ab+bc+ca)(a+b)^2 \geqslant (b+c)^2(c+a)^2,$$

这是正确的, 因为 $2(ab+bc+ca) \geqslant (b+c)^2$ 且 $(a+b)^2 \geqslant (c+a)^2$. 当 $a=b=c$ 或 $a=b$, $c=0$ 时等号成立. □

24. 设 a, b, c 为正实数, 使得 $abc=1$. 证明: 对任意的 $0 \leqslant t \leqslant \min\{a, b, c\}$, 有

$$(2a^2-6at+7t^2)(2b^2-6bt+7t^2)(2c^2-6ct+7t^2) \geqslant 108t^5(a-t)(b-t)(c-t).$$

Titu Andreescu, 数学反思

证明一 由于 $0 \leqslant t \leqslant a$, 根据 AM-GM 不等式, 有

$$2a^2-6at+7t^2=\frac{1}{a}\cdot\left[2t^3+2(a-t)^3+at^2\right]$$
$$\geqslant 3\sqrt[3]{2t^3\cdot 2(a-t)^3\cdot at^2}$$
$$=3t(a-t)\sqrt[3]{4at^2}.$$

类似的, 有

$$2b^2-6bt+7t^2 \geqslant 3t(b-t)\sqrt[3]{4bt^2},$$
$$2c^2-6ct+7t^2 \geqslant 3t(c-t)\sqrt[3]{4ct^2}.$$

将三者相乘, 便得到欲证的不等式. □

证明二 令 $a=tx, b=ty, c=tz$, 则 $x, y, z \geqslant 1$ 且 $xyz=\frac{1}{t^3}$, $t \in (0,1)$. 原不等式变为

$$(2x^2-6x+7)(2y^2-6y+7)(2z^2-6z+7) \geqslant 108t^2(x-1)(y-1)(z-1).$$

如果 x, y, z 之一等于 1, 那么不等式显然成立, 所以考虑 $x, y, z > 1$. 进而, 我们有

$$\frac{2x^2-6x+7}{x-1}=2(x-1)+\frac{3}{x-1}-2$$
$$\geqslant x-1+\frac{2}{x-1} \geqslant 3\sqrt[3]{\frac{1}{x-1}}.$$

我们只需要证明

$$\frac{1}{\sqrt[3]{(x-1)(y-1)(z-1)}} \geqslant 4t^2$$

或者

$$x^2y^2z^2 \geqslant 64(x-1)(y-1)(z-1),$$

这是成立的, 将下面的不等式相乘即可

$$x^2 = (x-1+1)^2 \geqslant 4(x-1),$$

$$y^2 = (y-1+1)^2 \geqslant 4(y-1),$$

$$z^2 = (z-1+1)^2 \geqslant 4(z-1).$$

当 $x=y=z=2$ 时等号成立, 此时 $t=\dfrac{1}{2}$ 且 $a=b=c=1$.

25. 设 a, b, c 为实数并满足 $a+b+c=3$. 证明

$$7(a^4+b^4+c^4)+27 \geqslant (a+b)^4+(b+c)^4+(c+a)^4.$$

Marius Stănean, 数学反思

证明 令 $a=x+1, b=y+1, c=z+1$, 则 $x+y+z=0$. 原不等式变为

$$7\sum_{\text{cyc}}(x+1)^4+27 \geqslant \sum_{\text{cyc}}(x-2)^4,$$

等价于

$$7\sum_{\text{cyc}}x^4+28\sum_{\text{cyc}}x^3+42\sum_{\text{cyc}}x^2+48 \geqslant \sum_{\text{cyc}}x^4-8\sum_{\text{cyc}}x^3+24\sum_{\text{cyc}}x^2+48,$$

即

$$\sum_{\text{cyc}}x^4+6\sum_{\text{cyc}}x^3+3\sum_{\text{cyc}}x^2 \geqslant 0.$$

而我们有

$$\begin{aligned}\sum_{\text{cyc}}x^4 &= \left(\sum_{\text{cyc}}x^2\right)^2-2(x^2y^2+y^2z^2+z^2x^2)\\ &= 4(xy+yz+zx)^2-2(xy+yz+zx)^2+4xyz(x+y+z)\\ &= 2(xy+yz+zx)^2,\\ \sum_{\text{cyc}}x^3 &= 3xyz+(x+y+z)(x^2+y^2+z^2-xy-yz-zx)=3xyz,\\ \sum_{\text{cyc}}x^2 &= -2(xy+yz+zx),\end{aligned}$$

所以, 接下来只需证明

$$(xy+yz+zx)^2+9xyz-3(xy+yz+zx) \geqslant 0.$$

因为 $x+y+z=0$, 我们注意到, x, y, z 中至多有两个是大于或等于 0, 或者小于或等于 0. 不失一般性, 可以假设数字 x 和 y 满足这一性质, 则有 $xy \geqslant 0$. 据此, 替换 $z=-x-y$, 我们需要证明

$$(x^2+xy+y^2)^2-9xy(x+y)+3(x^2+xy+y^2) \geqslant 0$$

或

$$(x^2+xy+y^2)^2+3(x^2+xy+y^2) \geqslant 9xy(x+y).$$

我们有 $x^2+xy+y^2 \geqslant 3xy$ 及

$$x^2+xy+y^2 \geqslant \frac{3(x+y)^2}{4} \Longleftrightarrow (x-y)^2 \geqslant 0,$$

因此

$$\begin{aligned}(x^2+xy+y^2)^2+3(x^2+xy+y^2) &\geqslant 3xy \cdot \frac{3(x+y)^2}{4}+9xy \\ &\geqslant 2\sqrt{\frac{81x^2y^2(x+y)^2}{4}} \\ &= 9xy|x+y| \geqslant 9xy(x+y).\end{aligned}$$

等号成立的条件是 $x=y=0 \Longrightarrow a=b=c=1$ 或 $x=y=1 \Longrightarrow a=b=2, c=-1$ 及其轮换. □

注记 根据 Popoviciu 不等式, 应用于凸函数 $x \mapsto x^4$, 我们有不等式

$$a^4+b^4+c^4+3\left(\frac{a+b+c}{3}\right)^4 \geqslant 2\left(\frac{a+b}{2}\right)^4+2\left(\frac{b+c}{2}\right)^4+2\left(\frac{c+a}{2}\right)^4$$

或

$$8(a^4+b^4+c^4)+24 \geqslant (a+b)^4+(b+c)^4+(c+a)^4,$$

这更弱一些.

26. 设 x, y, z 为非负实数, 使得 $xy+yz+zx=3$. 证明

$$\left(x^2+y^2+z^2+1\right)^3 \geqslant \left(x^3+y^3+z^3+5xyz\right)^2.$$

Marius Stănean, 数学反思

证明 齐次化后, 我们得到如下不等式

$$\left(x^2+y^2+z^2+\frac{xy+yz+zx}{3}\right)^3 \geqslant \left(x^3+y^3+z^3+5xyz\right)^2. \tag{1}$$

现在, 设 $x+y+z=3$, 将不等式规范化, 并作代换 $x=a+1, y=b+1, z=c+1$, 表明 $a+b+c=0$, 我们得

$$\left(a^2+b^2+c^2+3+\frac{ab+bc+ca+3}{3}\right)^3$$

$$\geqslant\left(a^3+b^3+c^3+3\sum_{\text{cyc}}a^2+3+5abc+5\sum_{\text{cyc}}ab+5\right)^2.$$

因为 $a+b+c=0$, 我们注意到 a, b, c 之中至少有两个是大于或等于 0, 或者小于或等于 0. 不失一般性, 可以假设数字 a 和 b 具有此性质, 则有 $ab\geqslant 0$. 由此, 替换 $c=-a-b$, 我们需要证明

$$[5(a^2+ab+b^2)+12]^3\geqslant 27[a^3+b^3-(a+b)^3+a^2+ab+b^2-5ab(a+b)+8]^2,$$

或者, 记 $t=a^2+ab+b^2\geqslant 0$, 则

$$(5t+12)^3\geqslant 27\left(t-8ab(a+b)+8\right)^2.$$

我们有 $t=a^2+ab+b^2\geqslant 3ab$, 以及

$$a^2+ab+b^2\geqslant\frac{3(a+b)^2}{4}\Longleftrightarrow(a-b)^2\geqslant 0,$$

于是

$$t(t+3)\geqslant 3ab\left(\frac{3(a+b)^2}{4}+3\right)=9ab\left(\frac{(a+b)^2}{4}+1\right)\geqslant -9ab(a+b).$$

因此, 接下来要证明

$$3(5t+12)^3\geqslant\left(8t^2+33t+72\right)^2$$

或

$$t(3-t)(64t^2+345t+576)\geqslant 0,$$

这是正确的, 因为, 若 $a, b\leqslant 0$, 则 $a, b\in[-1,0]$, 于是

$$t=a^2+ab+b^2\leqslant 3.$$

否则, 若 $a, b\geqslant 0$, 则 $a+b=-c\leqslant 1$ 并且

$$t=a^2+ab+b^2\leqslant(a+b)^2\leqslant 1.$$

式 (1) 中等号成立当

$$t=0\Longrightarrow x=y=z\quad\text{或}\quad t=3\Longrightarrow x=y=0.$$

□

27. 若实数 a, b, c 大于 -1, 使得 $a+b+c+abc=4$, 证明

$$\sqrt[3]{(a+3)(b+3)(c+3)}+\sqrt[3]{(a^2+3)(b^2+3)(c^2+3)}\geqslant 2\sqrt{ab+bc+ca+13}.$$

Titu Andreescu, 数学反思

证明 因为

$$(x+3)(x^2+3)=(x+1)^3+8,$$

由 AM-GM 不等式可知, 原不等式左边大于或等于

$$2\sqrt[6]{[(a+1)^3+8][(b+1)^3+8][(c+1)^3+8]}.$$

因此, 只需证明

$$[(a+1)^3+2^3][(b+1)^3+2^3][(c+1)^3+2^3] \geqslant (ab+bc+ca+13)^3.$$

而这可由 Hölder 不等式和以下事实

$$\begin{aligned}(a+1)(b+1)(c+1)+2\times2\times2 &= (abc+a+b+c)(ab+bc+ca)+1+8\\ &= ab+bc+ca+13\end{aligned}$$

得到. 当且仅当 $a+1=b+1=c+1=2$ 时等号成立, 即 $a=b=c=1$. □

28. 设 a, b, c 为非负实数, 使得 $a+b+c=3$. 证明

$$(a^2-ab+b^2)(b^2-bc+c^2)(c^2-ca+a^2)+11abc \leqslant 12.$$

安振平, 数学反思

证明 齐次化后, 原不等式变为

$$4(a+b+c)^6 \geqslant 243(a^2-ab+b^2)(b^2-bc+c^2)(c^2-ca+a^2)+99abc(a+b+c)^3.$$

不失一般性, 可设 $a=\min\{a,b,c\}$ 并且令

$$b=a+x, \quad c=a+y, \quad x,y \geqslant 0.$$

经过计算后, 不等式变为

$$\begin{aligned}&567(x^2-xy+y^2)a^4+36(19x^3+3x^2y+3xy^2+19y^3)a^3+\\ &18(11x^4+35x^3y-6x^2y^2+35xy^3+11y^4)a^2+\\ &18(4x^5+x^4y+10x^3y^2+10x^2y^3+xy^4+4y^5)a+\\ &(x-2y)^2(2x-y)^2(x^2+11xy+y^2) \geqslant 0\end{aligned}$$

这显然是成立的.

当 $x=y=0$ (即 $a=b=c$), 或 $a=0, x=2y$ (即 $b=2c$), 或 $a=0, 2x=y$ (即 $2b=c$) 时, 等号成立. 在原不等式中当 $a=b=c=1$, 或 $a=0, b=1, c=2$ 及其轮换时, 等号成立. □

注记 此不等式要强于 Pham Kim Hung 不等式:

若 a, b, c 为非负实数, 使得 $a+b+c=3$, 则

$$(a^2-ab+b^2)(b^2-bc+c^2)(c^2-ca+a^2) \leqslant 12.$$

29. 设 a, b, c 为正实数. 证明

$$a^2+b^2+c^2 \geqslant a\sqrt[3]{\frac{b^3+c^3}{2}}+b\sqrt[3]{\frac{c^3+a^3}{2}}+c\sqrt[3]{\frac{a^3+b^3}{2}}.$$

Nguyen Viet Hung, 数学反思

证明一 首先, 由 Schur 不等式有

$$(a^2+b^2+c^2)^2-(a+b+c)[a(b^2-bc+c^2)+b(c^2-ca+a^2)+c(a^2-ab+b^2)]$$
$$=a^2(a-b)(a-c)+b^2(b-c)(b-a)+c^2(c-a)(c-b) \geqslant 0.$$

然后, 使用 Hölder 不等式得

$$\begin{aligned}
&(a^2+b^2+c^2)^3=(a^2+b^2+c^2)(a^2+b^2+c^2)^2\\
\geqslant\ &(a^2+b^2+c^2)\left(\frac{b+c}{2}+\frac{c+a}{2}+\frac{a+b}{2}\right)\sum_{\text{cyc}} a(b^2-bc+c^2)\\
\geqslant\ &\left(\sum_{\text{cyc}}\sqrt[3]{a^2\cdot\frac{b+c}{2}\cdot a(b^2-bc+c^2)}\right)^3\\
=\ &\left(a\sqrt[3]{\frac{b^3+c^3}{2}}+b\sqrt[3]{\frac{c^3+a^3}{2}}+c\sqrt[3]{\frac{a^3+b^3}{2}}\right)^3.
\end{aligned}$$

□

证明二 对任意的 $x, y>0$, 有以下不等式成立

$$\sqrt[3]{\frac{x^3+y^3}{2}} \leqslant \frac{x^2+y^2}{x+y}.$$

实际上, 由 AM-GM 不等式, 有

$$(x^2+2xy+y^2)^2(4x^2-4xy+4y^2) \leqslant \left(\frac{2x^2+4xy+2y^2+4x^2-4xy+4y^2}{3}\right)^3,$$

即

$$(x+y)^3(x^3+y^3) \leqslant 2(x^2+y^2)^3.$$

回到原问题, 我们有

$$a\sqrt[3]{\frac{b^3+c^3}{2}}+b\sqrt[3]{\frac{c^3+a^3}{2}}+c\sqrt[3]{\frac{a^3+b^3}{2}} \leqslant \frac{a(b^2+c^2)}{b+c}+\frac{b(c^2+a^2)}{c+a}+\frac{c(a^2+b^2)}{a+b}.$$

只需证明

$$a^2+b^2+c^2 \geqslant \frac{a(b^2+c^2)}{b+c}+\frac{b(c^2+a^2)}{c+a}+\frac{c(a^2+b^2)}{a+b},$$

等价于

$$a^2+b^2+c^2 \geqslant \frac{a(b+c)^2-2abc}{b+c}+\frac{b(c+a)^2-2abc}{c+a}+\frac{c(a+b)^2-2abc}{a+b},$$

即

$$a^2+b^2+c^2+2abc\sum_{\text{cyc}}\frac{1}{b+c}\geqslant 2(ab+bc+ca),$$

这是正确的, 因为根据 Cauchy-Schwarz 不等式, 有

$$\frac{1}{a+b}+\frac{1}{b+c}+\frac{1}{c+a}\geqslant\frac{9}{2(a+b+c)},$$

我们只需证明

$$a^2+b^2+c^2+\frac{9abc}{a+b+c}\geqslant 2(ab+bc+ca),$$

这是 Schur 不等式的一种等价形式 (可见《116 个代数不等式: 来自 AwesomeMath 全年课程》一书). □

30. 设 a,b,c 为正实数. 证明

$$\frac{a^2}{b^2}+\frac{b^2}{c^2}+\frac{c^2}{a^2}+\frac{27abc}{4(a^3+b^3+c^3)}\geqslant\frac{21}{4}.$$

Marius Stănean, 数学反思

证明 首先, 我们要证明不等式

$$\frac{(a^2+b^2)(b^2+c^2)(c^2+a^2)}{2a^2b^2c^2}\geqslant\frac{a^3+b^3+c^3}{abc}+1. \tag{1}$$

这等价于

$$(a^2+b^2)(b^2+c^2)(c^2+a^2)\geqslant 2abc(a^3+b^3+c^3)+2a^2b^2c^2$$

或

$$\sum_{\text{cyc}}a^4(b^2+c^2)\geqslant 2abc(a^3+b^3+c^3)\iff\sum_{\text{cyc}}a^4(b-c)^2\geqslant 0.$$

然后, 我们若记

$$t^3=\frac{(a^2+b^2)(b^2+c^2)(c^2+a^2)}{8a^2b^2c^2}\geqslant 1,$$

则不等式 (1) 可写成

$$\frac{abc}{a^3+b^3+c^3}\geqslant\frac{1}{4t^3-1}. \tag{2}$$

利用《118 个数学竞赛不等式》书中例 67 的不等式:

$$a,b,c>0\Longrightarrow\frac{a^2}{b^2}+\frac{b^2}{c^2}+\frac{c^2}{a^2}+6\geqslant\frac{3}{2}\left(\frac{a^2+b^2}{ab}+\frac{b^2+c^2}{bc}+\frac{c^2+a^2}{ca}\right), \tag{3}$$

以及 AM-GM 不等式, 我们有

$$\frac{a^2}{b^2}+\frac{b^2}{c^2}+\frac{c^2}{a^2}\geqslant 9\sqrt[3]{\frac{(a^2+b^2)(b^2+c^2)(c^2+a^2)}{8a^2b^2c^2}}-6=9t-6. \tag{4}$$

因此, 利用式 (2) 和式 (4), 我们要证明

$$9t-6+\frac{27}{4(4t^3-1)} \geqslant \frac{21}{4},$$

即

$$\frac{9(t-1)^2(4t^2+3t+2)}{4t^3-1} \geqslant 0,$$

这显然是正确的. 当 $a=b=c$ 时等号成立. □

注记 1 从不等式 (3) 出发, 我们可以证明如下更强的不等式:

$$\frac{a^2}{b^2}+\frac{b^2}{c^2}+\frac{c^2}{a^2}+\frac{15abc}{2(a^3+b^3+c^3)} \geqslant \frac{11}{2}.$$

证明 不失一般性, 可以假设

$$c=\min\{a,b,c\}.$$

由不等式 (3), 只需证明

$$\frac{3}{2}\left(\frac{a^2+b^2}{ab}+\frac{b^2+c^2}{bc}+\frac{c^2+a^2}{ca}-6\right)+\frac{5}{2}\left(\frac{3abc}{a^3+b^3+c^3}-1\right) \geqslant 0,$$

即

$$\frac{6c(a-b)^2+3(a+b)(a-c)(b-c)}{abc} \geqslant \frac{5(a+b+c)\left[(a-b)^2+(a-c)(b-c)\right]}{a^3+b^3+c^3}.$$

由于 $a+b \geqslant 2c$, 接下来证明

$$\frac{6c}{abc} \geqslant \frac{5(a+b+c)}{a^3+b^3+c^3}$$

或

$$6(a^3+b^3+c^3) \geqslant 5abc(a+b+c)$$

或

$$5(a+b)(a-b)^2+a^3+b^3+6c^3 \geqslant 5abc,$$

这是成立的, 因为根据 AM-GM 不等式, 有

$$a^3+b^3+6c^3 \geqslant 3\sqrt[3]{6}abc \geqslant 5abc.$$

□

注记 2 接下来的不等式甚至更强:

$$\frac{a^2}{b^2}+\frac{b^2}{c^2}+\frac{c^2}{a^2}+\frac{10abc}{a^3+b^3+c^3} \geqslant \frac{19}{3}.$$

证明 注意到, 原不等式是轮换的, 所以不失一般性, 可以假设 b 在 a 和 c 之间. 若 $c \geqslant b \geqslant a$, 则

$$\frac{a^2}{b^2}+\frac{b^2}{c^2}+\frac{c^2}{a^2}=\frac{b^2}{a^2}+\frac{c^2}{b^2}+\frac{a^2}{c^2}+\frac{(a^2-b^2)(b^2-c^2)(c^2-a^2)}{a^2b^2c^2}$$

$$\geqslant \frac{b^2}{a^2}+\frac{c^2}{b^2}+\frac{a^2}{c^2},$$

于是, 我们只需考虑不等式在 $a \geqslant b \geqslant c$ 的情形.

将其改写为

$$\frac{a^2}{b^2}+\frac{b^2}{c^2}+\frac{c^2}{a^2}-3 \geqslant \frac{10(a^3+b^3+c^3-3abc)}{3(a^3+b^3+c^3)}$$

或

$$\frac{(a^2-b^2)^2}{a^2b^2}+\frac{(a^2-c^2)(b^2-c^2)}{a^2c^2} \geqslant \frac{10(a+b+c)\left[(a-b)^2+(a-c)(b-c)\right]}{3(a^3+b^3+c^3)}$$

或

$$\left(\frac{3(a+b)^2(a^3+b^3+c^3)}{10a^2b^2(a+b+c)}-1\right)X+\left(\frac{3(a+c)(b+c)(a^3+b^3+c^3)}{10a^2c^2(a+b+c)}-1\right)Y \geqslant 0,$$

其中 $X=(a-b)^2 \geqslant 0$, $Y=(a-c)(b-c) \geqslant 0$.

我们先证明

$$3(a+b)^2(a^3+b^3+c^3) \geqslant 10a^2b^2(a+b+c).$$

我们有

$$\begin{aligned}
3(a+b)^2(a^3+b^3+c^3) &= 3(a+b)^2\left(\frac{5a^3}{6}+\frac{5b^3}{6}+\frac{a^3}{6}+\frac{b^3}{6}+c^3\right)\\
&= \frac{5(a+b)^2(a^3+b^3)}{2}+3(a+b)^2\left(\frac{a^3}{6}+\frac{b^3}{6}+c^3\right)\\
&\geqslant 10a^2b^2(a+b)+12ab\cdot 3\sqrt[3]{\frac{a^3b^3c^3}{6^2}}\\
&\geqslant 10a^2b^2(a+b+c).
\end{aligned}$$

接下来证明

$$3(a+c)(b+c)(a^3+b^3+c^3) \geqslant 10a^2c^2(a+b+c),$$

即

$$\begin{aligned}
&3(a+c)b^4+3c(a+c)b^3+\left[3(a+c)(a^3+c^3)-10a^2c^2\right]b+\\
&3a^4c-7a^3c^2-10a^2c^3+3ac^4+3c^5 \geqslant 0.
\end{aligned}$$

由于 $b \geqslant c$, 我们只需证明

$$\begin{aligned}
&3(a+c)c^4+3c(a+c)c^3+\left[3(a+c)(a^3+c^3)-10a^2c^2\right]c+\\
&3a^4c-7a^3c^2-10a^2c^3+3ac^4+3c^5 \geqslant 0,
\end{aligned}$$

即

$$3a^4-2a^3c-10a^2c^2+6ac^3+6c^4 \geqslant 0.$$

令 $x=\dfrac{a}{c} \geqslant 1$, 不等式变为

$$3x^4-2x^3-10x^2+6x+6 \geqslant 0,$$

对 $x \geqslant 0$ 这是成立的. □

31. 设 a, b, c 为正实数. 证明

$$\left(\frac{a}{b}+\frac{b}{c}+\frac{c}{a}\right)^2+\frac{11\sqrt{2}(ab+bc+ca)}{a^2+b^2+c^2} \geqslant 9+11\sqrt{2}.$$

Marius Stănean

证明　首先, 我们证明: 若 $x, y, z>0$, 使得 $xyz=1$, 则有

$$(x+y+z)^2+\frac{15}{2} \geqslant \frac{11}{4}(x+y+z+xy+yz+zx).$$

不失一般性, 假设 $z=\min\{x, y, z\}$, 于是可得 $z \leqslant 1, xy \geqslant 1$. 记

$$f(x, y, z)=(x+y+z)^2+\frac{15}{2}-\frac{11}{4}(x+y+z+xy+yz+zx).$$

注意到

$$\begin{aligned}
& f(x, y, z)-f\left(\sqrt{xy}, \sqrt{xy}, z\right) \\
= & (\sqrt{x}-\sqrt{y})^2\left[\left(\sqrt{x}+\sqrt{y}\right)^2+2z\right]-\frac{11}{4}\left(\sqrt{x}-\sqrt{y}\right)^2(1+z) \\
= & \left(\sqrt{x}-\sqrt{y}\right)^2\left[\left(\sqrt{x}+\sqrt{y}\right)^2-\frac{11+3z}{4}\right] \\
\geqslant & \left(\sqrt{x}-\sqrt{y}\right)^2\left(4-\frac{11+3z}{4}\right) \geqslant 0.
\end{aligned}$$

因此, 只需证明 $f\left(\sqrt{xy}, \sqrt{xy}, z\right) \geqslant 0$, 或者我们记

$$z=\frac{1}{t^2}, \quad t \geqslant 1, \quad f\left(t, t, \frac{1}{t^2}\right) \geqslant 0,$$

即

$$\frac{(t-1)^2(5t^4-12t^3+t^2+8t+4)}{4t^4} \geqslant 0,$$

这是成立的. 当 $x=y=z=1$ 时等号成立.

然后, 回到我们的问题上来, 有

$$\left(\frac{a}{b}+\frac{b}{c}+\frac{c}{a}\right)^2+\frac{15}{2} \geqslant \frac{11}{4} \sum_{\text{cyc}} \frac{a^2+b^2}{ab}.$$

因此, 我们需要证明

$$\frac{c(a^2+b^2)+a(b^2+c^2)+b(c^2+a^2)-6abc}{abc} \geqslant \frac{4\sqrt{2}(a^2+b^2+c^2-ab-bc-ca)}{a^2+b^2+c^2},$$

如果我们假设 $c=\max\{a, b, c\}$, 那么上式等价于

$$\frac{2c(a-b)^2+(a+b)(a-c)(b-c)}{abc} \geqslant \frac{4\sqrt{2}\left[(a-b)^2+(a-c)(b-c)\right]}{a^2+b^2+c^2},$$

这是成立的, 因为

$$a^2+b^2+c^2 \geqslant \frac{3(a^2+b^2)}{2} \geqslant 3ab \geqslant 2\sqrt{2}ab,$$

并且

$$\begin{aligned}(a+b)(a^2+b^2+c^2)-4\sqrt{2}abc &= (a+b)c^2-4\sqrt{2}abc+(a+b)(a^2+b^2)\\ &\geqslant 2\sqrt{ab}c^2-4\sqrt{2}abc+4ab\sqrt{ab}\\ &= 2\sqrt{ab}\left(c-\sqrt{2ab}\right)^2 \geqslant 0.\end{aligned}$$

□

32. 设 a, b, c 为正数, 使得 $abc=1$. 证明

$$\frac{1}{a}+\frac{1}{b}+\frac{1}{c}+\frac{1}{a^2+b}+\frac{1}{b^2+c}+\frac{1}{c^2+a} \geqslant \frac{9}{2}.$$

安振平, 数学反思

证明 令

$$a=\frac{x}{y}, \quad b=\frac{y}{z}, \quad c=\frac{z}{x},$$

然后, 将不等式改写成

$$\frac{y}{x}+\frac{z}{y}+\frac{x}{z}+\frac{y^2z}{x^2z+y^3}+\frac{z^2x}{y^2x+z^3}+\frac{x^2y}{z^2y+x^3} \geqslant \frac{9}{2}.$$

由 Cauchy-Schwarz 不等式, 我们有

$$\begin{aligned}\text{LHS} &= \frac{y^2(y+z)^2}{xy(y+z)^2}+\frac{z^2(z+x)^2}{zy(z+x)^2}+\frac{x^2(x+y)^2}{xz(x+y)^2}+\frac{y^2z^2}{x^2z^2+y^3z}+\frac{z^2x^2}{y^2x^2+z^3x}+\frac{x^2y^2}{z^2y^2+x^3y}\\ &\geqslant \frac{[(xy+yz+zx)+x(x+y)+y(y+z)+z(z+x)]^2}{xy(y+z)^2+zy(z+x)^2+xz(x+y)^2+x^2y^2+y^2z^2+z^2x^2+x^3y+y^3z+z^3x}\\ &= \frac{(x+y+z)^4}{(xy+yz+zx)(x^2+y^2+z^2+xy+yz+zx)}\\ &= \frac{(x+y+z)^4}{(xy+yz+zx)[(x+y+z)^2-(xy+yz+zx)]}.\end{aligned}$$

若记 $t=\dfrac{(x+y+z)^2}{3(xy+yz+zx)} \geqslant 1$, 则只需证明

$$\frac{9t^2}{3t-1} \geqslant \frac{9}{2} \iff (t-1)(2t-1) \geqslant 0,$$

这显然是成立的.

□

33. 若 a, b 为实数, 求表达式

$$\frac{(1-a)(1-b)(1-ab)}{(1+a^2)(1+b^2)}$$

的最值.

Marius Stănean, 数学反思

证明 令 $a=\tan x, b=\tan y$, 其中 $x, y\in\left(-\frac{\pi}{2}, \frac{\pi}{2}\right)$. 将欲求的式子记为 E, 则有

$$\begin{aligned} E &= (\cos x-\sin x)(\cos y-\sin y)(\cos x\cos y-\sin x\sin y),\\ &= \cos(x+y)\left(\cos(x-y)-\sin(x+y)\right),\\ &= \cos(x+y)\left(\cos(x-y)-\cos\left(\frac{\pi}{2}-x-y\right)\right),\\ &= 2\cos(x+y)\sin\left(\frac{\pi}{4}-x\right)\sin\left(\frac{\pi}{4}-y\right). \end{aligned}$$

作代换 $\alpha=\frac{\pi}{4}-x, \beta=\frac{\pi}{4}-y$, 则

$$E=2\sin(\alpha+\beta)\sin\alpha\sin\beta.$$

由 Caucy-Schwarz 不等式和 AM-GM 不等式, 有

$$\begin{aligned} E^2 &= 4\sin^2(\alpha+\beta)\sin^2\alpha\sin^2\beta\\ &= 4(\sin\alpha\cos\beta+\cos\alpha\sin\beta)^2\sin^2\alpha\sin^2\beta\\ &\leqslant 4(\sin^2\alpha+\sin^2\beta)(\cos^2\beta+\cos^2\alpha)\sin^2\alpha\sin^2\beta\\ &= \frac{16}{3}\sin^2\alpha\sin^2\beta\left(\frac{\sin^2\alpha+\sin^2\beta}{2}\right)\left(\frac{3\cos^2\alpha+3\cos^2\beta}{2}\right)\\ &\leqslant \frac{16}{3}\left(\frac{\sin^2\alpha+\sin^2\beta+\frac{\sin^2\alpha+\sin^2\beta}{2}+\frac{3\cos^2\alpha+3\cos^2\beta}{2}}{4}\right)^4=\frac{27}{16}, \end{aligned}$$

于是

$$-\frac{3\sqrt{3}}{4}\leqslant E\leqslant\frac{3\sqrt{3}}{4}.$$

对于

$$\alpha=\beta=\frac{2\pi}{3}\Longleftrightarrow x=y=-\frac{5\pi}{12}\Longleftrightarrow a=b=-\frac{\sqrt{6}+\sqrt{2}}{\sqrt{6}-\sqrt{2}}$$

取得最小值, 对于

$$\alpha=\beta=\frac{\pi}{3}\Longleftrightarrow x=y=-\frac{\pi}{12}\Longleftrightarrow a=b=-\frac{\sqrt{6}-\sqrt{2}}{\sqrt{6}+\sqrt{2}}$$

取得最大值. □

34. 在 $\triangle ABC$ 中,

$$\angle A \geqslant \angle B \geqslant 60^\circ.$$

证明

$$\frac{a}{b}+\frac{b}{a} \leqslant \frac{1}{3}\left(\frac{2R}{r}+\frac{2r}{R}+1\right)$$

和

$$\frac{a}{c}+\frac{c}{a} \geqslant \frac{1}{3}\left(7-\frac{2r}{R}\right).$$

Titu Andreescu, 数学反思

证明 由 Gerretsen 不等式, 有

$$20Rr-4r^2 \leqslant ab+bc+ca \leqslant 4R^2+8Rr+4r^2.$$

而且

$$\frac{a+b+c}{abc}=\frac{\frac{2K}{r}}{4RK}=\frac{1}{2Rr},$$

因此, 通过与上述不等式相乘得

$$10-\frac{2r}{R} \leqslant (a+b+c)\left(\frac{1}{a}+\frac{1}{b}+\frac{1}{c}\right) \leqslant \frac{2R}{r}+4+\frac{2r}{R}.$$

减去 3 得到

$$7-\frac{2r}{R} \leqslant \left(\frac{a}{b}+\frac{b}{a}\right)+\left(\frac{b}{c}+\frac{c}{a}\right)+\left(\frac{c}{a}+\frac{a}{c}\right) \leqslant \frac{2R}{r}+\frac{2r}{R}+1.$$

现在足以证明

$$\frac{a}{b}+\frac{b}{a} \leqslant \frac{b}{c}+\frac{c}{b} \leqslant \frac{c}{a}+\frac{a}{c}.$$

我们有 $60^\circ \leqslant A < 120^\circ$, $60^\circ \leqslant B < 90^\circ$, $0^\circ < C < 60^\circ$, 以及 $A \geqslant B$, 于是由正弦定理有 $a \geqslant b > c$.

第一个不等式改写成

$$(c-a)(b^2-ac) \leqslant 0,$$

这是成立的, 因为 $c-a<0$ 且

$$b^2=a^2+c^2-2ac\cos B \geqslant a^2+c^2-ac \geqslant ac.$$

第二个不等式改写成

$$(b-a)(ab-c^2) \leqslant 0,$$

这也是成立的, 因为 $b-a<0$ 且 $ab>c \cdot c$. □

35. 证明: 在任意 $\triangle ABC$ 中, 有

$$\left(\frac{a+b}{m_a+m_b}\right)^2+\left(\frac{b+c}{m_b+m_c}\right)^2+\left(\frac{c+a}{m_c+m_a}\right)^2 \geqslant 4.$$

Nguyen Viet Hung, 数学反思

证明 因为 $m_a m_b \leqslant \dfrac{2c^2+ab}{4}$, 所以有

$$\begin{aligned}(m_a+m_b)^2 &= m_a^2+m_b^2+2m_am_b \\ &\leqslant \frac{2\left(b^2+c^2\right)-a^2}{4}+\frac{2\left(c^2+a^2\right)-b^2}{4}+2\cdot\frac{2c^2+ab}{4} \\ &= \frac{(a+b)^2+8c^2}{4}.\end{aligned}$$

因此

$$\sum_{\text{cyc}}\frac{(a+b)^2}{(m_a+m_b)^2} \geqslant \sum_{\text{cyc}}\frac{4\,(a+b)^2}{(a+b)^2+8c^2}.$$

由 Cauchy-Schwarz 不等式, 有

$$\begin{aligned}\sum_{\text{cyc}}\frac{(a+b)^2}{(a+b)^2+8c^2} &= \sum_{\text{cyc}}\frac{(a+b)^4}{(a+b)^4+8c^2\,(a+b)^2} \\ &\geqslant \frac{\left(\sum\limits_{\text{cyc}}(a+b)^2\right)^2}{\sum\limits_{\text{cyc}}\left((a+b)^4+8c^2\,(a+b)^2\right)}\end{aligned}$$

且有

$$\begin{aligned}&\left(\sum_{\text{cyc}}(a+b)^2\right)^2-\sum_{\text{cyc}}\left((a+b)^4+8c^2\,(a+b)^2\right) \\ &= 2\left(\sum_{\text{cyc}}(a+b)^2\,(c+a)^2-4\sum_{\text{cyc}}a^2\,(b+c)^2\right) \\ &= 2(a^4+b^4+c^4+2a^3b+2ab^3+2b^3c+2bc^3+ \\ &\quad 2a^3c+2ac^3-5a^2b^2-5b^2c^2-5c^2a^2) \\ &= 2((a^4+b^4+c^4-a^2b^2-a^2c^2-b^2c^2)+2ab(a-b)^2+ \\ &\quad 2ac(a-c)^2+2bc(b-c)^2) \geqslant 0.\end{aligned}$$

从而

$$\left(\sum_{\text{cyc}}(a+b)^2\right)^2 \geqslant \sum_{\text{cyc}}\left((a+b)^4+8c^2\,(a+b)^2\right),$$

于是

$$\sum_{\text{cyc}} \frac{(a+b)^2}{(m_a+m_b)^2} \geqslant 4. \qquad \square$$

36. 证明: 若 a, b, c 为正实数, 使得 $\frac{a}{b+c} \geqslant 2$, 则

$$4\left(\frac{a}{b+c}+\frac{b}{c+a}+\frac{c}{a+b}\right)+\sqrt{\frac{2abc}{(a+b)(b+c)(c+a)}} \geqslant 10.$$

Marius Stănean

证明 考虑

$$a+b+c=3,$$

题设不等式变成齐次的, 这意味着 $a \geqslant 2$ 且 $b+c \leqslant 1$. 记 $q=ab+bc+ca, r=abc$.

由 AM-GM 不等式, 有

$$\begin{aligned} r=abc &\leqslant a\frac{(3-a)^2}{4}=\frac{2-2+9a-6a^2+a^3}{4} \\ &=\frac{1}{2}+\frac{(a-2)(a^2-4a+1)}{4} \leqslant \frac{1}{2}. \end{aligned}$$

且有

$$\begin{aligned} q &= a(b+c)+bc \leqslant a(3-a)+\frac{abc}{2}=a+a(2-a)+\frac{r}{2} \\ &=2+a-2+a(2-a)+\frac{r}{2}=2-(a-2)(a-1)+\frac{r}{2} \\ &\leqslant 2+\frac{r}{2}. \end{aligned}$$

我们将原不等式写成关于 q 和 r 的项. 利用如下等式

$$(a+b)(b+c)(c+a)=(a+b+c)(ab+bc+ca)-abc,$$

$$(a+b+c)^3=a^3+b^3+c^3+3(a+b+c)(ab+bc+ca)-3abc,$$

我们需要证明

$$4\sum_{\text{cyc}} a^3+4\sum_{\text{cyc}} a\sum_{\text{cyc}} ab+\sqrt{2abc(a+b)(b+c)(c+a)} \geqslant 10(a+b)(b+c)(c+a)$$

或

$$108-24q+12r+\sqrt{2r(3q-r)} \geqslant 30q-10r,$$

即

$$\sqrt{2r(3q-r)} \geqslant 54q-22r-108.$$

若 $54q \geqslant 22r+108$, 则足以证明不等式, 这意味着

$$2+\frac{11r}{27} \leqslant q \leqslant 2+\frac{r}{2}.$$

将两边平方, 我们需要证明 $f(q) \leqslant 0$, 其中

$$f(q)=486q^2-(397r+1944)q+9(9r^2+88r+216).$$

因为

$$f\left(2+\frac{11r}{27}\right)=-\frac{2}{27}r(r+27) \leqslant 0,$$

$$f\left(2+\frac{r}{2}\right)=2r(2r-1) \leqslant 0,$$

所以不等式得证.

当 $r=\frac{1}{2}$ 时等号成立, 此时 $a=2, b=c=\frac{1}{2}$. □

37. 设 a, b, c 为正实数, 使得 $a+b+c=3$. 证明

$$\frac{a}{b(a+5c)^2}+\frac{b}{c(b+5a)}+\frac{c}{a(c+5b)} \geqslant \frac{1}{4(\sqrt{a}+\sqrt{b}+\sqrt{c})}.$$

Hoang Le Nhat Tung, 数学反思

证明 应用 Cauchy-Schwarz 不等式, 我们得

$$\begin{aligned}\frac{a}{b(a+5c)^2}+\frac{b}{c(b+5a)}+\frac{c}{a(c+5b)} &= \frac{a^2}{ab(a+5c)^2}+\frac{b^2}{bc(b+5a)}+\frac{c^2}{ca(c+5b)} \\ &\geqslant \frac{\left(\frac{a}{a+5c}+\frac{b}{b+5a}+\frac{c}{c+5b}\right)^2}{ab+bc+ca}.\end{aligned}$$

另外, 由 Cauchy-Schwarz 不等式, 得

$$\begin{aligned}\frac{a}{a+5c}+\frac{b}{b+5a}+\frac{c}{c+5b} &\geqslant \frac{(a+b+c)^2}{a(a+5c)+b(b+5a)+c(c+5b)} \\ &= \frac{(a+b+c)^2}{(a+b+c)^2+3(ab+bc+ca)} \\ &\geqslant \frac{(a+b+c)^2}{2(a+b+c)^2}=\frac{1}{2}.\end{aligned}$$

比较上面两个不等式, 得

$$\frac{a}{b(a+5c)^2}+\frac{b}{c(b+5a)}+\frac{c}{a(c+5b)} \geqslant \frac{1}{4(ab+bc+ca)}.$$

所以, 只需证明

$$ab+bc+ca \leqslant \sqrt{a}+\sqrt{b}+\sqrt{c}.$$

这等价于

$$9=(a+b+c)^2 \leqslant a^2+b^2+c^2+2(\sqrt{a}+\sqrt{b}+\sqrt{c}),$$

这可由下面的不等式得到, 利用 AM-GM 不等式, 有

$$a^2+\sqrt{a}+\sqrt{a} \geqslant 3a,$$
$$b^2+\sqrt{b}+\sqrt{b} \geqslant 3b,$$
$$c^2+\sqrt{c}+\sqrt{c} \geqslant 3c.$$

当且仅当 $a=b=c=1$ 时, 等号成立. □

38. 证明: 对任意的正实数 a, b, c, 有

$$(a+b+c)\left(\frac{1}{a}+\frac{1}{b}+\frac{1}{c}\right) \geqslant \frac{27\left(a^3+b^3+c^3\right)}{(a+b+c)^3}+\frac{21}{4}.$$

Nguyen Viet Hung, 数学反思

证明一 注意到, 令 $a+b+c=3$, 将原不等式规范化. 我们需要证明

$$3\left(\frac{1}{a}+\frac{1}{b}+\frac{1}{c}\right) \geqslant a^3+b^3+c^3+\frac{21}{4}$$

或

$$12\left(\frac{1}{a}+\frac{1}{b}+\frac{1}{c}\right) \geqslant 4(a^3+b^3+c^3)+21.$$

不失一般性, 可设 $a \leqslant b \leqslant c$, 并记

$$f(a,b,c)=12\left(\frac{1}{a}+\frac{1}{b}+\frac{1}{c}\right)-4(a^3+b^3+c^3)-21.$$

我们有

$$\begin{aligned} f(a,b,c)-f\left(\frac{a+b}{2},\frac{a+b}{2},c\right) &= 12\left(\frac{1}{a}+\frac{1}{b}-\frac{4}{a+b}\right)+(a+b)^3-4(a^3+b^3) \\ &= 3(a-b)^2\left[\frac{4}{ab(a+b)}-(a+b)\right] \geqslant 0, \end{aligned}$$

根据 AM-GM 不等式, 有

$$ab(a+b)^2 \leqslant \frac{(a+b)^4}{4} \leqslant \frac{1}{4}\left[\frac{2(a+b+c)}{3}\right]^4=4.$$

我们将证明

$$f\left(\frac{a+b}{2},\frac{a+b}{2},c\right) \geqslant 0,$$

等价于

$$12\left(\frac{4}{3-c}+\frac{1}{c}\right)-4c^3-(3-c)^3-21 \geqslant 0,$$

即

$$(c-2)^2(c^3+4c^2-6c+3)\geqslant 0,$$

这是成立的, 因为

$$c^3+4c^2-6c+3=c^3+c^2+3(c-1)^2>0.$$

当 $a=b=1, c=2$ 及其轮换时, 等号成立. □

证明二 假设 $a+b+c=1$ (由不等式的齐次性), 并且记 $p=ab+bc+ca$, $q=abc$, 以及

$$I=(a+b+c)\left(\frac{1}{a}+\frac{1}{b}+\frac{1}{c}\right)-\frac{27\left(a^3+b^3+c^3\right)}{(a+b+c)^3}-\frac{21}{4},$$

我们得

$$I=\frac{p}{q}-27\,(1+3q-3p)-\frac{21}{4}.$$

注意到

$$p=ab+bc+ca\leqslant\frac{(a+b+c)^2}{3}=\frac{1}{3}.$$

则记 $t=\sqrt{1-3p}$, 我们得 $p=\dfrac{1-t^2}{3}$, 其中 $t\in[0,1)$.

因为方程组 (考虑三次方程根与系数的关系)

$$\begin{cases} a+b+c=1 \\ ab+bc+ca=p=\dfrac{1-t^2}{3} \\ abc=q \end{cases},$$

有实数解 a, b, c 的条件是

$$\frac{(1-2t)\,(1+t)^2}{27}\leqslant q\leqslant\frac{(1+2t)\,(1-t)^2}{27},$$

则

$$\begin{aligned} I&\geqslant\frac{\frac{1-t^2}{3}}{\frac{(1+2t)\,(1-t)^2}{27}}-27\left[1+3\cdot\frac{(1+2t)\,(1-t)^2}{27}-3\cdot\frac{1-t^2}{3}\right] \\ &=\frac{9\,(t+1)}{(1-t)\,(2t+1)}-3\left(2t^3+6t^2+1\right)-\frac{21}{4} \\ &=\frac{3\left(4t^3+14t^2+5t+1\right)(2t-1)^2}{4\,(2t+1)\,(1-t)}\geqslant 0, \end{aligned}$$

当且仅当 $t=\dfrac{1}{2}$, 即 $p=\dfrac{1}{4}, q=\dfrac{1}{54}$ 时, 取得等号.

从三次方程

$$x^3-x^2+\frac{1}{4}x-\frac{1}{54}=0\iff\frac{1}{108}\,(3x-2)\,(6x-1)^2=0,$$

我们得 $a=b=\frac{1}{6}, c=\frac{2}{3}$. □

39. 设 a, b, c 为正实数. 证明

$$\frac{1}{\sqrt{2(a^4+b^4)}+4ab}+\frac{1}{\sqrt{2(b^4+c^4)}+4bc}+\frac{1}{\sqrt{2(c^4+a^4)}+4ca}+\frac{a+b+c}{3}\geqslant\frac{3}{2}.$$

何时等号成立?

Hoang Le Nhat Tung, 数学反思

证明 首先, 我们证明不等式

$$\frac{1}{a^2+ab+b^2}+\frac{1}{b^2+bc+c^2}+\frac{1}{c^2+ca+a^2}\geqslant\frac{9}{(a+b+c)^2}.$$

在不等式两边乘以 $a^2+b^2+c^2+ab+bc+ca$, 将不等式改写成

$$\sum_{\text{cyc}}\frac{a^2+b^2+c^2+ab+bc+ca}{b^2+bc+c^2}\geqslant\frac{9(a^2+b^2+c^2+ab+bc+ca)}{(a+b+c)^2},$$

等价于

$$3+(a+b+c)\sum_{\text{cyc}}\frac{a}{b^2+bc+c^2}\geqslant\frac{9(a^2+b^2+c^2+ab+bc+ca)}{(a+b+c)^2}.$$

由 Cauchy-Schwarz 不等式, 我们有

$$\begin{aligned}\sum_{\text{cyc}}\frac{a}{b^2+bc+c^2}&=\sum_{\text{cyc}}\frac{a^2}{a(b^2+bc+c^2)}\geqslant\frac{(a+b+c)^2}{\sum_{\text{cyc}}a(b^2+bc+c^2)}\\&=\frac{a+b+c}{ab+bc+ca}.\end{aligned}$$

所以, 只需证明

$$3+\frac{(a+b+c)^2}{ab+bc+ca}\geqslant\frac{9(a^2+b^2+c^2+ab+bc+ca)}{(a+b+c)^2}$$

或

$$\frac{(a+b+c)^2}{ab+bc+ca}+\frac{9(ab+bc+ca)}{(a+b+c)^2}\geqslant 6,$$

根据 AM-GM 不等式, 这显然是成立的.

回到问题上来, 由 Cauchy-Schwarz 不等式, 有

$$\left(\sqrt{\frac{a^4+b^4}{2}}+ab\right)^2\leqslant(1+1)\left(\frac{a^4+b^4}{2}+a^2b^2\right)=(a^2+b^2)^2,$$

这表明

$$\sqrt{2(a^4+b^4)}+4ab\leqslant 2(a^2+ab+b^2),$$

于是, 我们推出

$$\frac{1}{\sqrt{2(a^4+b^4)}+4ab}+\frac{1}{\sqrt{2(b^4+c^4)}+4bc}+\frac{1}{\sqrt{2(c^4+a^4)}+4ca}$$
$$\geqslant \frac{1}{2}\left(\frac{1}{a^2+ab+b^2}+\frac{1}{b^2+bc+c^2}+\frac{1}{c^2+ca+a^2}\right).$$

最后, 我们只需证明

$$\frac{9}{2(a+b+c)^2}+\frac{a+b+c}{3}\geqslant \frac{3}{2},$$

这可由 AM-GM 不等式得到. 实际上, 我们有

$$\begin{aligned}\frac{9}{2(a+b+c)^2}+\frac{a+b+c}{3}&=\frac{9}{2(a+b+c)^2}+\frac{a+b+c}{6}+\frac{a+b+c}{6}\\&\geqslant 3\sqrt[3]{\frac{9}{2(a+b+c)^2}\cdot\frac{a+b+c}{6}\cdot\frac{a+b+c}{6}}\\&=\frac{3}{2}.\end{aligned}$$

当 $a=b=c$ 时等号成立. □

40. 设 a, b, c 为正实数. 证明

$$\frac{a(a^3+b^3)}{a^2+ab+b^2}+\frac{b(b^3+c^3)}{b^2+bc+c^2}+\frac{c(c^3+a^3)}{c^2+ca+a^2}\geqslant \frac{2}{3}(a^2+b^2+c^2).$$

安振平, 数学反思

证明 对于不等式的左边, 我们有

$$\begin{aligned}\sum_{\text{cyc}}\frac{a(a^3+b^3)}{a^2+ab+b^2}&=\sum_{\text{cyc}}\frac{a(a+b)(a^2+ab+b^2-2ab)}{a^2+ab+b^2}\\&=a^2+b^2+c^2+ab+bc+ca-\sum_{\text{cyc}}\frac{2a^2b(a+b)}{a^2+ab+b^2}\\&\geqslant a^2+b^2+c^2+ab+bc+ca-\sum_{\text{cyc}}\frac{8a^2b(a+b)}{3(a+b)^2}\\&=a^2+b^2+c^2+ab+bc+ca-\sum_{\text{cyc}}\frac{4ab(a+b+a-b)}{3(a+b)}\\&=a^2+b^2+c^2-\frac{ab+bc+ca}{3}-\sum_{\text{cyc}}\frac{4ab(a-b)}{3(a+b)}.\end{aligned}$$

因此, 我们只需证明

$$a^2+b^2+c^2-ab-bc-ca\geqslant \sum_{\text{cyc}}\frac{4ab(a-b)}{a+b}.$$

若我们记

$$x = \frac{a-b}{a+b}, \quad y = \frac{b-c}{b+c}, \quad z = \frac{c-a}{c+a},$$

则

$$\frac{a}{b} = \frac{1+x}{1-x}, \quad \frac{b}{c} = \frac{1+y}{1-y}, \quad \frac{c}{a} = \frac{1+z}{1-z},$$

所以

$$(1+x)(1+y)(1+z) = (1-x)(1-y)(1-z) \Longrightarrow x+y+z+xyz = 0.$$

回到问题上来, 我们有

$$\begin{aligned}\sum_{\text{cyc}} \frac{ab(a-b)}{(a+b)} &= \sum_{\text{cyc}} \left[\frac{ab(a-b)}{(a+b)} + c(a-b)\right] \\ &= (ab+bc+ca)\sum_{\text{cyc}} \frac{a-b}{a+b} \\ &= -(ab+bc+ca)\frac{(a-b)(b-c)(c-a)}{(a+b)(b+c)(c+a)} \\ &\leqslant (ab+bc+ca)\left|\frac{(a-b)(b-c)(c-a)}{(a+b)(b+c)(c+a)}\right|,\end{aligned}$$

于是, 我们要证明

$$a^2+b^2+c^2-ab-bc-ca-4(ab+bc+ca)\left|\frac{(a-b)(b-c)(c-a)}{(a+b)(b+c)(c+a)}\right| \geqslant 0.$$

注意到, 此不等式是对称的, 所以不失一般性, 可设 $a \geqslant b \geqslant c$ 且令 $u = a-c \geqslant 0$, $v = b-c \geqslant 0$ $(u \geqslant v)$. 因为

$$\begin{aligned}\frac{ab+bc+ca}{(a+b)(b+c)(c+a)} &\leqslant \frac{ab+bc+ca+c^2}{(a+b)(b+c)(c+a)} \\ &= \frac{(b+c)(c+a)}{(a+b)(b+c)(c+a)} \\ &= \frac{1}{a+b} \leqslant \frac{1}{u+v}\end{aligned}$$

我们仅需证明

$$(a-c)^2-(a-c)(b-c)+(b-c)^2-\frac{4uv(u-v)}{u+v} \geqslant 0,$$

或

$$(u+v)(u^2-uv+v^2)-4uv(u-v) \geqslant 0,$$

即

$$u(u-2v)^2+v^3 \geqslant 0,$$

这是成立的.

当 $u = v = 0$ 时等号成立, 此时 $a = b = c$. □

41. 设 a, b, c 为非负实数, 其中两个不为零. 证明

$$(a^2+4ab+b^2)(b^2+4bc+c^2)(c^2+4ca+a^2) \geqslant 6(ab+bc+ca)^3.$$

Vasile Cîrtoaje

证明　不失一般性, 可设 $a \geqslant b \geqslant c$, 则由 Cauchy-Schwarz 不等式, 有

$$\begin{aligned}(b^2+4bc+c^2)(c^2+4ca+a^2) &= \left[(b+c)^2+2bc\right]\left[(a+c)^2+2ac\right] \\ &\geqslant \left[(a+c)(b+c)+2c\sqrt{ab}\right]^2.\end{aligned}$$

只需证明

$$(a^2+4ab+b^2)\left[(a+c)(b+c)+2c\sqrt{ab}\right]^2 \geqslant 6(ab+bc+ca)^3$$

或

$$\left[\frac{(a+c)(b+c)+2c\sqrt{ab}}{ab+bc+ca}\right]^2 - 1 \geqslant \frac{6(ab+bc+ca)}{a^2+4ab+b^2} - 1.$$

由于

$$\begin{aligned}\left[\frac{(a+c)(b+c)+2c\sqrt{ab}}{ab+bc+ca}\right]^2 - 1 &\geqslant 2\left[\frac{(a+c)(b+c)+2c\sqrt{ab}}{ab+bc+ca} - 1\right] \\ &= \frac{2c(2\sqrt{ab}+c)}{ab+bc+ca},\end{aligned}$$

且

$$\frac{6(ab+bc+ca)}{a^2+4ab+b^2} - 1 = \frac{6c(a+b)-(a-b)^2}{a^2+4ab+b^2} \leqslant \frac{6c(a+b)}{a^2+4ab+b^2},$$

我们只需证明

$$\frac{2c(2\sqrt{ab}+c)}{ab+bc+ca} \geqslant \frac{6c(a+b)}{a^2+4ab+b^2},$$

等价于

$$(2\sqrt{ab}+c)(a^2+4ab+b^2) \geqslant 3(a+b)(ab+bc+ca),$$

即

$$2\sqrt{ab}(a^2+4ab+b^2) - 3ab(a+b) \geqslant 2c(a^2+ab+b^2).$$

因为 $c \leqslant b$, 只要证明

$$2\sqrt{ab}(a^2+4ab+b^2) \geqslant 3ab(a+b) + 2b(a^2+ab+b^2)$$

或

$$2\sqrt{ab}(a^2+4ab+b^2) \geqslant b(5a^2+5ab+2b^2).$$

设 $a=x^2, b=y^2$ $(x \geqslant y \geqslant 0)$, 则不等式变为

$$2x(x^4+4x^2y^2+y^4) \geqslant y(5x^4+5x^2y^2+2y^4)$$

或

$$(x-y)(2x^4-3x^3y+5x^2y^2+2y^4) \geqslant 0,$$

当 $x \geqslant y$ 时, 这是成立的.

证明便完成了. 当且仅当 $a=b, c=0$ 及其轮换时等号成立. □

42. 设 a, b, c 为正实数, 使得 $a+b+c=3$. 证明

$$\frac{b^2}{\sqrt{2(a^4+1)}}+\frac{c^2}{\sqrt{2(b^4+1)}}+\frac{a^2}{\sqrt{2(c^4+1)}} \geqslant \frac{3}{2}.$$

Hoang Le Nhat Tung, 数学反思

证明 $\forall x \in \mathbb{R}$, 有不等式

$$\frac{1}{\sqrt{2(x^4+1)}} \geqslant \frac{4+x-2x^2}{6}.$$

实际上, 只需证明此不等式对于 $x \geqslant 0$ 和 $4+x \geqslant 2x^2$ 成立.

将不等式两边平方, 可变成

$$18-(x^4+1)(-2x^2+x+4)^2 \geqslant 0,$$

$$(x-1)^2\left(-4x^6-4x^5+11x^4+18x^3+5x^2-4x+2\right) \geqslant 0,$$

这是正确的, 因为第二个因式可以写成

$$2x^4(-2x^2+x+4)+3x^3(-2x^2+x+4)+6x^3+3x^2+2(x-1)^2 \geqslant 0.$$

因此, 我们有

$$\begin{aligned}&\frac{b^2}{\sqrt{2(a^4+1)}}+\frac{c^2}{\sqrt{2(b^4+1)}}+\frac{a^2}{\sqrt{2(c^4+1)}}\\ \geqslant\ &\frac{1}{6}\left[4(a^2+b^2+c^2)+b^2a+c^2b+a^2c-2(a^2b^2+b^2c^2+c^2a^2)\right].\end{aligned}$$

我们需要证明

$$4(a^2+b^2+c^2)+b^2a+c^2b+a^2c \geqslant 2(a^2b^2+b^2c^2+c^2a^2)+9,$$

或者, 将不等式齐次化后, 有

$$\begin{aligned}&4(a+b+c)^2(a^2+b^2+c^2)+3(a+b+c)\sum_{\text{cyc}} b^2a\\ \geqslant\ &18(a^2b^2+b^2c^2+c^2a^2)+(a+b+c)^4\end{aligned}$$

或

$$3\sum_{cyc}a^4+4\sum_{cyc}a^3b+7\sum_{cyc}a^3c-13\sum_{cyc}a^2b^2-abc(a+b+c)\geqslant 0.$$

由 Cauchy-Schwarz 不等式, 有

$$\sum_{cyc}\frac{a^3c}{abc}=\sum_{cyc}\frac{a^2}{b}\geqslant\frac{(a+b+c)^2}{a+b+c}=a+b+c,$$

所有只需证明

$$3\sum_{cyc}a^4+4\sum_{cyc}a^3b+4\sum_{cyc}a^3c+2abc(a+b+c)\geqslant 13\sum_{cyc}a^2b^2.$$

由四次 Schur 不等式, 得

$$\sum_{cyc}a^2(a-b)(a-c)\geqslant 0\Longleftrightarrow\sum_{cyc}a^4+abc(a+b+c)\geqslant\sum_{cyc}\left(a^3b+a^3c\right),$$

接下来, 要证明

$$\sum_{cyc}a^4+6\sum_{cyc}a^3b+6\sum_{cyc}a^3c\geqslant 13\sum_{cyc}a^2b^2,$$

这是成立的, 因为

$$a^4+b^4+c^4\geqslant a^2b^2+b^2c^2+c^2a^2,$$

并且

$$\sum_{cyc}a^3b+\sum_{cyc}a^3c=\sum_{cyc}\left(a^3b+b^3a\right)\geqslant 2\sum_{cyc}a^2b^2.$$

当且仅当 $a=b=c=1$ 时, 等号成立. □

43. 设 x,y,z 为非负实数. 证明

$$\sqrt{3}(x^3+y^3+z^3)\geqslant\sqrt{\prod_{cyc}\left(2x^2-xy+2y^2\right)}\geqslant\sqrt{3}\sum_{cyc}xy(x+y)-3\sqrt{3}xyz.$$

Marius Stănean, 数学反思

证明 对于左边的不等式, 不失一般性, 可以假设 $z=\min\{x,y,z\}$. 将不等式两边平方并展开, 我们需要证明

$$3(x^3+y^3+z^3)^2\geqslant(2x^2-xy+2y^2)(2y^2-yz+2z^2)(2z^2-zx+2x^2)$$

或者

$$3\sum_{cyc}x^6-8\sum_{cyc}x^2y^2(x^2+y^2)+4xyz\sum_{cyc}x^3+$$
$$10\sum_{cyc}x^3y^3+2\sum_{cyc}xz(x^2y^2+y^2z^2)-15x^2y^2z^2\geqslant 0,$$

即

$$3\sum_{\text{cyc}}(x^6-y^3z^3)-8\sum_{\text{cyc}}x^2y^2(x-y)^2+4xyz\left(\sum_{\text{cyc}}x^3-3xyz\right)-$$
$$3\left(\sum_{\text{cyc}}x^3y^3-3x^2y^2z^2\right)+2xyz\sum_{\text{cyc}}z(x-y)^2\geqslant 0.$$

我们有如下的 SOS-Schur 表示

$$\sum_{\text{cyc}}(x^6-y^3z^3)=(x^2+xy+y^2)^2(x-y)^2+(y^2+yz+z^2)(z^2+zx+x^2)(x-z)(y-z),$$

$$\sum_{\text{cyc}}x^2y^2(x-y)^2=\left[\sum_{\text{cyc}}x^2y^2+z^2(xy-zx-zy)\right](x-y)^2+z^2(x^2+y^2)(x-z)(y-z),$$

$$\sum_{\text{cyc}}x^3-3xyz=(x+y+z)(x-y)^2+(x+y+z)(x-z)(y-z),$$

$$\sum_{\text{cyc}}x^3y^3-3x^2y^2z^2=(xy+yz+zx)z^2(x-y)^2+(xy+yz+zx)xy(x-z)(y-z)),$$

$$\sum_{\text{cyc}}z(x-y)^2=2z(x-y)^2+(x+y)(x-z)(y-z).$$

于是, 不等式可以写成下面的 SOS-Schur 形式

$$A(x,y,z)(x-y)^2+B(x,y,z)(x-z)(y-z)\geqslant 0,$$

其中

$$\begin{aligned}A(x,y,z)&=3(x^2+xy+y^2)^2-8\left[x^2y^2+y^2z^2+z^2x^2+z^2(xy-zx-zy)\right]+\\&\quad 4xyz(x+y+z)-3z^2(xy+yz+zx)+4xyz^2\\&=3(x^4+y^4)+6xy(x^2+y^2)+x^2y^2-8z^2(x^2+y^2)+\\&\quad xyz(4x+4y-3z)+5(x+y)z^3\\&\geqslant 9xy(x^2+y^2)-8z^2(x^2+y^2)+x^2y^2+\\&\quad xyz(4x+4y-3z)+5(x+y)z^3\geqslant 0,\end{aligned}$$

并且

$$\begin{aligned}B(x,y,z)&=3(y^2+yz+z^2)(z^2+zx+x^2)-8z^2(x^2+y^2)+\\&\quad 4xyz(x+y+z)-3xy(xy+yz+zx)+2xyz(x+y)\\&=z\left[6x^2y+6y^2x-5x^2z-5y^2z+7xyz+3(x+y)z^2+3z^3\right]\\&\geqslant 0.\end{aligned}$$

这样便完成了左边不等式的证明.

当 $x=y=z$ 或 $x=y, z=0$ 时等号成立.

我们聚焦于右边的不等式. 首先, 注意到

$$2x^2-xy+2y^2=\frac{3(x+y)^2+5(x-y)^2}{4},$$

以及

$$\begin{aligned}
&(2y^2-yz+2z^2)(2z^2-zx+2x^2)\\
&=4z^4-2(x+y)z^3+(4x^2+xy+4y^2)z^2-2xy(x+y)z+4x^2y^2\\
&=4z^4+4x^2y^2-2(x+y)z(z^2+xy)+(4x^2+xy+4y^2)z^2\\
&=4(z^2+xy)^2-2(z^2+xy)(x+y)z+\frac{(x+y)^2z^2}{4}+\frac{15}{4}z^2(x-y)^2\\
&=\frac{1}{4}(4z^2+4xy-xz-yz)^2+\frac{15}{4}z^2(x-y)^2.
\end{aligned}$$

由 Cauchy-Schwarz 不等式, 有

$$\begin{aligned}
&\prod_{\text{cyc}}(2x^2-xy+2y^2)\\
&=\frac{1}{16}\left(3(x+y)^2+5(x-y)^2\right)\left((4z^2+4xy-xz-yz)^2+15z^2(x-y)^2\right)\\
&\geqslant\frac{3}{16}\left[(x+y)(4z^2+4xy-xz-yz)+5z(x-y)^2\right]^2\\
&=\frac{3}{16}\left[4(x^2y+xy^2+y^2z+yz^2+z^2x+zx^2-3xyz)\right]^2\\
&=3\left[xy(x+y)+yz(y+z)+zx(z+x)-3xyz\right]^2.
\end{aligned}$$

当 $x=y=z$ 或 $x=y, z=0$ 时等号成立. □

注记 从题中的不等式组, 我们可推出 Schur 不等式

$$x^3+y^3+z^3+3xyz\geqslant xy(x+y)+yz(y+z)+zx(z+x).$$

44. 设 a, b, c 为正实数使得 $abc=1$. 证明

$$\sqrt{4a^2-a+1}+\sqrt{4b^2-b+1}+\sqrt{4c^2-c+1}\geqslant 2(a+b+c).$$

安振平, 数学反思

证明 我们先证明不等式

$$\sqrt{4x^2-x+1}\geqslant 2x-\frac{1}{2}+\frac{3}{2(x+\sqrt{x}+1)}. \tag{1}$$

实际上, 若令 $x=t^2$, 则式 (1) 等价于

$$\sqrt{4t^4-t^2+1}\geqslant\frac{4t^4+4t^3+3t^2-t+2}{2(t^2+t+1)},$$

或者, 将两边平方后再简单计算, 有

$$t(t-1)^2(4t^3+16t^2+19t+12)\geqslant 0,$$

这显然是成立的.

因此, 由此可得

$$\sum_{\text{cyc}} \sqrt{4a^2 - a + 1} \geqslant 2(a+b+c) + \frac{3}{2}\left(\frac{1}{a+\sqrt{a}+1} + \frac{1}{b+\sqrt{b}+1} + \frac{1}{c+\sqrt{c}+1} - 1\right).$$

然后, 利用熟知的不等式

$$\frac{1}{x^2+x+1} + \frac{1}{y^2+y+1} + \frac{1}{z^2+z+1} \geqslant 1, \tag{2}$$

其中 $x, y, z > 0$ 且 $xyz = 1$, 即得欲证的结果. □

注记 建立不等式 (1) 的方法见《118 个数学竞赛不等式》一书中例 45. 同样, 在同一本书的例 15 中可见不等式 (2) 的解.

45. 设 a, b, c 为实数. 证明

$$(1+a^2)(b-c)^2 + (1+b^2)(c-a)^2 + (1+c^2)(a-b)^2 \geqslant 2\sqrt{3}\,|(a-b)(b-c)(c-a)|.$$

证明 令 $a = \tan x, b = \tan y, c = \tan z$, 则原不等式变为

$$\sin^2(y-z) + \sin^2(z-x) + \sin^2(x-y) \geqslant 2\sqrt{3}\,|\sin(x-y)\sin(y-z)\sin(z-x)|.$$

记 $\alpha = x - y, \beta = y - z$, 则我们需要证明

$$\sin^2\alpha + \sin^2\beta + \sin^2(\alpha+\beta) \geqslant 2\sqrt{3}\,|\sin\alpha\sin\beta\sin(\alpha+\beta)|. \tag{1}$$

而

$$\begin{aligned}\sin^2(\alpha+\beta) + \sin^2(\alpha-\beta) &= 2\sin^2\alpha\cos^2\beta + 2\cos^2\alpha\sin^2\beta \\ &= 2(\sin^2\alpha + \sin^2\beta) - 4\sin^2\alpha\sin^2\beta,\end{aligned}$$

于是

$$\sin^2\alpha + \sin^2\beta \geqslant 2\sin^2\alpha\sin^2\beta + \frac{\sin^2(\alpha+\beta)}{2}. \tag{2}$$

回到式 (1), 利用式 (2) 和 AM-GM 不等式, 我们得到

$$\begin{aligned}\sin^2\alpha + \sin^2\beta + \sin^2(\alpha+\beta) &\geqslant 2\sin^2\alpha\sin^2\beta + \frac{3\sin^2(\alpha+\beta)}{2} \\ &\geqslant 2\sqrt{3}\,|\sin\alpha\sin\beta\sin(\alpha+\beta)|,\end{aligned}$$

即证得结论. □

46. 设 a, b, c 为 $\triangle ABC$ 的边长, 其内径为 r, 外径为 R. 证明

$$\frac{R}{r} \geqslant (3+\sqrt{5}) \cdot \frac{a^2+b^2+c^2}{ab+bc+ca} - 1 - \sqrt{5}.$$

Marius Stănean, 数学反思

证明一 令 s 为 $\triangle ABC$ 的半周长, 则有

$$ab+bc+ca=s^2+r^2+4Rr,$$

原不等式变为

$$\frac{R}{r}\geqslant(3+\sqrt{5})\cdot\frac{2(s^2-r^2-4Rr)}{s^2+r^2+4Rr}-1-\sqrt{5}$$

或

$$\frac{R}{r}\geqslant 5+\sqrt{5}-4(3+\sqrt{5})\cdot\frac{\frac{r^2}{R^2}+\frac{4r}{R}}{\frac{s^2}{R^2}+\frac{r^2}{R^2}+\frac{4r}{R}}.$$

若记 $x^2=1-\dfrac{2r}{R}\in[0,1)$, 则由 Blundon 不等式, 有

$$\frac{s^2}{R^2}\leqslant 2+5(1-x^2)-\frac{(1-x^2)^2}{4}+2x^3=\frac{(3-x)^3(1+x)}{4}.$$

因此, 只需证明

$$\frac{2}{1-x^2}\geqslant 5+\sqrt{5}-4(3+\sqrt{5})\cdot\frac{(1-x^2)^2+8(1-x^2)}{(3-x)^3(1+x)+(1-x^2)^2+8(1-x^2)},$$

或者经过一些计算, 有

$$\frac{x^2[(3+\sqrt{5})x^2-4x+3-\sqrt{5}]}{(1-x^2)(3-2x)}\geqslant 0$$

或

$$\frac{x^2\left(x-\frac{3-\sqrt{5}}{2}\right)^2}{(1-x^2)(3-2x)}\geqslant 0,$$

这显然是正确的.

当 $x=0$ 时等号成立, 此时 $\triangle ABC$ 为正三角形. 当 $x=\dfrac{3-\sqrt{5}}{2}$ 时, 我们得

$$\frac{r}{4R}=\frac{3\sqrt{5}-5}{16}\Longleftrightarrow\sin\frac{A}{2}\sin\frac{B}{2}\sin\frac{C}{2}=\frac{3\sqrt{5}-5}{16}.$$

因为在 Blundon 不等式中, 对于等腰三角形取等号. 假设 $A=B$, 则

$$\cos A\sin^2\frac{A}{2}=\frac{3\sqrt{5}-5}{16},$$

即

$$\cos^2 A-\cos A+\frac{3\sqrt{5}-5}{8}=0, \tag{1}$$

方程有解

$$\cos A=\frac{\sqrt{5}-1}{4}\Longrightarrow A=B=72^\circ, C=36^\circ,$$

这意味着

$$\frac{a}{\sin A}=\frac{b}{\sin B}=\frac{c}{\sin C}\Longleftrightarrow a=b=\frac{2c}{\sqrt{5}-1}.$$

可以验证方程 (1) 的解 $\cos A = \dfrac{5-\sqrt{5}}{4}$ 不合题意. □

证明二 不失一般性, 可设

$$c = \min\{a, b, c\}.$$

使用 Ravi 代换, 即

$$a = y + z, \quad b = z + x, \quad c = x + y, \quad x, y, z > 0,$$

再根据三角形的基本性质, 原不等式可以写成

$$\frac{(x+y)(y+z)(z+x)}{4xyz} \geqslant 2(3+\sqrt{5}) \cdot \frac{x^2+y^2+z^2+xy+yz+zx}{x^2+y^2+z^2+3(xy+yz+zx)} - 1 - \sqrt{5}$$

或

$$\frac{(x+y)(y+z)(z+x) - 8xyz}{4xyz} \geqslant (3+\sqrt{5}) \cdot \frac{x^2+y^2+z^2-xy-yz-zx}{x^2+y^2+z^2+3(xy+yz+zx)},$$

即

$$\frac{2z(x-y)^2 + (x+y)(x-z)(y-z)}{4xyz} \geqslant (3+\sqrt{5}) \cdot \frac{(x-y)^2 + (x-z)(y-z)}{x^2+y^2+z^2+3(xy+yz+zx)}.$$

因为 $c = \min\{a, b, c\}$, 所以 $z = \max\{x, y, z\}$, 由此可得

$$\begin{aligned} x^2+y^2+z^2+3(xy+yz+zx) &\geqslant 2xy + xy + 3xy + 6z\sqrt{xy} \\ &\geqslant 12xy \geqslant 2(3+\sqrt{5})xy. \end{aligned}$$

接下来要证明

$$(x+y)\left(x^2+y^2+z^2+3xy+3yz+3zx\right) \geqslant 4(3+\sqrt{5})xyz,$$

即

$$x^3 + y^3 + 4xy(x+y) + (x+y)z^2 + 3z(x+y)^2 \geqslant 12xyz + 4\sqrt{5}xyz.$$

利用 AM-GM 不等式, 只需要证明

$$2xy\sqrt{xy} + 8xy\sqrt{xy} + 2\sqrt{xy}z^2 + 3z(x-y)^2 \geqslant 4\sqrt{5}xyz,$$

即

$$2\sqrt{xy}\left(z - \sqrt{5xy}\right)^2 + 3z(x-y)^2 \geqslant 0,$$

这显然是成立的. 当 $x = y = z$ (即 $a = b = c$), 或 $x = y$, $z = \sqrt{5xy}$ (即 $a = b = \dfrac{2c}{\sqrt{5}-1}$) 及其轮换时等号成立. □

---

47. 设 $x, y, z \geqslant 0$ 满足

$$\frac{8xyz}{(x+y)(y+z)(z+x)} = k.$$

证明

$$(xy+yz+zx)\left[\frac{1}{(x+y)^2} + \frac{1}{(y+z)^2} + \frac{1}{(z+x)^2}\right] \geqslant \frac{9}{4} + \frac{k(1-k)}{4(2-k)}.$$

Marius Stănean

证明　如果 x, y, z 之一等于 0, 不妨设 $z=0$, 那么 $k=0$, 且原不等式变成

$$(x-y)^2\left[\frac{1}{xy}-\frac{1}{4(x+y)^2}\right]\geqslant 0,$$

这显然是正确的.

若 x, y, z 均为正数, 则 $a=y+z, b=z+x, c=x+y$ 分别为某个三角形的三边长, 其外接圆半径为 R, 内切圆半径为 r, 半周长为 s. 由此可得 $x=s-a, y=s-b, z=s-c$, $k=\frac{2r}{R}$, 又因为 $ab+bc+ca=s^2+r^2+4Rr$, 原不等式变成

$$\frac{(r^2+4Rr)\left[(ab+bc+ca)^2-4abcs\right]}{16R^2r^2s^2}\geqslant\frac{9}{4}+\frac{r(R-2r)}{4(R-r)}$$

或

$$\frac{r+4R}{4r}\left[\frac{s^2}{R^2}+\left(\frac{r^2}{R^2}+\frac{4r}{R}\right)^2\frac{R^2}{s^2}-\frac{2r(4R-r)}{R^2}\right]\geqslant 9+\frac{r(R-2r)}{R-r}.$$

考虑函数 f, 定义如下

$$f\left(\frac{s^2}{R^2}\right)=\frac{s^2}{R^2}+\left(\frac{r^2}{R^2}+\frac{4r}{R}\right)^2\frac{R^2}{s^2}.$$

因为

$$f'\left(\frac{s^2}{R^2}\right)=1-\left(\frac{r^2}{R^2}+\frac{4r}{R}\right)^2\frac{R^4}{s^4}=\frac{(s^2+r^2+4Rr)(s^2-r^2-4Rr)}{s^4}$$
$$\geqslant\frac{(s^2+r^2+4Rr)(16Rr-5r^2-r^2-4Rr)}{s^4}\geqslant 0,$$

我们推出 f 是增函数.

若记 $t^2=1-\frac{2r}{R}\in[0,1)$, 则由 Blundon 不等式, 有

$$\frac{s^2}{R^2}\geqslant 2+5(1-t^2)-\frac{(1-t^2)^2}{4}-2t^3=\frac{(1-t)(t+3)^3}{4}.$$

因此, 只需要证明

$$\frac{9-t^2}{4(1-t^2)}\left[\frac{(1-t)(t+3)^3}{4}+\frac{(1-t^2)^2(9-t^2)^2}{4(1-t)(t+3)^3}-\frac{(1-t^2)(7+t^2)}{2}\right]\geqslant 9+\frac{t^2(1-t^2)}{1+t^2},$$

经过一些计算后, 有

$$\frac{t^2(1-t)^3}{(t+1)(t^2+1)}\geqslant 0,$$

这显然是正确的. 当 $t=0$ 时等号成立, 此时三角形为正三角形, 表明 $x=y=z$. □

注记　由于 $0\leqslant k\leqslant 1$, 题设不等式强于陈计不等式: 对所有的非负实数 x, y, z, 有

$$(xy+yz+zx)\left[\frac{1}{(x+y)^2}+\frac{1}{(y+z)^2}+\frac{1}{(z+x)^2}\right]\geqslant\frac{9}{4}.$$

48. 设 x, y, z 为非负实数. 证明

$$\frac{x^3+y^3+z^3+3xyz}{\sum_{\text{cyc}} xy(x+y)}+\frac{5}{4} \geqslant (xy+yz+zx)\left[\frac{1}{(x+y)^2}+\frac{1}{(y+z)^2}+\frac{1}{(z+x)^2}\right].$$

Marius Stănean, 数学反思

证明 若 x, y, z 之一等于 0, 不妨设 $z=0$, 则原不等式变为

$$\frac{(x-y)^2}{4(x+y)^2} \geqslant 0,$$

这显然是成立的.

若 x, y, z 均为正数, 则 $a=y+z, b=z+x, c=x+y$ 分别为某个三角形的三边长, 其外接圆半径为 R, 内切圆半径为 r, 半周长为 s. 由此可得 $x=s-a, y=s-b, z=s-c$, 又因为 $ab+bc+ca=s^2+r^2+4Rr$, 原不等式变为

$$\frac{s^3-3r(4R-r)s}{s(r^2+4Rr)-3sr^2}+\frac{5}{4} \geqslant \frac{(r^2+4Rr)\left[(ab+bc+ca)^2-4abcs\right]}{16R^2r^2s^2}$$

或

$$\frac{s^2+3r^2-12Rr}{4Rr-2r^2}+\frac{5}{4} \geqslant \frac{(4R+r)\left[s^4-2r(4R-r)s^2+r^2(4R+r)^2\right]}{16R^2rs^2}$$

或

$$\begin{aligned} &\frac{R^2}{2Rr-r^2}\left(\frac{s^2}{R^2}+\frac{3r^2}{R^2}-\frac{12r}{R}\right)+\frac{5}{2} \\ \geqslant &\frac{4R+r}{8r}\left[\frac{s^2}{R^2}+\left(\frac{r^2}{R^2}+\frac{4r}{R}\right)^2\frac{R^2}{s^2}-\frac{2r(4R-r)}{R^2}\right]. \end{aligned}$$

考虑函数 f, 定义如下

$$f\left(\frac{s^2}{R^2}\right)=\frac{R^2}{2Rr-r^2}\left(\frac{s^2}{R^2}\right)-\frac{4R+r}{8r}\left[\frac{s^2}{R^2}+\left(\frac{r^2}{R^2}+\frac{4r}{R}\right)^2\frac{R^2}{s^2}\right].$$

因为

$$\begin{aligned} f'\left(\frac{s^2}{R^2}\right) &=\frac{R^2}{2Rr-r^2}-\frac{4R+r}{8r}+\left(\frac{4R+r}{8r}\right)\left(\frac{r^2}{R^2}+\frac{4r}{R}\right)^2\frac{R^4}{s^4} \\ &=\frac{2R+r}{8(2R-r)}+\left(\frac{4R+r}{8r}\right)\left(\frac{r^2}{R^2}+\frac{4r}{R}\right)^2\frac{R^4}{s^4} \geqslant 0, \end{aligned}$$

我们推出 f 是增函数.

若记 $t^2=1-\dfrac{2r}{R} \in [0,1)$, 则由 Blundon 不等式, 有

$$\frac{s^2}{R^2} \geqslant 2+5(1-t^2)-\frac{(1-t^2)^2}{4}-2t^3=\frac{(1-t)(t+3)^3}{4}.$$

因此, 只需证明

$$\frac{4}{(1-t^2)(3+t^2)}\left[\frac{(1-t)(t+3)^3}{4}+\frac{3(1-t^2)^2}{4}-6(1-t^2)\right]+\frac{5}{2}$$
$$\geqslant \frac{9-t^2}{8(1-t^2)}\left[\frac{(1-t)(t+3)^3}{4}+\frac{(1-t^2)^2(9-t^2)^2}{4(1-t)(t+3)^3}-\frac{(1-t^2)(7+t^2)}{2}\right],$$

经过一些计算后, 有

$$\frac{t^2(t-1)^2}{t^2+3}\geqslant 0,$$

这显然是成立的. 当 $t=0$ 时等号成立, 此时三角形为正三角形, 表明 $x=y=z$. □

注记 考虑到前面的不等式, 这里提出一个更强形式的 Schur 不等式

$$\frac{x^3+y^3+z^3+3xyz}{\sum\limits_{\text{cyc}} xy(x+y)}\geqslant (xy+yz+zx)\left[\frac{1}{(x+y)^2}+\frac{1}{(y+z)^2}+\frac{1}{(z+x)^2}\right]-\frac{5}{4}$$
$$\geqslant \frac{9}{4}-\frac{5}{4}=1.$$

49. 设 $\triangle ABC$ 的边长为 a, b, c, 其面积为 S. 证明

$$a^2+b^2+c^2\leqslant 4S\sqrt{3}+\frac{3+2\sqrt{2}}{2+\sqrt{3}}\left[(a-b)^2+(b-c)^2+(c-a)^2\right].$$

Cezar Lupu, Vlad Matei

证明 利用如下等式

$$ab+bc+ca=s^2+r^2+4Rr,$$

不等式变成

$$s^2-r^2-4Rr\leqslant 2\sqrt{3}sr+\frac{3+2\sqrt{2}}{2+\sqrt{3}}\left(s^2-3r^2-12Rr\right)$$

或

$$\frac{1+2\sqrt{2}-\sqrt{3}}{2+\sqrt{3}}s^2+2\sqrt{3}rs-\frac{7+6\sqrt{2}-\sqrt{3}}{2+\sqrt{3}}(r^2+4Rr)\geqslant 0$$

或

$$\left(1+2\sqrt{2}-\sqrt{3}\right)\frac{s^2}{R^2}+2\left(3+2\sqrt{3}\right)\frac{r}{R}\cdot\frac{s}{R}-\left(7+6\sqrt{2}-\sqrt{3}\right)\left(\frac{r^2}{R^2}+\frac{4r}{R}\right)\geqslant 0.$$

若记 $x^2=1-\dfrac{2r}{R}\in[0,1)$, 则由 Blundon 不等式, 有

$$\frac{s^2}{R^2}\geqslant 2+5(1-x^2)-\frac{(1-x^2)^2}{4}-2x^3=\frac{(1-x)(x+3)^3}{4}.$$

此外, 由于 $\triangle ABC$ 不是钝角三角形, 可得

$$s^2 \geqslant (2R+r)^2 \Longleftrightarrow \frac{s}{R} \geqslant \frac{5-x^2}{2}.$$

因此, 我们有两种情形:

情形 1 当 $\dfrac{(1-x)(x+3)^3}{2} \leqslant \dfrac{(5-x^2)^2}{2}$ 时, 等价于

$$(x+1)^2(x^2+2x-1) \geqslant 0 \Longleftrightarrow x \in \left[\sqrt{2}-1, 1\right),$$

所以, 只需要证明

$$(1+2\sqrt{2}-\sqrt{3})(5-x^2)^2+(6+4\sqrt{3})(1-x^2)(5-x^2)-$$
$$(7+6\sqrt{2}-\sqrt{3})(1-x^2)(9-x^2) \geqslant 0,$$

即

$$4(\sqrt{3}-\sqrt{2})\left[x^2-(\sqrt{2}-1)^2\right](x^2+4\sqrt{6}+6\sqrt{3}+4\sqrt{2}+5) \geqslant 0,$$

这显然是成立的.

情形 2 当 $\dfrac{(1-x)(x+3)^3}{2} > \dfrac{(5-x^2)^2}{2}$ 时, 等价于

$$(x+1)^2(x^2+2x-1) < 0 \Longleftrightarrow x \in \left[0, \sqrt{2}-1\right),$$

所以, 只需要证明

$$(1+2\sqrt{2}-\sqrt{3})(1-x)(x+3)^3+(6+4\sqrt{3})(1-x^2)\sqrt{(1-x)(x+3)^3}-$$
$$(7+6\sqrt{2}-\sqrt{3})(1-x^2)(9-x^2) \geqslant 0.$$

除以 $(1-x)(x+3)$, 便得

$$(1+2\sqrt{2}-\sqrt{3})(x+3)^2+(6+4\sqrt{3})(1+x)\sqrt{(1-x)(x+3)}-$$
$$(7+6\sqrt{2}-\sqrt{3})(1+x)(3-x) \geqslant 0$$

或

$$(3+2\sqrt{3})(1+x)\sqrt{(1-x)(x+3)} \geqslant (\sqrt{3}-4\sqrt{2}-4)x^2+(4+2\sqrt{3})x+6+3\sqrt{3},$$

将两边平方, 再做一些计算后, 有

$$\frac{4}{25}(18+8\sqrt{2}+\sqrt{3}-2\sqrt{6})(25x+25-7\sqrt{2}+4\sqrt{3})(\sqrt{2}-1-x)x^2 \geqslant 0,$$

这显然是成立的.

等号成立的条件是: 当 $x=0$, 即 $\triangle ABC$ 为正三角形; 或当 $x=\sqrt{2}-1$, 即

$$\cos A\cos B\cos C = 0 \quad 且 \quad \frac{r}{R} = \sqrt{2}-1,$$

$\triangle ABC$ 为等腰直角三角形. □

50. 设 x, y, z 为正实数, 使得 $x+y+z=1$. 证明

$$\sqrt[4]{\frac{9yz}{x+yz}}+\sqrt[4]{\frac{9zx}{y+zx}}+\sqrt[4]{\frac{9xy}{z+xy}}\leqslant\sqrt{\frac{2x}{x+yz}}+\sqrt{\frac{2y}{y+zx}}+\sqrt{\frac{2z}{z+xy}}\leqslant 3\sqrt{\frac{3}{2}}.$$

证明一　右边的不等式可以写成

$$\sqrt{\frac{x}{x(x+y+z)+yz}}+\sqrt{\frac{y}{y(x+y+z)+zx}}+\sqrt{\frac{z}{z(x+y+z)+xy}}\leqslant\frac{3\sqrt{3}}{2}$$

或

$$\sqrt{\frac{x}{(x+y)(x+z)}}+\sqrt{\frac{y}{(y+z)(x+y)}}+\sqrt{\frac{z}{(z+x)(y+z)}}\leqslant\frac{3\sqrt{3}}{2},$$

即

$$\sum_{\text{cyc}}\sqrt{x(y+z)}\leqslant\frac{3\sqrt{3(x+y)(y+z)(z+x)}}{2}.$$

而这可由下面的不等式得到

$$9(x+y)(y+z)(z+x)\geqslant 8(x+y+z)(xy+yz+zx)\Longleftrightarrow\sum_{\text{cyc}}x(y-z)^2\geqslant 0.$$

再由 Cauchy-Schwarz 不等式

$$\sum_{\text{cyc}}\sqrt{x(y+z)}\leqslant\sqrt{3\sum_{\text{cyc}}x(y+z)}=\sqrt{6(xy+yz+zx)},$$

左边的不等式可写成

$$\sum_{\text{cyc}}\sqrt{\frac{2x(x+y+z)}{(x+y)(x+z)}}\geqslant\sum_{\text{cyc}}\sqrt[4]{\frac{9yz}{(x+y)(x+z)}}.\tag{1}$$

利用 AM-GM 不等式, 有

$$\begin{aligned}\sum_{\text{cyc}}\sqrt{\frac{y+z}{x}}+2\sum_{\text{cyc}}\sqrt{\frac{x}{y+z}}&=\sum_{\text{cyc}}\frac{2x+y+z}{\sqrt{x(y+z)}}\\&=\sum_{\text{cyc}}\left(\frac{x+y}{\sqrt{y(z+x)}}+\frac{z+x}{\sqrt{z(x+y)}}\right)\\&\geqslant 2\sum_{\text{cyc}}\sqrt[4]{\frac{(x+y)(x+z)}{yz}}.\end{aligned}$$

两边乘以 $\sqrt{\dfrac{xyz}{(x+y)(y+z)(z+x)}}$, 则上面的不等式变为

$$\sum_{\text{cyc}}\sqrt{\frac{yz}{(x+y)(x+z)}}+2\sum_{\text{cyc}}\sqrt{\frac{x^2yz}{(x+y)(y+z)^2(z+x)}}$$

$$\geqslant 2\sum_{\text{cyc}}\sqrt[4]{\frac{x^2yz}{(x+y)(y+z)^2(z+x)}},$$

即

$$2\sum_{\text{cyc}}\sqrt{\frac{yz}{(x+y)(x+z)}}+2\sum_{\text{cyc}}\sqrt{\frac{x^2yz}{(x+y)(y+z)^2(z+x)}}$$

$$\geqslant\left(\sum_{\text{cyc}}\sqrt[4]{\frac{yz}{(x+y)(x+z)}}\right)^2.$$

因此,为了证明式 (1),接下来要证明

$$\sum_{\text{cyc}}\frac{x(x+y+z)}{(x+y)(x+z)}+2(x+y+z)\sum_{\text{cyc}}\sqrt{\frac{yz}{(x+y)(y+z)^2(z+x)}}$$

$$\geqslant 3\sum_{\text{cyc}}\sqrt{\frac{yz}{(x+y)(x+z)}}+3\sum_{\text{cyc}}\sqrt{\frac{x^2yz}{(x+y)(y+z)^2(z+x)}},$$

将两边同乘 $\sqrt{\dfrac{(x+y)(y+z)(z+x)}{xyz}}$,得

$$(x+y+z)\sum_{\text{cyc}}\sqrt{\frac{x(y+z)}{yz(x+y)(x+z)}}+2(x+y+z)\sum_{\text{cyc}}\frac{1}{\sqrt{x(y+z)}}$$

$$\geqslant 3\sum_{\text{cyc}}\sqrt{\frac{y+z}{x}}+3\sum_{\text{cyc}}\sqrt{\frac{x}{y+z}}$$

或

$$(x+y+z)\sum_{\text{cyc}}\sqrt{\frac{x(y+z)}{yz(x+y)(x+z)}}\geqslant\sum_{\text{cyc}}\sqrt{\frac{y+z}{x}}+\sum_{\text{cyc}}\sqrt{\frac{x}{y+z}}$$

或

$$\sum_{\text{cyc}}\sqrt{\frac{x(y+z)}{yz(x+y)(x+z)}}\geqslant\sum_{\text{cyc}}\frac{1}{\sqrt{x(y+z)}},$$

即

$$\sum_{\text{cyc}}x(y+z)\geqslant\sum_{\text{cyc}}\sqrt{yz(x+y)(x+z)}$$

或

$$\sum_{\text{cyc}}\left(\sqrt{y(x+z)}-\sqrt{z(x+y)}\right)^2\geqslant 0,$$

这显然是成立的. 当 $x=y=z$ 时等号成立. □

证明二　作代换

$$a=\sqrt{\frac{4yz}{(x+y)(z+x)}},\quad b=\sqrt{\frac{4zx}{(y+z)(x+y)}},\quad c=\sqrt{\frac{4xy}{(z+x)(y+z)}},$$

则有 $a^2+b^2+c^2+abc=4$, 原不等式变成

$$\sqrt{3}\left(\sqrt{a}+\sqrt{b}+\sqrt{c}\right)\leqslant\sqrt{4-a^2}+\sqrt{4-b^2}+\sqrt{4-c^2}\leqslant 3\sqrt{3}.$$

容易看到

$$\begin{aligned}\sum_{\text{cyc}}\frac{a}{2a+bc}&=\sum_{\text{cyc}}\frac{\sqrt{\frac{4yz}{(x+y)(z+x)}}}{2\sqrt{\frac{4yz}{(x+y)(z+x)}}+\frac{2x}{y+z}\sqrt{\frac{4yz}{(x+y)(z+x)}}}\\&=\sum_{\text{cyc}}\frac{y+z}{2(x+y+z)}=1,\end{aligned}$$

以及

$$\begin{aligned}\sqrt{(4-b^2)(4-c^2)}&=\sqrt{16-4(b^2+c^2)+b^2c^2}\\&=\sqrt{4a^2+4abc+b^2c^2}\\&=2a+bc,\end{aligned}$$

于是

$$\begin{aligned}&\sqrt{4-a^2}+\sqrt{4-b^2}+\sqrt{4-c^2}\\=&\sqrt{12-a^2-b^2-c^2+2\sum_{\text{cyc}}\sqrt{(4-b^2)(4-c^2)}}\\=&\sqrt{8+abc+4(a+b+c)+2(ab+bc+ca)}\\=&\sqrt{(2+a)(2+b)(2+c)}.\end{aligned}$$

由 AM-GM 不等式, 有

$$\sqrt{(2+a)(2+b)(2+c)}\leqslant\sqrt{\left(\frac{6+a+b+c}{3}\right)^3}\leqslant\sqrt{3^3}=3\sqrt{3},$$

所以右边的不等式得证.

对于左边的不等式, 由 Cauchy-Schwarz 不等式, 有

$$1=\sum_{\text{cyc}}\frac{a}{2a+bc}\geqslant\frac{(\sqrt{a}+\sqrt{b}+\sqrt{c})^2}{2(a+b+c)+ab+bc+ca},$$

这样得到

$$2(a+b+c)+ab+bc+ca\geqslant(\sqrt{a}+\sqrt{b}+\sqrt{c})^2.$$

因此, 接下来要证明

$$(2+a)(2+b)(2+c)\geqslant 6(a+b+c)+3(ab+bc+ca),$$

即

$$2(a+b+c)+ab+bc+ca \leqslant 8+abc,$$

而这可由 $a+b+c \leqslant 3$ 和例 67 中的不等式 (即 $ab+bc+ca \leqslant 2+abc$) 得到. □

注记 题中右边的不等式可以加强为

$$\sqrt{3}(\sqrt{a}+\sqrt{b}+\sqrt{c}) \leqslant \sqrt{4-a^2}+\sqrt{4-b^2}+\sqrt{4-c^2} \leqslant 3\sqrt{a+b+c}$$

其中 $a, b, c \geqslant 0$ 满足 $a^2+b^2+c^2+abc=4$.

证明 右边的不等式可以改写成

$$(2+a)(2+b)(2+c) \leqslant 9(a+b+c)$$

或

$$8+2(ab+bc+ca)+abc \leqslant 5(a+b+c),$$

等价于

$$8+(a+b+c)^2-a^2-b^2-c^2+abc-5(a+b+c) \leqslant 0,$$

即

$$(a+b+c)^2-5(a+b+c)+2abc+4 \leqslant 0,$$

这是正确的, 因为 $abc \leqslant 1$ 且 $a+b+c \in [2,3]$, 所以

$$\begin{aligned}(a+b+c)^2-5(a+b+c)+2abc+4 &\leqslant (a+b+c)^2-5(a+b+c)+6\\ &=(a+b+c-2)(a+b+c-3)\\ &\leqslant 0.\end{aligned}$$

□

51. 设 x, y, z 为非负实数, 使得

$$x^2+y^2+z^2+xyz=4.$$

证明

$$(x+y+z-2)^2 \geqslant xyz(4-x-y-z).$$

AoPS, mudok

证明 令 $x+y+z=3-u^2$, 其中 $u \in [0,1]$, 且 $xyz=1-9t^2$, 其中 $t \in \left[0, \frac{1}{3}\right]$, 原不等式变为

$$(1-u^2)^2 \geqslant (1-9t^2)(1+u^2)$$

或

$$9t^2(u^2+1)-u^2(3-u^2) \geqslant 0,$$

由定理 8, 我们有

$$3t \geqslant u(2-u),$$

因此

$$\begin{aligned}9t^2(u^2+1)-u^2(3-u^2) &\geqslant u^2(2-u)^2(u^2+1)^2-u^2(3-u^2)\\ &= u^2(1-u)^4 \geqslant 0.\end{aligned}$$

当 $u=0$ (即 $x=y=z=1$) 或 $u=1$ (即 $x=2, y=z=0$ 及其轮换) 时, 等号成立. □

52. 设 x, y, z 为非负实数, 使得 $x^2+y^2+z^2+xyz=4$. 证明

$$xy+yz+zx-\left(\frac{x+y+z-1}{2}\right)xyz \leqslant 2.$$

强于 USAMO 2001, mudok

证明一 将不等式改写成

$$(x+y+z)^2-x^2-y^2-z^2-(x+y+z-1)xyz \leqslant 4,$$

或

$$(x+y+z)^2-xyz(x+y+z-2) \leqslant 8.$$

若令 $x+y+z=3-u^2$, 其中 $u \in [0,1]$, 且 $xyz=1-9t^2$, 其中 $t \in \left[0,\frac{1}{3}\right]$, 则不等式变为

$$(3-u^2)^2-(1-9t^2)(1-u^2) \leqslant 8,$$

或

$$9t^2(1-u^2)-u^2(5-u^2) \leqslant 0.$$

根据定理 8, 我们有

$$3t \leqslant \min\{u(2+u), 1\}.$$

我们有两种情形:

情形 1 若 $u(2+u) \geqslant 1$, 则只需证明

$$1-u^2-u^2(5-u^2) \leqslant 0 \Longleftrightarrow (u^2-2u-1)(u^2+2u-1) \leqslant 0,$$

因为 $u \leqslant 1$, 这显然是成立的. 当 $u=\sqrt{2}-1$, 即 $(x,y,z)=(\sqrt{2},\sqrt{2},0)$ 及其轮换时, 等号成立.

情形 2 若 $u(2+u)<1$, 则只需证明

$$u^2(2+u)^2(1-u^2)-u^2(5-u^2) \leqslant 0 \Longleftrightarrow -u^2(u^2+2u-1)^2 \leqslant 0,$$

显然成立. 当 $u=0$, 即 $(x,y,z)=(1,1,1)$ 时, 等号成立. □

证明二 原不等式可改写成

$$x^2+y^2+z^2+xyz(x+y+z)\geqslant 2(xy+yz+zx).$$

作代换, 将不等式齐次化, 有

$$x=\frac{2a}{\sqrt{(a+b)(c+a)}},\quad y=\frac{2b}{\sqrt{(a+b)(b+c)}},\quad z=\frac{2c}{\sqrt{(c+a)(b+c)}},$$

不等式变为

$$\sum_{\text{cyc}}a^2(b+c)+4abc\sum_{\text{cyc}}\frac{a}{\sqrt{(a+b)(a+c)}}\geqslant 2\sum_{\text{cyc}}bc\sqrt{(a+b)(a+c)}$$

或

$$\begin{aligned}&\sum_{\text{cyc}}a^2(b+c)-2abc\sum_{\text{cyc}}a\left(\frac{1}{\sqrt{a+b}}-\frac{1}{\sqrt{a+c}}\right)^2+2abc\sum_{\text{cyc}}\left(\frac{a}{a+b}+\frac{a}{a+c}\right)\\ \geqslant &-\sum_{\text{cyc}}bc\left(\sqrt{a+b}-\sqrt{a+c}\right)^2+\sum_{\text{cyc}}bc\left(a+b+a+c\right)\end{aligned}$$

或

$$\sum_{\text{cyc}}bc\left(\sqrt{a+b}-\sqrt{a+c}\right)^2\geqslant 2abc\sum_{\text{cyc}}a\left(\frac{1}{\sqrt{a+b}}-\frac{1}{\sqrt{a+c}}\right)^2,$$

即

$$\sum_{\text{cyc}}bc(b+c)(ab+bc+ca-a^2)\left(\sqrt{a+b}-\sqrt{a+c}\right)^2\geqslant 0.$$

不失一般性, 可设 $a\geqslant b\geqslant c$. 由此可得

$$\sqrt{a+b}\geqslant\sqrt{a+c}\geqslant\sqrt{b+c},$$

这意味着

$$\left(\sqrt{a+b}-\sqrt{b+c}\right)^2\geqslant\left(\sqrt{a+b}-\sqrt{a+c}\right)^2.$$

因此, 由于 $ab+bc+ca-c^2\geqslant 0$ 且 $ab+bc+ca-b^2\geqslant 0$, 表明

$$\begin{aligned}&ac(a+c)(ab+bc+ca-b^2)\left(\sqrt{a+b}-\sqrt{b+c}\right)^2\\ \geqslant\ &ac(a+c)(ab+bc+ca-b^2)\left(\sqrt{a+b}-\sqrt{a+c}\right)^2,\end{aligned}$$

所以, 只需要证明

$$b(b+c)(ab+bc+ca-a^2)+a(a+c)(ab+bc+ca-b^2)\geqslant 0,$$

这是正确的, 因为

$$\begin{aligned}&b(b+c)(ab+bc+ca-a^2)+a(a+c)(ab+bc+ca-b^2)\\ =\ &(a^2+b^2+ac+bc)(ab+bc+ca)-ab(2ab+ac+bc)\\ =\ &(ab+bc+ca)(a^2-ab+b^2+ac+bc)-a^2b^2\\ \geqslant\ &ab(a^2-ab+b^2)-a^2b^2=ab(a-b)^2\geqslant 0.\end{aligned}$$

□

53. 设 x, y, z 为非负实数, 使得

$$x^2+y^2+z^2+xyz=4.$$

证明

$$x^4+y^4+z^4+13(x+y+z)\geqslant 42.$$

Marius Stănean

证明 将不等式进行改写:

$$(x^2+y^2+z^2)^2-2(x^2y^2+y^2z^2+z^2x^2)+13(x+y+z)\geqslant 42,$$

$$(4-xyz)^2-2(xy+yz+zx)^2+4xyz(x+y+z)+13(x+y+z)\geqslant 42,$$

$$2x^2y^2z^2-16xyz-\left[(x+y+z)^2-x^2-y^2-z^2\right]^2+2(x+y+z)(4xyz+13)\geqslant 52,$$

$$2x^2y^2z^2-16xyz-\left[(x+y+z)^2+xyz-4\right]^2+2(x+y+z)(4xyz+13)\geqslant 52.$$

若我们令 $x+y+z=3-u^2$, 其中 $u\in[0,1]$, 且 $xyz=1-9t^2$, 其中 $t\in\left[0,\dfrac{1}{3}\right]$, 则不等式变成

$$2(1-9t^2)^2+144t^2-\left[(3-u^2)^2-9t^2-3\right]^2+2(3-u^2)(17-36t^2)\geqslant 68,$$

展开得

$$81t^4-18u^2(2-u^2)t^2-u^8+12u^6-48u^4+38u^2\geqslant 0,$$

即

$$(9t^2)^2-2u^2(2-u^2)9t^2-u^8+12u^6-48u^4+38u^2\geqslant 0.$$

因此, 我们需要证明 $f(9t^2)\geqslant 0$, 其中

$$f(9t^2)=(9t^2)^2-2u^2(2-u^2)9t^2-u^8+12u^6-48u^4+38u^2$$

是关于 $9t^2$ 的二次函数.

而从定理 8, 我们有

$$3t\geqslant u(2-u),$$

又因为

$$\frac{2u^2(2-u^2)}{2}=u^2\left[(2-u)^2-2(u-1)^2\right]\leqslant u^2(2-u)^2,$$

所以, 只需要证明

$$f\left(u^2(2-u)^2\right)\geqslant 0$$

或者

$$u^4(2-u)^4-2(2-u^2)u^2(2-u)^2-u^8+12u^6-48u^4+38u^2\geqslant 0,$$

即

$$2u^2(1-u)(4u^4-15u^3+5u^2+19u+11)\geqslant 0,$$

这显然是成立的. 当 $u=0$ (即 $x=y=z=1$) 或 $u=1$ (即 $x=2, y=z=0$ 及其轮换) 时, 等号成立. □

54. 设 x, y, z 为非负实数, 使得 $x^2+y^2+z^2+xyz=4$. 证明

$$x^4+y^4+z^4+(xyz+2)^2\geqslant 12.$$

Marius Stănean, 数学反思

证明一 将不等式改写成

$$(x^2+y^2+z^2)^2-2(x^2y^2+y^2z^2+z^2x^2)+(xyz+2)^2\geqslant 12,$$

等价于

$$(4-xyz)^2+(xyz+2)^2\geqslant 2(x^2y^2+y^2z^2+z^2x^2)+12$$

或

$$x^2y^2+y^2z^2+z^2x^2\leqslant 3+(xyz-1)^2$$

或

$$\left[(x+y+z)^2-x^2-y^2-z^2\right]^2-8xyz(x+y+z)\leqslant 12+4(xyz-1)^2,$$

即

$$\left[(x+y+z)^2-4+xyz\right]^2-8xyz(x+y+z)\leqslant 12+4(xyz-1)^2.$$

若令 $x+y+z=3-u^2$, 其中 $u\in[0,1]$, 且 $xyz=1-9t^2$, 其中 $t\in\left[0,\dfrac{1}{3}\right]$, 则不等式变为

$$\left[(3-u^2)^2-3-9t^2\right]^2-8(1-9t^2)(3-u^2)\leqslant 12+324t^4,$$

展开并化简, 得

$$3(9t^2)^2+2(u^4-2u^2-6)(9t^2)+u^2(4-u^2)^3\geqslant 0.$$

因此, 我们需要证明 $f(9t^2)\geqslant 0$, 其中

$$f(9t^2)=3(9t^2)^2+2(u^4-2u^2-6)(9t^2)+u^2(4-u^2)^3$$

是关于 $9t^2$ 的二次函数. 因为

$$-\frac{2(u^4-2u^2-6)}{6}=2+\frac{u^2(2-u^2)}{3}\geqslant 2,$$

再由定理 8, 有

$$3t\leqslant\min\{u(2+u),1\}.$$

我们有两种情形:

情形 1 若 $u(2+u) \geqslant 1$, 则只需证明 $f(1) \geqslant 0$, 即

$$3+2(u^4-2u^2-6)+u^2(4-u^2)^3 \geqslant 0,$$

即

$$(u^2-3)^2(u^2-2u-1)(u^2+2u-1) \leqslant 0,$$

这显然是成立的, 因为 $u \leqslant 1$.

当 $u=\sqrt{2}-1$ (即 $(x,y,z)=(\sqrt{2},\sqrt{2},0)$ 及其轮换) 时, 等号成立.

情形 2 若 $u(2+u)<1$, 则只需证明 $f(u(2+u)) \geqslant 0$, 即

$$3u^4(2+u)^4+2(u^4-2u^2-6)u^2(2+u)^2+u^2(4-u^2)^3 \geqslant 0,$$

或者

$$4u^2(u+2)^2(u^2+2u-1)^2 \geqslant 0$$

这显然成立.

当 $u=0$, 即 $(x,y,z)=(1,1,1)$ 时等号成立. □

证明二 作代换, 将不等式齐次化, 有

$$x=\sqrt{\frac{4bc}{(a+b)(c+a)}}, \quad y=\sqrt{\frac{4ca}{(b+c)(a+b)}}, \quad z=\sqrt{\frac{4ab}{(c+a)(b+c)}},$$

不等式变成

$$16\sum_{\text{cyc}}\frac{b^2c^2}{(a+b)^2(c+a)^2}+4\left[\frac{4abc}{(a+b)(b+c)(c+a)}+1\right]^2 \geqslant 12$$

或者

$$\begin{aligned}&2\sum_{\text{cyc}}b^2c^2(b+c)^2+8a^2b^2c^2+4abc(a+b)(b+c)(c+a)\\&\geqslant [(a+b)(b+c)(c+a)]^2.\end{aligned}$$

展开并化简, 上式变成

$$\sum_{\text{cyc}}a^4(b^2+c^2)-2abc\sum_{\text{cyc}}a^3+2\sum_{\text{cyc}}a^3b^3-2\sum_{\text{cyc}}a^3bc(b+c)+6a^2b^2c^2 \geqslant 0,$$

可将不等式写成

$$[(4,2,0)]-[(4,1,1)]+[(3,3,0)]+[(2,2,2)]-2[(3,2,1)] \geqslant 0.$$

而这可由下面的不等式得到

$$[(3,3,0)]+[(2,2,2)]-2[(3,2,1)] \geqslant 0,$$

这正是 Schur 不等式, 且

$$[(4,2,0)] \geqslant [(4,1,1)],$$

这是 Muirhead 不等式. □

55. 设 x, y, z 为非负实数, 使得 $x^2+y^2+z^2+xyz=4$. 证明

$$\frac{2}{2-x}+\frac{2}{2-y}+\frac{2}{2-z} \geqslant 3-\sqrt{2}+\frac{8(3+\sqrt{2})}{(x+y)(y+z)(z+x)}.$$

Marius Stănean, 数学反思

证明 原不等式可以写成

$$\begin{aligned}&\frac{4+xyz+(4-x-y-z)^2}{(x+y+z-2)^2}\\ \geqslant\ & 3-\sqrt{2}+\frac{16(3+\sqrt{2})}{\left(\sum x\right)^3-4\sum x+xyz(x+y+z-2)}.\end{aligned}$$

存在一个锐角 $\triangle ABC$, 使得

$$x=2\cos A, \quad y=\cos 2B, \quad z=2\cos C,$$

其中该三角形的外接圆半径为 R, 内切圆半径为 r, 半周长为 s.

记 $t^2=1-\dfrac{2r}{R}$, $t \in [0,1)$, 我们有

$$x+y+z=2+\frac{2r}{R}=3-t^2,$$

以及

$$xyz=\frac{2(s^2-(2R+r)^2)}{R^2},$$

或者, 若记 $w=\dfrac{s^2}{R^2}$, 则 $xyz=2w-\dfrac{(5-t^2)^2}{2} \geqslant 0$.

另外, 由 Blundon 不等式, 有

$$w \geqslant \frac{(1-t)(t+3)^3}{4}.$$

将不等式写成

$$\frac{t^4+2t^2+5+xyz}{(1-t^2)^2}-\frac{16(3+\sqrt{2})}{-t^6+9t^4-23t^2+15+xyz(1-t^2)} \geqslant 3-\sqrt{2}.$$

我们有两种情形:

情形 1 当 $\dfrac{(1-t)(t+3)^3}{2} \leqslant \dfrac{(5-t^2)^2}{2}$ 时, 等价于

$$(t+1)^2(t^2+2t-1) \geqslant 0 \iff t \in [\sqrt{2}-1, 1),$$

则 $xyz \geqslant 0$, 所以仅需证明

$$\frac{t^4+2t^2+5}{(1-t^2)^2}-\frac{16(3+\sqrt{2})}{-t^6+9t^4-23t^2+15} \geqslant 3-\sqrt{2},$$

即

$$\frac{\left[t^2-(\sqrt{2}-1)^2\right]\left[(\sqrt{2}-2)t^6+(14-3\sqrt{2})t^4-(38+5\sqrt{2})t^2+39\sqrt{2}+58\right]}{(t^2-1)^2(5-t^2)(3-t^2)} \geqslant 0,$$

这显然是成立的.

情形 2 当 $\dfrac{(1-t)(t+3)^3}{2}>\dfrac{(5-t^2)^2}{2}$ 时, 等价于

$$(t+1)^2(t^2+2t-1)<0 \Longleftrightarrow t \in [0, \sqrt{2}-1),$$

则

$$xyz \geqslant \frac{(1-t)(t+3)^3}{2}-\frac{(5-t^2)^2}{2}=-(t+1)^2(t^2+2t-1),$$

所以仅需证明

$$\frac{t^4+2t^2+5-(t+1)^2(t^2+2t-1)}{(1-t^2)^2}- \frac{16(3+\sqrt{2})}{-t^6+9t^4-23t^2+15-(t+1)^2(t^2+2t-1)(1-t^2)} \geqslant 3-\sqrt{2},$$

即

$$\frac{t^2(t-\sqrt{2}+1)\left[(\sqrt{2}-3)t^3-11t^2-(13+9\sqrt{2})t-12\sqrt{2}-5\right]}{(t^2-1)^2(t+2)^2} \geqslant 0,$$

这显然是成立的. 当 $t=0$ (即 $x=y=z=1$) 或 $t=\sqrt{2}-1$ (即 $x=0, y=z=\sqrt{2}$ 及其轮换) 时, 等号成立. □

56. 设 x, y, z 为正实数, 使得

$$\frac{1}{2x^2+1}+\frac{1}{2y^2+1}+\frac{1}{2z^2+1}=1.$$

证明

$$2\sqrt{2}(x+y+z)+xy+xz+yz \geqslant 3+6\sqrt{2}xyz.$$

AoPS, xzlbq

证明 我们使用如下代换, 将原不等式齐次化

$$(x, y, z) \longrightarrow \left(\sqrt{\frac{y+z}{2x}}, \sqrt{\frac{z+x}{2y}}, \sqrt{\frac{x+y}{2z}}\right).$$

不等式变为

$$2\sum_{\text{cyc}}\sqrt{\frac{y+z}{x}}+\frac{1}{2}\sum_{\text{cyc}}\sqrt{\frac{(x+y)(x+z)}{yz}}\geqslant 3+3\sqrt{\frac{(x+y)(y+z)(z+x)}{xyz}}.$$

作如下代换

$$a=\frac{2\sqrt{yz}}{\sqrt{(x+y)(z+x)}},\quad b=\frac{2\sqrt{zx}}{\sqrt{(x+y)(y+z)}},\quad c=\frac{2\sqrt{xy}}{\sqrt{(y+z)(z+x)}},$$

这样得到 $a^2+b^2+c^2+abc=4$, 并且不等式化为

$$2\left(\sqrt{\frac{2a}{bc}}+\sqrt{\frac{2b}{ca}}+\sqrt{\frac{2c}{ab}}\right)+\left(\frac{1}{a}+\frac{1}{b}+\frac{1}{c}\right)\geqslant 3+6\sqrt{\frac{2}{abc}}$$

或者

$$\left(\frac{1}{a}+\frac{1}{b}+\frac{1}{c}-3\right)\sqrt{abc}\geqslant 2\sqrt{2}(3-a-b-c),$$

即

$$\frac{(a+b+c)^2-4}{\sqrt{abc}}-5\sqrt{abc}\geqslant 4\sqrt{2}(3-a-b-c).$$

若记 $a+b+c=3-u^2$, $u\in[0,1]$, 并且 $abc=1-9t^2$, $t\in\left[0,\frac{1}{3}\right]$, 则不等式变为

$$\frac{(1-u^2)(5-u^2)}{\sqrt{1-9t^2}}-5\sqrt{1-9t^2}-4\sqrt{2}u^2\geqslant 0.$$

因此, 我们需要证明 $f(9t^2)\geqslant 0$, 其中

$$f(9t^2)=\frac{(1-u^2)(5-u^2)}{\sqrt{1-9t^2}}-5\sqrt{1-9t^2}-4\sqrt{2}u^2.$$

显然 f 是增函数, 根据定理 8, 我们得到

$$3t\geqslant u(2-u).$$

所以, 接下来要证明

$$f(u^2(2-u)^2)\geqslant 0,$$

等价于

$$(1-u^2)(5-u^2)-5\left[1-u^2(2-u)^2\right]-4\sqrt{2(1-u^2(2-u)^2}u^2\geqslant 0,$$

即

$$(1-u)u^2(7-3u)-2(1-u)u^2\sqrt{2(1+2u-u^2)}\geqslant 0$$

或

$$\frac{u^2(1-u)^2(41-17u)}{7-3u+2\sqrt{2(1+2u-u^2)}}\geqslant 0,$$

这显然是成立的.

当 $u = 0$ 时等号成立, 此时 $a = b = c = 1$. □

57. 设 a, b, c, d 为正实数, 使得

$$abcd = 1.$$

证明

$$a^3 + b^3 + c^3 + d^3 + 8 \geqslant 3\left(\frac{1}{a} + \frac{1}{b} + \frac{1}{c} + \frac{1}{d}\right).$$

Marius Stănean

证明一 我们将证明更一般的结论: 对于非数实数 a, b, c, d, 我们有

$$a^3 + b^3 + c^3 + d^3 + 6abcd + 2 \geqslant 3(abc + bcd + cda + dab).$$

不失一般性, 可设 $d = \min\{a, b, c, d\}$.

若我们记

$$f(a, b, c, d) = a^3 + b^3 + c^3 + d^3 + 6abcd + 2 - 3(abc + bcd + cda + dab),$$

则

$$\begin{aligned}
&f(a, b, c, d) - f\left(\sqrt[3]{abc}, \sqrt[3]{acb}, \sqrt[3]{abc}, d\right) \\
&= a^3 + b^3 + c^3 - 3abc - 3d\left(ab + bc + ca - 3\sqrt[3]{a^2b^2c^2}\right) \\
&= (a + b + c)(a^2 + b^2 + c^2 - ab - bc - ca) - 3d\left(ab + bc + ca - 3\sqrt[3]{a^2b^2c^2}\right) \geqslant 0.
\end{aligned}$$

因为 $a + b + c \geqslant 3d$ 且

$$a^2 + b^2 + c^2 - ab - bc - ca \geqslant ab + bc + ca - 3\sqrt[3]{a^2b^2c^2},$$

这等价于

$$a^2 + b^2 + c^2 + 3\sqrt[3]{a^2b^2c^2} \geqslant 2(ab + bc + ca).$$

实际上, 由 AM-GM 不等式和 Schur 不等式, 我们有

$$\begin{aligned}
a^2 + b^2 + c^2 + 3\sqrt[3]{a^2b^2c^2} &\geqslant a^2 + b^2 + c^2 + \frac{9abc}{3\sqrt[3]{abc}} \\
&\geqslant a^2 + b^2 + c^2 + \frac{9abc}{a + b + c} \\
&\geqslant 2(ab + bc + ca).
\end{aligned}$$

所以, 只需证明 $f(t, t, t, d) \geqslant 0$, 其中 $t = \sqrt[3]{abc}$.

实际上, 我们有

$$f(t, t, t, d) = d^3 + 6t^3d + 2 - 9t^2d$$

$$= d^3 - 3d + 2 + 3d(2t^3 - 3t^2 + 1)$$
$$= (d+2)(d-1)^2 + 3d(2t+1)(t-1)^2 \geqslant 0.$$

当 $a = b = c = d = 1$ 时等号成立. □

证明二 利用例 22 中的不等式

$$a^3 + b^3 + c^3 + d^3 + \frac{32abcd}{a+b+c+d} \geqslant 3(abc + bcd + cda + dab).$$

我们需要证明

$$6abcd + 2 \geqslant \frac{32abcd}{a+b+c+d},$$

或者, 因为 $a + b + c + d \geqslant 4\sqrt[4]{abcd}$, 有

$$3abcd + 1 \geqslant 4\sqrt[4]{a^3b^3c^3d^3},$$

这可以由 AM-GM 不等式得到. □

58. 设 a, b, c, d 为非负实数, 使得 $a + b + c + d = 4$. 证明

$$(abc)^2 + (bcd)^2 + (cda)^2 + (dab)^2 + abc + bcd + cda + dab \leqslant 8.$$

证明 不失一般性, 假设 $a \geqslant b \geqslant c \geqslant d$.

记 $t = \dfrac{a+c}{2}$, 并且

$$f(a,b,c,d) = (abc)^2 + (bcd)^2 + (cda)^2 + (dab)^2 + abc + bcd + cda + dab - 8.$$

我们有

$$f(a,b,c,d) - f(t,b,t,d)$$
$$= b^2d^2\left[a^2 + c^2 - \frac{(a+c)^2}{2}\right] + (b^2 + d^2)\left[a^2c^2 - \frac{(a+c)^4}{16}\right] + (b+d)\left[ac - \frac{(a+c)^2}{4}\right]$$
$$= \frac{b^2d^2}{2}(a-c)^2 - \frac{b^2+d^2}{16}(a-c)^2\left[(a+c)^2 + 4ac\right] - \frac{b+d}{4}(a-c)^2$$
$$= -(a-c)^2\left[-\frac{b^2d^2}{2} + \frac{b^2+d^2}{16}\left(a^2 + c^2 + 6ac\right) + \frac{b+d}{4}\right] \leqslant 0.$$

根据 AM-GM 不等式和 $ac \geqslant bd$, 我们有

$$\frac{b^2+d^2}{16}\left(a^2 + c^2 + 6ac\right) \geqslant \frac{8ac(b^2+d^2)}{16} \geqslant \frac{bd(b^2+d^2)}{2} \geqslant b^2d^2 \geqslant \frac{b^2d^2}{2}.$$

又根据 SMV (强混合变量) 定理, 我们只需考虑不等式在 $a = b = c = x \geqslant 1$ 并且 $d = 4 - 3x \leqslant 1$ 的情形. 不等式变为

$$x^6 + 3x^4(4-3x)^2 + x^3 + 3x^2(4-3x) - 8 \leqslant 0$$

或

$$4(x-1)^2(7x^4-4x^3-3x^2-4x-2) \leqslant 0.$$

但是从 $0 \leqslant d \leqslant 1$, 可得 $1 \leqslant x \leqslant \frac{4}{3}$, 所以

$$\begin{aligned}&7x^4-4x^3-3x^2-4x-2\\&=7x^4-\frac{28}{3}x^3+\frac{16}{3}x^3-\frac{64}{9}x^2+\frac{37}{9}x^2-\frac{148}{27}x+\frac{40}{27}x-\frac{160}{81}-\frac{2}{81}\\&=\left(x-\frac{4}{3}\right)\left(7x^3+\frac{16}{3}x^2+\frac{37}{9}x+\frac{40}{27}\right)-\frac{2}{81}<0.\end{aligned}$$

当 $a=b=c=d=1$ 时等号成立. □

59. 设 $a, b, c, d \geqslant 0$ 使得

$$a^2+b^2+c^2+d^2=1.$$

证明

$$a^3+b^3+c^3+d^3+4\sqrt[3]{\frac{a^2b^2c^2d^2}{2}} \leqslant 1.$$

Marius Stănean, 数学反思

证明　原不等式可以写成

$$a^2+b^2+c^2+d^2 \geqslant a^3+b^3+c^3+d^3+4\sqrt[3]{\frac{a^2b^2c^2d^2}{2}}$$

或

$$a^2(1-a)+b^2(1-b)+c^2(1-c)+d^2(1-d) \geqslant 4\sqrt[3]{\frac{a^2b^2c^2d^2}{2}}. \tag{1}$$

我们证明

$$(1-a)(1-b) \geqslant \frac{c^2+d^2}{2}.$$

实际上, 我们有

$$1-a-b+ab \geqslant \frac{1-a^2-b^2}{2} \Longleftrightarrow (a+b-1)^2 \geqslant 0.$$

因此, 写出四个不等式中的任意两个, 然后相乘, 我们可以得到以下不等式

$$\begin{aligned}&[(1-a)(1-b)(1-c)(1-d)]^3\\&\geqslant \frac{(a^2+b^2)(a^2+c^2)(a^2+d^2)(b^2+c^2)(b^2+d^2)(c^2+d^2)}{64}.\end{aligned}$$

另外, 使用例 54 中的不等式, 有

$$(a^2+b^2)(a^2+c^2)(a^2+d^2)(b^2+c^2)(b^2+d^2)(c^2+d^2)$$

$$\geqslant 4a^2b^2c^2d^2(a^2+b^2+c^2+d^2)^2,$$

于是

$$(1-a)(1-b)(1-c)(1-d) \geqslant \sqrt[3]{\frac{a^2b^2c^2d^2}{16}}.$$

回到式 (1) 并使用 AM-GM 不等式, 我们得

$$\begin{aligned}
&a^2(1-a)+b^2(1-b)+c^2(1-c)+d^2(1-d)\\
\geqslant\ &4\sqrt[4]{a^2b^2c^2d^2(1-a)(1-b)(1-c)(1-d)}\\
\geqslant\ &4\sqrt[4]{a^2b^2c^2d^2\sqrt[3]{\frac{a^2b^2c^2d^2}{16}}}\\
=\ &4\sqrt[4]{\sqrt[3]{\frac{a^8b^8c^8d^8}{16}}}=4\sqrt[3]{\frac{a^2b^2c^2d^2}{2}}.
\end{aligned}$$

当 $a=b=c=d=\dfrac{1}{2}$ 或 $a=1, b=c=d=0$ 及其轮换时, 等号成立. □

60. 证明: 若 a, b, c, d 为非负实数满足

$$a \geqslant b \geqslant 1 \geqslant c \geqslant d \quad 且 \quad a+b+c+d=4,$$

则

$$a^2+b^2+c^2+d^2+6\sqrt{abcd} \leqslant 10.$$

Vasile Cîrtoaje

证明 设

$$f(a,b,c,d)=a^2+b^2+c^2+d^2+6\sqrt{abcd},$$

我们有

$$f(a,b,c,d) \leqslant f\left(a,b,\frac{c+d}{2},\frac{c+d}{2}\right) \Longleftrightarrow (\sqrt{c}+\sqrt{d})^2 \leqslant 6\sqrt{ab},$$

因此, 这足以证明

$$f\left(a,b,\frac{c+d}{2},\frac{c+d}{2}\right) \leqslant 10 \Longleftrightarrow f\left(a,b,\frac{4-a-b}{2},\frac{4-a-b}{2}\right) \leqslant 10.$$

令 $a=x+1, b=y+1$, 于是 $x \geqslant y \geqslant 0$ 且 $x+y \leqslant 2$. 因此, 最后一个不等式变为

$$2(1+x)^2+2(1+y)^2+(2-x-y)^2+6\sqrt{(1+x)(1+y)}(2-x-y) \leqslant 20,$$

即

$$3(x+y)^2-4xy+6\sqrt{(1+x)(1+y)}(2-x-y) \leqslant 12$$

或

$$3(x+y-2)(x+y+2)-4xy+6\sqrt{(1+x)(1+y)}(2-x-y) \leqslant 0$$

或

$$3(x+y-2)\left(x+y+2-2\sqrt{(x+1)(y+1)}\right)-4xy\leqslant 0,$$

即

$$3(x+y-2)\left(\sqrt{x+1}-\sqrt{y+1}\right)^2-4xy\leqslant 0,$$

这显然是成立的.

当 $x=y=0$ (即 $a=b=c=d=1$) 或 $x=2, y=0$ (即 $a=3, b=1, c=d=0$) 时, 等号成立.

□

61. 设 a, b, c, d 为非负实数, 使得 $ab+bc+cd+da+ac+bd=6$. 证明

$$a^4+b^4+c^4+d^4+8abcd\geqslant 12.$$

Marius Stănean, 数学反思

证明 齐次化后, 原不等式变成

$$3(a^4+b^4+c^4+d^4)+24abcd\geqslant (ab+bc+cd+da+ac+bd)^2.$$

不失一般性, 假设 $a\geqslant b\geqslant c\geqslant d$ 且 $abcd=1$. 记 $t=\sqrt{ac}$ 且

$$f(a,b,c,d)=3(a^4+b^4+c^4+d^4)+24-(ab+bc+cd+da+ac+bd)^2.$$

我们有

$$\begin{aligned}&f(a,b,c,d)-f(t,b,t,d)\\=&\ 3(a^4+c^4-2a^2c^2)-(ab+bc+cd+da+ac+bd)^2+\\&[2\sqrt{ac}(b+d)+ac+bd]^2\\=&\ (\sqrt{a}-\sqrt{c})^2[3(a+c)^2(\sqrt{a}+\sqrt{c})^2-\\&(b+d)[(b+d)(\sqrt{a}+\sqrt{c})^2+2ac+2bd]]\geqslant 0.\end{aligned}$$

因为

$$(a+c)^2(\sqrt{a}+\sqrt{c})^2\geqslant (b+d)^2(\sqrt{a}+\sqrt{c})^2$$

且

$$(a+c)^2(\sqrt{a}+\sqrt{c})^2\geqslant 8ac(a+c)\geqslant 8ac(b+d)\geqslant (ac+bd)(b+d).$$

根据 SMV (强混合变量) 定理, 我们只需考虑不等式在 $a=b=c=x\geqslant 1$ 和 $d=\dfrac{1}{x^3}\leqslant 1$ 的情形. 不等式变为

$$9x^4+\frac{3}{x^4}+24\geqslant (3x^2+3)^2$$

或

$$3x^8+8x^4+1\geqslant 3(x^2+1)^2,$$

即

$$3x^8+5x^4-6x^2-2\geqslant 0,$$

等价于

$$3x^4(x^4-1)+8x^2(x^2-1)+2(x^2-1)\geqslant 0,$$

这显然是成立的. □

62. 设 a,b,c,d 为非负实数, 使得 $a+b+c+d=4$. 证明

$$\frac{1}{2a+3}+\frac{1}{2b+3}+\frac{1}{2c+3}+\frac{1}{2d+3}\geqslant\frac{44}{4abcd+51}.$$

Marius Stănean, 数学反思

证明一 根据对称性, 不失一般性, 可以假设 $a\geqslant b\geqslant c\geqslant d$. 我们将原不等式写成 $f(a,b,c,d)\geqslant 0$, 其中

$$f(a,b,c,d)=\frac{1}{2a+3}+\frac{1}{2b+3}+\frac{1}{2c+3}+\frac{1}{2d+3}-\frac{44}{4abcd+51}.$$

我们将证明

$$f(a,b,c,d)\geqslant f\left(\frac{a+c}{2},b,\frac{a+c}{2},d\right).$$

此不等式等价于

$$\frac{1}{2a+3}+\frac{1}{2c+3}-\frac{2}{a+c+3}\geqslant\frac{44}{4abcd+51}-\frac{44}{bd(a+c)^2+51}$$

或

$$\frac{(a-c)^2}{(2a+3)(2c+3)(a+c+3)}\geqslant\frac{22bd(a-c)^2}{(4abcd+51)(bd(a+c)^2+51)}.$$

因为 $bd(a+c)^2\geqslant 4abcd\geqslant 4b^2d^2$, 且

$$(2a+3)(2c+3)\leqslant(a+c+3)^2=(7-b-d)^2\leqslant(7-2\sqrt{bd})^2,$$

这足以证明

$$(4x^4+51)^2\geqslant 22x^2(7-2x)^3,$$

此处我们记 $x=\sqrt{bd}\leqslant 1$, 而 $121\geqslant 5\times 22$, 于是我们将证明

$$5(4x^4+51)^2\geqslant 121x^2(7-2x)^3,$$

等价于

$$5^4(4x^4+51)^2\geqslant 11^2(5x)(5x)5(7-2x)^3.$$

使用 AM-GM 不等式, 有

$$(5x)(5x)5(7-2x)^3\leqslant\left(\frac{2x+13}{3}\right)^6,$$

接下来证明

$$675(4x^4+51) \geqslant 11(2x+13)^3,$$

即

$$(1-x)(5129-448x-1306x^2-1350x^3) \geqslant 0,$$

这显然对 $x \in [0,1]$ 是成立的.

根据 SMV 定理, 我们仅需考虑不等式在 $a=b=c=x \in \left[1, \frac{4}{3}\right]$ 和 $d=4-3x$ 的情形. 因此, 我们可将不等式写成

$$\frac{3}{2x+3}+\frac{1}{11-6x} \geqslant \frac{44}{4x^3(4-3x)+51},$$

即

$$\frac{16(4-3x)(x-1)^2(6+x-4x^2)}{(2x+3)(11-6x)(4x^3(4-3x)+51)} \geqslant 0,$$

这显然成立.

当 $x=1$ (即 $a=b=c=d=1$) 或 $x=\frac{4}{3}$ (即 $a=b=c=\frac{4}{3}, d=0$ 及其轮换) 时, 等号成立.

□

证明二　定义在 $\mathcal{D}=[0,\infty)^4$ 上的连续函数

$$g(a,b,c,d)=a+b+c+d-6$$

的梯度为 $\nabla g=(1,1,1,1)$, 它不可能为零向量. 因此, 曲面

$$S=\{(a,b,c,d) \in [0,\infty)^4 : a+b+c+d=4\}$$

是光滑的. 我们需要确定函数

$$f(a,b,c,d)=\frac{1}{2a+3}+\frac{1}{2b+3}+\frac{1}{2c+3}+\frac{1}{2d+3}-\frac{44}{4abcd+51},$$

在 S 上的最小值. 因为 S 有界, 所以

$$f(a,b,c,d)=a^4+b^4+c^4+d^4-28abcd.$$

在 S 上的最小值要么出现在边界上, 即 a, b, c, d 中至少有一个为零, 要么出现在 $\mathcal{D}$ 上

$$L(a,b,c,d;\lambda)=\sum_{\text{cyc}} \frac{1}{2a+3}-\frac{44}{4abcd+51}+\lambda(a+b+c+d-4)$$

的一个临界点上.

首先, 让我们观察当趋于 $\mathcal{D}$ 的边界会发生什么?

若 $d=0$, 则 $a+b+c=4$, 再由 Cauchy-Schwarz 不等式, 有

$$\begin{aligned} f(a,b,c,d) &= \frac{1}{2a+3}+\frac{1}{2b+3}+\frac{1}{2c+3}+\frac{1}{3}-\frac{44}{51} \\ &\geqslant \frac{9}{2(a+b+c)+9}+\frac{1}{3}-\frac{44}{51}=0. \end{aligned}$$

若 $d=4$, 则 $a=b=c=0$, 于是 $f(a,b,c,d)>0$.

接下来, 应用 Lagrange 乘数法来寻找临界点, 则偏导数的方程组为

$$-\frac{2}{(2a+3)^2}+\frac{176bcd}{(4abcd+51)^2}+\lambda=0 \tag{1}$$

$$-\frac{2}{(2b+3)^2}+\frac{176cda}{(4abcd+51)^2}+\lambda=0 \tag{2}$$

$$-\frac{2}{(2c+3)^2}+\frac{176dab}{(4abcd+51)^2}+\lambda=0 \tag{3}$$

$$-\frac{2}{(2d+3)^2}+\frac{176abc}{(4abcd+51)^2}+\lambda=0. \tag{4}$$

由式 (1) 和式 (2), 有

$$-\frac{2a}{(2a+3)^2}+\frac{176abcd}{(4abcd+51)^2}-\lambda a=-\frac{2b}{(2b+3)^2}+\frac{176abcd}{(4abcd+51)^2}-\lambda b,$$

即

$$(a-b)\left(\lambda+\frac{2(9-4ab)}{(2a+3)^2(2b+3)^2}\right)=0.$$

类似地, 可得

$$(a-c)\left(\lambda+\frac{2(9-4ac)}{(2a+3)^2(2c+3)^2}\right)=0,$$

$$(a-d)\left(\lambda+\frac{2(9-4ad)}{(2a+3)^2(2d+3)^2}\right)=0,$$

$$(b-c)\left(\lambda+\frac{2(9-4bc)}{(2b+3)^2(2c+3)^2}\right)=0,$$

$$(b-d)\left(\lambda+\frac{2(9-4bd)}{(2b+3)^2(2d+3)^2}\right)=0,$$

$$(c-d)\left(\lambda+\frac{2(9-4cd)}{(2c+3)^2(2d+3)^2}\right)=0.$$

由于原不等式是对称的, 我们需要检验以下五种情形.

情形 1 当 $a=b=c=d$ 时, 有一个临界点 $(a,b,c,d)=(1,1,1,1)$, 此时 $L=0$.

情形 2 当 a,b,c,d 为互异的实数时, 有

$$\lambda+\frac{2(9-4ac)}{(2a+3)^2(2c+3)^2}=\lambda+\frac{2(9-4ad)}{(2a+3)^2(2d+3)^2},$$

这表明

$$(c-d)(4acd-9a-9c-9d-27)=0,$$

但这不成立, 因为

$$4acd-9(a+c+d)-27\leqslant 4\left(\frac{a+c+d}{3}\right)^3-27\leqslant\frac{256}{27}-27<0.$$

情形 3 当 $a=b$ 且 b, c, d 为互异的实数时, 和上一种情形类似, 我们推出

$$\lambda+\frac{2(9-4bc)}{(2b+3)^2(2c+3)^2}=\lambda+\frac{2(9-4bd)}{(2b+3)^2(2d+3)^2},$$

这表明

$$(c-d)(4bcd-9b-9c-9d-27)=0,$$

如上所述, 这是不可能的.

情形 4 当 $a=b=c\neq d$ 时, 可得 $d=4-3a>0$, $a\neq 1$ 且

$$f(a,b,c,d)=\frac{16(4-3a)(a-1)^2(6+a-4a^2)}{(2a+3)(11-6a)(4a^3(4-3a)+51)}>0.$$

情形 5 当 $a=b\neq c=d$ 时, 有 $a+c=2$, $a, c\in(0,2)\setminus\{1\}$ 且

$$f(a,b,c,d)=\frac{16(a-1)^2(5a^2-10a+6)}{(2a+3)(7-2a)(4a^2(2-a)^2+51)}>0.$$

从而, 不等式得证. □

63. 设 a, b, c, d 为实数, 使得它们都不在开区间 $(-1,1)$ 内, 且

$$a+b+c+d+\frac{1}{a}+\frac{1}{b}+\frac{1}{c}+\frac{1}{d}=0.$$

证明

$$a+b+c+d\leqslant 2\sqrt{2}.$$

Marius Stănean, 数学反思

证明 由对称性, 不失一般性, 可设 $a\geqslant b\geqslant c\geqslant d$, 显然有 $a\geqslant 1$ 且 $d\leqslant -1$.

若我们记

$$x=\frac{1}{2}\left(a+\frac{1}{a}\right),\quad y=\frac{1}{2}\left(b+\frac{1}{b}\right),\quad z=\frac{1}{2}\left(c+\frac{1}{c}\right),\quad t=\frac{1}{2}\left(d+\frac{1}{d}\right),$$

则 $x+y+z+t=0$, $x\geqslant y\geqslant z\geqslant t$ 且 $x, y, z, t\in(-\infty,-1]\cup[1,\infty)$. 同时, 我们有

$$\frac{1}{4}\left(a-\frac{1}{a}\right)^2=x^2-1\Longrightarrow\frac{1}{2}\left(a-\frac{1}{a}\right)=\pm\sqrt{x^2-1},$$

对 b, c, d 也是类似的.

因为 $d\leqslant -1$ 且 $a\geqslant 1$, 由此得

$$\frac{1}{2}\left(d-\frac{1}{d}\right)=-\sqrt{t^2-1},\quad \frac{1}{2}\left(a-\frac{1}{a}\right)=\sqrt{x^2-1}.$$

因此

$$a+b+c+d=\frac{1}{2}\left(a-\frac{1}{a}+b-\frac{1}{b}+c-\frac{1}{c}+d-\frac{1}{d}\right)$$

$$= \sqrt{x^2-1} \pm \sqrt{y^2-1} \pm \sqrt{z^2-1} - \sqrt{t^2-1}.$$

我们有三种情形.

情形 1 若 $z \geqslant 1$, 则我们需要证明

$$\sqrt{x^2-1} + \sqrt{y^2-1} + \sqrt{z^2-1} - \sqrt{t^2-1} \leqslant 2\sqrt{2}.$$

考虑定义在 $[1,+\infty)$ 上的函数 $f(x) = \sqrt{x^2-1}$. 由于

$$f''(x) = -\frac{1}{(x^2-1)^{3/2}}$$

由此可知, f 在区间 $[1,\infty)$ 上是凹函数. 我们有

$$(x,y,z) \succ \left(\frac{x+y+z}{3}, \frac{x+y+z}{3}, \frac{x+y+z}{3}\right),$$

于是由 Karamata 不等式, 有

$$\begin{aligned}\sqrt{x^2-1} + \sqrt{y^2-1} + \sqrt{z^2-1} &\leqslant 3\sqrt{\left(\frac{x+y+z}{3}\right)^2 - 1} \\ &= \sqrt{t^2-9} < \sqrt{t^2-1},\end{aligned}$$

即

$$\sqrt{x^2-1} + \sqrt{y^2-1} + \sqrt{z^2-1} - \sqrt{t^2-1} < 0 < 2\sqrt{2}.$$

情形 2 若 $y \geqslant 1, z \leqslant -1$, 则我们需要证明

$$\sqrt{x^2-1} + \sqrt{y^2-1} - \sqrt{z^2-1} - \sqrt{t^2-1} \leqslant 2\sqrt{2}.$$

令 $s = x+y = -z-t \geqslant 2$, 我们有

$$(x,y) \succ \left(\frac{x+y}{2}, \frac{x+y}{2}\right), \quad (-t-z-1, 1) \succ (-t, -z),$$

于是由 Karamata 不等式, 有

$$\sqrt{x^2-1} + \sqrt{y^2-1} \leqslant 2\sqrt{\left(\frac{x+y}{2}\right)^2 - 1} = \sqrt{s^2-4},$$

$$\sqrt{z^2-1} + \sqrt{t^2-1} \geqslant \sqrt{(-t-z-1)^2-1} = \sqrt{s^2-2s}.$$

接下来证明

$$\sqrt{s^2-4} - \sqrt{s^2-2s} \leqslant 2\sqrt{2}$$

或

$$\sqrt{s-2}\left(\sqrt{s+2} - \sqrt{s}\right) \leqslant 2\sqrt{2}$$

或

$$\sqrt{s-2} \leqslant \sqrt{2(s+2)} + \sqrt{2s},$$

这显然是成立的.

情形 3 若 $y \leqslant -1$, 则我们需要证明

$$\sqrt{x^2-1}-\sqrt{y^2-1}-\sqrt{z^2-1}-\sqrt{t^2-1} \leqslant 2\sqrt{2}.$$

我们有

$$(-y-z-t-2,1,1) \succ (-t,-z,-y),$$

于是, 由 Karamata 不等式, 有

$$\begin{aligned}\sqrt{y^2-1}+\sqrt{z^2-1}+\sqrt{t^2-1} &\geqslant \sqrt{(-y-z-t-2)^2-1}\\ &=\sqrt{(x-2)^2-1}\\ &=\sqrt{x^2-4x+3}.\end{aligned}$$

因此, 我们需要证明

$$\sqrt{x^2-1} \leqslant \sqrt{x^2-4x+3}+2\sqrt{2}.$$

将两边平方, 得到等价的不等式

$$x-3 \leqslant \sqrt{2(x-1)(x-3)},$$

这是成立的, 因为 $x=-y-z-t \geqslant 3$ 且 $2(x-1)>(x-3)$.

当 $x=3, y=z=t=-1$, 即

$$a=3+2\sqrt{2}, \quad b=c=d=-1$$

时, 等号成立. □

64. 设 $a_1, a_2, \ldots, a_n \geqslant 1$ 为实数, 使得 $a_1a_2\cdots a_n=2^n$. 证明

$$a_1+a_2+\cdots+a_n-\frac{2}{a_1}-\frac{2}{a_2}-\cdots-\frac{2}{a_n} \geqslant n.$$

Marin Chirciu, 数学反思

证明 我们将使用数学归纳法来证明此不等式.

对于 $n=2$, 我们需要证明

$$a_1+a_2-\frac{2}{a_1}-\frac{2}{a_2} \geqslant 2,$$

等价于

$$a_1+a_2 \geqslant 4,$$

其中 $a_1a_2=4$. 而这可由 AM-GM 不等式得到

$$a_1+a_2 \geqslant 2\sqrt{a_1a_2}=4.$$

假设不等式对 n 成立, 我们要证明它对 $n+1$ 也成立.

于是, 令 $a_1, a_2, \ldots, a_n, a_{n+1} \geqslant 1$ 为实数, 使得

$$a_1 a_2 \cdots a_n a_{n+1} = 2^{n+1}.$$

而且, 我们需要证明

$$a_1 + a_2 + \cdots + a_{n+1} - \frac{2}{a_1} - \frac{2}{a_2} - \cdots - \frac{2}{a_{n+1}} \geqslant n+1. \tag{1}$$

原不等式是对称的, 可以假设

$$a_n = \min\{a_1, a_2, \ldots, a_n, a_{n+1}\}$$

且

$$a_{n+1} = \max\{a_1, a_2, \ldots, a_n, a_{n+1}\}.$$

因为 $a_1 a_2 \cdots a_n a_{n+1} = 2^{n+1}$, 由此可知 $a_n \leqslant 2 \leqslant a_{n+1}$. 我们有

$$a_1 a_2 \cdots a_{n-1}\left(\frac{a_n a_{n+1}}{2}\right) = 2^n$$

且

$$\frac{a_n a_{n+1}}{2} \geqslant \frac{a_{n+1}}{2} \geqslant 1.$$

根据归纳假设, 我们推出

$$a_1 + a_2 + \cdots + a_{n-1} + \frac{a_n a_{n+1}}{2} - \frac{2}{a_1} - \frac{2}{a_2} - \cdots - \frac{2}{a_{n-1}} - \frac{4}{a_n a_{n+1}} \geqslant n.$$

所以, 为了证明式 (1), 接下来需要证明

$$a_n + a_{n+1} - \frac{2}{a_n} - \frac{2}{a_{n+1}} - \frac{a_n a_{n+1}}{2} + \frac{4}{a_n a_{n+1}} - 1 \geqslant 0$$

或

$$2a_n^2 a_{n+1} - 4a_n a_{n+1} + 2a_n a_{n+1} - 4a_{n+1} + 2a_n a_{n+1}^2 - a_n^2 a_{n+1}^2 - 4a_n + 8 \geqslant 0,$$

即

$$(2 - a_n)(a_{n+1} - 2)(a_n a_{n+1} - 2) \geqslant 0,$$

这显然是成立的.

当 $a_1 = a_2 = \cdots = a_n = a_{n+1} = 2$ 时, 等号成立. □

65. 设 a_i $(1 \leqslant i \leqslant 2n+1)$ 为正数, 其中 $n \geqslant 2$. 证明

$$\prod_{i=1}^{2n+1} \frac{\sum\limits_{k=1}^{n+1} a_{i-1+k}}{n+1} \geqslant \prod_{i=1}^{2n+1} \frac{\sum\limits_{k=1}^{n} a_{i-1+k}}{n}$$

对任意的正整数 i, 有 $a_{2n+1+i} = a_i$.

证明 首先, 我们证明如下不等式:

若 $x > 0, y > 0, x + y \leqslant 1$, 则

$$\left(\frac{1}{x}-1\right)\left(\frac{1}{y}-1\right) \geqslant \left(\frac{2}{x+y}-1\right)^2. \tag{1}$$

实际上, 此不等式可写成

$$(1-x-y)(x+y)^2 + xy(x+y)^2 \geqslant 4xy(1-x-y) + xy(x+y)^2,$$

即

$$(1-x-y)(x-y)^2 \geqslant 0.$$

由不等式的齐次性, 我们令 $a_1 + a_2 + \cdots + a_{2n+1} = 1$, 则原不等式等价于

$$\prod_{i=1}^{2n+1}\left(\frac{1}{\sum_{k=1}^{n} a_{i-1+k}}-1\right) \geqslant \left(\frac{n+1}{n}\right)^{2n+1}.$$

根据不等式 (1), 对 $i \in \{1, 2, \ldots, 2n+1\}$, 我们有不等式

$$\left(\frac{1}{\sum_{k=1}^{n} a_{i-1+k}}-1\right)\left(\frac{1}{\sum_{k=1}^{n} a_{i+n-1+k}}-1\right) \geqslant \left(\frac{2}{1-a_{2n+i}}-1\right)^2,$$

对任意的 $1 \leqslant k \leqslant 2n$, 我们有 $a_{2n+1+k} = a_k$.

通过相乘, 得

$$\prod_{i=1}^{2n+1}\left(\frac{1}{\sum_{k=1}^{n} a_{i-1+k}}-1\right) \geqslant \prod_{i=1}^{2n+1}\left(\frac{2}{1-a_i}-1\right).$$

考虑函数 $f\colon (0,1] \mapsto \mathbb{R}$ 定义为 $f(x) = \ln\left(\frac{2}{x}-1\right)$. 因为

$$f''(x) = \frac{4(1-x)}{x^2(2-x)^2} \geqslant 0,$$

由此可知 f 是 $(0,1]$ 上的凸函数. 根据 Jensen 不等式, 有

$$\sum_{i=1}^{2n+1} \ln\left(\frac{2}{1-a_i}-1\right) \geqslant (2n+1)\ln\left(\frac{2}{\frac{2n+1-a_1-a_2-\cdots-a_{2n+1}}{2n+1}}-1\right),$$

即

$$\prod_{i=1}^{2n+1}\left(\frac{2}{1-a_i}-1\right) \geqslant \left(\frac{n+1}{n}\right)^{2n+1},$$

即为所证. □

刘培杰数学工作室

已出版(即将出版)图书目录——初等数学

书　　名	出版时间	定　价	编号
新编中学数学解题方法全书(高中版)上卷(第2版)	2018－08	58.00	951
新编中学数学解题方法全书(高中版)中卷(第2版)	2018－08	68.00	952
新编中学数学解题方法全书(高中版)下卷(一)(第2版)	2018－08	58.00	953
新编中学数学解题方法全书(高中版)下卷(二)(第2版)	2018－08	58.00	954
新编中学数学解题方法全书(高中版)下卷(三)(第2版)	2018－08	68.00	955
新编中学数学解题方法全书(初中版)上卷	2008－01	28.00	29
新编中学数学解题方法全书(初中版)中卷	2010－07	38.00	75
新编中学数学解题方法全书(高考复习卷)	2010－01	48.00	67
新编中学数学解题方法全书(高考真题卷)	2010－01	38.00	62
新编中学数学解题方法全书(高考精华卷)	2011－03	68.00	118
新编平面解析几何解题方法全书(专题讲座卷)	2010－01	18.00	61
新编中学数学解题方法全书(自主招生卷)	2013－08	88.00	261
数学奥林匹克与数学文化(第一辑)	2006－05	48.00	4
数学奥林匹克与数学文化(第二辑)(竞赛卷)	2008－01	48.00	19
数学奥林匹克与数学文化(第二辑)(文化卷)	2008－07	58.00	36
数学奥林匹克与数学文化(第三辑)(竞赛卷)	2010－01	48.00	59
数学奥林匹克与数学文化(第四辑)(竞赛卷)	2011－08	58.00	87
数学奥林匹克与数学文化(第五辑)	2015－06	98.00	370
世界著名平面几何经典著作钩沉——几何作图专题卷(共3卷)	2022－01	198.00	1460
世界著名平面几何经典著作钩沉(民国平面几何老课本)	2011－03	38.00	113
世界著名平面几何经典著作钩沉(建国初期平面三角老课本)	2015－08	38.00	507
世界著名解析几何经典著作钩沉——平面解析几何卷	2014－01	38.00	264
世界著名数论经典著作钩沉(算术卷)	2012－01	28.00	125
世界著名数学经典著作钩沉——立体几何卷	2011－02	28.00	88
世界著名三角学经典著作钩沉(平面三角卷Ⅰ)	2010－06	28.00	69
世界著名三角学经典著作钩沉(平面三角卷Ⅱ)	2011－01	38.00	78
世界著名初等数论经典著作钩沉(理论和实用算术卷)	2011－07	38.00	126
世界著名几何经典著作钩沉(解析几何卷)	2022－10	68.00	1564
发展你的空间想象力(第3版)	2021－01	98.00	1464
空间想象力进阶	2019－05	68.00	1062
走向国际数学奥林匹克的平面几何试题诠释．第1卷	2019－07	88.00	1043
走向国际数学奥林匹克的平面几何试题诠释．第2卷	2019－09	78.00	1044
走向国际数学奥林匹克的平面几何试题诠释．第3卷	2019－03	78.00	1045
走向国际数学奥林匹克的平面几何试题诠释．第4卷	2019－09	98.00	1046
平面几何证明方法全书	2007－08	35.00	1
平面几何证明方法全书习题解答(第2版)	2006－12	18.00	10
平面几何天天练上卷・基础篇(直线型)	2013－01	58.00	208
平面几何天天练中卷・基础篇(涉及圆)	2013－01	28.00	234
平面几何天天练下卷・提高篇	2013－01	58.00	237
平面几何专题研究	2013－07	98.00	258
平面几何解题之道．第1卷	2022－05	38.00	1494
几何学习题集	2020－10	48.00	1217
通过解题学习代数几何	2021－04	88.00	1301
圆锥曲线的奥秘	2022－06	88.00	1541

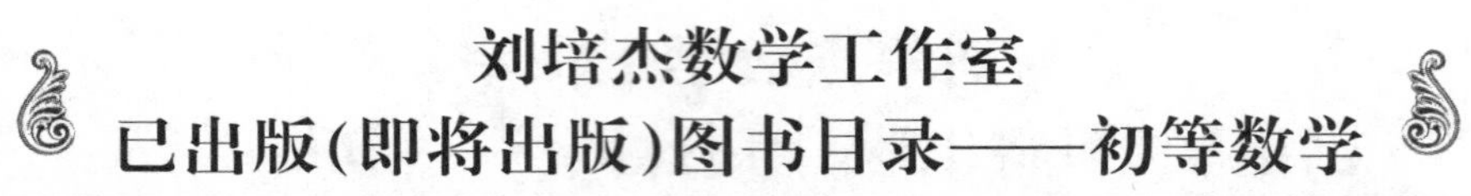

刘培杰数学工作室
已出版(即将出版)图书目录——初等数学

书　　名	出版时间	定　价	编号
最新世界各国数学奥林匹克中的平面几何试题	2007—09	38.00	14
数学竞赛平面几何典型题及新颖解	2010—07	48.00	74
初等数学复习及研究(平面几何)	2008—09	68.00	38
初等数学复习及研究(立体几何)	2010—06	38.00	71
初等数学复习及研究(平面几何)习题解答	2009—01	58.00	42
几何学教程(平面几何卷)	2011—03	68.00	90
几何学教程(立体几何卷)	2011—07	68.00	130
几何变换与几何证题	2010—06	88.00	70
计算方法与几何证题	2011—06	28.00	129
立体几何技巧与方法(第2版)	2022—10	168.00	1572
几何瑰宝——平面几何500名题暨1500条定理(上、下)	2021—07	168.00	1358
三角形的解法与应用	2012—07	18.00	183
近代的三角形几何学	2012—07	48.00	184
一般折线几何学	2015—08	48.00	503
三角形的五心	2009—06	28.00	51
三角形的六心及其应用	2015—10	68.00	542
三角形趣谈	2012—08	28.00	212
解三角形	2014—01	28.00	265
探秘三角形:一次数学旅行	2021—10	68.00	1387
三角学专门教程	2014—09	28.00	387
图天下几何新题试卷.初中(第2版)	2017—11	58.00	855
圆锥曲线习题集(上册)	2013—06	68.00	255
圆锥曲线习题集(中册)	2015—01	78.00	434
圆锥曲线习题集(下册·第1卷)	2016—10	78.00	683
圆锥曲线习题集(下册·第2卷)	2018—01	98.00	853
圆锥曲线习题集(下册·第3卷)	2019—10	128.00	1113
圆锥曲线的思想方法	2021—08	48.00	1379
圆锥曲线的八个主要问题	2021—10	48.00	1415
论九点圆	2015—05	88.00	645
近代欧氏几何学	2012—03	48.00	162
罗巴切夫斯基几何学及几何基础概要	2012—07	28.00	188
罗巴切夫斯基几何学初步	2015—06	28.00	474
用三角、解析几何、复数、向量计算解数学竞赛几何题	2015—03	48.00	455
用解析法研究圆锥曲线的几何理论	2022—05	48.00	1495
美国中学几何教程	2015—04	88.00	458
三线坐标与三角形特征点	2015—04	98.00	460
坐标几何学基础.第1卷,笛卡儿坐标	2021—08	48.00	1398
坐标几何学基础.第2卷,三线坐标	2021—09	28.00	1399
平面解析几何方法与研究(第1卷)	2015—05	18.00	471
平面解析几何方法与研究(第2卷)	2015—06	18.00	472
平面解析几何方法与研究(第3卷)	2015—07	18.00	473
解析几何研究	2015—01	38.00	425
解析几何学教程.上	2016—01	38.00	574
解析几何学教程.下	2016—01	38.00	575
几何学基础	2016—01	58.00	581
初等几何研究	2015—02	58.00	444
十九和二十世纪欧氏几何学中的片段	2017—01	58.00	696
平面几何中考.高考.奥数一本通	2017—07	28.00	820
几何学简史	2017—08	28.00	833
四面体	2018—01	48.00	880
平面几何证明方法思路	2018—12	68.00	913
折纸中的几何练习	2022—09	48.00	1559
中学新几何学(英文)	2022—10	98.00	1562
线性代数与几何	2023—04	68.00	1633

刘培杰数学工作室
已出版(即将出版)图书目录——初等数学

书　　名	出版时间	定　价	编号
平面几何图形特性新析.上篇	2019－01	68.00	911
平面几何图形特性新析.下篇	2018－06	88.00	912
平面几何范例多解探究.上篇	2018－04	48.00	910
平面几何范例多解探究.下篇	2018－12	68.00	914
从分析解题过程学解题:竞赛中的几何问题研究	2018－07	68.00	946
从分析解题过程学解题:竞赛中的向量几何与不等式研究(全2册)	2019－06	138.00	1090
从分析解题过程学解题:竞赛中的不等式问题	2021－01	48.00	1249
二维、三维欧氏几何的对偶原理	2018－12	38.00	990
星形大观及闭折线论	2019－03	68.00	1020
立体几何的问题和方法	2019－11	58.00	1127
三角代换论	2021－05	58.00	1313
俄罗斯平面几何问题集	2009－08	88.00	55
俄罗斯立体几何问题集	2014－03	58.00	283
俄罗斯几何大师——沙雷金论数学及其他	2014－01	48.00	271
来自俄罗斯的5000道几何习题及解答	2011－03	58.00	89
俄罗斯初等数学问题集	2012－05	38.00	177
俄罗斯函数问题集	2011－03	38.00	103
俄罗斯组合分析问题集	2011－01	48.00	79
俄罗斯初等数学万题选——三角卷	2012－11	38.00	222
俄罗斯初等数学万题选——代数卷	2013－08	68.00	225
俄罗斯初等数学万题选——几何卷	2014－01	68.00	226
俄罗斯《量子》杂志数学征解问题100题选	2018－08	48.00	969
俄罗斯《量子》杂志数学征解问题又100题选	2018－08	48.00	970
俄罗斯《量子》杂志数学征解问题	2020－05	48.00	1138
463个俄罗斯几何老问题	2012－01	28.00	152
《量子》数学短文精粹	2018－09	38.00	972
用三角、解析几何等计算解来自俄罗斯的几何题	2019－11	88.00	1119
基谢廖夫平面几何	2022－01	48.00	1461
基谢廖夫立体几何	2023－04	48.00	1599
数学:代数、数学分析和几何(10－11年级)	2021－01	48.00	1250
立体几何.10—11年级	2022－01	58.00	1472
直观几何学:5—6年级	2022－04	58.00	1508
平面几何:9—11年级	2022－10	48.00	1571
谈谈素数	2011－03	18.00	91
平方和	2011－03	18.00	92
整数论	2011－05	38.00	120
从整数谈起	2015－10	28.00	538
数与多项式	2016－01	38.00	558
谈谈不定方程	2011－05	28.00	119
质数漫谈	2022－07	68.00	1529
解析不等式新论	2009－06	68.00	48
建立不等式的方法	2011－03	98.00	104
数学奥林匹克不等式研究(第2版)	2020－07	68.00	1181
不等式研究(第二辑)	2012－02	68.00	153
不等式的秘密(第一卷)(第2版)	2014－02	38.00	286
不等式的秘密(第二卷)	2014－01	38.00	268
初等不等式的证明方法	2010－06	38.00	123
初等不等式的证明方法(第二版)	2014－11	38.00	407
不等式·理论·方法(基础卷)	2015－07	38.00	496
不等式·理论·方法(经典不等式卷)	2015－07	38.00	497
不等式·理论·方法(特殊类型不等式卷)	2015－07	48.00	498
不等式探究	2016－03	38.00	582
不等式探秘	2017－01	88.00	689
四面体不等式	2017－01	68.00	715
数学奥林匹克中常见重要不等式	2017－09	38.00	845

刘培杰数学工作室
已出版(即将出版)图书目录——初等数学

书　　名	出版时间	定　价	编号
三正弦不等式	2018－09	98.00	974
函数方程与不等式:解法与稳定性结果	2019－04	68.00	1058
数学不等式.第1卷,对称多项式不等式	2022－05	78.00	1455
数学不等式.第2卷,对称有理不等式与对称无理不等式	2022－05	88.00	1456
数学不等式.第3卷,循环不等式与非循环不等式	2022－05	88.00	1457
数学不等式.第4卷,Jensen 不等式的扩展与加细	2022－05	88.00	1458
数学不等式.第5卷,创建不等式与解不等式的其他方法	2022－05	88.00	1459
同余理论	2012－05	38.00	163
[x]与{x}	2015－04	48.00	476
极值与最值.上卷	2015－06	28.00	486
极值与最值.中卷	2015－06	38.00	487
极值与最值.下卷	2015－06	28.00	488
整数的性质	2012－11	38.00	192
完全平方数及其应用	2015－08	78.00	506
多项式理论	2015－10	88.00	541
奇数、偶数、奇偶分析法	2018－01	98.00	876
不定方程及其应用.上	2018－12	58.00	992
不定方程及其应用.中	2019－01	78.00	993
不定方程及其应用.下	2019－02	98.00	994
Nesbitt 不等式加强式的研究	2022－06	128.00	1527
最值定理与分析不等式	2023－02	78.00	1567
一类积分不等式	2023－02	88.00	1579
邦费罗尼不等式及概率应用	2023－05	58.00	1637
历届美国中学生数学竞赛试题及解答(第一卷)1950－1954	2014－07	18.00	277
历届美国中学生数学竞赛试题及解答(第二卷)1955－1959	2014－04	18.00	278
历届美国中学生数学竞赛试题及解答(第三卷)1960－1964	2014－06	18.00	279
历届美国中学生数学竞赛试题及解答(第四卷)1965－1969	2014－04	28.00	280
历届美国中学生数学竞赛试题及解答(第五卷)1970－1972	2014－06	18.00	281
历届美国中学生数学竞赛试题及解答(第六卷)1973－1980	2017－07	18.00	768
历届美国中学生数学竞赛试题及解答(第七卷)1981－1986	2015－01	18.00	424
历届美国中学生数学竞赛试题及解答(第八卷)1987－1990	2017－05	18.00	769
历届中国数学奥林匹克试题集(第3版)	2021－10	58.00	1440
历届加拿大数学奥林匹克试题集	2012－08	38.00	215
历届美国数学奥林匹克试题集:1972～2019	2020－04	88.00	1135
历届波兰数学竞赛试题集.第1卷,1949～1963	2015－03	18.00	453
历届波兰数学竞赛试题集.第2卷,1964～1976	2015－03	18.00	454
历届巴尔干数学奥林匹克试题集	2015－05	38.00	466
保加利亚数学奥林匹克	2014－10	38.00	393
圣彼得堡数学奥林匹克试题集	2015－01	38.00	429
匈牙利奥林匹克数学竞赛题解.第1卷	2016－05	28.00	593
匈牙利奥林匹克数学竞赛题解.第2卷	2016－05	28.00	594
历届美国数学邀请赛试题集(第2版)	2017－10	78.00	851
普林斯顿大学数学竞赛	2016－06	38.00	669
亚太地区数学奥林匹克竞赛题	2015－07	18.00	492
日本历届(初级)广中杯数学竞赛试题及解答.第1卷(2000～2007)	2016－05	28.00	641
日本历届(初级)广中杯数学竞赛试题及解答.第2卷(2008～2015)	2016－05	38.00	642
越南数学奥林匹克题选:1962－2009	2021－07	48.00	1370
360个数学竞赛问题	2016－08	58.00	677
奥数最佳实战题.上卷	2017－06	38.00	760
奥数最佳实战题.下卷	2017－05	58.00	761
哈尔滨市早期中学数学竞赛试题汇编	2016－07	28.00	672
全国高中数学联赛试题及解答:1981—2019(第4版)	2020－07	138.00	1176
2022年全国高中数学联合竞赛模拟题集	2022－06	30.00	1521

刘培杰数学工作室

已出版(即将出版)图书目录——初等数学

书　　名	出版时间	定　价	编号
20 世纪 50 年代全国部分城市数学竞赛试题汇编	2017—07	28.00	797
国内外数学竞赛题及精解:2018～2019	2020—08	45.00	1192
国内外数学竞赛题及精解:2019～2020	2021—11	58.00	1439
许康华竞赛优学精选集.第一辑	2018—08	68.00	949
天问叶班数学问题征解 100 题. Ⅰ,2016—2018	2019—05	88.00	1075
天问叶班数学问题征解 100 题. Ⅱ,2017—2019	2020—07	98.00	1177
美国初中数学竞赛:AMC8 准备(共 6 卷)	2019—07	138.00	1089
美国高中数学竞赛:AMC10 准备(共 6 卷)	2019—08	158.00	1105
王连笑教你怎样学数学:高考选择题解题策略与客观题实用训练	2014—01	48.00	262
王连笑教你怎样学数学:高考数学高层次讲座	2015—02	48.00	432
高考数学的理论与实践	2009—08	38.00	53
高考数学核心题型解题方法与技巧	2010—01	28.00	86
高考思维新平台	2014—03	38.00	259
高考数学压轴题解题诀窍(上)(第 2 版)	2018—01	58.00	874
高考数学压轴题解题诀窍(下)(第 2 版)	2018—01	48.00	875
北京市五区文科数学三年高考模拟题详解:2013～2015	2015—08	48.00	500
北京市五区理科数学三年高考模拟题详解:2013～2015	2015—09	68.00	505
向量法巧解数学高考题	2009—08	28.00	54
高中数学课堂教学的实践与反思	2021—11	48.00	791
数学高考参考	2016—01	78.00	589
新课程标准高考数学解答题各种题型解法指导	2020—08	78.00	1196
全国及各省市高考数学试题审题要津与解法研究	2015—02	48.00	450
高中数学章节起始课的教学研究与案例设计	2019—05	28.00	1064
新课标高考数学——五年试题分章详解(2007～2011)(上、下)	2011—10	78.00	140,141
全国中考数学压轴题审题要津与解法研究	2013—04	78.00	248
新编全国及各省市中考数学压轴题审题要津与解法研究	2014—05	58.00	342
全国及各省市 5 年中考数学压轴题审题要津与解法研究(2015 版)	2015—04	58.00	462
中考数学专题总复习	2007—04	28.00	6
中考数学较难题常考题型解题方法与技巧	2016—09	48.00	681
中考数学难题常考题型解题方法与技巧	2016—09	48.00	682
中考数学中档题常考题型解题方法与技巧	2017—08	68.00	835
中考数学选择填空压轴好题妙解 365	2017—05	38.00	759
中考数学:三类重点考题的解法例析与习题	2020—04	48.00	1140
中小学数学的历史文化	2019—11	48.00	1124
初中平面几何百题多思创新解	2020—01	58.00	1125
初中数学中考备考	2020—01	58.00	1126
高考数学之九章演义	2019—08	68.00	1044
高考数学之难题谈笑间	2022—06	68.00	1519
化学可以这样学:高中化学知识方法智慧感悟疑难辨析	2019—07	58.00	1103
如何成为学习高手	2019—09	58.00	1107
高考数学:经典真题分类解析	2020—04	78.00	1134
高考数学解答题破解策略	2020—11	58.00	1221
从分析解题过程学解题:高考压轴题与竞赛题之关系探究	2020—08	88.00	1179
教学新思考:单元整体视角下的初中数学教学设计	2021—03	58.00	1278
思维再拓展:2020 年经典几何题的多解探究与思考	即将出版		1279
中考数学小压轴汇编初讲	2017—07	48.00	788
中考数学大压轴专题微言	2017—09	48.00	846
怎么解中考平面几何探索题	2019—06	48.00	1093
北京中考数学压轴题解题方法突破(第 8 版)	2022—11	78.00	1577
助你高考成功的数学解题智慧:知识是智慧的基础	2016—01	58.00	596
助你高考成功的数学解题智慧:错误是智慧的试金石	2016—04	58.00	643
助你高考成功的数学解题智慧:方法是智慧的推手	2016—04	68.00	657
高考数学奇思妙解	2016—04	38.00	610
高考数学解题策略	2016—05	48.00	670
数学解题泄天机(第 2 版)	2017—10	48.00	850

刘培杰数学工作室

已出版(即将出版)图书目录——初等数学

书　　名	出版时间	定　价	编号
高考物理压轴题全解	2017－04	58.00	746
高中物理经典问题 25 讲	2017－05	28.00	764
高中物理教学讲义	2018－01	48.00	871
高中物理教学讲义:全模块	2022－03	98.00	1492
高中物理答疑解惑 65 篇	2021－11	48.00	1462
中学物理基础问题解析	2020－08	48.00	1183
初中数学、高中数学脱节知识补缺教材	2017－06	48.00	766
高考数学小题抢分必练	2017－10	48.00	834
高考数学核心素养解读	2017－09	38.00	839
高考数学客观题解题方法和技巧	2017－10	38.00	847
十年高考数学精品试题审题要津与解法研究	2021－10	98.00	1427
中国历届高考数学试题及解答.1949－1979	2018－01	38.00	877
历届中国高考数学试题及解答.第二卷,1980—1989	2018－10	28.00	975
历届中国高考数学试题及解答.第三卷,1990—1999	2018－10	48.00	976
数学文化与高考研究	2018－03	48.00	882
跟我学解高中数学题	2018－07	58.00	926
中学数学研究的方法及案例	2018－05	58.00	869
高考数学抢分技能	2018－07	68.00	934
高一新生常用数学方法和重要数学思想提升教材	2018－06	38.00	921
2018 年高考数学真题研究	2019－01	68.00	1000
2019 年高考数学真题研究	2020－05	88.00	1137
高考数学全国卷六道解答题常考题型解题诀窍:理科(全 2 册)	2019－07	78.00	1101
高考数学全国卷 16 道选择、填空题常考题型解题诀窍.理科	2018－09	88.00	971
高考数学全国卷 16 道选择、填空题常考题型解题诀窍.文科	2020－01	88.00	1123
高中数学一题多解	2019－06	58.00	1087
历届中国高考数学试题及解答:1917－1999	2021－08	98.00	1371
2000～2003 年全国及各省市高考数学试题及解答	2022－05	88.00	1499
2004 年全国及各省市高考数学试题及解答	2022－07	78.00	1500
突破高原:高中数学解题思维探究	2021－08	48.00	1375
高考数学中的"取值范围"	2021－10	48.00	1429
新课程标准高中数学各种题型解法大全.必修一分册	2021－06	58.00	1315
新课程标准高中数学各种题型解法大全.必修二分册	2022－01	68.00	1471
高中数学各种题型解法大全.选择性必修一分册	2022－06	68.00	1525
高中数学各种题型解法大全.选择性必修二分册	2023－01	58.00	1600
高中数学各种题型解法大全.选择性必修三分册	2023－04	48.00	1643
历届全国初中数学竞赛经典试题详解	2023－04	88.00	1624
新编 640 个世界著名数学智力趣题	2014－01	88.00	242
500 个最新世界著名数学智力趣题	2008－06	48.00	3
400 个最新世界著名数学最值问题	2008－09	48.00	36
500 个世界著名数学征解问题	2009－06	48.00	52
400 个中国最佳初等数学征解老问题	2010－01	48.00	60
500 个俄罗斯数学经典老题	2011－01	28.00	81
1000 个国外中学物理好题	2012－04	48.00	174
300 个日本高考数学题	2012－05	38.00	142
700 个早期日本高考数学试题	2017－02	88.00	752
500 个前苏联早期高考数学试题及解答	2012－05	28.00	185
546 个早期俄罗斯大学生数学竞赛题	2014－03	38.00	285
548 个来自美苏的数学好问题	2014－11	28.00	396
20 所苏联著名大学早期入学试题	2015－02	18.00	452
161 道德国工科大学生必做的微分方程习题	2015－05	28.00	469
500 个德国工科大学生必做的高数习题	2015－06	28.00	478
360 个数学竞赛问题	2016－08	58.00	677
200 个趣味数学故事	2018－02	48.00	857
470 个数学奥林匹克中的最值问题	2018－10	88.00	985
德国讲义日本考题.微积分卷	2015－04	48.00	456
德国讲义日本考题.微分方程卷	2015－04	38.00	457
二十世纪中叶中、英、美、日、法、俄高考数学试题精选	2017－06	38.00	783

刘培杰数学工作室

已出版(即将出版)图书目录——初等数学

书　　名	出版时间	定　价	编号
中国初等数学研究　2009 卷(第 1 辑)	2009—05	20.00	45
中国初等数学研究　2010 卷(第 2 辑)	2010—05	30.00	68
中国初等数学研究　2011 卷(第 3 辑)	2011—07	60.00	127
中国初等数学研究　2012 卷(第 4 辑)	2012—07	48.00	190
中国初等数学研究　2014 卷(第 5 辑)	2014—02	48.00	288
中国初等数学研究　2015 卷(第 6 辑)	2015—06	68.00	493
中国初等数学研究　2016 卷(第 7 辑)	2016—04	68.00	609
中国初等数学研究　2017 卷(第 8 辑)	2017—01	98.00	712
初等数学研究在中国. 第 1 辑	2019—03	158.00	1024
初等数学研究在中国. 第 2 辑	2019—10	158.00	1116
初等数学研究在中国. 第 3 辑	2021—05	158.00	1306
初等数学研究在中国. 第 4 辑	2022—06	158.00	1520
几何变换(Ⅰ)	2014—07	28.00	353
几何变换(Ⅱ)	2015—06	28.00	354
几何变换(Ⅲ)	2015—01	38.00	355
几何变换(Ⅳ)	2015—12	38.00	356
初等数论难题集(第一卷)	2009—05	68.00	44
初等数论难题集(第二卷)(上、下)	2011—02	128.00	82,83
数论概貌	2011—03	18.00	93
代数数论(第二版)	2013—08	58.00	94
代数多项式	2014—06	38.00	289
初等数论的知识与问题	2011—02	28.00	95
超越数论基础	2011—03	28.00	96
数论初等教程	2011—03	28.00	97
数论基础	2011—03	18.00	98
数论基础与维诺格拉多夫	2014—03	18.00	292
解析数论基础	2012—08	28.00	216
解析数论基础(第二版)	2014—01	48.00	287
解析数论问题集(第二版)(原版引进)	2014—05	88.00	343
解析数论问题集(第二版)(中译本)	2016—04	88.00	607
解析数论基础(潘承洞,潘承彪著)	2016—07	98.00	673
解析数论导引	2016—07	58.00	674
数论入门	2011—03	38.00	99
代数数论入门	2015—03	38.00	448
数论开篇	2012—07	28.00	194
解析数论引论	2011—03	48.00	100
Barban Davenport Halberstam 均值和	2009—01	40.00	33
基础数论	2011—03	28.00	101
初等数论 100 例	2011—05	18.00	122
初等数论经典例题	2012—07	18.00	204
最新世界各国数学奥林匹克中的初等数论试题(上、下)	2012—01	138.00	144,145
初等数论(Ⅰ)	2012—01	18.00	156
初等数论(Ⅱ)	2012—01	18.00	157
初等数论(Ⅲ)	2012—01	28.00	158

刘培杰数学工作室
已出版(即将出版)图书目录——初等数学

书　　名	出版时间	定　价	编号
平面几何与数论中未解决的新老问题	2013－01	68.00	229
代数数论简史	2014－11	28.00	408
代数数论	2015－09	88.00	532
代数、数论及分析习题集	2016－11	98.00	695
数论导引提要及习题解答	2016－01	48.00	559
素数定理的初等证明. 第 2 版	2016－09	48.00	686
数论中的模函数与狄利克雷级数(第二版)	2017－11	78.00	837
数论:数学导引	2018－01	68.00	849
范氏大代数	2019－02	98.00	1016
解析数学讲义. 第一卷,导来式及微分、积分、级数	2019－04	88.00	1021
解析数学讲义. 第二卷,关于几何的应用	2019－04	68.00	1022
解析数学讲义. 第三卷,解析函数论	2019－04	78.00	1023
分析・组合・数论纵横谈	2019－04	58.00	1039
Hall 代数:民国时期的中学数学课本:英文	2019－08	88.00	1106
基谢廖夫初等代数	2022－07	38.00	1531
数学精神巡礼	2019－01	58.00	731
数学眼光透视(第 2 版)	2017－06	78.00	732
数学思想领悟(第 2 版)	2018－01	68.00	733
数学方法溯源(第 2 版)	2018－08	68.00	734
数学解题引论	2017－05	58.00	735
数学史话览胜(第 2 版)	2017－01	48.00	736
数学应用展观(第 2 版)	2017－08	68.00	737
数学建模尝试	2018－04	48.00	738
数学竞赛采风	2018－01	68.00	739
数学测评探营	2019－05	58.00	740
数学技能操握	2018－03	48.00	741
数学欣赏拾趣	2018－02	48.00	742
从毕达哥拉斯到怀尔斯	2007－10	48.00	9
从迪利克雷到维斯卡尔迪	2008－01	48.00	21
从哥德巴赫到陈景润	2008－05	98.00	35
从庞加莱到佩雷尔曼	2011－08	138.00	136
博弈论精粹	2008－03	58.00	30
博弈论精粹. 第二版(精装)	2015－01	88.00	461
数学 我爱你	2008－01	28.00	20
精神的圣徒　别样的人生——60 位中国数学家成长的历程	2008－09	48.00	39
数学史概论	2009－06	78.00	50
数学史概论(精装)	2013－03	158.00	272
数学史选讲	2016－01	48.00	544
斐波那契数列	2010－02	28.00	65
数学拼盘和斐波那契魔方	2010－07	38.00	72
斐波那契数列欣赏(第 2 版)	2018－08	58.00	948
Fibonacci 数列中的明珠	2018－06	58.00	928
数学的创造	2011－02	48.00	85
数学美与创造力	2016－01	48.00	595
数海拾贝	2016－01	48.00	590
数学中的美(第 2 版)	2019－04	68.00	1057
数论中的美学	2014－12	38.00	351

刘培杰数学工作室

已出版(即将出版)图书目录——初等数学

书　　名	出版时间	定　价	编号
数学王者　科学巨人——高斯	2015－01	28.00	428
振兴祖国数学的圆梦之旅:中国初等数学研究史话	2015－06	98.00	490
二十世纪中国数学史料研究	2015－10	48.00	536
数字谜、数阵图与棋盘覆盖	2016－01	58.00	298
时间的形状	2016－01	38.00	556
数学发现的艺术:数学探索中的合情推理	2016－07	58.00	671
活跃在数学中的参数	2016－07	48.00	675
数海趣史	2021－05	98.00	1314
数学解题——靠数学思想给力(上)	2011－07	38.00	131
数学解题——靠数学思想给力(中)	2011－07	48.00	132
数学解题——靠数学思想给力(下)	2011－07	38.00	133
我怎样解题	2013－01	48.00	227
数学解题中的物理方法	2011－06	28.00	114
数学解题的特殊方法	2011－06	48.00	115
中学数学计算技巧(第2版)	2020－10	48.00	1220
中学数学证明方法	2012－01	58.00	117
数学趣题巧解	2012－03	28.00	128
高中数学教学通鉴	2015－05	58.00	479
和高中生漫谈:数学与哲学的故事	2014－08	28.00	369
算术问题集	2017－03	38.00	789
张教授讲数学	2018－07	38.00	933
陈永明实话实说数学教学	2020－04	68.00	1132
中学数学学科知识与教学能力	2020－06	58.00	1155
怎样把课讲好:大罕数学教学随笔	2022－03	58.00	1484
中国高考评价体系下高考数学探秘	2022－03	48.00	1487
自主招生考试中的参数方程问题	2015－01	28.00	435
自主招生考试中的极坐标问题	2015－04	28.00	463
近年全国重点大学自主招生数学试题全解及研究.华约卷	2015－02	38.00	441
近年全国重点大学自主招生数学试题全解及研究.北约卷	2016－05	38.00	619
自主招生数学解证宝典	2015－09	48.00	535
中国科学技术大学创新班数学真题解析	2022－03	48.00	1488
中国科学技术大学创新班物理真题解析	2022－03	58.00	1489
格点和面积	2012－07	18.00	191
射影几何趣谈	2012－04	28.00	175
斯潘纳尔引理——从一道加拿大数学奥林匹克试题谈起	2014－01	28.00	228
李普希兹条件——从几道近年高考数学试题谈起	2012－10	18.00	221
拉格朗日中值定理——从一道北京高考试题的解法谈起	2015－10	18.00	197
闵科夫斯基定理——从一道清华大学自主招生试题谈起	2014－01	28.00	198
哈尔测度——从一道冬令营试题的背景谈起	2012－08	28.00	202
切比雪夫逼近问题——从一道中国台北数学奥林匹克试题谈起	2013－04	38.00	238
伯恩斯坦多项式与贝齐尔曲面——从一道全国高中数学联赛试题谈起	2013－03	38.00	236
卡塔兰猜想——从一道普特南竞赛试题谈起	2013－06	18.00	256
麦卡锡函数和阿克曼函数——从一道前南斯拉夫数学奥林匹克试题谈起	2012－08	18.00	201
贝蒂定理与拉姆贝克莫斯尔定理——从一个拣石子游戏谈起	2012－08	18.00	217
皮亚诺曲线和豪斯道夫分球定理——从无限集谈起	2012－08	18.00	211
平面凸图形与凸多面体	2012－10	28.00	218
斯坦因豪斯问题——从一道二十五省市自治区中学数学竞赛试题谈起	2012－07	18.00	196

刘培杰数学工作室

已出版(即将出版)图书目录——初等数学

书　名	出版时间	定　价	编号
纽结理论中的亚历山大多项式与琼斯多项式——从一道北京市高一数学竞赛试题谈起	2012—07	28.00	195
原则与策略——从波利亚"解题表"谈起	2013—04	38.00	244
转化与化归——从三大尺规作图不能问题谈起	2012—08	28.00	214
代数几何中的贝祖定理(第一版)——从一道 IMO 试题的解法谈起	2013—08	18.00	193
成功连贯理论与约当块理论——从一道比利时数学竞赛试题谈起	2012—04	18.00	180
素数判定与大数分解	2014—08	18.00	199
置换多项式及其应用	2012—10	18.00	220
椭圆函数与模函数——从一道美国加州大学洛杉矶分校(UCLA)博士资格考题谈起	2012—10	28.00	219
差分方程的拉格朗日方法——从一道 2011 年全国高考理科试题的解法谈起	2012—08	28.00	200
力学在几何中的一些应用	2013—01	38.00	240
从根式解到伽罗华理论	2020—01	48.00	1121
康托洛维奇不等式——从一道全国高中联赛试题谈起	2013—03	28.00	337
西格尔引理——从一道第 18 届 IMO 试题的解法谈起	即将出版		
罗斯定理——从一道前苏联数学竞赛试题谈起	即将出版		
拉克斯定理和阿廷定理——从一道 IMO 试题的解法谈起	2014—01	58.00	246
毕卡大定理——从一道美国大学数学竞赛试题谈起	2014—07	18.00	350
贝齐尔曲线——从一道全国高中联赛试题谈起	即将出版		
拉格朗日乘子定理——从一道 2005 年全国高中联赛试题的高等数学解法谈起	2015—05	28.00	480
雅可比定理——从一道日本数学奥林匹克试题谈起	2013—04	48.00	249
李天岩—约克定理——从一道波兰数学竞赛试题谈起	2014—06	28.00	349
受控理论与初等不等式:从一道 IMO 试题的解法谈起	2023—03	48.00	1601
布劳维不动点定理——从一道前苏联数学奥林匹克试题谈起	2014—01	38.00	273
伯恩赛德定理——从一道英国数学奥林匹克试题谈起	即将出版		
布查特—莫斯特定理——从一道上海市初中竞赛试题谈起	即将出版		
数论中的同余数问题——从一道普特南竞赛试题谈起	即将出版		
范·德蒙行列式——从一道美国数学奥林匹克试题谈起	即将出版		
中国剩余定理:总数法构建中国历史年表	2015—01	28.00	430
牛顿程序与方程求根——从一道全国高考试题解法谈起	即将出版		
库默尔定理——从一道 IMO 预选试题谈起	即将出版		
卢丁定理——从一道冬令营试题的解法谈起	即将出版		
沃斯滕霍姆定理——从一道 IMO 预选试题谈起	即将出版		
卡尔松不等式——从一道莫斯科数学奥林匹克试题谈起	即将出版		
信息论中的香农熵——从一道近年高考压轴题谈起	即将出版		
约当不等式——从一道希望杯竞赛试题谈起	即将出版		
拉比诺维奇定理	即将出版		
刘维尔定理——从一道《美国数学月刊》征解问题的解法谈起	即将出版		
卡塔兰恒等式与级数求和——从一道 IMO 试题的解法谈起	即将出版		
勒让德猜想与素数分布——从一道爱尔兰竞赛试题谈起	即将出版		
天平称重与信息论——从一道基辅市数学奥林匹克试题谈起	即将出版		
哈密尔顿—凯莱定理:从一道高中数学联赛试题的解法谈起	2014—09	18.00	376
艾思特曼定理——从一道 CMO 试题的解法谈起	即将出版		

刘培杰数学工作室
已出版(即将出版)图书目录——初等数学

书　　名	出版时间	定　价	编号
阿贝尔恒等式与经典不等式及应用	2018－06	98.00	923
迪利克雷除数问题	2018－07	48.00	930
幻方、幻立方与拉丁方	2019－08	48.00	1092
帕斯卡三角形	2014－03	18.00	294
蒲丰投针问题——从 2009 年清华大学的一道自主招生试题谈起	2014－01	38.00	295
斯图姆定理——从一道“华约”自主招生试题的解法谈起	2014－01	18.00	296
许瓦兹引理——从一道加利福尼亚大学伯克利分校数学系博士生试题谈起	2014－08	18.00	297
拉姆塞定理——从王诗宬院士的一个问题谈起	2016－04	48.00	299
坐标法	2013－12	28.00	332
数论三角形	2014－04	38.00	341
毕克定理	2014－07	18.00	352
数林掠影	2014－09	48.00	389
我们周围的概率	2014－10	38.00	390
凸函数最值定理:从一道华约自主招生题的解法谈起	2014－10	28.00	391
易学与数学奥林匹克	2014－10	38.00	392
生物数学趣谈	2015－01	18.00	409
反演	2015－01	28.00	420
因式分解与圆锥曲线	2015－01	18.00	426
轨迹	2015－01	28.00	427
面积原理:从常庚哲命的一道 CMO 试题的积分解法谈起	2015－01	48.00	431
形形色色的不动点定理:从一道 28 届 IMO 试题谈起	2015－01	38.00	439
柯西函数方程:从一道上海交大自主招生的试题谈起	2015－02	28.00	440
三角恒等式	2015－02	28.00	442
无理性判定:从一道 2014 年“北约”自主招生试题谈起	2015－01	38.00	443
数学归纳法	2015－03	18.00	451
极端原理与解题	2015－04	28.00	464
法雷级数	2014－08	18.00	367
摆线族	2015－01	38.00	438
函数方程及其解法	2015－05	38.00	470
含参数的方程和不等式	2012－09	28.00	213
希尔伯特第十问题	2016－01	38.00	543
无穷小量的求和	2016－01	28.00	545
切比雪夫多项式:从一道清华大学金秋营试题谈起	2016－01	38.00	583
泽肯多夫定理	2016－03	38.00	599
代数等式证题法	2016－01	28.00	600
三角等式证题法	2016－01	28.00	601
吴大任教授藏书中的一个因式分解公式:从一道美国数学邀请赛试题的解法谈起	2016－06	28.00	656
易卦——类万物的数学模型	2017－08	68.00	838
“不可思议”的数与数系可持续发展	2018－01	38.00	878
最短线	2018－01	38.00	879
数学在天文、地理、光学、机械力学中的一些应用	2023－03	88.00	1576
从阿基米德三角形谈起	2023－01	28.00	1578
幻方和魔方(第一卷)	2012－05	68.00	173
尘封的经典——初等数学经典文献选读(第一卷)	2012－07	48.00	205
尘封的经典——初等数学经典文献选读(第二卷)	2012－07	38.00	206
初级方程式论	2011－03	28.00	106
初等数学研究(Ⅰ)	2008－09	68.00	37
初等数学研究(Ⅱ)(上、下)	2009－05	118.00	46,47
初等数学专题研究	2022－10	68.00	1568

刘培杰数学工作室

已出版(即将出版)图书目录——初等数学

书名	出版时间	定价	编号
趣味初等方程妙题集锦	2014－09	48.00	388
趣味初等数论选美与欣赏	2015－02	48.00	445
耕读笔记(上卷):一位农民数学爱好者的初数探索	2015－04	28.00	459
耕读笔记(中卷):一位农民数学爱好者的初数探索	2015－05	28.00	483
耕读笔记(下卷):一位农民数学爱好者的初数探索	2015－05	28.00	484
几何不等式研究与欣赏.上卷	2016－01	88.00	547
几何不等式研究与欣赏.下卷	2016－01	48.00	552
初等数列研究与欣赏・上	2016－01	48.00	570
初等数列研究与欣赏・下	2016－01	48.00	571
趣味初等函数研究与欣赏.上	2016－09	48.00	684
趣味初等函数研究与欣赏.下	2018－09	48.00	685
三角不等式研究与欣赏	2020－10	68.00	1197
新编平面解析几何解题方法研究与欣赏	2021－10	78.00	1426
火柴游戏(第2版)	2022－05	38.00	1493
智力解谜.第1卷	2017－07	38.00	613
智力解谜.第2卷	2017－07	38.00	614
故事智力	2016－07	48.00	615
名人们喜欢的智力问题	2020－01	48.00	616
数学大师的发现、创造与失误	2018－01	48.00	617
异曲同工	2018－09	48.00	618
数学的味道	2018－01	58.00	798
数学千字文	2018－10	68.00	977
数贝偶拾——高考数学题研究	2014－04	28.00	274
数贝偶拾——初等数学研究	2014－04	38.00	275
数贝偶拾——奥数题研究	2014－04	48.00	276
钱昌本教你快乐学数学(上)	2011－12	48.00	155
钱昌本教你快乐学数学(下)	2012－03	58.00	171
集合、函数与方程	2014－01	28.00	300
数列与不等式	2014－01	38.00	301
三角与平面向量	2014－01	28.00	302
平面解析几何	2014－01	38.00	303
立体几何与组合	2014－01	28.00	304
极限与导数、数学归纳法	2014－01	38.00	305
趣味数学	2014－03	28.00	306
教材教法	2014－04	68.00	307
自主招生	2014－05	58.00	308
高考压轴题(上)	2015－01	48.00	309
高考压轴题(下)	2014－10	68.00	310
从费马到怀尔斯——费马大定理的历史	2013－10	198.00	I
从庞加莱到佩雷尔曼——庞加莱猜想的历史	2013－10	298.00	II
从切比雪夫到爱尔特希(上)——素数定理的初等证明	2013－07	48.00	III
从切比雪夫到爱尔特希(下)——素数定理100年	2012－12	98.00	III
从高斯到盖尔方特——二次域的高斯猜想	2013－10	198.00	IV
从库默尔到朗兰兹——朗兰兹猜想的历史	2014－01	98.00	V
从比勃巴赫到德布朗斯——比勃巴赫猜想的历史	2014－02	298.00	VI
从麦比乌斯到陈省身——麦比乌斯变换与麦比乌斯带	2014－02	298.00	VII
从布尔到豪斯道夫——布尔方程与格论漫谈	2013－10	198.00	VIII
从开普勒到阿诺德——三体问题的历史	2014－05	298.00	IX
从华林到华罗庚——华林问题的历史	2013－10	298.00	X

刘培杰数学工作室

已出版(即将出版)图书目录——初等数学

书　　名	出版时间	定　价	编号
美国高中数学竞赛五十讲.第1卷(英文)	2014—08	28.00	357
美国高中数学竞赛五十讲.第2卷(英文)	2014—08	28.00	358
美国高中数学竞赛五十讲.第3卷(英文)	2014—09	28.00	359
美国高中数学竞赛五十讲.第4卷(英文)	2014—09	28.00	360
美国高中数学竞赛五十讲.第5卷(英文)	2014—10	28.00	361
美国高中数学竞赛五十讲.第6卷(英文)	2014—11	28.00	362
美国高中数学竞赛五十讲.第7卷(英文)	2014—12	28.00	363
美国高中数学竞赛五十讲.第8卷(英文)	2015—01	28.00	364
美国高中数学竞赛五十讲.第9卷(英文)	2015—01	28.00	365
美国高中数学竞赛五十讲.第10卷(英文)	2015—02	38.00	366
三角函数(第2版)	2017—04	38.00	626
不等式	2014—01	38.00	312
数列	2014—01	38.00	313
方程(第2版)	2017—04	38.00	624
排列和组合	2014—01	28.00	315
极限与导数(第2版)	2016—04	38.00	635
向量(第2版)	2018—08	58.00	627
复数及其应用	2014—08	28.00	318
函数	2014—01	38.00	319
集合	2020—01	48.00	320
直线与平面	2014—01	28.00	321
立体几何(第2版)	2016—04	38.00	629
解三角形	即将出版		323
直线与圆(第2版)	2016—11	38.00	631
圆锥曲线(第2版)	2016—09	48.00	632
解题通法(一)	2014—07	38.00	326
解题通法(二)	2014—07	38.00	327
解题通法(三)	2014—05	38.00	328
概率与统计	2014—01	28.00	329
信息迁移与算法	即将出版		330
IMO 50年.第1卷(1959—1963)	2014—11	28.00	377
IMO 50年.第2卷(1964—1968)	2014—11	28.00	378
IMO 50年.第3卷(1969—1973)	2014—09	28.00	379
IMO 50年.第4卷(1974—1978)	2016—04	38.00	380
IMO 50年.第5卷(1979—1984)	2015—04	38.00	381
IMO 50年.第6卷(1985—1989)	2015—04	58.00	382
IMO 50年.第7卷(1990—1994)	2016—01	48.00	383
IMO 50年.第8卷(1995—1999)	2016—06	38.00	384
IMO 50年.第9卷(2000—2004)	2015—04	58.00	385
IMO 50年.第10卷(2005—2009)	2016—01	48.00	386
IMO 50年.第11卷(2010—2015)	2017—03	48.00	646

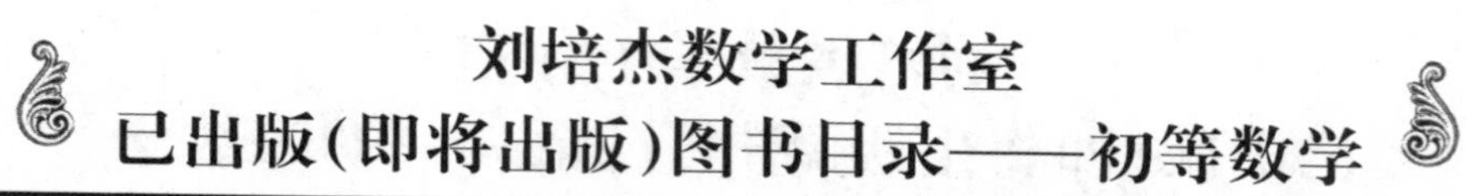

刘培杰数学工作室
已出版(即将出版)图书目录——初等数学

书　名	出版时间	定　价	编号
数学反思(2006—2007)	2020—09	88.00	915
数学反思(2008—2009)	2019—01	68.00	917
数学反思(2010—2011)	2018—05	58.00	916
数学反思(2012—2013)	2019—01	58.00	918
数学反思(2014—2015)	2019—03	78.00	919
数学反思(2016—2017)	2021—03	58.00	1286
数学反思(2018—2019)	2023—01	88.00	1593
历届美国大学生数学竞赛试题集.第一卷(1938—1949)	2015—01	28.00	397
历届美国大学生数学竞赛试题集.第二卷(1950—1959)	2015—01	28.00	398
历届美国大学生数学竞赛试题集.第三卷(1960—1969)	2015—01	28.00	399
历届美国大学生数学竞赛试题集.第四卷(1970—1979)	2015—01	18.00	400
历届美国大学生数学竞赛试题集.第五卷(1980—1989)	2015—01	28.00	401
历届美国大学生数学竞赛试题集.第六卷(1990—1999)	2015—01	28.00	402
历届美国大学生数学竞赛试题集.第七卷(2000—2009)	2015—08	18.00	403
历届美国大学生数学竞赛试题集.第八卷(2010—2012)	2015—01	18.00	404
新课标高考数学创新题解题诀窍:总论	2014—09	28.00	372
新课标高考数学创新题解题诀窍:必修1～5分册	2014—08	38.00	373
新课标高考数学创新题解题诀窍:选修2—1,2—2,1—1,1—2分册	2014—09	38.00	374
新课标高考数学创新题解题诀窍:选修2—3,4—4,4—5分册	2014—09	18.00	375
全国重点大学自主招生英文数学试题全攻略:词汇卷	2015—07	48.00	410
全国重点大学自主招生英文数学试题全攻略:概念卷	2015—01	28.00	411
全国重点大学自主招生英文数学试题全攻略:文章选读卷(上)	2016—09	38.00	412
全国重点大学自主招生英文数学试题全攻略:文章选读卷(下)	2017—01	58.00	413
全国重点大学自主招生英文数学试题全攻略:试题卷	2015—07	38.00	414
全国重点大学自主招生英文数学试题全攻略:名著欣赏卷	2017—03	48.00	415
劳埃德数学趣题大全.题目卷.1:英文	2016—01	18.00	516
劳埃德数学趣题大全.题目卷.2:英文	2016—01	18.00	517
劳埃德数学趣题大全.题目卷.3:英文	2016—01	18.00	518
劳埃德数学趣题大全.题目卷.4:英文	2016—01	18.00	519
劳埃德数学趣题大全.题目卷.5:英文	2016—01	18.00	520
劳埃德数学趣题大全.答案卷:英文	2016—01	18.00	521
李成章教练奥数笔记.第1卷	2016—01	48.00	522
李成章教练奥数笔记.第2卷	2016—01	48.00	523
李成章教练奥数笔记.第3卷	2016—01	38.00	524
李成章教练奥数笔记.第4卷	2016—01	38.00	525
李成章教练奥数笔记.第5卷	2016—01	38.00	526
李成章教练奥数笔记.第6卷	2016—01	38.00	527
李成章教练奥数笔记.第7卷	2016—01	38.00	528
李成章教练奥数笔记.第8卷	2016—01	48.00	529
李成章教练奥数笔记.第9卷	2016—01	28.00	530

刘培杰数学工作室

已出版(即将出版)图书目录——初等数学

书　　名	出版时间	定　价	编号
第19～23届"希望杯"全国数学邀请赛试题审题要津详细评注(初一版)	2014—03	28.00	333
第19～23届"希望杯"全国数学邀请赛试题审题要津详细评注(初二、初三版)	2014—03	38.00	334
第19～23届"希望杯"全国数学邀请赛试题审题要津详细评注(高一版)	2014—03	28.00	335
第19～23届"希望杯"全国数学邀请赛试题审题要津详细评注(高二版)	2014—03	38.00	336
第19～25届"希望杯"全国数学邀请赛试题审题要津详细评注(初一版)	2015—01	38.00	416
第19～25届"希望杯"全国数学邀请赛试题审题要津详细评注(初二、初三版)	2015—01	58.00	417
第19～25届"希望杯"全国数学邀请赛试题审题要津详细评注(高一版)	2015—01	48.00	418
第19～25届"希望杯"全国数学邀请赛试题审题要津详细评注(高二版)	2015—01	48.00	419
物理奥林匹克竞赛大题典——力学卷	2014—11	48.00	405
物理奥林匹克竞赛大题典——热学卷	2014—04	28.00	339
物理奥林匹克竞赛大题典——电磁学卷	2015—07	48.00	406
物理奥林匹克竞赛大题典——光学与近代物理卷	2014—06	28.00	345
历届中国东南地区数学奥林匹克试题集(2004～2012)	2014—06	18.00	346
历届中国西部地区数学奥林匹克试题集(2001～2012)	2014—07	18.00	347
历届中国女子数学奥林匹克试题集(2002～2012)	2014—08	18.00	348
数学奥林匹克在中国	2014—06	98.00	344
数学奥林匹克问题集	2014—01	38.00	267
数学奥林匹克不等式散论	2010—06	38.00	124
数学奥林匹克不等式欣赏	2011—09	38.00	138
数学奥林匹克超级题库(初中卷上)	2010—01	58.00	66
数学奥林匹克不等式证明方法和技巧(上、下)	2011—08	158.00	134,135
他们学什么:原民主德国中学数学课本	2016—09	38.00	658
他们学什么:英国中学数学课本	2016—09	38.00	659
他们学什么:法国中学数学课本.1	2016—09	38.00	660
他们学什么:法国中学数学课本.2	2016—09	28.00	661
他们学什么:法国中学数学课本.3	2016—09	38.00	662
他们学什么:苏联中学数学课本	2016—09	28.00	679
高中数学题典——集合与简易逻辑・函数	2016—07	48.00	647
高中数学题典——导数	2016—07	48.00	648
高中数学题典——三角函数・平面向量	2016—07	48.00	649
高中数学题典——数列	2016—07	58.00	650
高中数学题典——不等式・推理与证明	2016—07	38.00	651
高中数学题典——立体几何	2016—07	48.00	652
高中数学题典——平面解析几何	2016—07	78.00	653
高中数学题典——计数原理・统计・概率・复数	2016—07	48.00	654
高中数学题典——算法・平面几何・初等数论・组合数学・其他	2016—07	68.00	655

刘培杰数学工作室
已出版(即将出版)图书目录——初等数学

书　　名	出版时间	定　价	编号
台湾地区奥林匹克数学竞赛试题.小学一年级	2017－03	38.00	722
台湾地区奥林匹克数学竞赛试题.小学二年级	2017－03	38.00	723
台湾地区奥林匹克数学竞赛试题.小学三年级	2017－03	38.00	724
台湾地区奥林匹克数学竞赛试题.小学四年级	2017－03	38.00	725
台湾地区奥林匹克数学竞赛试题.小学五年级	2017－03	38.00	726
台湾地区奥林匹克数学竞赛试题.小学六年级	2017－03	38.00	727
台湾地区奥林匹克数学竞赛试题.初中一年级	2017－03	38.00	728
台湾地区奥林匹克数学竞赛试题.初中二年级	2017－03	38.00	729
台湾地区奥林匹克数学竞赛试题.初中三年级	2017－03	28.00	730
不等式证题法	2017－04	28.00	747
平面几何培优教程	2019－08	88.00	748
奥数鼎级培优教程.高一分册	2018－09	88.00	749
奥数鼎级培优教程.高二分册.上	2018－04	68.00	750
奥数鼎级培优教程.高二分册.下	2018－04	68.00	751
高中数学竞赛冲刺宝典	2019－04	68.00	883
初中尖子生数学超级题典.实数	2017－07	58.00	792
初中尖子生数学超级题典.式、方程与不等式	2017－08	58.00	793
初中尖子生数学超级题典.圆、面积	2017－08	38.00	794
初中尖子生数学超级题典.函数、逻辑推理	2017－08	48.00	795
初中尖子生数学超级题典.角、线段、三角形与多边形	2017－07	58.00	796
数学王子——高斯	2018－01	48.00	858
坎坷奇星——阿贝尔	2018－01	48.00	859
闪烁奇星——伽罗瓦	2018－01	58.00	860
无穷统帅——康托尔	2018－01	48.00	861
科学公主——柯瓦列夫斯卡娅	2018－01	48.00	862
抽象代数之母——埃米·诺特	2018－01	48.00	863
电脑先驱——图灵	2018－01	58.00	864
昔日神童——维纳	2018－01	48.00	865
数坛怪侠——爱尔特希	2018－01	68.00	866
传奇数学家徐利治	2019－09	88.00	1110
当代世界中的数学.数学思想与数学基础	2019－01	38.00	892
当代世界中的数学.数学问题	2019－01	38.00	893
当代世界中的数学.应用数学与数学应用	2019－01	38.00	894
当代世界中的数学.数学王国的新疆域(一)	2019－01	38.00	895
当代世界中的数学.数学王国的新疆域(二)	2019－01	38.00	896
当代世界中的数学.数林撷英(一)	2019－01	38.00	897
当代世界中的数学.数林撷英(二)	2019－01	48.00	898
当代世界中的数学.数学之路	2019－01	38.00	899

刘培杰数学工作室
已出版(即将出版)图书目录——初等数学

书　　名	出版时间	定　价	编号
105 个代数问题:来自 AwesomeMath 夏季课程	2019—02	58.00	956
106 个几何问题:来自 AwesomeMath 夏季课程	2020—07	58.00	957
107 个几何问题:来自 AwesomeMath 全年课程	2020—07	58.00	958
108 个代数问题:来自 AwesomeMath 全年课程	2019—01	68.00	959
109 个不等式:来自 AwesomeMath 夏季课程	2019—04	58.00	960
国际数学奥林匹克中的 110 个几何问题	即将出版		961
111 个代数和数论问题	2019—05	58.00	962
112 个组合问题:来自 AwesomeMath 夏季课程	2019—05	58.00	963
113 个几何不等式:来自 AwesomeMath 夏季课程	2020—08	58.00	964
114 个指数和对数问题:来自 AwesomeMath 夏季课程	2019—09	48.00	965
115 个三角问题:来自 AwesomeMath 夏季课程	2019—09	58.00	966
116 个代数不等式:来自 AwesomeMath 全年课程	2019—04	58.00	967
117 个多项式问题:来自 AwesomeMath 夏季课程	2021—09	58.00	1409
118 个数学竞赛不等式	2022—08	78.00	1526
紫色彗星国际数学竞赛试题	2019—02	58.00	999
数学竞赛中的数学:为数学爱好者、父母、教师和教练准备的丰富资源.第一部	2020—04	58.00	1141
数学竞赛中的数学:为数学爱好者、父母、教师和教练准备的丰富资源.第二部	2020—07	48.00	1142
和与积	2020—10	38.00	1219
数论:概念和问题	2020—12	68.00	1257
初等数学问题研究	2021—03	48.00	1270
数学奥林匹克中的欧几里得几何	2021—10	68.00	1413
数学奥林匹克题解新编	2022—01	58.00	1430
图论入门	2022—09	58.00	1554
澳大利亚中学数学竞赛试题及解答(初级卷)1978～1984	2019—02	28.00	1002
澳大利亚中学数学竞赛试题及解答(初级卷)1985～1991	2019—02	28.00	1003
澳大利亚中学数学竞赛试题及解答(初级卷)1992～1998	2019—02	28.00	1004
澳大利亚中学数学竞赛试题及解答(初级卷)1999～2005	2019—02	28.00	1005
澳大利亚中学数学竞赛试题及解答(中级卷)1978～1984	2019—03	28.00	1006
澳大利亚中学数学竞赛试题及解答(中级卷)1985～1991	2019—03	28.00	1007
澳大利亚中学数学竞赛试题及解答(中级卷)1992～1998	2019—03	28.00	1008
澳大利亚中学数学竞赛试题及解答(中级卷)1999～2005	2019—03	28.00	1009
澳大利亚中学数学竞赛试题及解答(高级卷)1978～1984	2019—05	28.00	1010
澳大利亚中学数学竞赛试题及解答(高级卷)1985～1991	2019—05	28.00	1011
澳大利亚中学数学竞赛试题及解答(高级卷)1992～1998	2019—05	28.00	1012
澳大利亚中学数学竞赛试题及解答(高级卷)1999～2005	2019—05	28.00	1013
天才中小学生智力测验题.第一卷	2019—03	38.00	1026
天才中小学生智力测验题.第二卷	2019—03	38.00	1027
天才中小学生智力测验题.第三卷	2019—03	38.00	1028
天才中小学生智力测验题.第四卷	2019—03	38.00	1029
天才中小学生智力测验题.第五卷	2019—03	38.00	1030
天才中小学生智力测验题.第六卷	2019—03	38.00	1031
天才中小学生智力测验题.第七卷	2019—03	38.00	1032
天才中小学生智力测验题.第八卷	2019—03	38.00	1033
天才中小学生智力测验题.第九卷	2019—03	38.00	1034
天才中小学生智力测验题.第十卷	2019—03	38.00	1035
天才中小学生智力测验题.第十一卷	2019—03	38.00	1036
天才中小学生智力测验题.第十二卷	2019—03	38.00	1037
天才中小学生智力测验题.第十三卷	2019—03	38.00	1038

刘培杰数学工作室
已出版(即将出版)图书目录——初等数学

书 名	出版时间	定 价	编号
重点大学自主招生数学备考全书:函数	2020—05	48.00	1047
重点大学自主招生数学备考全书:导数	2020—08	48.00	1048
重点大学自主招生数学备考全书:数列与不等式	2019—10	78.00	1049
重点大学自主招生数学备考全书:三角函数与平面向量	2020—08	68.00	1050
重点大学自主招生数学备考全书:平面解析几何	2020—07	58.00	1051
重点大学自主招生数学备考全书:立体几何与平面几何	2019—08	48.00	1052
重点大学自主招生数学备考全书:排列组合·概率统计·复数	2019—09	48.00	1053
重点大学自主招生数学备考全书:初等数论与组合数学	2019—08	48.00	1054
重点大学自主招生数学备考全书:重点大学自主招生真题.上	2019—04	68.00	1055
重点大学自主招生数学备考全书:重点大学自主招生真题.下	2019—04	58.00	1056
高中数学竞赛培训教程:平面几何问题的求解方法与策略.上	2018—05	68.00	906
高中数学竞赛培训教程:平面几何问题的求解方法与策略.下	2018—06	78.00	907
高中数学竞赛培训教程:整除与同余以及不定方程	2018—01	88.00	908
高中数学竞赛培训教程:组合计数与组合极值	2018—04	48.00	909
高中数学竞赛培训教程:初等代数	2019—04	78.00	1042
高中数学讲座:数学竞赛基础教程(第一册)	2019—06	48.00	1094
高中数学讲座:数学竞赛基础教程(第二册)	即将出版		1095
高中数学讲座:数学竞赛基础教程(第三册)	即将出版		1096
高中数学讲座:数学竞赛基础教程(第四册)	即将出版		1097
新编中学数学解题方法 1000 招丛书.实数(初中版)	2022—05	58.00	1291
新编中学数学解题方法 1000 招丛书.式(初中版)	2022—05	48.00	1292
新编中学数学解题方法 1000 招丛书.方程与不等式(初中版)	2021—04	58.00	1293
新编中学数学解题方法 1000 招丛书.函数(初中版)	2022—05	38.00	1294
新编中学数学解题方法 1000 招丛书.角(初中版)	2022—05	48.00	1295
新编中学数学解题方法 1000 招丛书.线段(初中版)	2022—05	48.00	1296
新编中学数学解题方法 1000 招丛书.三角形与多边形(初中版)	2021—04	48.00	1297
新编中学数学解题方法 1000 招丛书.圆(初中版)	2022—05	48.00	1298
新编中学数学解题方法 1000 招丛书.面积(初中版)	2021—07	28.00	1299
新编中学数学解题方法 1000 招丛书.逻辑推理(初中版)	2022—06	48.00	1300
高中数学题典精编.第一辑.函数	2022—01	58.00	1444
高中数学题典精编.第一辑.导数	2022—01	68.00	1445
高中数学题典精编.第一辑.三角函数·平面向量	2022—01	68.00	1446
高中数学题典精编.第一辑.数列	2022—01	58.00	1447
高中数学题典精编.第一辑.不等式·推理与证明	2022—01	58.00	1448
高中数学题典精编.第一辑.立体几何	2022—01	58.00	1449
高中数学题典精编.第一辑.平面解析几何	2022—01	68.00	1450
高中数学题典精编.第一辑.统计·概率·平面几何	2022—01	58.00	1451
高中数学题典精编.第一辑.初等数论·组合数学·数学文化·解题方法	2022—01	58.00	1452
历届全国初中数学竞赛试题分类解析.初等代数	2022—09	98.00	1555
历届全国初中数学竞赛试题分类解析.初等数论	2022—09	48.00	1556
历届全国初中数学竞赛试题分类解析.平面几何	2022—09	38.00	1557
历届全国初中数学竞赛试题分类解析.组合	2022—09	38.00	1558

联系地址:哈尔滨市南岗区复华四道街 10 号　哈尔滨工业大学出版社刘培杰数学工作室

网　　址:http://lpj.hit.edu.cn/

邮　　编:150006

联系电话:0451—86281378　　13904613167

E-mail:lpj1378@163.com